知更鸟

Jo Nesbø

［挪威］

尤·奈斯博

著

林立仁 译

湖南文艺出版社
HUNAN LITERATURE AND ART PUBLISHING HOUSE

博集天卷
CS-BOOKY

·长沙·

但它一点一滴恢复勇气，飞到那被钉上十字架之人的身旁，用它的小喙在那人额头上拔去一根嵌入肌肤的尖刺。就在此时，被钉上十字架之人的脸上滑落一滴血，滴在它的胸口。那滴血迅速蔓延开来，将它胸前的细小羽毛染成红色。

那被钉上十字架之人张开嘴，对鸟儿轻声说："由于你的慈悲之心，你赢得了你的种族自创世记以来所奋力争取的。"

——塞尔玛·拉格洛夫，《基督传说》之《红襟知更鸟》

/ 目 录 contents /

奥斯陆

阿克尔医院
亚纳布区
茅村路
奥普桑
卡尔伯纳广场
芬马克街
科博街
牧本区
基努卡区
鉴识中心
警察总署
故特森监狱
格兰东区
马克路
莫里道路
挪威银行
支克伯山
甘斯约斯王教堂
阿克什胡斯堡垒
议会大街
皇宫
皇家庭园
北欧银行
挪威银行
乌朗宁堡区
斯基勒巴肯区
阿克尔港
奥斯陆大学
霍尔门科伦区
福鲁纳公园
奥斯陆市
奥斯陆市中心
奥斯陆陆

第一部 土归土

冒险，还是不要冒险……这是永远的两难。

他想起轻型背心是低胸的，便将左轮手枪往下移动一寸。摩托车队的怒吼声震耳欲聋。

1

一九九九年十一月一日。亚纳布区收费站路障。

一只灰鸟悄然飞入哈利的视线，又悄然飞出。哈利的手指在方向盘上轮敲着。昨天电视上有人谈论"度日如年"，现在才叫作度日如年。犹如在圣诞夜等待圣诞老人降临，或是在电椅上等待通电行刑。

他的手指敲得更用力了。

他们的车停在收费站，就停在收费亭后方的开阔区域。爱伦把收音机频道往上调一格，播报员的声音流泻而出，语气严肃庄重。

"专机在十五分钟前降落。清晨六点三十八分，总统先生踏上挪威国土。乌尔伦萨克市市长亲自到场迎接。今天奥斯陆风和日丽，这片美好的挪威秋景正是高峰会谈的绝佳背景。让我们再听一次半小时前总统先生在记者会上发表的讲话。"

电台已经播出三次总统的讲话了。哈利眼前再度浮现大批新闻记者挤在路障前大声叫嚷的景象。路障另一侧是许多身穿灰色西装的男子，他们身上的穿着只是敷衍了事，勉强让自己看起来不像特勤人员。他们弓起肩膀，又放松下来，扫视人群，第十二次检查耳机位置是否正确，再度扫视人群，目光在一名摄影师手中那稍显过长的镜头上多停留几秒，继续扫视，第十三次检查耳机位置是否正确。有人用英语欢迎总统先生，一切安静下来，接着话筒发出一声尖鸣。

"首先，我很高兴来到这里……"总统先生第四次用他那嘶哑浓重的美语口音说道。

"我读过一篇文章，美国一位知名的心理学家认为这位总统患有

MPD。"爱伦说。

"MPD？"

"多重人格障碍。就好像《化身博士》里的杰克医生和海德先生。那个心理学家认为这位总统的正常人格并不知道另一个人格的存在，而他的另一个'性野兽'人格到处和女人发生关系。这就是为什么最高法院不能指控他在法庭上做虚假陈述。"

"天哪！"哈利说，抬头看了看在他们上空盘旋的直升机。

广播中有人用带有挪威腔的英语提问："总统先生，这是您在任期内第四次访问挪威，请问您有什么感觉？"

一阵静默。

"很高兴再次来到挪威。我认为更重要的是以色列和巴勒斯坦领导人能够在这里会面，关键在于……"

"总统先生，您记得上次造访挪威的情景吗？"

"当然记得。我希望今天的会谈能让我们……"

"总统先生，奥斯陆和挪威对世界和平有何重要意义？"

"挪威扮演了非常重要的角色。"

一个不带挪威腔的声音问："您认为达到什么样的具体结果，才算得上是实际可行的？"

录音播送到此被切断，播报员的声音继续。

"我们听见美国总统表示挪威在……呃，中东和平进程上扮演了重要角色。现在总统先生正前往……"哈利呻吟一声，关上收音机。"爱伦，我们这个国家是怎么了？"

爱伦耸耸肩。

"经过二十七号检查站。"仪表板上的对讲机发出细碎的噼啪声。

哈利望向爱伦。

"每个人都在岗位上准备就绪了吗？"哈利问道。爱伦点了点头。

"要上场了。"哈利说。爱伦翻了个白眼。自从车队从加勒穆恩机场出发后，这已经是哈利第五次说这句话了。他们坐在车里，可以清楚地看见空旷的高速公路从收费处路障往特兰斯德区和弗陆萨区的方向延伸而去。车顶的蓝色警示灯慢吞吞地转动着。哈利摇下车窗，把手伸出窗外，拿开一片卡在雨刷下的黄色树叶。

"那是一只知更鸟。"爱伦伸手一指，"晚秋很少看得到知更鸟。"

"在哪里？"

"那里，就在收费亭的屋顶上。"

哈利低下头，透过风挡玻璃向外看去。

"我看见了，那是知更鸟？"

"对。不过我想你应该看不出知更鸟和红翼鸫的差别吧？"

"对。"哈利以手遮眉。难道他近视了？

"知更鸟现在不常见。"爱伦说，拧上保温瓶的盖子。

"真的吗？"哈利问道。

"百分之九十的知更鸟已经迁徙到南方去了，只有少数算是冒着风险留了下来。"

"算是？"

对讲机又发出噼啪声："六十二号检查站呼叫总部。通往勒伦斯科格市的岔道前方两百米处，有一辆没有标记的车停在路边。"

总部那头一个带有卑尔根腔的低沉声音回答说："六十二号请稍等，我们正在核查。"

一阵静默。

"厕所检查过了没？"哈利问，下巴朝埃索加油站扬了扬。

"检查过了，加油站已经清空，顾客和员工全都离开了，只剩下老板，我们把他锁在他的办公室里。"

"收费亭也是吗？"

"对。哈利，放轻松，检查工作都做好了。的确，那些选择留下来的知更鸟希望今年会是暖冬，这没什么不对，只是如果它们错了，就得赔上性命。你可能会纳闷，它们为什么不干脆飞到南方，以防万一？这些留下来的知更鸟会不会只是因为懒惰？"

哈利看了后视镜一眼，只见铁路桥两侧站着卫兵，身穿黑衣，头戴钢盔，脖子上挂着MP5冲锋枪。即使是在车上，他都可以看出卫兵的肢体语言透露着紧张。

"重点在于如果今年冬天很温和，它们就可以在其他同类回来之前，先选好理想的筑巢地点。"爱伦说，试着把保温瓶挤进已被塞满的储物箱，"这个冒险成败参半，不是春风得意，就是凄惨无比，就看你愿不愿意赌一把。如果赌了，有可能某天晚上会在树枝上被冻成冰棍，掉下树来，一直等到春天才融化。如果不赌，有可能回来找不到地方筑巢。可以说，这是永远的两难。"

"你穿防弹衣了吧？"哈利扭了扭脖子，"你到底穿没穿？"

爱伦用指关节轻轻敲了敲胸部，作为回答。

"轻型的？"

她点点头。

"妈的，爱伦！我下令穿的是防弹背心，不是那种米老鼠背心。"

"你知道密勤局穿的是什么吗？"

"我猜猜看，轻型背心？"

"没错。"

"你知道我从来不在乎谁吗？"

"我猜猜看，密勤局？"

"没错。"

爱伦大笑。哈利勉强挤出笑容。对讲机传出噼啪声。

"总部呼叫六十二号检查站，密勤局说勒伦斯科格市岔道前方停着的是他们的车。"

"六十二号检查站，收到。"

"你看，"哈利说，恼怒地打了一下方向盘，"缺乏沟通。密勤局只管做他们自己的事，为什么他们把车停在那里我们却不知道？”

“可能是在检查我们有没有恪尽职守吧。”爱伦说。

“那是他们下达的指示。”

“别再抱怨了，你还是有机会做决策的。”爱伦说，“还有，不要再敲方向盘了。”

哈利乖乖地把双手放到大腿上。爱伦微微一笑。哈利长长地呼出一口气：“好，好，好。”

哈利的手指触碰到他的配枪底端。这是把史密斯威森点三八左轮手枪，可容纳六发子弹，腰带上还挂着两个备用弹匣，各装有六发子弹。他轻轻拍打这把左轮手枪，心下明白，自己严格说起来并未获得授权配枪。

也许他真的近视了。去年冬天，上过四小时课程之后，他没通过射击测验。虽然这种事并不少见，却是第一次发生在哈利身上，而他一点也不喜欢自己碰上这种事。他必须再去接受一次测验——许多人得考个四五次，但基于某个原因，他一直拖延着没去。

更多噼啪声传来。“经过二十八号检查站。”

“再过一站就进入鲁默里克区，”哈利说，“然后是卡利哈根区，再来就轮到我们了。”

“他们为什么不按照以前的做法，只要说车队行进到哪里就好，却要用这些白痴代码？”爱伦问道，语气颇为不满。

“你猜。”

两人同时答道：“密勤局！”然后大笑不已。

“经过二十九号检查站。”

哈利看了看表。

“好，再过三分钟他们就会到达这里。我会把对讲机的频率调到奥斯陆区。请你执行最后一次检查。”

爱伦闭上双眼，集中注意力，在脑海中逐项核对检查，然后把话筒放回原位：“一切就位。”

"谢了。戴上你的钢盔。"

"什么？不会吧，哈利。"

"你听见我说的话了。"

"那你也戴上啊！"

"我的太小了。"

一个新的声音传来。"经过一号检查站。"

"可恶！有时候你真的……很不专业。"爱伦把钢盔戴上，扣上扣带，对后视镜做了个鬼脸。

"我也爱你哦。"哈利说，透过望远镜仔细查看前方道路，"我看见他们了。"

通往卡利哈根区的斜坡最高处，浮现出反射着阳光、闪闪发光的金属。哈利只能看见车队第一辆车，但他知道行车顺序：六辆警方的护卫摩托车，两辆护卫警车，一辆密勤局勤务车，然后是两辆一模一样的凯迪拉克弗利特伍德元首专用车（由密勤局从美国空运来挪威），其中一辆由美国总统搭乘。而总统搭乘哪一辆车是机密。或许两辆车各载了一位美国总统，哈利心想，一辆载的是杰克医生，一辆载的是海德先生。接着外形较大的车辆出现在望远镜中：救护车、通信车和好几辆密勤局勤务车。

"看起来风平浪静。"哈利说，手中的望远镜由右而左缓缓移动。这是个凉爽的十一月早晨，但柏油路面上方的空气仍然颤抖着。

爱伦看见了第一辆车。再过三十秒，车队就会通过收费站，届时他们的任务就算完成了一半。再过两天，相同车队从反方向通过收费站之后，爱伦和哈利就可以恢复正常工作。她更喜欢在犯罪特警队跟死人打交道，而不是凌晨三点从床上爬起来，跟暴躁易怒的哈利一起坐在冰冷的沃尔沃警车里。显然这次哈利被赋予的责任十分重大，令他负担沉重。

车内除了哈利规律的呼吸声，听不见一丝声响。爱伦查看无线电装置上的指示灯，两个灯都亮着绿色。车队即将行驶到斜坡底端。她决定待会儿任务结束后，就去塔斯德酒吧喝个烂醉。她曾在塔斯德酒吧和一个男子眉来眼去，那人一头黑色鬈发，褐色眼眸，眼神有点危险，身材精瘦，看起来有些放荡不羁，又像是个知识分子。也许……

"搞什么……"

哈利抓起话筒："左边第三个收费亭有人。谁能确认那个人的身份？"

无线对讲机的回答是静默的噼啪声。爱伦的视线迅速扫过一个又一个收费亭。在那里！她在收费亭的褐色玻璃窗内看见一名男子的背影，距离他们只有四十到五十米远。光线从后方射入收费亭，将男子的身影照得十分清楚，连肩膀上方突出的一小段枪管和瞄准器也清晰可见。

"是武器！"爱伦大喊，"他拿着一把机关枪。"

"靠！"哈利踹开车门，抓住门框，身形一晃便来到车外。爱伦的眼睛紧紧盯着车队。车队距离收费亭不过数百米。哈利把头探入车内。

"他不是我们的人，但有可能是密勤局的人。"他说，"呼叫总部。"手中已握住那把左轮手枪。

"哈利……"

"快点！如果总部说那是密勤局的人，你就用力按喇叭。"

哈利拔腿朝收费亭奔去。从男子的背影看来，他身穿西装，从枪管的形状推测，他拿的是一把乌兹冲锋枪。早晨清冽的空气刺痛了哈利的肺。

"警察！"哈利用挪威语大喊，又用英语喊了一次。

没有反应。收费亭的厚重玻璃窗是专门定制的，用来隔绝外面的嘈杂车声。男子转头望向车队，哈利看见他脸上戴着一副深色雷朋太阳镜。是密勤局干员，不然就是有人伪装成密勤局干员。

车队距离二十米。

如果男子不是密勤局干员，怎么可能进得了上锁的收费亭？可恶！哈利已听见摩托车队的声音。来不及冲进收费亭了。

他扳开保险栓，瞄准男子，心中祈祷喇叭声快点响起，好在封锁的高速公路上粉碎这个早晨诡异的寂静。他向来不愿意接近这种地方。哈利收到的指示很明确，但他无法抵挡汹涌的思潮：轻型背心。沟通不良。妈的，这不是你的错。他有没有家人？

车队从收费亭后方笔直驶来，快速接近。再过几秒，那两辆凯迪拉克元首车就会通过。哈利的眼角注意到有物体移动，一只小鸟从屋顶上振翅起飞。

冒险，还是不要冒险……这是永远的两难。

他想起轻型背心是低胸的，便将左轮手枪往下移动一寸。摩托车队的怒吼声震耳欲聋。

2

一九九九年十月五日。奥斯陆。

"这是个大背叛。"光头男子低头看着稿纸说。他的头顶、眉间、肌肉隆起的前臂，甚至抓着讲台的两只大手，全都没有毛发，被剃得干干净净。男子倾身靠向话筒。

"一九四五年起，民族社会主义的敌人控制了这片土地，实行民主与经济原则，结果导致世界永无宁日。即使是在欧洲，我们也遭遇过战争和种族屠杀。在第三世界国家，数百万人活活饿死，欧洲受到大批外来移民的威胁，而移民带来的只有混乱、贫困和生存竞争。"

男子顿了顿，凝望四周。屋里一片静默。观众席上，一个坐在男子身后长椅上的人犹豫地拍了拍手。男子继续抨击现实，话筒下方的红色指示灯不祥地亮起，显示录音信号不良。

"我们已经非常习惯富裕的生活，以至于忘了目前的处境，当动乱发生时，我们能仰赖的只有自己和周围的社区。只要发生一场战争、一场经济或生态灾难，那个将我们迅速变成冷漠社会一员的法律体系就会突然消失。上一次大背叛发生在一九四〇年四月九日，当时我们所谓的国家领导人为了保住自己的小命，不仅临阵脱逃，还带走了国家储备黄金，好在伦敦享受奢华的生活。如今敌人再度出现，而那些理应保护我们权益的人再次令我们失望。他们让敌人在我们之间建立清真寺，让敌人劫掠我们的同胞，让我们的女人怀有敌人的种。身为挪威人，我们必须捍卫自己的种族，消灭那些令我们失望的人。"

他翻到下一页，但讲台前方传来的咳嗽声让他停下了手上的动作，抬头张望。

"谢谢你,我想我们听到这里就够了。"法官说,视线透过眼镜射出。"检方律师还有问题要问被告吗?"

阳光射入奥斯陆刑事法院第十七号法庭,在光头男子周围打出一圈梦幻似的光晕。光头男子身穿白色衬衫,系一条细长领带,可能是听从了辩护律师尤汉·孔恩的建议。孔恩靠在椅背上,中指和食指间夹着一支铅笔,轻轻弹着。眼下这种情况,多少令他有些不满。他不满检察官的问题所引导的方向,不满他的当事人斯韦勒·奥尔森公开宣读自己的纲领,而且斯韦勒竟然认为卷起袖子向法官和陪审团展示他手臂上的刺青是恰当的。斯韦勒的双肘刺有蜘蛛网,左前臂刺有一排纳粹党徽,右前臂刺有一串古挪威标志和用哥特体写的"瓦尔基莉"①——一个新纳粹帮派的名称。

这整个过程中有什么令孔恩难受不已,他却说不出那是什么。

检察官是个矮小男子,名叫赫尔曼·格罗特。他用小拇指推开话筒,指上戴着一枚刻有律师工会徽章的戒指。

"法官,我再问几个问题就结束。"格罗特的声音温和谦逊。话筒下方亮着绿色指示灯。

"所以说,一月三日九点,你走进卓宁根街的丹尼斯汉堡店时意图相当明确,是要去捍卫种族,就像你刚刚说的?"

孔恩倾身向前,对着话筒:"我的当事人已经回答过他和越南裔店主发生的口角。"红灯亮起。"他是受到了挑衅。"孔恩说,"绝对没有理由表明这是预谋。"

格罗特闭上双眼。

"如果你的辩护律师说的没错,奥尔森先生,那么当时你手里拿着一根球棒也是纯属巧合喽?"

"那是出于自卫。"孔恩插嘴说,情急之下挥舞着双臂,"法官先生,

---

① Valkyrie,北欧神话中奥丁神的侍女之一,被派赴战场选择有资格进入英灵殿的阵亡者。

我的当事人已经回答过这些问题了。"

法官俯视被告律师，用手摩擦下巴。大家都知道尤汉·孔恩是个辩护高手——孔恩本人更是清楚这一点——因此，法官最后带着些微恼怒，同意说："我同意被告律师的说法。除非检方律师还有什么新重点要补充，否则我建议我们继续，好吗？"

格罗特睁开眼睛，虹膜上下两端出现两道细长眼白。他垂下头，将一份报纸举到空中，动作颇有疲态。"这是一月二十五日的《每日新闻报》，第八页有一则访问是被告的意识形态同伴……"

"抗议……"孔恩说。

格罗特叹了口气："我改变说法，受访者是一个表达种族主义看法的男人。"

法官点了点头，同时瞪了孔恩一眼，以示警告。格罗特继续往下说。

"这位受访者对丹尼斯汉堡店攻击事件发表意见，他说我们需要更多像斯韦勒·奥尔森这样的种族主义者，才能重新夺回挪威的控制权。在访问中，'种族主义者'这个名词是尊称。请问被告是否认为自己是'种族主义者'？"

"是的，我是种族主义者。"孔恩还来不及提出异议，斯韦勒便已回答，"我就是这样使用这个名词的。"

"请问你是怎么使用这个名词的？"格罗特微笑问道。

孔恩在桌子底下紧握双拳，抬头望向法官席上的主审法官和两旁的两名陪审法官。这三个人将主宰他的当事人往后的命运，以及他自己今后数月在铎德夏勒酒吧的地位。另有两个一般公民，他们代表人民，代表普通人所认为的正义。大家习惯称他们为"非职业法官"（Lay Judges），但也许他们已察觉到这个称呼过于近似"玩乐法官"（Play Judges）。法官右边的陪审法官是个年轻男子，身穿廉价实用的西装，几乎不敢抬起双眼。法官左侧的陪审法官是个略显丰腴的年轻女子，似乎正假装自己跟得上审判进度，同时却伸长下巴，好让她刚开始成形的双下巴不会被映照在地板上。

这些都是普通的挪威人，他们对斯韦勒·奥尔森这种人有什么了解？他们又想知道些什么？

八名证人目睹斯韦勒走进那家汉堡店，手臂下方夹着一根球棒，和老板何岱互相咒骂了几声，然后斯韦勒举起球棒便往何岱的头部敲了下去。何岱现年四十岁，越南裔，一九七八年和其他越南难民乘船来到挪威。斯韦勒挥出球棒的力道猛烈，致使何岱日后再也无法行走。斯韦勒再次开口时，孔恩已经盘算好，要用什么说法向高等法院提出上诉。

"种族……主义，"斯韦勒在他的稿纸中找到定义，念道，"是一种对抗遗传疾病、堕落和毁灭的永恒努力，也是一种创造更健康的社会和更优质生活的梦想与渴望。种族混杂是一种双向的种族灭绝。在一个计划建立基因库来保存小甲虫的世界中，人们能够接受的人类种族的混杂程度，足以摧毁自身经过千万年进化而成的生物。令人尊敬的《美国心理学家》期刊在一九七二年曾刊登一篇文章，五十位美国和欧洲科学家提出警告，抑制遗传理论的争议会带来危险。"

斯韦勒顿了顿，朝十七号法庭怒目扫视一周，抬起右手食指。他的头转向检察官，孔恩可以看见他后脑勺和脖子之间刮得干干净净的一圈脂肪上，刺着苍白的"胜利万岁"[①]——一个无声的尖叫和怪诞的图样，正好和法庭上的冷酷词句形成强烈对比。随后的静默中，孔恩听见走廊传来嘈杂声。午餐时间到了，十八号法庭已休庭。时间一秒一秒流逝。孔恩想起他读过关于希特勒的描述：希特勒在大型集会上为了让演说收到效果，常会停顿长达三分钟。斯韦勒继续往下说，同时用食指有韵律地敲击，像是要把字字句句都敲进听众的脑子里。

"你们若是想假装这里并没有发生种族斗争，那你们不是瞎了，就是叛国贼。"

他拿起玻璃杯喝了口水，那杯水是法警放在他面前的。

----

① 纳粹党口号，通常在希特勒发表演说后，纳粹党听众会高呼口号三次。

检察官插嘴说："而在这场种族斗争中，只有你和你的支持者有权利发动攻击，是吗？今天你有许多支持者来到了现场。"

旁听席上的光头族发出嘘声。

"我们不是发动攻击，我们是采取自卫。"斯韦勒说，"这是每个种族的权利和义务。"

长椅上传来一声吼叫，斯韦勒听在耳里，微微一笑："事实上，即使是其他种族也存在着具有种族意识的国家社会主义。"

旁听席传来笑声和稀疏的掌声。法官要求肃静，然后望向检察官，面露询问之色。

"我没问题了。"格罗特说。

"辩方律师还要提问吗？"

孔恩摇摇头。

"那我就传唤检方第一位证人。"

检察官对法警点了点头，法警打开法庭后方的一扇门。门外传来椅子刮擦地板的声音，门打开了，一名高大男子缓步走进来。孔恩看见男子身穿一件尺寸稍小的西装外套、一条黑色牛仔裤，脚上穿一双大尺寸的马丁靴。男子头发极短，近乎光头，体格精实健壮，看起来三十出头。然而他双眼布满血丝，眼睛底下挂着一对眼袋，肤色苍白，扩张的微血管散布在脸上，形成一小块一小块的泛红，让他有如年过五十。

"哈利·霍勒警官？"男子坐上证人席后，法官问道。

"是的。"

"我看见你并未提供家庭住址，是不是？"

"那是个人隐私。"哈利用大拇指往肩膀旁边比了比，"这些人闯入过我家。"

更多嘘声传来。

"你宣读过誓词了吗，霍勒警官？也就是说，你宣誓了吗？"

"是的。"

孔恩不停地摇头，有如某些司机喜欢在置物台上摆放的摇头小狗。他急忙翻寻文件。

"你在犯罪特警队是负责调查命案的，对不对？"格罗特问，"为什么你会被分派来办这件案子？"

"因为我们对这件案子评估错误。"

"哦？"

"我们没想到何岱会活下来。如果你的脑袋被打到开花，里面的东西跑到外面，通常是不会活下来的。"

孔恩看见两位陪审法官的脸不由自主抽搐了一下，但这时已无关紧要了。他已经在文件上找到他们的名字，上面写着：错误。

3

一九九九年十月五日。卡尔约翰街。

老哥，你快要死了。

老人步下台阶离开，秋日强烈的阳光照得他双眼难以睁开，他停下脚步，耳畔仍萦绕着这句话。他的瞳孔慢慢收缩，手紧紧握住栏杆，缓缓深呼吸。他聆听各种嘈杂声，有汽车声、电车声、人行道指示灯的哔哔声，还有说话声，兴奋、开心的话语声在脚步声的伴随下显得急促。还有音乐。他是否听过这么多的音乐？但这些都无法掩盖这句话的声音：老哥，你快要死了。

他在布维医生诊疗室外的台阶上驻足过多少次？每年两次，前后四十年，算起来一共八十次。八十个平凡日子，和今天没有两样，但他从未像今天一样注意到街上是那么充满朝气，那么欢快，那么贪求生命的活力。现在是十月，感觉却像是五月的那一天。那一天，和平降临。他是不是太夸张了？他听得见自己的声音，看得见阳光照出自己的侧影，看得见他的脸部轮廓在白灼的光晕中淡去。

老哥，你快要死了。

纯白染上色彩，形成卡尔约翰街。老人来到台阶底端，停下脚步，先向右看看，再向左看看，仿佛难以决定要走哪个方向，而后陷入沉思。他颤抖了一下，像是有人叫醒了他，然后朝皇宫的方向走去。他的脚步有些迟疑，目光下垂，枯瘦的身体佝偻着，身上穿着一件稍大的羊毛外套。

"癌细胞扩散了。"布维医生说。

"这样啊。"老人答道，望着布维医生，心中纳闷，不知道医生在医学院是不是都学到了在谈论严重问题时要摘下眼镜，还是只是近视的医生为了避免和病患目光相对才会摘下眼镜。康拉德·布维医生的发际线越来越高，变得有点像他父亲。布维医生眼睛下方的眼袋散发着不安的气息，也很像他父亲。

"简单说就是这样？"老人问这句话的声音，这五十多年来连他自己都没听过。那声音空洞、嘶哑、发自咽喉，声带由于畏惧死亡而颤抖。

"对，事实上还有个问题……"

"拜托你，医生，我有过面对死亡的经验。"老人提高音量，选择能够迫使声音保持稳定的字句，他希望布维医生听见他稳定的说话声，他希望自己能听见自己稳定的说话声。

布维医生的目光掠过桌面，越过磨损的拼花地板，投向污秽的玻璃之外，躲在窗外许久，才回来正视老人的双眼。布维医生找到一块布，不停地重复擦拭他的眼镜。

"我知道你是怎么……"

"医生，你什么都不知道。"老人听见自己发出短促干枯的笑声，"布维医生，你别生气，不过我可以向你保证一件事：你一无所知。"

他注意到布维医生相当不安，同时听见房间远处水龙头的水滴落到水槽里的声音。那是一种新的声音。蓦然之间，他似乎不可思议地拥有了二十岁年轻人的听觉。

布维医生戴上眼镜，拿起一张纸，仿佛他要说的话写在上面，清了清喉咙说："老哥，你快要死了。"

老人觉得还是别用那么亲近的口吻比较好。

老人在一群人旁边停下脚步，耳中听见漫不经心的吉他拨奏声，有人唱着一首歌，那首歌对其他人来说一定很怀旧，在他听来却不然。他听过这首歌，那可能已经是四分之一个世纪前的事了，但对他而言却像是昨天。当时的一切就跟现在一样——时间越是往前推移，就显得越靠近也越清晰。他可以记起他多年来不曾想过的事。现在他只要闭上双眼，就能看见之前在自己的战时日记上读到的事件投射在视网膜上。

"你至少还有一年的时间。"

一个春天和一个夏天。他看得见斯塔德公园的落叶树上每一片枯黄的叶子，仿佛他戴了一副度数更高的新眼镜。那些树木自一九四五年以来就站立在那里，或者真是如此吗？那一天，那些树木不是很清楚，没有一样东西清楚。微笑的脸，愤怒的脸，他几乎难以听见的喊叫声，车门被甩上而他眼中似乎噙着泪水，因为当他回想人们在人行道上奔跑时手中挥舞的国旗，国旗是红色且模糊的。人们高喊：王储回来了！

老人走上山坡，来到皇宫前。许多人聚集在此观看卫兵换岗。口令的回声、步枪枪托和鞋跟的击打声，在淡黄色的砖面形成混响。他听见摄影机运转的声音和几句德语。一对年轻的日本情侣搂着彼此，高兴地站着欣赏卫兵演出。他闭上眼睛，想捕捉军服和擦枪油的气味。当然那是不可能的，这里没有一样东西闻起来像他参与过的战争。

他睁开眼睛。他们知道些什么？这些身穿黑衣的青年士兵只是君主政体的游行人偶，表演着象征性的仪式。他们过于天真，无法了解那些动作的意义，又过于年轻，难以有什么感觉。他再度想起那一天，想起那些身穿军服的挪威青年，或称"瑞典士兵"，他们都这么称呼自己。在他眼中，他们都是玩具锡兵，他们不知道如何穿着军服，更别说如何对待战俘了。他们既害怕，又粗暴，嘴里叼着烟，军帽戴得歪歪斜斜，十分依赖他们刚拿到手的武器，试图用枪托击打战俘背部来克服自己的恐惧。

"纳粹猪。"他们边打战俘边骂，救赎他们刚刚犯下的罪。

老人吸了一口气，品尝温暖的秋日，但这时剧痛来袭，老人摇摇晃晃后退几步。他肺部积水。在十二个月或许更短的时间里，发炎和化脓会产生液体，累积在他的肺部。听说那是最糟的情况。

老哥，你快要死了。

然后是咳嗽。他咳得那么剧烈，以至于站在他身旁的人，都不由自主地避开。

4

一九九九年十月五日。维多利亚楼，外交部。

外交部副部长伯恩特·布兰豪格大步走过走廊。三十秒前，他离开办公室；再过四十五秒，他将进入会议室。他在西装外套内伸展肩膀，感觉外套似乎快容不下自己了，背部肌肉在西装面料下紧绷。那叫背阔肌——背部上方的肌肉。他现年六十岁，看起来不超过五十岁，但他并未忙着维持容貌。布兰豪格很清楚自己的外貌是吸引人的，他只需要做一些自己喜爱的负重训练，冬天在日光浴室里做几回日光浴，定期在越来越茂密的眉毛中拔去白毛就好。

"嘿，莉莎！"经过复印机时他喊道。外交部的年轻女实习生跳了起来，只来得及露出虚弱的微笑，而布兰豪格已消失在下一个转角。莉莎是个刚出道的律师，也是布兰豪格大学时期友人的女儿。她三个星期前才开始上班。从上班那天开始，她就发现外交部副部长——这栋楼房里位阶最高的公务员——认识她。他能不能拥有她呢？也许吧，但也并非绝对必要。

还没开门，他就听见叽叽喳喳的说话声。他看了看表。七十五秒。然后走进门，将房内快速扫视一遍，确定受到召集的官员全数到齐。

"你就是毕悠纳·莫勒吧？"他高声说，脸上露出微笑，越过桌面，向坐在警察总长安妮·斯托克森旁边的高瘦男子伸出了手。

"你就是PAS，对不对？听说你参加霍尔门科伦区接力赛时负责跑上下坡路段。"

这是布兰豪格爱玩的小把戏，故意对初次见面者随口透露一些对方履历上不会注明的小事，好让对方产生不安全感。使用PAS这个缩写名称尤其令他开心。PAS是机关内部对"Politiavdelingssjef"也就是"犯罪特警队队长"的缩写。布兰豪格坐了下来，向老朋友库尔特·梅里克眨了眨眼，同时细看坐在桌前的其他人。梅里克是密勤局局长，密勤局简称POT。

目前为止，没有人知道谁应该主持这场会议，因为参加者的官阶都一样高，至少理论上一样高。参加者来自首相办公室、奥斯陆警区、挪威密勤局、犯罪特警队和布兰豪格所属的外交部。这场会议是首相办公室召开的，但毫无疑问，安妮代表的奥斯陆警区和梅里克代表的密勤局都希望掌握作业责任，尽管程序上极不可能。首相办公室的副国务卿脸上则写着自己主导一切的幻想。

布兰豪格闭上双眼聆听。

寒暄停止了，叽叽喳喳的谈话声逐渐消退，桌子的一只桌脚发出刮擦声。还不到时候。他听见纸张的窸窣声，圆珠笔的按压声。这些部门首长参加重要会议时，个个都会携带笔记本，以免稍后大家开始把发生的事怪罪到别人头上。有人咳嗽，但咳嗽声来自房间另一端，除此之外，那咳嗽声听起来不像是说话前的清嗓子。尖锐的吸气声。有人说了什么。

"我们开始吧。"布兰豪格说，睁开双眼。

众人转头望向他。每次都如出一辙。副国务卿嘴唇半开，安妮露出嘲讽的微笑，表示她很了解状况。而其他人只是面无表情地看着他，毫无迹象显示他们知道战役已经结束。

"欢迎各位参加第一次协调会议。我们的任务是要确保世界上最重要的四个人物进出挪威，基本上毫发无伤。"

桌上传来礼貌的轻笑声。

"十一月一日，星期一，我们将迎接巴勒斯坦解放组织领袖亚西尔·阿拉法特、以色列总理埃胡德·巴拉克、俄罗斯总理弗拉基米尔·普京，最后还有一位同等重要的人物，他就像是蛋糕上的樱桃：就在二十七天后的清晨六点十五分，美国空军一号将载着美国总统降落在奥斯陆加勒穆恩机场。"

布兰豪格的视线在一张张脸上移动，一直扫视到桌尾，停留在新人莫勒的脸上。

"前提是那天不起雾。"他说，赢得了满桌笑声。他看见莫勒暂时忘却紧张，和其他人同声大笑。布兰豪格回以微笑，露出强健的牙齿。他上次去找牙医做过美容之后，牙齿比以前更加亮白。

"目前我们手上没有确切人数，还不知道有多少人会来。"布兰豪格说，"美国总统访问澳大利亚时带了两千名随行人员，访问哥本哈根时带了一千七百人。"

桌上传出喃喃低语声。

"但根据我的经验，预计七百人比较实际。"

布兰豪格对他的"预计"怀有沉着的自信，而这个"预计"也很快就会被证实是正确的，只因他在一小时前收到一份传真，上面明列美方来访人数将为七百一十二人。

"在座有些人可能会纳闷，美国总统来参加为期两天的高峰会，为什么要带这么多人马？答案很简单，这是传统的权力装饰。七百人，如果我推测得没错，这正好是德皇腓特烈三世在一四六八年进入罗马所带的人数，当时他想对教皇展现他是世界上最有影响力的人。"

桌上传来更多笑声。布兰豪格对安妮眨了眨眼。这参考数据是他从《晚邮报》上看来的。他双手合十。

"用不着我来告诉你们准备时间有多短，这表示我们每天十点都必须在这个房间里开协调会议。在这四个人脱离我们的责任范围前，你们全都得放下一切，包括假日不能去酒吧，不能休假也不能请病假。在我们继续讨论之前，谁有问题想提问？"

"呃，我们认为……"副国务卿开口说道。

"也不准情绪低落。"布兰豪格插话。莫勒忍不住爆出大笑。

"呃，我们……"副国务卿再次开口。

"轮到你了，梅里克。"布兰豪格点名。

"什么？"

密勤局局长梅里克抬起他光亮的脑袋，望着布兰豪格。

"你不是要公布密勤局的威胁评估报告吗？"布兰豪格说。

"哦，那个啊，"梅里克说，"我们带了复印件来。"

梅里克来自特罗姆瑟市，说话腔调混杂特罗姆瑟方言和标准挪威语。他向坐在身旁的女子点了点头。布兰豪格的目光在那女子身上逗留。好吧，她没化妆，一头短发，还别着一枚不体面的发夹，身上穿的是蓝色羊毛套装，乏善可陈到了极点。尽管她让自己看起来素净得过分，就像那些害怕自己不被认真对待的职业妇女一样，但布兰豪格仍喜欢看她。她的褐色眼眸十分温柔，颧骨甚高，让她的容貌散发着贵族气息，几乎不像是挪威人。布兰豪格见过这个女子，只不过她剪了新发型。她叫什么名字来着？好像出自《圣经》，是不是萝凯？也许她最近刚离婚，所以才剪了个新发型。她倾身靠在她和梅里克之间的公文包前，布兰豪格的视线自动搜寻她衬衫上的领口，但扣子扣得很高，没让他看见任何感兴趣的部位。她是不是育有进入学龄期的小孩？她会不会反对白天到市中心旅馆开房？她会不会对权力感到兴奋？

布兰豪格说："跟我们简短报告就好了，梅里克。"

"好。"

"我想先说一件事……"副国务卿说。

"我们先让梅里克说完好吗？然后你想说多少都行，比约。"

这是布兰豪格第一次叫副国务卿的名字。

"密勤局认为受到攻击的风险是存在的，也有遭受损伤的威胁。"梅里克说。

布兰豪格微微一笑。他从眼角余光看见警察总长安妮同样露出微笑。安妮是个聪明的女人，拥有法学学位和毫无瑕疵的行政记录。也许他应该邀请安妮偕丈夫哪天晚上到他家里享用鳟鱼晚餐。布兰豪格和妻子住在诺堡区绿树带的一栋宽敞木屋里，每到冬天，只要穿上滑雪板，踏出车库，直接就可以滑雪。布兰豪格爱极了那栋木屋，他的妻子却觉得那栋木屋颜色太黑。她说那些深色木头让她感到害怕，她也不喜欢四周全都被森林包围。

是的，应该邀请他们夫妇来共进晚餐。实心木材，加上他亲手捕捉的新鲜鳟鱼，这两样东西是他想发出的正确信号。

"请容我提醒各位，历史上曾有四位美国总统死于暗杀。一八六五年的林肯总统、一八八一年的加菲尔德总统、一九六三年的肯尼迪总统，还有……"

梅里克望向那颧骨高耸的女子，女子的嘴唇无声念出第四位美国总统的名字。

"对，还有麦金莱总统，在……"

"一九〇一年。"布兰豪格说，露出温暖的微笑，同时瞥了手表一眼。

"没错。但多年来，试图刺杀美国总统未果的事件层出不穷。像杜鲁门、福特、里根在任时都曾经成为重大攻击的目标。"

布兰豪格清了清喉咙："你忘了现任美国总统几年前曾遭到枪击，或至少是他的房子遭到枪击。"

"没错。但我们不考虑这类事件，因为太多了。我怀疑过去二十年来，没有哪位美国总统在任内被暗杀的次数少于十次，而且这些暗杀行动都被破获，暗杀者也都遭到逮捕，但是媒体却一无所知。"

"为什么？"

犯罪特警队队长莫勒才想到这个问题就脱口而出，和其他人一样惊讶地听见自己的声音。他发现众人转过头来，便吞了口唾沫，想把视线牢牢锁在梅里克身上，却情不自禁地朝布兰豪格的方向望去。外交部副部长布兰豪格眨了眨眼，以示鼓励。

"呃，大家应该知道，暗杀未遂最好不要公开。"梅里克说，摘下眼镜。那副眼镜看起来是那种一接触阳光，镜片就会自动变暗的眼镜，是德国老牌男星霍斯特·塔帕特扮演神探德里克时戴的变色眼镜，德国邮购目录上的人气商品。

"暗杀意图已被证明和自杀一样具有传染性。此外，我们的执勤警察也不希望作业曝光。"

"在监视方面呢？我们有什么计划？"副国务卿问。

高颧骨女子递给梅里克一张纸，梅里克戴上眼镜阅读。

"这个星期四美国特勤局会调派八个人过来。我们会开始清查饭店和路线，调查所有可能接触美国总统的人员，并且训练挪威警察展开部署。我们还必须请求鲁默里克区、阿斯克尔市、贝鲁姆市提供警力支持。"

"这些警力要用来做什么？"布兰豪格问道。

"主要是执行监视勤务，部署在美国大使馆、随行人员下榻的宾馆、停车场……

"简而言之，美国总统不在的地方。

"密勤局和美国特勤局会负责这个部分。"

"梅里克，我以为你不喜欢执行监视任务。"布兰豪格说，做个假笑。

这唤起梅里克的回忆，使他做了个鬼脸。在一九九八年的奥斯陆采矿大会上，密勤局根据自己做的威胁评估，拒绝提供监视勤务。他们判定奥斯陆采矿大会只有"中度到低度风险"。大会第二天，挪威移民局表示密勤局清查过的一名挪威籍司机其实是波斯尼亚裔穆斯林，而这名司机负责载送克罗地亚代表。这则消息引起大会关注。这名司机在十九世纪七十年代来到挪威，成为挪威公民已有多年。但在一九九三年，他的父母和四个家庭成员在波斯尼亚和黑塞哥维那的莫斯塔尔市遭到克罗地亚人屠杀。警方搜索他的住处，发现两枚自制手榴弹和一封自杀遗书。当然了，媒体不曾得知此事，但事件的影响扩及政府层级，梅里克的官位眼看不保，直到布兰豪格介入。最后负责安全过滤的警监引咎辞职，整起事件才告平息。布兰豪格记不得那个警监的名字了，但那次事件之后，他和梅里克的工作关系良好。

"比约！"布兰豪格拍掌大喊，"现在我们都很想听听你想告诉我们什么，快说吧！"

布兰豪格扫视全场，目光快速掠过梅里克的助理，但还没快到忽略她在看他。也就是说，她往他的方向看来，但毫无表情，眼神一片空洞。他暗想是否该回看她一眼，看看当她发现他在注意她时，会露出什么表情。但他打消了这个念头。她叫什么名字来着？是不是萝凯？

5

一九九九年十月五日。皇家庭园。

"你死了吗？"

老人睁开眼睛，身旁浮现一人的头部轮廓。那人的脸庞融合成一团白光。那是她吗？她要来接我了吗？

"你死了吗？"那光亮的声音又问了一次。

他没回答，因为他不知道自己的眼睛是否睁开，或者自己只是在做梦。又或者，就如同那声音问的，他也许已经死了。

"你叫什么名字？"

那人移动头部，老人看见树梢和蓝天。他做了一场梦。梦里有诗。德国轰炸机大军压境。这是诺尔达赫尔·格里格 ① 的诗句。国王逃往英国。他的瞳孔开始适应光线，他记起自己坐在皇家庭园的草地上休息。他一定是睡着了。一个小男孩在他身旁蹲下，黑色流苏般的头发下是一对褐色眼眸，这对眼眸正望着他。

"我叫阿里。"小男孩说。

这小男孩是巴基斯坦人？他长着一个奇怪的朝天鼻。

"阿里是神的意思。"小男孩说，"你的名字是什么意思呢？"

"我叫丹尼尔，"老人微笑说，"这个名字出自《圣经》，意思是'神是我的审判者'。"

---

① 诺尔达赫尔·格里格（Nordahl Grieg, 1902—1943），挪威诗人、剧作家和记者。第二次世界大战时反对德国纳粹占领挪威，1940年搭船逃到英国，同一条船上还有挪威王室成员。

小男孩望着他。

"所以说，你是丹尼尔？"

"对。"老人说。

小男孩目不转睛地看着老人，老人被盯得有点尴尬。也许小男孩以为他是流浪者，裹着所有衣服躺在地上，把羊毛外套当作地毯睡在温热的太阳底下。

"你妈妈呢？"老人问，避开小男孩的好奇目光。

"在那里。"小男孩转过头去，伸手一指。

只见不远处有两个深色皮肤的健朗女子坐在草地上，四个孩童在她们周围打闹嬉戏。

"那我就是你的审判者喽。"小男孩说。

"什么？"

"阿里是神，不是吗？神是丹尼尔的审判者。我叫阿里，你叫……"

老人伸手去拧阿里的鼻子，阿里开心地发出尖叫。老人看见那两名女子转过头来，其中一名女子站了起来，老人松开手。

"阿里，你妈妈。"老人说，转头望向那个朝这里走来的女子。

"妈咪！"小男孩叫道，"你看，我是这个人的审判者。"

那女子用乌尔都语对小男孩喊了几句话。老人面带微笑，但那女子避开老人的视线，目光紧锁在儿子身上。小男孩终于乖乖听话，朝母亲走去。他们转头望向这边时，女子的视线只是扫过老人，仿佛他并不存在。老人想对那女子解释说他不是流浪汉，他曾经参与塑造这个社会。为此他曾投注大量精力，贡献他的所有，直到再没有什么可以付出，除了让步、放手、放弃。但他无法放手，他累了，只想回家好好休息，理出头绪。是时候让某些人付出代价了。

他离去时，并未听见那小男孩在他身后喊叫。

6

一九九九年十月九日。格兰区，警察总署。

爱伦·盖登抬头望向冲进门来的男子。

"哈利，早安。"

"靠！"

哈利一脚踹向他桌旁的垃圾桶，垃圾桶撞上爱伦椅子旁的墙壁，滚倒在铺了油地毡的地板上，里头的垃圾散落一地：包括丢弃的报告（艾克柏区命案）；一包二十支装的空烟盒（骆驼牌，贴有免税贴纸）；绿色"早安"牌酸奶罐；一张撕过的电影票（《恐惧拉斯维加斯》）；一张用过的游泳池优惠券；一本音乐杂志（MOJO，第六十九期，一九九九年二月，封面是皇后乐队）；一瓶可乐（塑料瓶装，五百毫升）；一张黄色便利贴，上面写了一组电话号码，他想打这个电话有好一阵子了。

爱伦的视线离开电脑，细看散落地上的垃圾。

"哈利，你把MOJO杂志丢掉了？"爱伦问道。

"靠！"哈利又骂了一声，奋力脱下他那件稍紧的西装外套，挥手一掷。西装外套飞越他和爱伦共享的二十平方米的办公室，击中衣架，滑落地面。

"怎么了？"爱伦问，伸手扶住晃动的衣架，以免它倒地。

"我在我的信箱里发现这个。"哈利挥舞手中一份文件。

"看起来像是法院判决书。"

"没错。"

"丹尼斯汉堡店那件案子？"

"对。"

"然后呢？"

"他们重判斯韦勒·奥尔森三年半。"

"天哪，那你应该高兴得不得了才对。"

"我是高兴了大概一分钟，然后我看到了这个。"哈利举起一张传真。

"怎么了？"

"孔恩今天早上收到判决书之后做出了响应，他发给我们一份传真，警告说他要申诉程序错误。"

爱伦做了个鬼脸，仿佛吃到了难吃的东西。

"嗯。"

"他要推翻整个判决。你一定不会相信，那个狡猾的孔恩抓住宣誓这个把柄，将了我们一军。"哈利站在窗前说，"陪审法官只要在他们第一次执行职务前说一次誓言就可以了，但一定要在案件开始审理前在法院宣誓。孔恩发现其中一个陪审法官是新来的，而且她没在法院宣誓。"

"那叫宣读誓词。"

"对。结果根据刑事判决证明书，主审法官是在他的办公室替那个陪审法官宣读誓词的，就在这件案子开庭之前。主审法官把这件事归咎于时间紧迫和规定太新。"

哈利把传真捏成一团，掷了出去，纸团画出一个大弧线，掉落在爱伦的废纸篓前，只差半米。

"最后的结果呢？"爱伦问，把纸团踢到哈利那半边的办公室。

"判决会被视为无效，斯韦勒至少能获得十八个月的自由，直到本案再审。根据经验法则，判决将会轻很多，这是因为等待时间对被告造成了压力，诸如此类的鬼话。斯韦勒已经被拘留八个月，该死！很可能他已经被释放了。"

哈利并不是在对爱伦说话，爱伦对这件案子知之甚详。他是对着自己在窗户中的影子说话，把话尽可能说清楚。他的双手交叉在汗湿的头顶，原本中分的金发最近才刚剪短，根根直立如刺。他之所以把头顶的头发也剪短，原因很简单：上星期他又被认了出来。一个头戴黑色羊毛帽、脚穿耐克球鞋、裤子又大又垮、裤裆几乎悬在膝盖之间的年轻男子，走到哈利面前，他的同伴在他身后不断窃笑。年轻男子问哈利，他是不是"澳大利亚那个像布鲁斯·威利斯的家伙"。那已经是三年前的事了，三年！当时哈利的脸部照片登上各大报纸头版，另外他还上了电视节目，谈论他在悉尼射杀的连环杀手，让自己出糗。事后哈利立刻剃光头发。爱伦则建议他留胡子。

　　"最恶劣的是，那个浑蛋孔恩在判决出炉前一定就已经准备好上诉书了。他大可以提出来的，让那个陪审法官在法庭上宣读誓词，可是他只是坐在那里，搓着双手等待。"

　　爱伦耸耸肩。

　　"这种事就是会发生。被告律师干得漂亮。总有些东西会在法律圣坛上被牺牲。哈利，你振作一点。"

　　爱伦的语气夹杂了讽刺和理性的事实陈述。

　　哈利把额头抵在冰凉的玻璃窗上。今天又是一个意料之外的温暖十月天。他不禁纳闷，怎么爱伦这个长着白皙如洋娃娃的甜美脸蛋、樱桃小嘴、眼睛浑圆像弹珠的清新女警，竟然筑起了这么坚固的盔甲。爱伦来自中产阶级家庭，根据她自己所说，她是个被惯坏了的独生女，曾经就读于瑞士的寄宿女校。天知道？也许那的确是个十分严酷的成长环境。

　　哈利仰头呼出一口气，解开一颗衬衫扣子。

　　"然后呢，然后呢？"爱伦轻声说，双手拍掌表示鼓励。

　　"在新纳粹圈里，大家都叫他蝙蝠侠（Batman）。"

　　"原来如此，挥舞球棒（Baseball bat）的蝙蝠侠。"

　　"蝙蝠侠不是指斯韦勒那个新纳粹分子，而是指那个律师孔恩。"

　　"了解。很有趣。这表示他长得帅、富有、疯狂、有六块腹肌和一辆很酷的车子喽？"

　　哈利大笑："爱伦，你应该自己做个电视节目才对。那是因为蝙蝠侠总是赢家。再说,他结婚了。"

"扣分的只有这一项吗?"

"除了这一项……还有他每次都把我们当猴耍。"哈利说,给自己倒了一杯爱伦的自制咖啡。两年前他们搬进这间办公室时,爱伦把她的咖啡也一起带来了。如今哈利的味蕾已无法忍受普通的咖啡。

"他会当上高等法院的法官吗?"爱伦问。

"而且不到四十岁。"

"超过四十岁,跟你赌一千克朗。"

"赌了。"

两人大笑,举起纸杯干杯。

"那本 *MOJO* 杂志可以给我吗?"她问道。

"里面有弗雷迪·莫库里 [1] 的十大最糟折页照。露胸、两手叉腰、龅牙突出。简直糟透了。给你。"

"我喜欢弗雷迪·莫库里,真的。"

"我没说我不喜欢他。"

哈利在椅子上坐下,靠上椅背,陷入思绪之中。那把已有破洞的蓝色办公椅,高度一直都维持在最低的一格。哈利坐下时,办公椅发出尖鸣,以示抗议。哈利从面前的电话上撕起一张黄色便利贴,上面有爱伦的字迹。

"这是什么?"

"你应该识字吧?莫勒找你。"

哈利快步走过走廊,想象他的顶头上司莫勒如果知道斯韦勒再次逃过法律制裁,肯定会噘起嘴唇,双眉深锁。

复印机旁一个粉红色脸颊的年轻女子看见哈利经过,立刻抬起双眼,露出微笑。哈利并未回以微笑。那年轻女子也许是个女职员,她的香水味又香又浓,令哈利觉得不甚愉快。他看了看表上的秒针。

---

① 弗雷迪·莫库里(Freddie Mercury, 1946—1991),英国音乐家,皇后乐队的主唱。

　　所以说，现在香水开始惹恼他了。他是怎么了？爱伦说他缺乏"天然浮力"，或其他什么名称，大多数人都可以借着它再度浮到水面。哈利从曼谷回来之后，经历了很长一段时间的低潮期，让他觉得再也不要回到水面了。他觉得每一件事物都冰冷黑暗，他的每一个感官似乎都有点迟钝，仿佛他深深地沉入水中。那是多么安静美好。人们跟他说话时，话语就像是口中吐出的泡泡，快速向水面浮去。这就是溺水的感觉吧，他心想，并且等待着。但什么事也没发生。只有空虚。不过那没关系。他熬过来了。

　　幸亏有爱伦。

　　哈利回来后的前几个星期，每当他必须放弃工作回家时，爱伦都会伸出援手。她会确定哈利不会去酒吧，当他上班迟到时，她会命令他呼气检查，之后再视情况宣布他是否适合值勤。她曾多次叫哈利回家，但从不声张。这个过程需要时间，而哈利也没别的事好做。在确认哈利连续保持五天清醒状态的第一个星期五，她满意地点了点头。

　　最后哈利直截了当地问爱伦，为什么警校出身而且拥有法律学位、前途一片光明的她，要自愿扛下这个重担？难道她不知道这对她的事业没有任何好处吗？她是不是难以结交正常、成功的朋友？

　　爱伦望着哈利，一脸严肃，说她之所以这么做，只是想吸取他的经验，而他是犯罪特警队最优秀的警探。这当然是一派胡言，但他还是很受用，毕竟她费心这么说了。再说，爱伦是个充满干劲和雄心的警探，哈利很难不被她感染。最后六个月，哈利开始有不错的表现，有些表现甚至称得上出色，斯韦勒的案子就是一例。

　　哈利来到莫勒的办公室门前，从一位便服警官身边经过，对他点了点头，那警官装作没看见。

　　如果他是瑞典电视真人秀《鲁滨孙探险记》的参赛者，哈利心想，不出一天他们就会发现他运气差到家，然后送他回家。送他回家？天哪，他脑子里的词汇已经被三号电视台那些烂节目给同化了。每天晚上在电视前待五小时就是会产生这种副作用。他是故意把自己锁在苏菲街自家的电视机前，这样他才不会坐在施罗德酒吧里。

他在名牌下方敲了两声，名牌上写着："毕悠纳·莫勒，PAS"。

"请进！"

哈利看了看表。七十五秒。

7

一九九九年十月九日。莫勒的办公室。

犯罪特警队队长毕悠纳·莫勒可以说是躺在椅子上，而不是坐着，他的一双长腿从桌脚之间伸出来，双手交叠在脑后——早期人种研究员会将他的头部视为"长头颅"的美丽样本，他的耳朵和肩膀之间夹着电话。莫勒的发型近乎平头，哈利最近才拿凯文·科斯特纳在电影《保镖》中的发型跟他相比。莫勒没看过《保镖》。他已经有十五年没踏进电影院了，命运赋予了他超强的责任感，却给他太少的时间，他的妻子和两个小孩直到最近才对他多了一点点了解。

"那就这么办。"莫勒说，挂上电话，越过办公桌看着哈利。办公桌上有大量公文、几个满满的烟灰缸、几个纸杯。台式电脑上摆着一张照片，上面是两个身穿北美印第安服装的男孩，这张照片似乎是混乱中唯一合乎逻辑的中心。

"哈利，你来啦。"

"我来了，长官。"

"我去外交部开过会，讨论十一月在奥斯陆举行的高峰会。美国总统要来……呃，你应该看过报纸了吧。要喝咖啡吗，哈利？"

莫勒站了起来，跨出几大步，来到档案柜前。档案柜上方高高地堆着一沓文件，勉强维持平衡，另有一台咖啡机发出噗噗声，流出黏稠液体。

"长官，谢谢，可是我……"

太迟了，哈利接过热气蒸腾的纸杯。

"我特别期待密勤局的来访，我确定在我们了解彼此之后，可以发展出友好的关系。"

莫勒从未学会如何讽刺，这是哈利欣赏他的个人特质之一。

莫勒屈起膝盖，顶住桌底。哈利靠上椅背，从裤子口袋拿出一包皱巴巴的骆驼牌香烟，扬起双眉，做出询问的表情。莫勒立刻会意，把一个满满的烟灰缸推到哈利面前。

"我负责往返加勒穆恩机场的道路安全和美国总统的安全，另外还有巴拉克……"

"巴拉克？"

"埃胡德·巴拉克。以色列总理。"

"天哪，是不是又要签个美好的奥斯陆协议① 了？"

莫勒无精打采地凝视一丝丝蓝色烟雾飘上天花板。

"别跟我说你还没听说这件事，哈利，不然我会更担心你。上星期所有报纸的头版都在报道这件事。"

哈利耸耸肩。

"报童很不可靠，害我的常识出现严重的断层，给我的社交生活带来巨大的负面影响。"哈利又谨慎地啜饮一口咖啡，但还是选择放弃，把咖啡推开，"我的爱情生活也深受影响。"

"真的？"莫勒望着哈利的表情，显示他不知道自己该对两人接下来的谈话感到兴味盎然还是担心。

"当然了，一个三十五岁左右的男人对《鲁滨孙探险记》参加者的生活如数家珍，却说不出任何一个国家元首或以色列总统的名字，谁会觉得这样一个男人性感呢？"

"是以色列总理。"

---

① 指1993年8月，以色列总理拉宾、外交部长佩雷斯，与巴勒斯坦解放组织领袖阿拉法特秘密访问挪威后达成的和平协议。来年三人同时获得诺贝尔和平奖，但在获奖的翌年，拉宾即遭以色列激进分子刺杀身亡，巴勒斯坦激进组织也开始对以色列发动自杀式炸弹攻击，于是奥斯陆协议遭到无限期搁置。

"就是这样，现在你应该明白我的意思了吧。"

莫勒想笑，但硬生生忍住。他爱笑，这是他性格上的弱点。他头发很短，一对招风大耳从头颅两侧伸出，有如彩色蝴蝶的双翅。尽管哈利给莫勒添的麻烦多过帮助，但莫勒身为新升任的PAS，已学到要成为一个职业规划完整的公务员，第一条准则就是必须支持你的同事。莫勒清清喉咙，他已决定要把他担忧的事问出口，这会有些难堪，因此他先皱起眉头，向哈利表示他的担忧纯属公事，无关私人情谊。

"哈利，我听说你还是会待在施罗德酒吧里。"

"已经少很多了，长官。电视更精彩。"

"但你还是会坐在施罗德酒吧里喝酒？"

"他们不喜欢客人站着喝。"

"少跟我来这套。你又喝酒了？"

"我只喝到最低消费。"

"最低消费是多少？"

"如果我喝得再少，他们就会把我撵出门了。"

这次莫勒忍不住笑了出来。"我需要三个联络官来维护道路安全。"莫勒说，"每个联络官会被分派十个人，这十个人来自阿克什胡斯郡的数个警区，再加上几个警校毕业生。我想找汤姆·瓦勒……"

汤姆是个有种族歧视的浑蛋，也是即将正式公布的警监人选。哈利听说过汤姆的无数专业表现，知道高层明白如果汤姆升任为警监，大众会对警方产生什么偏见。除了一点：汤姆一点也不笨，十分遗憾。汤姆担任警探所立下的功绩相当辉煌，连哈利也不得不勉强承认汤姆值得拥有这势在必行的晋升。

"还有韦伯……"

"那个成天绷着脸的老鬼？"

"……还有你，哈利。"

"你再说一遍？"

"你听见了。"

哈利做了个鬼脸。

"你有异议吗？"莫勒问。

"当然有。"

"为什么？这是很光荣的任务，哈利，可以让你感到骄傲。"

"是吗？"哈利粗暴地将香烟按熄在烟灰缸里，"还是说这是康复的下一个阶段？"

"你这话是什么意思？"莫勒脸上浮现出受伤的神情。

"我知道在曼谷任务之后，你为了让我归队，曾经无视别人的好心建议，还跟许多人争吵过，对此我一直心存感激。可是要我去当联络官，这算什么？听起来像是你想向那些持怀疑态度的人证明你是对的，他们是错的。那个霍勒警探正在康复，他可以承担责任，诸如此类的。"

"那又怎样？"莫勒再次把双手交叠在他的狭长头颅后方。

"那又怎样？"哈利模仿莫勒的语调，"你在背后就是这样盘算的吗？我是不是又成为一个小卒子了？"

莫勒发出一声绝望的叹息。

"我们每个人都是小卒子，哈利。每件事背后总是有个隐藏的动机。这件事又不比其他事更糟。好好表现，这样对你我都好，难道这件事真有那么难吗？"

哈利吸了口气，想说些什么，却停了下来，然后又想再度开口，最后终于放弃原本想说的话，从烟盒里取出一根烟。

"我只是觉得我好像是别人下注的赛马，而且我厌恶背负责任。"

哈利的嘴唇随意地叼着烟，并未将烟点燃。

他欠莫勒一个人情，但如果他搞砸了怎么办？莫勒有没有想过这一点？要他当联络官？他已经戒酒好长一段时间了，但他仍然必须小心，必须步步为营，谨慎对待每一天。该死！这不是他当警探的原因之一吗？为了避免有人在他下面，同时让他上面的人越少越好？哈利的牙齿咬紧香烟滤嘴。

他们听见咖啡贩卖机旁的过道传来说话声，声音听起来像是汤姆。然后又听见哄然大笑，也许是那个女职员发出来的。哈利的鼻腔里仍残留着她的香水味。

"靠。"哈利说。靠。他咒骂这个字，香烟在他嘴唇上跳动。

哈利陷入短暂沉思时，莫勒闭上了眼睛，现在他双眼半睁说："这表示你答应了？"

哈利站起身来，不发一语，转身出门。

8

一九九九年十一月一日。亚纳布区收费站路障。

那只灰色的鸟再次悄然飞入哈利的视线，又悄然飞出。他扣在史密斯威森点三八左轮手枪扳机上的手指扣得更紧了些，同时他盯着准星，以准星瞄准玻璃窗内那个静止的背影。昨天电视上有人谈论"度日如年"。

喇叭，爱伦，按下那该死的喇叭。那人一定是密勤局探员。

度日如年，犹如在平安夜等待圣诞老人降临。

第一辆车经过收费亭，那只知更鸟依然是他视线外围的一个黑点。坐在电椅上等待通电行刑……

哈利扣下扳机。一下，两下，三下。

然后时间如爆发似的加速行进。褐色玻璃窗突然变白，在柏油路面上喷撒碎片。他看见一只手臂消失在收费亭玻璃窗的轮廓下，就在昂贵的美国轮胎发出轻响之前——然后消失。

他紧盯着收费亭。好几片枯叶被车队经过的气流卷起，在空中旋转飘浮，然后落在布满尘埃的灰色草地边缘。他紧盯着收费亭。寂静再度涌来，在这短暂片刻，他脑中想到的只是他站在平凡无奇的挪威收费亭前，这是个平凡无奇的挪威秋日，背景是平凡无奇的埃索加油站。连空气闻起来都像是平凡无奇的晨间冰凉空气：有腐叶和汽车废气的味道。突然间，他想到，也许这一切根本不曾真正发生过。

他依然紧盯着收费亭，后方的沃尔沃警车传来喇叭声，仿佛无情的悲叹，将这天一分为二。

第二部　创世记

　　他放开了手，没有回头，他只是站在原地，望着战壕和天空，泪水在他脸颊上凝结成冰。警报器的悲鸣声逐渐退去。

　　"不应该是这样的。"他默默地说。

9

一九四二年。

照明弹燃亮灰色夜空，让它如肮脏的遮顶帆布般，覆盖在单调荒芜的土地上。这片光秃土地将他们包围。也许苏联人发动攻击了，也许只是诱敌战术，除非战役结束，否则真正的局势很难明了。盖布兰躺在战壕边，双腿缩在身体下方，双手握枪，聆听远处空洞的隆隆声响，望着火球从空中向下飞窜。他知道自己不该望着火球，这样会导致夜盲，使他看不见苏联狙击手从无人地带的积雪中蠕动而出。反正他也看不见狙击手，他一个狙击手也没看见过，只是听从命令开枪射击而已。就像他现在正在做的。

"他在那里。"

这句话是丹尼尔·盖德松说的，他是小队里唯一的城市青年。其他弟兄的家乡名称，最后一个字多半是以"谷"收尾。有些谷很广大，有些谷很深，很荒凉，很黑暗，盖布兰的家乡就是一例。但丹尼尔的家乡并非如此。丹尼尔外表干净，额头很高，蓝色眼眸闪烁光芒，笑容灿烂，活像是从征兵广告上剪下来的模特。丹尼尔是从某个有地平线的地方来的。

"两点钟方向，矮树丛的左方。"丹尼尔说。

矮树丛？这片土地有如弹坑，哪来的矮树丛？有的，的确有矮树丛，因为其他弟兄正在射击。噼啪声、砰砰声、嗖嗖声，不绝于耳。每一轮击发的五枚子弹呈抛物线射出，犹如萤火虫，画出一条条弹道线，划破黑暗。但这条弹道线会像是突然疲乏似的，速度骤降，沉入某处。无论如何，它看起来就是这样。盖布兰认为速度这么慢的子弹根本杀不死人。

"他要跑了！"一个充满愤恨的声音吼道。那是辛德·樊科。他的脸几乎和迷彩服融为一体，脸上那对瞳距稍小的小眼睛凝视着黑夜。辛德来自居德布兰地区的偏远高山农村，也许位于某个狭窄飞地，是个阳光永远照射不到的地方，因为他很苍白。盖布兰不知道辛德为何自愿来东部战线，但他听说辛德的父母和两个兄弟都加入了法西斯国家集会党[①]，他们外出时会在手臂上戴上臂章，并举报他们怀疑是游击队员的村民。丹尼尔说，总有一天，告密者和那些利用战争来满足私欲的人，都会尝到鞭笞的滋味。

"他跑不掉的。"丹尼尔低声说，下巴抵在步枪上，"该死的布尔什维克分子一个也跑不掉。"

"他知道我们看见他了。"辛德说，"他会爬进那边的洼地里。"

"他不会的。"丹尼尔说，举枪瞄准射击。

盖布兰凝望着灰白色的黑夜。雪是白色的，迷彩军服是白色的，弹火是白色的。夜空再度被点亮。各种各样的影子掠过雪地表面。盖布兰再次凝望。水平线那端冒出黄红相间的闪光，跟着是几声遥远的隆隆声。这一切就像是在电影院里看电影一样，很不真实，只不过气温是零下三十摄氏度，而且没有人可以助你一臂之力。也许这一次是真的进攻？

"丹尼尔，你动作太慢了。他跑掉了。"辛德朝雪地吐了口唾沫。

"没有，他还没跑掉。"丹尼尔说，话声更轻了些，跟着举枪瞄准射击，再射击。他的嘴巴似乎不再冒出雾气。

就在此时，一声尖锐刺耳的哨声和一声警告的尖叫传来，盖布兰扑向铺满冰雪的战壕底端，双手抱头。大地摇撼。一块块的褐色冻土如雨点般洒落，一块冻土击中盖布兰的头盔，他看着冻土从面前滑落。等到确定空中再无冻土落下，他把头盔推回原位。四周安静下来，白纱般的雪粒粘在他脸上。人家都说，你不会听见击中你的炮弹碎片的声音。但盖布兰见过太多呼啸而过的炮弹碎片，知道传言并非属实。一发照明弹在战壕里烧了起来。随着火

[①]　挪威的法西斯政党，1933年成立，1945年解散。由挪威前国防部长维德孔·吉斯林和一群支持者建立。

光逐渐减弱，他看见其他人朝他这里爬过来，也看见他们的惨白脸庞和影子，他们紧贴着战壕侧缘，头压得低低的。但是丹尼尔在哪里？丹尼尔！

"丹尼尔！"

"逮到他了。"丹尼尔说，依然躺在战壕边。盖布兰不敢相信他听见的。

"你说什么？"

丹尼尔滑入战壕，甩去冰雪和泥土，脸上挂着大大的笑容："在我们的监视之下，今天晚上没有一个苏联浑蛋开得了枪。我们替托马报仇了。"他把鞋跟踩入战壕边缘，好让自己不会从冰面下滑。

"他死了吗？"这话是辛德说的，"妈的你没射中他，丹尼尔。我看见那个苏联士兵躲进洼地里了。"

"没错。"丹尼尔说，"可是再过两小时就天亮了，他知道自己得在天亮前出来。"

"对啊，他出来得有点太早了。"盖布兰聪明地补充道，"他是从洼地的另一边跑出来的，对不对，丹尼尔？"

"不管是不是太早，"丹尼尔微笑说，"他都逃不出我的手掌心。"

辛德啧了一声："你还是别吹牛了吧，丹尼尔。"

丹尼尔耸了耸肩，查看弹膛，扳起扳机。然后他转过身，把枪背在肩上，一脚将战斗靴踢入战壕结冰的那一边，把自己荡了上去。

"盖布兰，把你的铲子给我。"

丹尼尔接过铲子，站直身子。他身穿白色冬季军服，黑色夜空和火光衬出他的身形轮廓，火光有如光晕般遍布在他头部周围。

他看起来像天使，盖布兰心想。

"靠！老兄，你在干吗？"说这句话的是班长爱德华·莫斯肯，这个来自缪南的冷静士兵很少像组里的丹尼尔、辛德和盖布兰那样高声说话。新来的菜鸟如果犯错，通常会受到大声训斥，那些大声训斥不知救了多少人的命。这时爱德华用他那睁得老大的眼睛望着丹尼尔，他那只眼睛从不合上，即使睡觉也不会合上。盖布兰亲眼见过。

"丹尼尔，趴下找掩护。"班长爱德华说。

但丹尼尔只是微笑，接着他就不见了，只剩下他嘴中冒出的雾气在他们上方飘浮了短短几秒钟。水平线后方的火光沉落，四周又陷入一片漆黑。

"丹尼尔！"爱德华大喊，手脚并用爬出战壕，"妈的！"

"你看得见他吗？"盖布兰问。

"他不见了。"

"那个疯子要铲子干吗？"辛德问，看着盖布兰。

"不知道，"盖布兰说，"会不会是要移动尖刺铁丝网？"

"他移动尖刺铁丝网干吗？"

"不知道。"盖布兰不喜欢辛德那双粗野的眼睛。辛德的眼睛令盖布兰想起曾在他们队的另一个乡下青年。那青年最后发了疯，一天晚上，他执勤前在鞋子里撒尿，结果脚趾全得切除。他现在已回到挪威老家，也许他其实没发疯。无论如何，那乡下青年也有一双粗野的眼睛。

"也许他去无人地带散步了。"盖布兰说。

"我知道铁丝网的另一边是什么，只是不知道他去那里干什么。"

"说不定炮弹碎片打中了他的头，"侯格林·戴尔说，"说不定他脑袋烧坏了。"

侯格林是小队里最年轻的士兵，年仅十八岁。没有人真正知道侯格林从军的原因。为了冒险吧，盖布兰心想。侯格林坚持表示自己钦佩希特勒，但他对政治一无所知。丹尼尔认为侯格林是因为搞大了某个女孩的肚子，所以才远走他乡。

"如果那个苏联狙击手还活着，丹尼尔走不到五十米就会被射杀。"爱德华说。

"丹尼尔逮到他了。"盖布兰轻声说。

"如果是这样，其他苏联人会射杀丹尼尔。"爱德华说，把手探入迷彩夹克，从胸部口袋抽出一根细细的香烟，"今天晚上外面趴满了苏联人。"

爱德华屈起手掌，将火柴包覆在手掌内，用力划过粗制火柴盒，接着再划一次，硫黄引燃。爱德华点燃香烟，吸了一口，便把烟传下去，不发一语。每位弟兄都缓缓吸一口烟，再把烟传给旁边的人。没有人说话，每个人似乎都沉浸在自己的思绪中。但盖布兰知道，他们都和他一样，正在用耳朵聆听。

十分钟过去了，没听见一丝声响。

"他们说飞机要轰炸拉多加湖。"侯格林说。

他们都曾听说苏联人越过冰封湖面，从列宁格勒撤离的传言。但更糟的是，湖面结冰意味着朱可夫将军可以将补给品送进遭到围困的城镇。

"他们在那里应该已经饿得倒在街上了吧。"侯格林说，话中指的是东部的苏联人。

但自从盖布兰被派遣来此之后，这话他不知道听过多少遍了，他来到这里将近一年，而现在只要你稍微把头探出战壕，那些苏联兵仍会朝你开枪。去年冬天，有些苏联士兵受够了，逃来这边，求取一点食物和温暖，于是高举双手，往战壕走来。但现在苏联逃兵很少见，眼窝深陷的盖布兰上星期才看见苏联逃兵难以置信地看着他们，原来挪威士兵也和他们一样面黄肌瘦。

"二十分钟了。他还没回来。"辛德说，"他中枪了，死了。"

"闭嘴！"盖布兰朝辛德踏出一步，辛德立刻站起来。虽然辛德比盖布兰高出一头，但辛德显然不想打架。也许他想起数月前被盖布兰干掉的那个苏联士兵。谁想得到亲切温柔的盖布兰竟有如此残暴的一面？那苏联兵从两个监听哨之间摸进他们的战壕，干掉了附近两个碉堡里所有睡觉的士兵，其中一个碉堡里都是荷兰兵，另一个都是澳大利亚兵。最后那苏联士兵潜入他们的碉堡。救了他们的是虱子。

他们身上到处是虱子，尤其是温暖之处，例如手臂下方、腰带下方、胯间和脚踝。那晚盖布兰躺得离门口最近，而且难以入睡，因为他两条腿都有所谓的虱疮，也就是如小硬币大小的开放伤口，伤口边缘由于虱子吸食而增生变厚。盖布兰拿出刺刀，想把虱子刮掉，却不成功，这时那苏联士兵站在门口，取下他的步枪。盖布兰只看见那士兵的侧影，但一看见他举起的枪的轮廓是莫辛－纳甘步枪，立刻就知道那是敌人。盖布兰只凭一把不甚锋利的刺刀，就老练地割断了那苏联士兵的脖子，以至于事后那人被抬出去丢在雪地上时，身上的血已经流干。

"弟兄们，冷静下来。"爱德华说，把盖布兰拉到一旁，"你得去睡一下，盖布兰，你一小时前就值完勤了。"

"我要出去找他。"盖布兰说。

"不要去。"爱德华说。

"我要去，我……"

"这是命令！"爱德华摇动盖布兰的肩膀。盖布兰想挣脱，但班长爱德华将他抓得死死的。

盖布兰的声音越拔越尖，因急切而颤抖："说不定他受伤了！说不定他被尖刺铁丝网卡住了！"

爱德华拍拍他的肩膀。"天就快亮了，"他说，"到时候我们就知道他怎么了。"

盖布兰瞥了一眼其他弟兄，只见他们正静静地看着这一幕。然后他们开始跺脚，彼此窃窃私语。盖布兰看见爱德华走到侯格林身旁，在侯格林耳边低声说了几句话。侯格林听了，立刻怒目瞪视盖布兰。盖布兰知道这代表什么意思。这代表爱德华命令侯格林看好他。不久之前，有人散播谣言说他和丹尼尔不仅仅是好朋友的关系，所以不能信任他们。爱德华曾直截了当地询问他们是否计划一起叛逃，他们当然予以否认。如今爱德华可能认为丹尼尔利用这个机会叛逃了，而盖布兰计划去"寻找"同伴，好跟丹尼尔一起投奔敌军阵营。这让盖布兰哑然失笑。的确，苏联人的扩音器常以讨好的德文在贫瘠的战场上广播，说他们会以食物、温暖和女人来迎接义士归降。做这种梦是很不错的，可是真的要相信又是另一回事。

"要不要来打个赌，看他会不会回来？"那是辛德的声音，"三份军粮，赌不赌？"

盖布兰放下双臂，贴在身侧，感觉得到迷彩军服下的刺刀就挂在腰带上。

"Nicht schießen, bitte!"（请不要开枪！）

盖布兰转过身，赫然看见在他正上方，浮现一张戴着苏联军帽的红润脸庞，在战壕边微笑着向下望着他。那男子从战壕边荡了下来，在冰面上施展屈膝旋转落地法，无声无息地着地。

"丹尼尔！"盖布兰叫道。

"当当当当！"丹尼尔唱道，举起苏联军帽致意，"Dobry vyecher."（晚安。）

弟兄们个个呆立原地，注视着丹尼尔。

"嘿，爱德华，"丹尼尔叫道，"你跟我们的德军朋友最好把东西看紧一点。苏联人和监听哨之间距离只有五十米。"

爱德华和其他弟兄同样目瞪口呆。

"丹尼尔，你把那个苏联士兵埋葬了吗？"盖布兰的脸庞因兴奋而发亮。

"埋葬他？"丹尼尔说，"我甚至还念了主祷文，唱了首歌给他听。你是重听还是耳朵有问题？我相信对面的苏联人都听见了。"

丹尼尔跳上战壕边，坐了下来，高举双臂，开始用温暖低沉的嗓音唱道："主是我们的坚固堡垒……"

弟兄们齐声欢呼，盖布兰笑得激动，眼中泛着泪光。

"丹尼尔，你这个魔鬼！"侯格林喊道。

"不要叫我丹尼尔……叫我……"丹尼尔取下军帽，查看帽檐衬里上的名字，"乌利亚。他的字写得真漂亮，不过再怎么样也只是个布尔什维克分子。"

丹尼尔从战壕边一跃而下，环视周围。"希望没有人反对一个平凡的犹太名字。"

一阵完全的静默，接着是哄堂大笑，弟兄们纷纷上前拍打丹尼尔的背。

10

上机枪哨是件苦差事。盖布兰把他所有的衣服都穿在身上，但牙齿依然打战，手指脚趾全都失去知觉。最糟的是双腿。他在脚上又绑了些布条，但没什么用。

他凝视着黑夜。这天晚上他们没听见俄国佬有什么动静。也许他们都去庆祝新年了。也许他们都去饱餐一顿，吃的是炖羊肉和羊肋排。盖布兰自然知道苏联人已经没有肉可吃，但他就是无法不去想食物。至于他们自己，吃的不外乎是平常吃的扁豆汤和面包。面包上有一层绿色光泽，但他们早就习以为常。如果面包发霉得太厉害以致碎裂，他们就把面包放进汤里一起煮。

"至少平安夜我们有香肠吃。"盖布兰说。

"嘘。"丹尼尔说。

"丹尼尔，今天晚上什么人也没有，他们都坐下来大吃鹿肉，涂上浓浓的浅褐色野味酱汁，搭配越橘和杏仁马铃薯。"

"不要再谈论食物了。安静下来，看看有没有发现什么。"

"我什么都看不到，丹尼尔，什么都没有。"

两人窝在一起，把头压低。丹尼尔戴着苏联军帽，镶有武装党卫队 SS 徽章的钢盔放在身旁。盖布兰知道丹尼尔为什么不戴钢盔。这种钢盔的形状会使得冰雪扫过边缘时，在钢盔内造成一种持续的、折磨神经的尖啸声，如果你上监听哨，这种声音可够你受的。

"你的眼睛怎么了？"丹尼尔问。

"没什么，我只是夜视力很差。"

"就这样？"

"而且我还有一点色盲。"

"有一点色盲？"

"我分不出红色和绿色，它们看起来都一样。比如说，每次我们吃周日大餐，就会去森林里采小红莓，我老是看不到小红莓……"

"我说过不要再提食物了。"

两人陷入沉默。远处传来机枪的嗒嗒声。温度计显示零下二十五摄氏度。去年冬天，连续几个晚上都是零下四十五摄氏度。盖布兰安慰自己说，至少虱子在这么寒冷的天气里不太活跃。他要等到换岗，钻进铺位的羊毛毯里才会开始觉得痒。但虱子比他还耐寒。有一次，他做了个实验：把背心在冰冷的雪地里留了三天，等到拿回碉堡时，背心跟冰块一样。他把背心拿到火炉前解冻，便看见无数小点恢复生命力，四处爬行。他几乎吐了，直接把背心丢进火焰之中。

丹尼尔清了清喉咙。

"你们周日是怎么吃大餐的？"

盖布兰二话不说，立刻响应。

"首先呢，爸爸会切开肉块，态度庄严，像个神父，我们这些男孩都坐得端端正正，看爸爸切肉。然后妈妈会在每个盘子上放两片肉，淋上肉汁，肉汁好浓，妈妈必须充分搅拌才不会沉淀，然后再加上一大把新鲜爽口的球芽甘蓝。丹尼尔，你应该戴上钢盔，你那顶帽子被炮弹碎片打中怎么办？"

"那就想象我这顶帽子被炮弹碎片打中是什么样子吧。继续说啊。"

盖布兰闭上双眼，微笑从嘴边漾开。

"甜点是炖煮梅干或布朗尼，布朗尼在外头很难吃到，是我妈妈从布鲁克林区学来的传统点心。"

丹尼尔朝雪地吐了口唾沫。根据规定，冬季的站岗时间是一小时，但辛德和侯格林都在发烧，卧病在床，爱德华只好把站岗时间延长到两小时，等待小队恢复战力。

丹尼尔伸出一只手，搭在盖布兰的肩膀上。

"你想念她，对不对？想念你的妈妈。"

盖布兰大笑，朝同一块雪地吐了口唾沫，仰望夜空中凝冻的星星。雪地里传来窸窣声，丹尼尔抬头望去。

"狐狸。"他说。

简直不可思议，这里的每一平方米土地都被轰炸过，埋设的地雷比卡尔约翰街的铺路圆石还密集，竟然仍有野生动物出没。虽然为数不多，但他们都亲眼见过野兔和狐狸，还有奇特的臭鼬。而士兵们不管看到什么野生动物都会射杀，只要可以加菜就好。但自从有一名德国士兵出去抓野兔遭到枪击，上级就认为是苏联人故意在战壕前释放野兔，引诱自己的弟兄跑进无人地带，好像苏联人会愿意放出野兔似的！

盖布兰用手指触摸疼痛的嘴唇，看了看表，距离换岗还有一小时。他怀疑辛德故意把香烟插入直肠，好让自己发烧。他像是会干这种事的人。

"你们为什么要从美国搬来挪威？"丹尼尔问。

"因为华尔街股灾，我爸丢了造船厂的工作。"

"你看吧，"丹尼尔说，"都是资本主义搞的鬼。小老百姓只能苦干实干，有钱人却不管是经济繁荣还是崩盘都越来越肥。"

"呃，事情就是这样。"

"目前为止是这样，但是即将改观。一旦我们赢了这场战争，希特勒会给人民带来惊喜，你爸也不用再担心失业。你应该加入国家集会党的。"

"你真的相信这些吗？"

"你不相信吗？"

盖布兰不喜欢提出和丹尼尔相左的意见，因此耸了耸肩作为响应，但丹尼尔又问了一次。

"我当然相信，"盖布兰说，"但最重要的是我关心挪威，我不希望挪威有布尔什维克分子。如果他们来了，我们一定会回美国。"

"回到那个资本主义国家？"丹尼尔的声音变得尖锐了些，"有钱人掌握的民主政治只能碰运气，还会创造出腐败的领导者，你宁愿这样？"

"我宁愿这样也不要共产主义。"

"民主政治是不管用的，盖布兰。你看看欧洲，英国和法国早在战争开打前就已经完蛋了，到处都可以看到失业和剥削。现在只有两个人够强壮，能阻止欧洲一路跌入混乱之中，那就是希特勒和斯大林。我们只有这两个选择。不是姐妹国就是野蛮人。挪威几乎没人了解我们有多么幸运，德国人先来了，而不是斯大林的刽子手。"

盖布兰点了点头。盖布兰之所以点头并不只是因为丹尼尔说得头头是道，更因为丹尼尔说话的方式，他说得那么确定。

突然之间，地狱涌现，他们眼前的天空变得灿白闪耀，大地摇动，褐色泥土和冰雪似乎飞向了炮弹碎片坠落的天空，发出黄色闪光。

盖布兰已经双手抱头，扑倒在战壕底部，但这幅景象来得快也去得快。他往上看，在战壕和机枪后方的丹尼尔正发出狂笑。

"你在干吗？"盖布兰喊道，"快拉警报！把大家叫起来！"

但丹尼尔毫不在意。"亲爱的老友，"他大声笑道，眼里闪着泪光，"新年快乐！"

丹尼尔指着手表，盖布兰这才恍然大悟。原来丹尼尔一直在等待俄国佬的新年礼炮，他把手伸进一堆白雪里，那堆雪是堆在岗哨前隐藏机枪用的。

"白兰地，"丹尼尔大喊，得意扬扬地将一个瓶子高举空中，瓶子里装着鞋跟那么高的褐色液体，"这我存了三个多月。自己来吧。"

盖布兰跪着爬了起来，面带微笑，望着丹尼尔。

"你先喝。"盖布兰高声说。

"你确定？"

"当然确定，我的老朋友。这是你存下来的。可是不要全喝完了！"

丹尼尔拍打软木塞侧缘，把软木塞拍了出来，举起瓶子。

"敬列宁格勒。到了春天，我们会在冬宫彼此敬酒。"他高声宣告，举起那顶苏联军帽，"到了夏天，我们会回到家乡，亲爱的挪威同胞会为我们欢呼，叫我们英雄。"

他把瓶口对准嘴唇，仰头痛饮。褐色酒液往瓶口汩汩流动，舞着动着。玻璃瓶身映着沉落的礼炮火光，闪闪发光。多年后，盖布兰仍会回想，苏联狙击手看见的是不是瓶身的闪光？下一刻，盖布兰听见刺耳的爆裂声，看见瓶子在丹尼尔手中炸开。玻璃和白兰地四散飞溅，盖布兰闭上眼睛。他感觉到脸上湿湿的。液体沿着面颊流下，他本能地伸出舌头，接到了一两滴。那液体尝起来几乎无味，只有酒精和某种液体的味道——某种又甜又有金属味的液体。而且那液体尝起来有点黏稠，也许是因为天冷的关系吧，盖布兰心想，然后他睁开双眼。他没在战壕里看见丹尼尔。丹尼尔知道自己被发现后，一定是躲到机枪后面去了，盖布兰如此猜测，但他感觉到自己的心跳开始加速。

"丹尼尔？"

没有回应。

"丹尼尔？"

盖布兰站起来，爬出战壕。只见丹尼尔躺在地上，头部下方是弹匣带，脸上盖着那顶苏联军帽。白兰地和鲜血溅洒在白雪之上。盖布兰把军帽拿了起来。只见丹尼尔睁大双眼，望着星空，额头中央有一个黑色窟窿。盖布兰嘴里仍尝得到那甜甜的金属味。他觉得反胃。

"丹尼尔。"

这句话从盖布兰的干燥嘴唇发出，声音细若蚊鸣。丹尼尔的神情看起来像是个想在雪地里画天使的小男孩，却睡着了。盖布兰啜泣着，蹒跚地奔向警报器，拉动曲柄把手。当照明弹在他们的藏身之处沉落时，警报器的悲鸣声响起，直上天堂。

"不应该是这样的。"盖布兰只说得出这句话。

呜呜呜呜呜……呜呜呜呜呜……

爱德华和其他弟兄跑了出来，站在盖布兰身后。有人喊盖布兰的名字，但他没听见。他只是不停地转动把手。最后爱德华走过来，握住把手。盖布兰放开了手，没有回头，他只是站在原地，望着战壕和天空，泪水在他脸颊上凝结成冰。警报器的悲鸣声逐渐退去。

　　"不应该是这样的。"他默默地说。

11

一九四三年一月一日。列宁格勒。

　　他们抬走丹尼尔时，丹尼尔的鼻子下方、眼角和嘴唇已出现冰晶。通常他们会把尸体留在原处，等尸体僵硬，这样比较容易搬动，但丹尼尔挡住了机枪，因此两名弟兄把丹尼尔拖到主战壕旁的一条分支壕沟，放在两个准备用来燃烧的弹药箱上。侯格林在丹尼尔头上绑了个麻布袋，好让他们看不见那张带着丑陋笑容的死亡面具。爱德华通报了北区总队的阵亡单位，向他们说明丹尼尔所在的位置。北区总队答应晚上会派两名运尸兵过来。然后爱德华命令辛德爬下病床，和盖布兰一起值完剩下的勤务。盖布兰和辛德要做的第一件事是清洗机枪上喷溅的血迹。

　　"他们把科隆炸成碎片了。"辛德说。

　　盖布兰和辛德并肩伏在战壕边，在那个他们曾眺望无人地带的狭窄洼地里。盖布兰不喜欢跟辛德靠得这么近。

　　"斯大林格勒也快要被摧毁了。"

　　盖布兰感觉不到寒冷，仿佛他的头和身体里塞满棉花，再没什么东西能打扰到他。他只感觉得到冰冷的金属刺骨地贴在他的肌肤上，还有他不听使唤的麻木手指。他又试了一次。枪托和扳机装置已躺在他身旁雪地的羊毛毯上，但最后一个部件很难拆除。他们曾在森汉姆行政区受训，蒙着眼睛练习分解和组装机枪。森汉姆位于德军占领的法国阿尔萨斯区，美丽温暖，但是当你冷得感觉不到手指动作时一切都很不一样。

　　"你听说了吗？"辛德说，"苏联人会将我们一军，就像他们将了丹尼尔一军那样。"

盖布兰记得有一次辛德说他老家位于托腾区郊外的农场，一位德国国防军上尉听了之后哈哈大笑。

"托腾，那是亡者的国度①吗？"上尉大笑。

螺丝从盖布兰的钳夹间滑脱。

"靠！"盖布兰的声音颤抖着，"血把零件都粘在一起了。"

他把擦枪油小管的顶端对准螺丝，然后挤压。冰冷的天气使黄色擦枪油变得浓稠。他知道油可以溶解血液。他耳朵发炎时，就使用过擦枪油。

辛德倾身摆动弹匣。

"老天爷。"他说，抬起双眼，咧嘴而笑，露出齿缝间的褐色污渍。他没刮胡子的苍白面孔距离盖布兰非常近，盖布兰闻得到他的口臭。他们来到这里一阵子之后，都会产生这种口臭。辛德伸出一根手指。

"谁想得到丹尼尔的脑袋里装了这么多东西？"

盖布兰别过头去。

辛德细看自己的手指。"可惜他不太用脑，不然那天晚上他就不会从无人地带回来。我听说你们讨论过要逃到对面去。这个嘛，你们两个人真的是……好朋友，是不是？"

盖布兰并未立刻听见辛德说的话，那些话语太遥远了。片刻之后，话语的回声传到他那里，他感觉身体里涌出暖流。

"德国人绝对不会容许我们撤退的，"辛德说，"我们会死在这里，每个人都会死在这里。你们应该拔腿就跑的。布尔什维克派不会像希特勒那么残暴，尤其是对你和丹尼尔这样的人。我是说，你们是这么好的朋友。"

盖布兰并未回话。现在他的指尖感觉到暖意了。

"侯格林和我今天晚上想跑到对面去，"辛德说，"以免太迟。"

辛德在雪地里扭过身子，看着盖布兰。

"不要那么吃惊，盖布兰。"辛德露出笑容，"不然你以为我们为什

---

① 托腾（Toten）和德文"亡者的国度"（Totenreich）读音相似。

么要报病号？"

盖布兰在战斗靴里蜷曲脚趾，他感觉得到脚趾了，他的脚趾感觉温暖安稳。不过还少了另外一种感觉。

"你要不要加入我们，盖布兰？"辛德问。

虱子！他感觉到暖和，却感觉不到虱子。甚至连他钢盔下的尖啸声都停止了。

"原来散播谣言的人是你。"盖布兰说。

"什么谣言？"

"丹尼尔和我讨论的是要去美国，不是投奔苏联。而且不是现在，是战争结束以后。"

辛德耸耸肩，又看了看表，跪了下来。

"如果你敢投奔到对面，我会开枪。"盖布兰说。

"用什么开枪？"辛德问，指了指毯子上的机枪零件。他们的步枪都放在碉堡里，两人都知道等盖布兰返回碉堡再出来，辛德早已跑远。

"盖布兰，既然你愿意的话，就留在这里等死吧。替我祝福侯格林，还有叫他跟过来。"

盖布兰把手伸进军服，拔出刺刀。月光照射在雾面精钢刀身上。辛德摇摇头。

"你和丹尼尔是梦想家。把刺刀收起来，跟我一起走。苏联人已经在拉多加湖对面取得新的粮食，有新鲜的肉可以吃哦。"

"我不是叛国贼。"盖布兰说。

辛德站了起来。

"如果你想用那把刺刀杀我，荷军监听站会听见我们的声音，拉响警报。动动你的脑筋，你想他们会认为要叛逃的人是谁？是你，还是我？你计划要逃跑的谣言早就满天飞，而我是个党员。"

"辛德·樊科，坐下。"

辛德大笑。

"你下不了手的，盖布兰。我要走了。等我离开五十米，你再拉警报，这样你就不会受到牵连。"

两人相互凝望。轻如羽毛的细小雪花开始在他们之间飘落。辛德微笑说："有月光，又下雪，很奇特的景象，对不对？"

12

一九四三年一月二日。列宁格勒。

四人这时所处的战壕位于他们的战线北方两公里处，战壕修到这里又折返，几乎形成环形。上尉站在盖布兰面前，频频顿足。天空正在飘雪，上尉的帽子已铺上一层薄薄细雪。爱德华站在上尉身旁，用一只圆睁的眼睛和一只几乎闭上的眼睛打量盖布兰。

"所以，"上尉用德语说，"他逃到苏联人那边去了，是不是？"

"对。"盖布兰用德语回答。

"为什么？"

"我不知道。"

上尉凝视远方，吸吮自己的牙齿，顿了顿足。接着他向爱德华点点头，对他的班长低声说了几句话，班长是陪同上尉前来的下士，然后他们举手敬礼。两人离去时踩得脚下白雪咯吱作响。

"就这样。"爱德华说，依然望着盖布兰。

"是。"盖布兰说。

"称不上是什么调查。"

"对。"

"谁想得到会这样？"那只圆睁的眼珠毫无生气地盯着盖布兰。

"这里随时都有弟兄叛逃，"盖布兰说，"他们也没办法调查所有的……"

"我是说，谁能想到叛逃的竟然会是辛德？谁能想到他会做出这种事？"

"对，可以这样说。"盖布兰说。

"他竟然临时起意，站起来就逃跑了。"

"对。"

"可惜那挺机枪不能用。"爱德华的语气既冰冷又带有讽刺的意味。

"对啊。"

"你也不能呼叫荷军哨兵？"

"我叫了，可是已经太迟，天色很暗。"

"昨晚月光很亮吧。"

两人面面相觑。

"你知道我是怎么想的吗？"爱德华说。

"不知道。"

"不，你知道。我从你的表情可以看出来。盖布兰，为什么？"

"我没杀他。"盖布兰的目光紧紧锁在爱德华那只独眼上，"我试着跟他讲道理，可是他不听，然后他就跑了。我还能怎么办？"

两人呼吸凝重，都在风中弓着背。寒风撕碎了他们口中呼出的水汽。

"我记得以前你脸上也有过这种表情，盖布兰，就是你在碉堡杀死苏联士兵的那个晚上。"

盖布兰耸耸肩。爱德华伸出一只手搭在盖布兰的手臂上，他手上的无指手套覆盖着冰晶。

"你听好，辛德不是个好士兵，他也许连个好人都算不上，可是我们得明辨是非，我们必须维持一定的标准和尊严，你明白吗？"

"我可以走了吗？"

爱德华看着盖布兰。希特勒在各个战线不再取得胜利的传言，这时已开始对他们产生影响。然而挪威志愿军的数量仍节节攀升，丹尼尔和辛德已由两个来自廷塞市的青年士兵取代。年轻的新面孔不断冒出来。有些面孔你会记得，有些面孔一等到他们阵亡你就忘了。丹尼尔是爱德华会记得的面孔，他心里清楚。他也知道，再过不久，辛德的面孔就会从自己的记忆中被消除、被抹去。小爱德华再过几天就满两岁了。他不愿意再继续往下想。

"好，你可以走了。"爱德华说，"把头压低。"

"是，当然。"盖布兰说，"我一定会把头压低。"

"你记得丹尼尔说过的话吗？"爱德华问，嘴角泛起一抹微笑，"他说我们经常弯腰走路，等我们回到挪威，大家都要变成驼背了。"

远处一挺机枪嗒嗒嗒地响了起来。

13

一九四三年一月三日。列宁格勒。

　　盖布兰从睡梦中惊醒。他眨了几次眼睛，只见上方是一排排铺架床板。空气中有木材的酸味和泥土味。他有没有发出尖叫？其他弟兄都坚称不会再被他的尖叫声吵醒了。他躺在床上，感觉自己慢慢冷静下来。他挠了挠身体侧边——虱子永远不睡觉。

　　惊醒他的是同一个梦境。他仍然感觉得到爪子抓上他的胸膛，仍然看得见黑暗中那对黄色眼眸，以及肉食野兽那口散发血液恶臭的森森白牙，口中还不断流出唾液。他也听见恐惧的喘息声。那是他的喘息声还是野兽的？梦境是这样的：他同时睡着又醒着，却无法动弹。野兽的爪子眼看就要抓上他的喉咙，这时门边一挺机枪发出嗒嗒声，吵醒了他，他看见野兽被子弹打得从毛毯上飞了起来，撞上墙壁，然后被子弹撕成碎片。四周安静下来，地上是一团无法形容的毛皮，躺在血泊之中。原来那是一只臭鼬。门口的男子走出黑暗，踏入狭长的月光之中。月光是那么窄，只能照亮男子的半边脸庞。但那天晚上的梦境不太一样。机枪枪口冒着烟，也理当冒着烟，男子一如往常微笑着，但他额头上有一个黑色窟窿。男子转头面对盖布兰，盖布兰透过男子头颅上的窟窿可以看见月亮。

　　盖布兰感觉到从敞开的门流入的冰冷空气，他转过头，动作随即凝住。他看见门口有个黑影，几乎挡住整个门洞。他还在做梦吗？那黑影大步走进来，但光线太暗，盖布兰看不清楚那人是谁。

　　黑影突然止步。

　　"盖布兰，你醒来了吗？"声音清澈响亮，原来是爱德华·莫斯肯。

其他铺位传来不开心的咕哝声。爱德华直接走到盖布兰的铺位前。

"你得起来。"爱德华说。

盖布兰呻吟一声："你没看清楚值勤名单，我才刚换岗，轮到侯格林了……"

"他回来了。"

"什么意思？"

"侯格林刚刚来叫醒我。丹尼尔回来了。"

"你在说什么？"

黑暗之中，盖布兰只看见爱德华呼出的白气。接着盖布兰双腿一荡，下了床铺，从毯子底下拿出战斗靴。他习惯睡觉时把战斗靴放在毯子底下，避免潮湿的鞋底结冰。他穿上外套，外套就盖在薄薄的羊毛毯上，然后跟随爱德华走出了门。星星在他们上方闪烁，东方的夜空越来越苍白。他听见某处传来凄惨的呜咽声。除此之外，一切都异常寂静。

"那是新来的荷兰士兵。"爱德华说，"他们昨天刚到，刚刚才从无人地带回来，这是他们第一次去那里。"

侯格林以奇怪的姿势站在战壕中央，头歪向一边，两只手臂远离身体。他把围巾围在下巴上，面容憔悴，眼窝深陷，双眼紧闭，活像个乞丐。

"侯格林！"爱德华发出尖锐的命令声。侯格林醒了过来。

"带路。"

侯格林领路。盖布兰感觉心脏越跳越快。冷空气刺痛他的双颊。从睡铺中带来的温暖、蒙眬的感觉尚未散尽。战壕十分狭窄，三人必须排成一列才能通过，他感觉得到爱德华的目光紧盯着他的背。

"这里。"侯格林说，伸手一指。

风在钢盔下檐吹出粗哑的呼啸声。只见弹药箱上躺着一具尸体，四肢僵硬地朝两侧张开。飘进战壕的雪花在尸体军服上铺上一层薄薄白雪，尸体头部绑着麻布袋。

"见鬼了。"侯格林说，摇了摇头，用脚顿地。

爱德华不发一语。盖布兰知道爱德华在等他开口。

"运尸兵怎么还没来收尸？"盖布兰终于开口问道。

"他们来收过尸了，"爱德华说，"昨天下午来的。"

"那他们怎么没把他收回去？"盖布兰注意到爱德华正在打量他。

"总参谋部那里没人知道有人下令要收走他。"

"是误会吗？"盖布兰说。

"也许吧。"爱德华从口袋里抽出一根抽了一半的细烟，别过头去避风，弯起手掌点着了烟，然后把烟传给另外两人吸上几口。

"来收尸的运尸兵坚称昨天已经把丹尼尔安置在北区总队的墓地里了。"

"如果是这样，那他不是应该已经被埋葬了吗？"

爱德华摇摇头。

"尸体要经过焚烧才能埋葬。他们只在白天焚烧尸体，不让苏联人占到火光的便宜。晚上他们会开挖新的墓穴，而且没人守卫。一定是有人从那里把丹尼尔拖了回来。"

"见鬼了。"侯格林又说了一次，接过香烟，贪婪地吸上一口。

"所以说他们真的会焚烧尸体，"盖布兰说，"天气这么冷，为什么还要烧？"

"这我知道，"侯格林说，"因为地面是冰冻的。春天气温上升，泥土会把尸体往上推。"他不情愿地递出香烟。"去年冬天我们把福普斯埋得很深，到了春天我们又撞见了他。呃，至少狐狸没去动他。"

"问题是，"爱德华说，"丹尼尔怎么会跑到这里来？"

盖布兰耸耸肩。

"上一班哨是你站的，盖布兰。"爱德华眯起一只眼，转动那只独眼望着盖布兰。盖布兰缓缓吸了口烟。侯格林咳嗽几声。

"这地方我巡过四次，"盖布兰说，递出香烟，"都没看见他在这里。"

"你可以在值勤的时候溜去北区总队，这里的雪地上还留有雪橇的轨迹。"

"那也可能是运尸兵留下的。"盖布兰说。

"轨迹盖过了先前的战斗靴足迹，而且你说你巡过这里四次。"

"去死，爱德华，我也看得见丹尼尔就在那里！"盖布兰怒火爆发，"当然是有人把他放在那儿的，用的说不定就是雪橇。但如果你有认真听我说话，就会知道是有人在我最后一次巡查之后，才把丹尼尔放在那里的。"

爱德华并未答话，反而面露不悦，从侯格林噘起的嘴中抽出那根仅剩几厘米长的香烟，不以为然地看着烟纸上的湿痕。侯格林沉下脸，从舌头上挑起几根烟丝。

"我的老天，为什么我要大费周章来干这种事？"盖布兰问，"而且我怎么可能从北区总队把一具尸休拖来这里，却不被巡逻兵拦下来？"

"你可以走无人地带。"

盖布兰不可置信地摇了摇头："你以为我疯了吗，爱德华？我要丹尼尔的尸体干吗？"

爱德华吸了最后两口烟，把烟屁股丢在雪地上，用靴子踩熄。这是他的习惯，他也不知道自己为什么要这样做，他就是无法忍受烟屁股躺在地上冒烟。他扭转鞋跟，地上的冰雪发出呻吟声。

"不对，我认为你没把丹尼尔拖来这里，"爱德华说，"因为我认为那不是丹尼尔。"

侯格林和盖布兰往后缩了缩。

"那当然是丹尼尔。"盖布兰说。

"或者是体形相当的人。"爱德华说，"制服上的单位佩章也一样。"

"那个麻布袋……"

"所以说你看得出麻布袋的不同，对不对？"爱德华揶揄道，但眼睛瞧的是盖布兰。

"那是丹尼尔，"盖布兰说，吞了口唾沫，"我认得那双战斗靴。"

"这么说你认为我们应该叫运尸兵来，替他再收尸一次？"爱德华问，

“这样就不用去仔细查看了。你算准了这点，对不对？”

“爱德华，你去死吧！”

“我不确定这次是不是轮到我死，盖布兰。侯格林，去把麻布袋拿开。”

侯格林张口结舌，望着爱德华和盖布兰，这两人正怒视彼此，犹如两头暴怒的公牛。

“你听见没有？”爱德华吼道，“去把麻布袋割开！”

“我不是很想……”

“这是命令，立刻执行！”

侯格林依然迟疑着。他的目光从爱德华移到盖布兰，再移到弹药箱上僵硬的尸体。然后他耸耸肩，解开夹克纽扣，伸手到夹克里头。

“等一下！”爱德华叫道，“用盖布兰的刺刀。”

这下子侯格林真被搞得茫然失措，他疑惑地望向盖布兰，盖布兰摇摇头。

“你这什么意思？”爱德华问，依旧和盖布兰面对面，“作战命令要求我们必须随身携带刺刀，可是你身上却没有刺刀？”

盖布兰并不答话。

“盖布兰，你这个终极刺刀杀戮机器不会把刺刀给搞丢了吧？”

盖布兰依然沉默。

“这样的话，好吧，侯格林，你就用自己的刺刀。”

盖布兰心中涌起一股难以抑制的冲动，想把班长爱德华那只圆睁的大眼给挖出来。爱德华究竟是“班长”还是“老鼠班长”[①]？他有着老鼠的眼睛和老鼠的脑袋。难道他什么都不懂吗？

两人听见身后传来撕裂声，那是刺刀割开麻布袋的声音，然后是侯格林倒抽一口凉气的声音。两人同时转过身去。在黎明的红光照耀下，只见一张惨白的脸庞上挂着恐怖的笑容，一双眼睛瞪着他们，额头上还有一个由黑色窟窿形成的第三只眼。毫无疑问，是丹尼尔。

---

① 班长（Rottenführer）与老鼠班长（Rat-führer）读音相似，Rat为老鼠之意。

14

一九九九年十一月四日。外交部。

布兰豪格看了看表，不禁蹙眉。八十二秒，比平常多了七秒。然后他大步走进会议室，对着转头望向他的四张面孔，用惯常的热忱语气高声说"早安"，同时展露他那著名的亮白笑容。

密勤局局长梅里克和萝凯坐在会议桌一侧。萝凯头上别着不相称的发夹，身穿女强人式套装，表情严肃。布兰豪格突然想到，萝凯身上的套装对一个秘书而言似乎稍嫌昂贵。他依然认为他的直觉是对的，直觉告诉他，萝凯是个离婚女子。但也许萝凯其实婚姻幸福，又或者萝凯有一对富有的父母？布兰豪格曾表示这场会议必须完全保密，而他竟然会在这里再度见到萝凯，这表示萝凯在密勤局的位阶比他原本推测的要高。他决定查出更多关于萝凯的事。

警察总长安妮坐在会议桌另一侧，旁边坐着身形瘦高的犯罪特警队队长。这个队长叫什么名字来着？布兰豪格先是花了不止八十秒才来到会议室，现在又记不起别人的姓名——他是不是老了？

他还不及细想，昨晚发生的事便涌入脑海。昨天他邀请外交部实习生莉莎共进他所谓小小的工作午餐，餐后他在洲际饭店请莉莎喝了杯酒。洲际饭店有个房间供他全年使用，房间费用由外交部支付，让他进行比较隐秘的会议。莉莎是个颇具野心的女子，邀请她并不困难，但场面最后却搞得不大好看。不过就只有这么一次而已，或许因为他多喝了几杯，但肯定不是他年纪太大了。布兰豪格把思绪扫到脑后，坐了下来。

"谢谢各位在这么短的时间内前来参加这次会议，"他开口说，"这次会议的机密程度当然不用我再次强调，但我在这里还是要再提醒一次，因为在座各位并不是都对我们目前要处理的事情具有丰富的经验。"

布兰豪格的目光快速扫过众人，唯独略过萝凯，明显表示这段话是针对她说的。然后他望向安妮。

"对了，你那个人怎么样了？"

安妮·斯托克森一脸疑惑，望着布兰豪格。

"我是说你手下那个警探，"布兰豪格语带犹豫，"他是不是叫哈利？"

安妮向莫勒点头示意，莫勒连清两次喉咙才开口说话。

"依目前这种情况来说，他算很好了，当然免不了有点慌乱，可是……没问题的。"莫勒耸耸肩，表示没有太多话可说。

布兰豪格扬起他最近才刚修过的眉毛。

"他还不至于慌乱到把消息泄露出去吧？"

"呃，"莫勒说，看见警察总长安妮迅速转过头来，对他斜睨一眼，"我相信那倒不至于。他很清楚这次的事件有多敏感，当然他也发誓会对此事保密。"

"执行这次任务的其他警员也都一样。"安妮迅速补充道。

"希望这一切都在掌控之中，"布兰豪格说，"那么我就向各位简短报告最新发展。我刚和美国大使结束一段很长的谈话，针对这次的不幸事件，我相信我们对最重要的事项都达成了共识。"

布兰豪格的目光从四人脸上逐一扫过，四人在高度期待的氛围中凝望着他，等待他告诉他们些什么。数秒前他感受到的沮丧似乎一扫而空。

"美国大使跟我说，你们手下那个人……"布兰豪格朝莫勒和安妮望去，"在收费亭遭到枪击的美国特勤局探员已经脱离险境，目前状况稳定。他的脊椎受伤，有内出血现象，但防弹背心救了他一命。很抱歉我们先前无法查明这个消息，因为我们必须把有关这次事件的信息交流量降到最低，希望大家可以理解，而且最重要的细节只会透露给少数相关人士。"

"他现在人在哪里？"莫勒问道。

"莫勒队长，严格说起来，你并不需要知道。"

布兰豪格看着莫勒，只见莫勒脸上浮现出一种奇怪的表情。一瞬间，会议室内弥漫着一股沉重的静默。每当有人被提醒在工作权限范围内无须知道更多信息时，情况总会有些尴尬。布兰豪格微微一笑，张开双手，表示遗憾，仿佛在说：我很明白你为什么会这样问，但事情就是这样。莫勒点了点头，垂眼望着桌子。

"好吧，"布兰豪格说，"我只能告诉你这么多。手术结束后，他就被飞机送去德国的军医院了。"

"这样啊，"莫勒挠挠颈背，"呃……"

布兰豪格等待莫勒往下说。

"把这个消息告诉哈利，应该没关系吧？我是说那个特勤局探员正在康复的消息。这样对他来说会……呃……轻松一点。"

布兰豪格看着莫勒，他有点难以明白犯罪特警队的人脑子里究竟在想些什么。

"那倒可以。"

"您和大使先生达成了哪些共识？"问话的是萝凯。

"我等一下会说。"布兰豪格柔声道。这正是他接下来要说的重点，但他不喜欢被这样打断。"我想先称赞莫勒和奥斯陆警方对现场的快速评估，如果报告无误，那个受伤探员在短短十二分钟内就受到了专业的医疗看护。"

"是哈利和他的同事爱伦·盖登开车送那个探员到阿克尔医院的。"安妮说道。

"反应迅速，可圈可点。"布兰豪格说，"美国大使对这点也赞誉有加。"

莫勒和警察总长安妮对望一眼。

"此外，大使先生和美国特勤局方面讨论过，毫无疑问，美方会展开调查，这是必须的。"

"当然。"梅里克附和说。

"我们也同意这次的错误必须归咎于美方,那名探员不应该出现在收费亭里。也就是说,美方可以派探员前往收费亭,但必须知会现场的挪威联络官。此外,派守该地区的挪威警员本应该——抱歉,是本'可以'——通知联络官,但他只是确认进入该地区的美方探员的身份。现行命令是特勤局探员可以进出所有安保区域,因此那名警员认为没有必要通报。现在来检讨,我们也许可以说当时他应该通报。"

布兰豪格望向安妮,安妮并未表示反对。

"好消息是在这个节骨眼上,似乎一点风声都没有走漏。但我召开这次会议并不是为了讨论我们在最好的情况下该怎么做,那只不过是比什么都不做稍微好一点而已。我个人认为我们根本就不必打这种如意算盘,如果我们以为这次的枪击事件不会泄露出去,那就太过天真了。"

布兰豪格上下交叠双掌,仿佛要将这几句话归结为适当的重点。

"除了密勤局、外交部和协调小组的二十多人知道内情之外,还有大约十五名警员目睹了收费亭的枪击经过。我并不想说这些人员的坏话。整体来说,我确信他们会依照惯例,遵守保密原则。然而他们只是普通的警察,对于这类情况下必须遵守的保密程度没有任何经验。况且国立医院、航空公司、经营收费亭的费里内公司和广场饭店的员工,多多少少都有可能对这起事件起疑。没有人可以保证附近建筑物内没有人拿望远镜跟随车队。只要有相关人员透露一句话,那么整件事就会……"布兰豪格鼓胀双颊,做出爆破的嘴形。

会议桌上一片寂静,直到莫勒清了清喉咙。

"这件事如果被揭发,为什么……呃……会是危险的?"

布兰豪格点点头,表示这并不是他听过的最愚蠢的问题,却立刻让莫勒意识到这正是布兰豪格听过的最愚蠢的问题。

"美国不只是挪威的盟友而已。"布兰豪格嘴角泛起一丝极其细微的微笑,说话语调像是在向一个外国人解说挪威有国王,首都是奥斯陆。

"挪威在一九二〇年是欧洲最贫穷的国家之一,如果没有美国的援助，挪威现在可能依然是欧洲最贫穷的国家，别听那些政客胡扯。移民、马歇尔计划①、猫王和石油开发金援案，让挪威成为世界上可能是最亲美的国家。我们在座的每一个人都努力了很多年才爬到今天这个位子，如果被那些政客知道今天在座的某个人必须为美国总统的生命受到威胁而负责的话……"

布兰豪格让他尚未说完的话在空中回荡，目光在桌上四人身上扫了一圈。

"幸运的是，"布兰豪格说，"美方宁愿承认他们的一个特勤局探员犯了错，也不愿意承认他们和最亲近的盟友在最根本的层面合作不良。"

"这表示，"萝凯说，目光并未离开她眼前的便笺簿，"挪威这边不需要代罪羔羊。"然后抬起双眼，直视布兰豪格。"相反，我们需要一个挪威英雄，是不是？"

布兰豪格凝视萝凯，目光中混杂了吃惊与好奇。他吃惊的是萝凯竟然这么快就知道他要说的是什么，而他好奇，是因为他意识到萝凯绝对是个值得认识的女子。

"没错。当挪威警探开枪射击美国特勤局探员的消息走漏那天，我们就必须从我们的立场把事情交代清楚。"布兰豪格说，"我们的说法必须是挪威方面并未犯下任何错误，我们派守在现场的联络官完全根据命令行事，犯错的是美国特勤局探员。这个说法我们跟美方都可以接受。挑战则在于让媒体相信，这就是为什么……"

"……我们需要一个英雄。"警察总长安妮接着说。

"抱歉，"莫勒说，"这里是不是只有我没抓到重点？"他又补上几声干笑，更显尴尬。

"面对美国总统可能受到生命威胁的紧急状况，这位挪威警探表现得

---

① "二战"后美国对西欧各国进行的经济援助重建计划，对欧洲国家的发展和世界政局产生深远的影响。

沉着镇定。"布兰豪格说，"当时这位挪威警探不得不假设收费亭里的人是暗杀者，而且上级曾为这种特定状况做出明确指示。如果收费亭里的人真的是暗杀者，他已经救了美国总统一命，虽然后来发现收费亭里的人不是暗杀者，但也不能改变这个事实。"

"没错，"安妮说，"在这种情况下，命令优先于个人判断。"

梅里克未发一语，只点头表示赞同。

"很好。"布兰豪格说，"莫勒，你刚刚说的'重点'，就是说服媒体、我们的长官和本案每一个相关人员：我们的联络官做出了最正确的动作，我们对此没有丝毫怀疑。'重点'就是我们必须表现得像是他所有的行为和意图都英勇无比。"

布兰豪格看得出莫勒十分惊愕。

"如果我们不奖励这位警探，就等于承认他开枪射击美国特勤局探员的判断是错误的，连带的也就表示美国总统来访时我们安排的安保事宜有疏漏。"

在座四人皆点头表示同意。

"因此……"布兰豪格说，他喜欢"因此"这个词，这个词穿有盔甲，几乎所向无敌，因为它动用了逻辑的威力——因为这样，所以如此。

"因此，我们颁发奖章给他？"萝凯又说。

布兰豪格感觉到一阵恼怒的刺痛。萝凯说"奖章"的语气，仿佛是他们正在编写一出喜剧的脚本，剧中所有引人发笑的元素都是出于热情，也就是说，布兰豪格的颁奖典礼压根就是一出闹剧。

"不是，"布兰豪格缓缓说道，语带强调之意，"不是颁发奖章。奖章和荣誉没有分量，也不具有我们想营造的可信度。"他靠上椅背，双手交叠在脑后。"我们要让这家伙升职，把他擢升为警监。"

接下来是长长的静默。

"警监？"莫勒不可置信地看着布兰豪格，"他开枪射击特勤局探员，还升他做警监？"

"听起来可能有点可怕，不过你们可以好好想一想。"

"这……"莫勒眨了眨眼睛，似乎很多话就要脱口而出，但最后还是选择闭嘴，保持缄默。

"他不必执行一般警监必须执行的任务。"布兰豪格听见警察总长安妮如此说道。安妮的话语有些犹疑，仿佛正拿一根棉线穿过针孔。

"关于这点，我们也稍微想过，安妮。"布兰豪格以温柔的语气强调安妮的名字，这是他第一次这么叫她。安妮的一条眉毛微微抽动，除此之外，没有任何迹象显示她反对布兰豪格直呼她的名字。布兰豪格继续说："问题在于这个爱扣扳机的联络官的所有同事，会不会认为擢升他当警监的这个动作过于明显，而觉得这个头衔只是个装饰品，这样我们就做得不太成功。也就是说，最后我们只会落得白费功夫。如果他们怀疑这是个掩饰的手段，就会谣言四起，大家会觉得我们是故意隐藏我们、你们和这个警探捅的娄子。换句话说，我们必须给他一个职务，让大家觉得合理，却又无法仔细查看他到底在做些什么。再说得明白一点，我们擢升他，同时又把他调去执行一个只能让外人雾里看花的任务。"

"一个雾里看花的任务。一个闲缺。"萝凯讽刺地微微一笑，"听起来你是想把他送到我们这里。"

"梅里克，你说呢？"布兰豪格问。

梅里克搔搔耳背，轻轻地笑了几声。

"可以，"梅里克说，"我想我们随时都可以为一个警监挪出个位子。"

布兰豪格欠身鞠躬："这样你算是帮了我们一个大忙。"

"只要能力所及，我们都应该互相帮助。"

"太好了。"布兰豪格微笑着说，同时瞥了一眼墙上的时钟，表示会议到此结束。椅子的推移声纷纷响起。

15

一九九九年十一月四日。圣赫根区。

普林斯透过扬声器纵声狂欢,仿佛时间定格在一九九九年[1]。

爱伦望着汤姆·瓦勒。汤姆正把一卷录音带推入音响,调高音量,使低音喇叭发出的声音大到震动整个仪表盘。普林斯的尖锐假声穿透爱伦的耳膜。

"很时尚吧?"汤姆大声喊道,盖过音乐声。爱伦不想冒犯他,只是摇头。她倒不是有什么偏见,认为汤姆容易被冒犯,而是她决定尽量不去惹汤姆不高兴,心中只希望汤姆和她的搭档关系早点结束。他们的主管莫勒明确表示,两人的搭档只是暂时的。每个人都知道,到了春天汤姆就会晋升为警监。

"同性恋黑人,"汤姆叫道,"太强了。"

爱伦并不接话。外头下着滂沱大雨,雨刷虽全速扫动,雨水仍附着在风挡玻璃上,宛如一层柔软的滤镜,让伍立弗路上的建筑物看起来像是软软的玩具屋,如同波浪般扭动着。今早莫勒派他们去找哈利。他们已经去哈利在苏菲街的住处按过门铃,确认他不在家。要不然就是哈利不开门,再不然就是哈利无法开门。爱伦害怕最坏的事已然发生。她看见人行道上的行人个个都行色匆匆。行人的身形看起来同样扭曲诡异,犹如游乐园哈哈镜中的影像。

"这里左转,然后在施罗德酒吧门口停车。"爱伦说,"我进去找就好,

---

① 此处指的是美国黑人歌手普林斯(Prince)于1982年发行的畅销专辑《1999》。

你在车上等我。"

"好啊，"汤姆说，"酒鬼最糟了。"

爱伦从车外瞥了汤姆一眼，但汤姆的表情并未泄露出他话中的"酒鬼"指的是施罗德酒吧早上的客人，还是特别针对哈利。汤姆把车开到施罗德酒吧外的公交车站停下。爱伦一下车就看见对街开了一家布兰里咖啡馆。也许这家咖啡馆已经开很久了，只是她没发现而已。只见咖啡馆落地窗前一排高脚凳上坐着许多穿翻领毛衣的年轻人，有的在读外文报纸，有的凝望窗外大雨，双手捧着白色大咖啡杯，也许正在想自己是否选对了大学专业？是否选对了设计师沙发？是否选对了伴侣？是否选对了橄榄球俱乐部？是否选对了这个欧洲城镇？

爱伦走进施罗德酒吧的门廊，差点撞上一个身穿冰岛毛衣的男子，他的手有如煎锅那么大，黝黑而肮脏。男子和爱伦擦身而过，汗水混合腐坏酒精的甜味钻入她的鼻孔。酒吧里弥漫着客人稀少的清晨氛围，放眼望去只有四张桌子有人。爱伦很久以前来过施罗德酒吧，她一眼就看出这里丝毫没变。只见墙上挂着几幅数世纪前的奥斯陆大图片，墙壁漆的是褐色，中央是人造玻璃天花板，有一点英国酒吧的感觉。只有一点点，真要说起来的话，只有那么一点点。店内的塑料桌椅让整间酒吧看起来更像是摩尔海岸沿岸渡轮上的可抽烟雅座酒吧。酒吧后方有一名身穿围裙的女服务生，倚着柜台抽着烟，悄悄地留意爱伦。哈利就坐在角落的窗户旁，垂头望着桌面，面前的啤酒喝了一半。

"嘿。"爱伦说，在哈利对面坐了下来。

哈利抬起头来，点了点头，仿佛一直坐在这里只是为了等她。然后他的头又垂了下去。

"我们一直在找你，也去你家按过门铃。"

"我在家吗？"他语调平缓，脸上毫无笑容。

"我不知道。你在家吗，哈利？"她朝那杯啤酒比了比。

哈利耸耸肩。

"他会活下来的。"爱伦说。

"我听说了。莫勒在我的电话上留言了。"他的措辞十分清楚,令人意外,"莫勒没说他伤得有多重。人的背后不是有很多神经什么的吗?"

哈利把头歪向一边,爱伦没有回话。

"搞不好他只是瘫痪而已?"哈利说。那杯啤酒见了底,他伸出手指轻叩酒杯,"Skål(干杯)!"

"你的病假到明天就用完了。"爱伦说,"明天我们要看见你来上班。"

哈利抬起头来:"我在请病假?"

爱伦将一个小塑料活页夹推过桌面,可以看见活页夹里是一张粉红色纸张的背面。

"我跟莫勒和奥纳医生谈过了。这张病假单给你。莫勒说在勤务中发生枪击意外事件后,请几天假恢复是正常的。你明天回来上班。"

哈利的目光移到窗户上。窗玻璃染有不均匀的色彩,也许是为了保持隐秘,好让路人无法看见里面。这和布兰里咖啡馆正好相反,爱伦心想。

"怎么样?你会来上班吗?"

"呃,"哈利用呆滞的眼神看着爱伦,爱伦记得哈利刚从曼谷回来的那段时间,早上经常可以看见他这种眼神,"我不确定。"

"反正你就来吧,有几个很有意思的惊喜在等着你。"

"惊喜?"哈利有气无力地笑道,"会有什么惊喜?提前退休,光荣免职,还是美国总统会颁紫心勋章给我?"

他抬起头,爱伦正好可以看见他那双布满血丝的眼睛。爱伦叹了口气,转头望向窗户。透过粗糙的玻璃可以看见毫无形状可言的车子驶过,像是在看迷幻电影。

"哈利,你为什么要这样对待自己?你知道、我知道、大家都知道那不是你的错!而且我们,包括你,都做出了正确的反应。"

哈利的眼光避开爱伦,低声说:"当他坐着轮椅回家,你认为他的家人会这样想吗?"

"我的天,哈利!"爱伦拉高嗓音,同时看见柜台旁的女服务生朝他们望来,而且越来越感兴趣。那个女服务生也许嗅出一场大有看头的闹剧正在酝酿。

"哈利,总是有人运气比较差,总是有人没办法熬过去。世界就是这样。这不是任何人的错。你知道每年有百分之六十的篱雀会死亡吗?百分之六十!如果我们搁下工作,对其中的意义追根究底的话,那我们可能还来不及知道发生了什么事,自己就成为那百分之六十了,哈利。"

哈利并不答话。他只是坐着,在有香烟烧灼的黑色痕迹的格子桌布上,上下摆动脑袋。

"我一定会恨我自己这样。哈利,就当是我求你,请你明天来上班好吗?你只要出现就好了。我不会跟你说话,你也不必理会我,这样可以吗?"

哈利把小指穿入桌布上的一个烟孔,然后移动酒杯,盖住另一个烟孔。爱伦等待他的回答。

"外面在车上等的人是汤姆吗?"哈利问。

爱伦点了点头。她清楚地知道哈利跟汤姆彼此看不顺眼,忽然心生一计,虽有些犹豫,但仍决定冒险一试:"汤姆赌两百克朗说你明天一定不会来。"

哈利又发出有气无力的笑声,双手撑头,看着爱伦。

"爱伦,你真是不会说谎,但还是谢谢你努力尝试。"

"去你的。"

爱伦吸了口气,似乎打算说些什么,但是作罢,只是怔怔望着哈利好一会儿,才又吸了口气。

"好吧,这件事本来应该由莫勒来告诉你,不过现在我就跟你说了吧:他们要升你当密勤局的警监。"

哈利哑然失笑,笑声有如凯迪拉克"弗利特伍德"总统专车的引擎声:"好吧,只要经过一些练习,你说谎的功力还不算太差。"

"我是说真的!"

"不可能。"哈利的目光再度游移到窗外。

"为什么不可能？你是我们的优秀警探，你刚证明你也是个很棒的警察，你读过法律，你……"

"我告诉你，不可能的，就算有人想出这么一个疯狂的主意也不可能。"

"你说说看为什么不可能？"

"原因很简单。你刚刚说那些鸟有百分之六十会死亡对不对？"

哈利越过桌面，拉开桌布和酒杯。

"那些鸟叫篱雀。"

"好，它们为什么会死？"

"什么意思？"

"它们不是自己躺下来死掉的吧？"

"它们会死于饥饿，死于掠食动物的捕猎，死于寒冷，死于疲劳，也许还会撞上窗户而死，什么都有可能。"

"好，我敢打赌它们一定都不是被挪威警察从背后开枪射杀的，而且这个挪威警察没有持枪执照，因为他没通过射击测验。挪威警察做出这种事，一旦被发现，就会被起诉，并处以一至三年有期徒刑。在这种情况下，升为警监的可能性微乎其微，你说不是吗？"

哈利举起酒杯，再重重摔在那个塑料活页夹上。

"什么射击测验？"爱伦问。

哈利瞅了爱伦一眼，眼神锐利。爱伦自信满满，直视哈利的双眼。

"你这什么意思？"哈利问。

"我完全不知道你在说什么，哈利。"

"你知道得很清楚……"

"据我所知，你已经通过了今年的射击测验，莫勒也这么认为，他今天早上还亲自跑了一趟枪支执照组去跟射击教官核对。他们把你的档案调出来，看见你的分数超过及格标准。他们不会没有经过确认，就随便把开枪射击特勤局探员的人升为警监的。"

爱伦对哈利露出灿烂的笑容，哈利脸上的表情似乎困惑多过醉意。

"可是我还没拿到持枪执照！"

"你已经拿到了，你只是把它给搞丢了。你会把它找回来的，哈利，你会把它找回来的。"

"你听着，我……"

哈利顿了顿，垂眼凝视面前那个摆在桌上的塑料活页夹。爱伦站了起来。

"明天早上九点见喽，警监先生。"

哈利只能无言地点了点头。

16

一九九九年十一月五日。霍勒伯广场，瑞迪森饭店。

贝蒂·安德森那一头卷曲金发简直和美国歌手多莉·帕顿没什么两样，看起来宛如一顶假发。只是她的头发并非假发，而她和多莉·帕顿的相似之处也仅止于那头金发。贝蒂高而瘦，笑的时候嘴巴微张，几乎不会露出牙齿。这时她正露出微笑，对着一个老人微笑。老人站在霍勒伯广场瑞迪森饭店大厅的柜台外。这个接待柜台和一般饭店的接待柜台不同，它是多功能"工作岛"——大厅有多个工作岛——上面摆着许多计算机屏幕，可同时服务数名房客。

"早安。"贝蒂说。这是她在斯塔万格市的旅馆管理学校学到的问候语，每天依不同时段必须使用不同问候语来和人打招呼。六小时后，她会说"下午好"，再两小时后，她会说"晚上好"。下班后她回到土萨区的两居公寓，会希望有个人可以让她道"晚安"。

"我想看房间，越高越好。"

贝蒂看着老人湿漉漉的外套肩膀。外面大雨倾盆。一滴雨水悬垂在老人的帽檐上颤动着。

"您想看房间？"

贝蒂的微笑依然挂在脸上，没有一丝改变。她受过专业训练，奉行服务准则，必须视所有人为房客，直到证明对方绝无可能成为房客为止。但她也知道这时站在她面前的是哪一类型的人：这是个来挪威首都观光的老人，想免费欣赏瑞迪森饭店的景观。这类人依然会出现在旅馆里，夏天尤其多。而且这类型的人不只是想欣赏景观而已。曾经有个女人问贝蒂可不可以让她看看二十一楼的总统套房，好让她回去跟亲朋好友炫耀说她住过了，还可以描述套房里的陈设。她甚至愿意塞给贝蒂五十克朗，只要贝蒂把她的名字打在房客姓名登记簿上，让她拿回去当作证据。

"单人房还是双人房？"贝蒂问，"吸烟还是不吸烟？"这类人只要被问到这里，多半都会结巴。

"都可以，"老人说，"重点是风景。我要面向西南方的房间。"

"好的，面向西南方可以看见整个奥斯陆。"

"没错。你们最好的房间是什么？"

"我们最好的房型是总统套房，不过请您稍等一下，我查查看是否还有标准套房。"

贝蒂敲打键盘，等着看老人是否会上钩。她没等太久。

"我想看看总统套房。"

你当然想看，贝蒂心想，瞅着老人。她不是个不讲理的女子，如果一个老人最大的愿望是看一看瑞迪森饭店的景观，她不会横加阻拦。

"那我们就上去看看吧。"贝蒂说，展现她最灿烂的微笑，通常这个微笑只保留给常客。

"您是来奥斯陆探访亲友的吗？"贝蒂在电梯里出于礼貌而问道。

"不是。"老人说。他的茂密白眉酷似贝蒂的父亲。

贝蒂按下电梯按键，电梯门关上，开始上升。她一直不习惯搭这台电梯，它像是要把人吸上天堂似的。电梯门打开。一如往常，她有些期望踏出电梯门可以进入一个不同的新世界，犹如电影《绿野仙踪》里那个小女孩踏入陌生世界，但门外的世界依然是同一个世界。两人穿过走廊。走廊的壁纸和地毯互相搭配，墙上挂着昂贵的艺术品。贝蒂把磁式门卡插入门锁辨识器，说"您先请"，替老人将门打开。老人从她身旁如风一般滑过，她把这阵风称为期待的微风。

"总统套房的面积是一百零五平方米，"贝蒂说，"套房内共有两间卧室，每一间卧室内都有一张特大号床，也各有一间浴室，里面都有按摩浴缸和电话。"

贝蒂走进套房，来到老人所站的窗户边。

"家具由丹麦设计师保罗·亨里克森设计，"贝蒂说，伸手抚摸咖啡桌那薄如纸张的玻璃桌面，"您想看看浴室吗？"

老人并不答话，头上依然戴着那顶湿透了的帽子。在接下来的静默中，贝蒂听见一滴雨水滴在樱桃木拼花地板上的声音。她站在老人身旁，从那里可以看见所有值得一看的城市风光：市政厅、国家剧院、皇宫、挪威议会，以及阿克什胡斯堡垒。他们脚下是皇家庭园，园里的树木仿佛女巫张开发黑的手指，伸向铅灰色的天空。

"您应该等春暖花开的时候再来的。"贝蒂说。

老人转过头，一脸迷惑，贝蒂这才发觉自己的话中之意。她这句话后面可以再补一句：既然您只是来这里看风景而已。

贝蒂尽可能展现微笑："那个时候皇家庭园的草是绿的，树上长满叶子，非常漂亮。"

老人打量着她的脸，但显然他另有所思。

"你说得对，"过了一会儿，老人说，"树上有叶子。我没想那么多。"

老人指指窗户："这可以打开吗？"

"可以打开一点。"贝蒂说，因为转换话题而松了一口气，"扭转这个把手就可以打开。"

"为什么只能打开一点点？"

"以免有人做傻事。"

"做傻事？"

贝蒂快速地瞥了老人一眼。这老人会不会有点痴呆了？

"我的意思是说，"她说，"跳楼、自杀。很多不开心的人会……"她做了个手势，说明不开心的人会怎么做。

"这就叫傻事？"老人揉了揉下巴。贝蒂是不是在老人的皱纹底下看见一丝微笑？"即使他们不开心？"

“是的，”贝蒂坚定地说，“至少当我在这家饭店当班的时候是。”

“当班啊，”老人轻笑说，“这个词用得好，贝蒂·安德森。”

贝蒂听见老人直呼她的姓名，心头一惊。老人自然是从她的名牌上得知她的姓名的，可见老人的视力毫无问题。名牌上的姓名字母就和“接待员”几个字一样小。她假装偷偷地瞄了一下时钟。

“对了，”老人说，“你应该还有其他工作要忙。”

“是的。”贝蒂说。

“那我要这个房间。”老人说。

“您说什么？”

“我要这个房间，不是今天晚上，而是……”

“您要这个房间？”

“对，这个房间可以预订吧？”

“嗯，可以的，可是……这个房间很贵。”

“我喜欢预先付款。”

老人从侧口袋拿出皮夹，从里面取出一沓钞票。

“不，我不是这个意思，这个房间一个晚上要七千克朗。您不想再看看……”

“我喜欢这个房间，”老人说，“请点点看对不对。”

贝蒂瞪着老人递到她面前的那沓面值一千克朗的大钞。

“您来住的时候再付款就可以了，”贝蒂说，“请问您想订什么时候？”

“就听你的建议，贝蒂，春天的时候。”

“是，想订哪个特别的日子吗？”

“当然。”

17

一九九九年十一月五日。警察总署。

莫勒叹了口气，凝望窗外，心旌摇曳，近来他常常这样。雨已经停了，但铅灰色的天空依然重重压在格兰区警察总署上方。只见外头一只狗慢慢跑过毫无生气的枯黄草地。卑尔根市的犯罪特警队有个职位出缺，申调截止日在下星期。他听一位同事说过，卑尔根市的秋天只会下两场雨：一场是从九月下到十一月，另一场是从十一月下到新年。卑尔根的那些家伙总喜欢夸大其词。他去过卑尔根，挺喜欢那座城市。卑尔根远离奥斯陆的政客，是座小城市。他喜欢小。

"什么？"莫勒转过头，看见哈利脸上顺从的神情。

"你刚刚在跟我解释调职对我的好处。"

"哦？"

"老大，请你说明。"

"哦，对。对，没错。我们得确定自己不会卡在旧习惯和例行公事里。我们必须往前走，必须进步。我们必须离开。"

"离开分真的离开和假的离开。密勤局只在楼上三层而已。"

"我是说离开一切。密勤局局长梅里克认为你完全可以胜任他为你准备的职位。"

"这种职位不是都得先公布吗？"

"哈利，别担心。"

"是吗？不过我可不可以质疑一下，为什么你们会调我去执行监视勤务？我看起来像是有卧底的才能吗？"

"不，不。"

"不？"

"我的意思是说是。也不是'是'，而是……呃……有何不可？"

"有何不可？"

莫勒愤愤地搔了搔脑后，脸涨得通红。

"妈的！哈利，我们升你当警监，薪水连跳五级，不必再执夜勤，菜鸟对你也会更尊敬。这是好事，哈利。"

"我喜欢夜勤。"

"没有人喜欢夜勤的。"

"你为什么不把这里的警监空缺派给我？"

"哈利！帮我个忙，你就答应吧。"

哈利玩弄着手中纸杯。"老大，"他说，"我们认识多久了？"

莫勒伸出食指，以示警告："别跟我来这套。别跟我说什么'我们曾经一起出生入死'之类的……"

"七年了。这七年来我讯问过的人也许有全奥斯陆最笨的，可是我还没碰到过一个说谎说得比你糟的人。我也许笨，但我剩下的脑细胞还可以发挥作用，这些脑细胞告诉我，为我挣得这个职位的不可能只是我过去的功绩，也不可能是我的射击成绩。我的射击成绩居然可以突然间在年度射击测验里名列前茅，真是太令我惊讶了。他们跟我说，我升职可能跟我开枪射中美国特勤局探员有关。老大，你可以什么都不用说。"

莫勒的嘴巴张开又闭上，旋即将双臂交叉在胸前，带着点示威的意味。

哈利继续说道："我知道主导这场戏的人不是你。虽然我看不出整件事的来龙去脉，但我还有点想象力，我可以猜测其他的部分。如果我猜得没错，这表示我希望在警察生涯里做什么选择一点也不重要。所以请你回答我这个问题，我可以有选择吗？"

莫勒眨了眨眼，然后继续不断地眨眼。他脑子里想的是卑尔根，想的是那些没有雪的冬天，想的是周日可以和妻儿一起去弗拉扬山踏青。那是个培育小孩成长的好地方。孩子们只会做一些无伤大雅的恶作剧,只会打打闹闹,没有犯罪帮派,没有十四岁青少年嗑药过度。卑尔根市警局啊,唉。

"没有。"莫勒说。

"对,"哈利说,"我想也是。"他压扁纸杯,瞄准废纸篓。"你刚刚说薪水连跳五级?"

"还有自己的办公室。"

"我想隔间一定是经过精心安排,跟别人隔开吧。"哈利刻意缓缓移动手臂,掷出纸杯,"加班呢?"

"这个等级不用加班。"

"那我一定要赶在四点以前到家。"纸杯落在废纸篓前半米的地面上。

"我想那肯定没问题。"莫勒说,面露一丝微笑。

18

一九九九年十一月十日。皇家庭园。

这是个清朗寒冷的夜晚。老人踏出地铁站，脑子里冒出的第一个念头是街上竟然还有这么多人。他想象中的市中心应该空寂无人，没想到却看见卡尔约翰街上的出租车在霓虹灯下穿梭，一拨拨的行人在人行道上来来往往。他站在马路口，旁边是一群肤色黝黑的年轻人，叽叽喳喳地说着异国语言，等待行人信号灯出现小绿人。他猜想那些年轻人可能是巴基斯坦人或者阿拉伯人。信号灯变换，他的思绪被打断。他踏出坚定的脚步，穿越马路，走上山坡，朝皇宫被灯光照亮的那一面走去。就连这里也有人，大部分是年轻人，正往返于不知道什么地方。来到山坡上，老人停下脚步喘口气，前方就是卡尔·约翰①骑马迈步的雕像。只见卡尔·约翰望着挪威议会，眼神如在梦中，而他身后是他曾想植入强权的挪威皇宫。

老人转而向右，走进庭园树林间。已有将近一个星期没下雨，地上的枯叶随着他的脚步窸窣作响。他仰头向上望，细看光秃秃的树枝衬着星空而形成的轮廓。这时一段诗文浮现在他脑海：

　　白杨、榆树，

　　桦木、橡树，

　　苍白如死，

---

① 卡尔·约翰（Karl Johan，1763—1844），1818年加冕为瑞典国王与挪威国王。他本为法国人，从军后展露出军事才能，后被选为瑞典国王的继承人，带领瑞典击败丹麦，当时受丹麦统治的挪威被割让给瑞典，挪威原本想独立，卡尔出兵迫使挪威与瑞典成为联合王国。

身栖寒夜。

要是今天晚上没有月亮就好了，他心想。另一方面，月光又让他比较容易找到目标：他要找的是在他得知生命即将到达尽头的那天，曾让他倚身休息的那棵大橡树。他的目光沿着那棵大橡树的树干，向上移到树冠。这棵树有多老了？两百岁，还是三百岁？卡尔·约翰宣布登基为挪威国王的那天，这棵树可能已长成大树。然而所有的生命都有结束的一天，包括他自己的生命，这棵橡树的生命，是的，甚至国王的生命。他站到橡树后方，有人从小径走来也看不见他。他卸下软式背包，蹲了下来，打开背包，拿出里面的东西摆在地上，分别是三瓶草甘膦溶剂，基克凡路那家五金行的销售员称之为"一手"，还有一支马用注射器，注射器附有一根坚硬的钢针，是他去一家药店买来的。他说他买马用注射器来料理食物，要把油脂注射到肉里，但这番话白说了，药店的售货员只是百无聊赖地看了他一眼，还没等他踏出店门就已经把他给忘了。

老人迅速环视四周，然后把长长的钢针插入一瓶草甘膦溶剂的软木塞，慢慢拉动针筒的活塞，让闪亮亮的液体注入针管。他伸出手指在树皮上触摸，找到一处树皮破孔，插入注射器。事情没有他想象的那么容易。他必须用力下压，才能让钢针穿透坚硬的橡木。溶剂注射在外围不会有效果，针头必须戳入形成层，也就是树木内部赋予其生命的组织。他在注射器上施加更多压力。钢针震动了一下。该死！钢针可不能被压断，他只买了这一支注射器。针头滑了进去，但是再深入几厘米就无法推进了。虽然天气冷飕飕的，他却已经满头大汗。老人紧紧握住注射器，正要再度施力，却听见小径方向传来枯叶的窸窣声。他立刻放开注射器。只听见窸窣声越来越近。他闭上双眼，屏住呼吸。脚步声从附近经过。他睁开眼睛，瞥见两个人影消失在树丛后方，前往腓特烈街观景台的方向。他决定孤注一掷，用尽全身力气插入钢针。正当他心想可能会听见钢针折断时，针头插入了树干。老人擦去额头上的汗水。接下来就简单了。

十分钟后，他已注入两瓶草甘膦溶剂，正在注入第三瓶时，他听见说话声渐渐靠近。两个人影穿过树丛，从观景台走出来，他猜想应该就是先前见到的那两个人。

"嘿！"一个男性声音传来。

老人本能地做出反应，在橡树前站直身子，用身上外套挡住仍插在树干上的注射器，接着就被强光照花了眼。他伸出双手挡在面前。

"汤姆，把手电筒移开。"一个女子说。

强光消失，他看见圆锥形的光柱在庭园树林间舞动。

那两人走到他面前，其中的女子三十出头，相貌平凡却颇有韵味。女子拿出证件摆在他面前，距离很近，让他即使在月色中也能看见证件上的照片。照片中是眼前这个女子，显然是她较为年轻时拍的，表情严肃。证件上还有名字，叫爱伦什么的。

"我们是警察，"女子说，"抱歉吓到你了。"

"先生，你三更半夜在这里干吗？"男子问道。只见那两人衣着朴素，男子头戴黑色羊毛帽，帽子底下是一张年轻英俊的脸庞，一双冷冰冰的蓝色眼眸正盯着他瞧。

"我只是出来散散步。"老人说，暗自希望声音中的颤抖没那么明显。

"是吗？"名叫汤姆的警察说，"躲在公园里的树后面，还穿一件长外套，你知道我们怎么称呼这种人吗？"

"汤姆，别这样！再跟你说一次抱歉。"女警说，转头望向老人，"几小时前，庭园里发生攻击事件，一个男孩被人殴打，请问你有没有看见或听见什么？"

"我才刚来，"老人说，目光直视女警，避开年轻男警的眼神，"我什么都没看见，只看见大熊座和小熊座。"他伸出手指往天空指了指，"很遗憾听见这种事，那个男孩受伤严重吗？"

"挺严重的。抱歉打扰你了，"那女警微笑说，"祝你有个愉快的夜晚。"

两名警察离去之后，老人闭上眼睛，向后一瘫，靠在树干上。突然间，他的衣领被人提了起来，耳朵感觉到温热的吐息，然后便听见那年轻男警的声音。

　　"下次再被我逮到，我就把你的小弟弟切掉，听见没？我最痛恨你这种人了。"

　　年轻男警放开他的衣领，转身离去。

　　老人瘫倒在地，感觉地面的冰冷水汽逐渐渗透衣服。他脑海中有个声音不断重复哼着同一段诗文。

　　白杨、榆树，

　　桦木、橡树，

　　苍白如死，

　　身栖寒夜。

19

一九九九年十一月十二日。青年广场，赫伯特比萨屋。

斯韦勒·奥尔森走进门，对坐在角落那桌的三个年轻男子点了点头，去吧台点了杯啤酒，拿到桌前。他并没坐到那三个人的桌前，而是把啤酒拿到他自己的桌子上。自从他在丹尼斯汉堡店殴打那个眯缝眼东方人之后，一年多以来，他一直坐在这里。他来得很早，这张桌子没人坐，但不久之后，这家位于市场街和青年广场角落的小比萨店就会高朋满座。今天是优惠日。他看了一眼坐在角落的那三个人，他们是一个党派的核心人物，但他不想跟他们说话。那三个年轻男子属于一个新党派——国家联盟党，斯韦勒和他们理念不同。过去他参加祖国党青年团时认识了他们。他们十分爱国，但现在却即将脱党，成为新党派的骨干。罗伊·柯维斯有一颗无懈可击的光头，他一如往常，身穿褪色紧身牛仔裤、短筒靴、白色 T 恤，T 恤上印有国家联盟党的红白蓝三色标志。哈勒是新面孔，他的头发染成黑色，抹上发油，让头发完全服帖，还留有一撮小胡子，这撮小胡子极富挑衅意味——那是一撮牙刷头大小、经过整齐梳理的小胡子，简直就是第三帝国元首的翻版。他已不再以穿马裤和短筒靴为乐，转而穿上绿色战斗服。格雷森是三人当中唯一看起来像普通青少年的人：他身穿飞行员夹克，留山羊胡，头顶戴着一副太阳镜。毫无疑问，他是三人当中最聪明的。

斯韦勒环顾整家比萨店，只见一对年轻男女正在大吃比萨。斯韦勒没见过那两人，但他们看起来不像卧底警察，也不像记者。他们会不会是反法西斯报纸《箴言报》派来的人？去年冬天，斯韦勒揭发了《箴言报》派来的一个笨蛋。那个笨家伙带着恐惧的眼神多次光顾这里，还假装喝醉，和几个常客搭话。斯韦勒在空气中嗅到背叛的气味，便把他带出去，扯下他的毛衣，发现里面装有窃听器。还没等他们动手，那笨家伙就吓得全身僵硬，承认是《箴言报》派他来的。《箴言报》那些人全都是娘儿们。他们认为这种自愿监视法西斯帮派分子的儿童游戏非常重要而危险，他们自认为是特务，生命持续暴露在危险中。在这方面，斯韦勒承认他自己人中的少数几个跟《箴言报》那些人没有多大差别。总而言之，那笨蛋确信自己会被杀，吓得屁滚尿流，名副其实的屁滚尿流。斯韦勒亲眼看见一条深色水痕沿着那笨家伙的裤管一路漫延到柏油路面。这个画面令他印象深刻。那条由尿液形成的小溪流向低处流去，在灯光昏暗的后巷里闪烁微光。

斯韦勒判断那对饥肠辘辘的年轻男女只是刚好路过。从他们吃比萨的速度来看，他们显然已察觉到这家店顾客群的不同，想尽快把比萨塞进嘴里然后离开。窗户旁还坐着一个老人，头戴帽子，身穿外套。那老人也许是个酒鬼，只是衣着截然不同。慈善组织"救世军"为这些酒鬼梳洗打理过后的头几天，他们看起来都是这个样子，穿着质量良好但有点过时的二手外套和西装。斯韦勒打量那老人时，老人突然抬头，和他四目交接。老人有一对晶亮的蓝色眼眸，绝不是个酒鬼。斯韦勒立刻别过了头。老浑球的目光可真厉害！

斯韦勒盯着自己那杯啤酒，该来赚点钱了，应该把头发留长，盖住脖子上的刺青，穿上长袖衬衫，走入社会。外面有很多工作机会——那些烂机会，连黑人、异教徒和同性恋者都拥有薪资优渥的工作。

"我可以坐下吗？"

斯韦勒抬起双眼。说话的是那老人，就站在他旁边。斯韦勒没注意到老人走了过来。

"这是我的桌子。"斯韦勒断然回绝。

"我只想跟你聊几句。"老人把报纸放在他们之间的桌上，在斯韦勒对面坐了下来。斯韦勒小心谨慎地看着老人。

"放轻松，我跟你们是同一边的。"老人说。

"跟谁同一边？"

"来这家店的人。国家社会主义①者。"

"是吗？"

斯韦勒舔了舔双唇，拿起酒杯凑到唇边。老人只是坐在那里，一动不动地望着斯韦勒，十分沉着冷静，似乎全世界的时间都掌握在他手里。也许他时间真的很多，他看起来差不多七十岁。至少七十岁。他会不会是"神谴八八"②的老极端主义者，是那些斯韦勒曾经听说却从未见过的低调金主之一？

"我需要请你帮个忙。"老人压低声音说。

"是吗？"斯韦勒说，但已收敛起一部分盛气凌人的态度。毕竟世事难料。

"枪。"老人说。

"枪怎么了？"

"我需要一把枪，你能帮我吗？"

"我为什么要帮你？"

"打开报纸，第二十八版。"

斯韦勒拉过报纸，翻开，眼睛却也不忘盯着老人。第二十八版有一篇新纳粹党在西班牙活动的报道，撰文的是反抗军成员伊凡·尤尔。棒极了。还附有一张黑白大照片，照片中是一名年轻男子高举西班牙独裁者佛朗哥元帅的肖像。照片的一部分被一张一千克朗的纸钞遮住。

"如果你能帮得上忙……"老人说。

斯韦勒耸耸肩。

"……我会再给你九千克朗。"

---

① 一种企图利用旧国家政权进行社会改良的资产阶级思想。

② 神谴八八（Zorn 88），"挪威国家社会主义运动"的别称，为挪威国家社会主义团体，成员大约五十人。8指的是第八个字母"H"，"88"是"希特勒万岁"（Heil Hitler）之意。

"是吗？"斯韦勒又吞了口唾沫，环顾四周。那对年轻男女已经离去，但哈勒、格雷森和柯维斯仍坐在角落那桌。再过不久，其他人便会来到店里，到时候就不可能进行隐秘的谈话了。这可是一万克朗的生意。

"哪种枪？"

"步枪。"

"应该没问题。"

老人摇摇头。

"我要马克林步枪。"

"马克林？那个做模型火车的牌子？"斯韦勒问。

帽子底下那张爬满皱纹的脸出现一道裂缝。那老家伙一定是笑了。

"如果你帮不上忙，现在就告诉我。这一千克朗你可以收下，我们的谈话到此结束。我会离开，你再也不会见到我。"

斯韦勒感觉到肾上腺素激增带来的短暂眩晕。他们可不是闲聊那些斧头、猎枪或单支炸药。这可是真枪实弹。这老家伙要来真的。

这时店门打开。斯韦勒回过头去，看见一位老人走进门来。那老人跟他们不是一伙的，只是个身穿红色冰岛毛衣的老酒鬼。他到处要酒喝的时候很讨人厌，除此之外倒是没什么不好。

"我可以想想办法。"斯韦勒说，抓起那张一千克朗钞票。

接下来发生的事，斯韦勒并未看清楚。那老人的手如鹰爪般抓住斯韦勒的手，并将它压在桌上。

"我问你的不是这个。"老人的声音冰冷而利落，犹如一片薄冰。

斯韦勒想把手抽出来，却被这老态龙钟的人紧紧握住，抽不出来！

"我问你能不能帮我，你要给我答案。能或不能，明白吗？"

斯韦勒感觉到老人心中燃烧着熊熊怒火，也感觉到他一定有许多的朋友和仇人。但就在这一刻，斯韦勒的脑子里活跃着另一个念头：一万克朗。斯韦勒知道有一个人可以帮忙，一个非常特殊的人。那人要价肯定不低，但斯韦勒觉得这老家伙不是个会讨价还价的人。

"我……我可以帮你。"

"要多久？"

"三天后。在这里。同样的时间。"

"胡说！三天之内你绝对拿不到这种步枪。"老人放开了手，"不过你可以去问那个可以帮你的人，再请他去问那个可以帮他的人，然后三天后，你来这里找我，我们再谈交货地点和时间。"

斯韦勒可以举起一百二十公斤的杠铃，这个骨瘦如柴的老家伙怎么可能……

"三天后，你来告诉我可不可以一手交钱一手交货，那么剩下那九千克朗就是你的了。"

"真的吗？如果我只拿钱没办事呢？"

"那我会回来杀了你。"

斯韦勒按摩手腕，没再进一步追问。

刺骨的冷风扫过人行道。洛克菲勒音乐厅旁的电话亭里，斯韦勒用颤抖的手指按着数字键。妈的真是冷！他脚上两只短筒靴的靴头都有破洞。电话那头接了起来。

"喂？"

斯韦勒吞了口唾沫。这声音为什么每次都让他觉得这么不舒服？

"是我，斯韦勒。"

"什么事？"

"有人要一把枪。一把马克林步枪。"

没有回应。

"跟那个做模型火车的牌子一样。"斯韦勒补充道。

"我知道马克林。"电话那端的声音平缓而不带任何情绪，斯韦勒感觉得到对方的鄙视。斯韦勒并未对此做出回应，尽管他厌恶电话那头的人，但更怕他——坦承此事一点都不难为情。那男人以危险著称。即使是斯韦勒的朋友，也只有少数人听说过他，而且斯韦勒并不知道他的真实姓名，尽管他曾多次出手救斯韦勒和他的朋友。他之所以救斯韦勒是为了"大理想"，并不是因为特别喜欢斯韦勒。如果斯韦勒认识的其他人可以提供他所需的支持，他也一定会去跟其他人联络。

那声音说："是谁要这把枪？要用来干吗？"

"是一个老人。我从来没见过他。他说他跟我们是同一边的。我没问他想把谁做掉，说不定他没想做掉谁，说不定他只是想……"

"闭嘴，斯韦勒。他看起来是不是很有钱？"

"他穿的衣服很高级，还给我一千克朗，只是要我告诉他我是否帮得上忙。"

"他给你一千克朗是要你乖乖把嘴闭上，不是要你问东问西。"

"对。"

"有意思。"

"三天后我会再跟他碰面。他要知道我们能不能弄到那把枪。"

"我们？"

"对，呃……"

"你是说我能不能弄到那把枪吧？"

"当然是这个意思，可是……"

"他付你多少钱？"

斯韦勒迟疑了一会儿："十张一千克朗大钞。"

"十张大钞。我来牵线，看能不能成，知道了吗？"

"知道了。"

"所以说那十张大钞是干什么用的？"

"是用来叫我闭嘴的。"

斯韦勒挂上电话时，脚趾已冻得麻木。他需要一双新靴子。他站在原地，凝望一个滚动迟缓的小纸盒被风吹到空中，往主街方向的车辆间吹去。

20

一九九九年十一月十五日。赫伯特比萨屋。

　　赫伯特比萨屋的玻璃门在老人身后关上。老人站在人行道上等待，一个推着婴儿车、头上缠着围巾的巴基斯坦妇女从他面前走过。车辆在他眼前疾驰而过，他看见自己忽隐忽现的身影映在汽车车窗和他身后的比萨屋大玻璃窗中。比萨屋正门左方的窗户上贴着两道白色胶带，交叉成一个大十字，看起来似乎是曾有人想从外面把玻璃窗踹破。玻璃窗上的白色龟裂纹宛如蜘蛛网。老人看得见玻璃窗内的斯韦勒依然坐在桌前。在那张桌子上，他和斯韦勒谈妥了细节。五周后。集装箱港口。四号码头。凌晨两点。暗号"天使之声"。这暗号也许是一首流行歌曲的曲名。他从未听过，但用作暗号很合适。遗憾的是价格没那么合适——七十五万挪威克朗。但他不打算杀价。眼前的问题是，届时对方会信守诺言和他完成交易，还是会在集装箱港口将他洗劫一空。他对那年轻的新纳粹党员透露自己曾上过东部战线，希望能激发那年轻人的忠诚，但他不确定那年轻人是否相信他说的话，也不确定他说了跟没说是否有差别。他还编造了一段故事，描述自己服役的地点，以免那年轻人问东问西。但对方什么也没问。

　　马路上又驶过几辆车。斯韦勒依然坐在比萨屋里，这时有个男子站了起来，蹒跚地朝门口走去。老人记得那男子，上次他也在比萨屋。今天那人的目光一直注视着他们。店门打开。老人等待着。马路上传来刹车声。老人听见男子在他身后停下脚步。然后他等待的事发生了。

　　"呃，是你吗？"

　　那声音具有一种特殊的沙哑，只有多年来严重酗酒、抽烟和睡眠不足才会造成这种噪音。

"我认识你吗？"老人问，并不转身。

"我想应该认识。"

老人转过头去，看了那男子一会儿，又回过头。

"我应该不认识你。"

"我的天！难道你认不出昔日的战友吗？"

"哪场战争？"

"那场战争啊，我跟你都是为了同样的理想而战。"

"你说是就是吧。有什么事吗？"

"什么？"那酒鬼问，举起一只手放在耳后。

"我问你有什么事吗？"老人稍微提高嗓门，又说了一次。

"有事跟找麻烦是不一样的。跟老朋友聊几句很平常，不是吗？尤其是跟好久不见的老朋友，跟一个你以为早就死了的老朋友。"

老人转过身来。

"我看起来像死人吗？"

穿红色冰岛毛衣的酒鬼凝视老人，他的眼眸是浅蓝色的，颜色很淡，宛如绿松石珠。他的年龄不大好猜，可能四十岁，也可能八十岁。但老人清楚地知道他多少岁。倘若老人专心回想，说不定还能记起他的生日。他们在战场上十分注重庆祝生日。

酒鬼向前踏了一步："你看起来不像死人。你生病了，不是死了。"

酒鬼伸出污秽的巨大手掌，老人闻到由汗水、尿液和呕吐物混合而成的恶臭。

"怎么了？不想跟老朋友握手吗？"酒鬼的声音听起来仿佛死亡的咔嗒声。

老人伸出戴着手套的手，迅速地握了握他的大手。

"好了，"老人说，"我们已经握过手了。如果你没别的事，我就要走了。"

"哈，我有事。"酒鬼左右摇晃，试着把注意力集中在老人身上，"我只是在想，像你这种人来这种小地方干什么。这么想应该不会太奇怪吧？上次我在这里看到你，我心想，你应该是迷路了。可是你却去跟那个拿球棒到处打人的浑小子坐下来说话，今天也是……"

"所以呢？"

"我在想，我是不是应该去问问那些偶尔会来这里的记者，看他们是不是知道像你这样体面的人来这种地方做什么。你知道的，记者什么都知道，就算不知道也查得出来。比方说，一个在战争中死去的人，怎么可能复活？他们查线索的速度快得不得了呢，就像这样。"

酒鬼试图打一个响指，两根手指却没碰着。

"接下来事情就上报了，你懂吧。"

老人叹了口气："也许你有什么事，我帮得上忙？"

"我看起来像需要帮忙吗？"酒鬼张开双臂，咧嘴笑着，嘴里没有牙齿。

"了解，"老人说，暗自评估眼前的状况，"我们去散个步吧，我不喜欢引人注目。"

"什么？"

"我不喜欢被别人盯着。"

"当然，我们干吗要被别人看？"

老人伸出一只手，紧紧搭在酒鬼肩膀上。

"往这里走。"

"带领我吧，朋友。"酒鬼大笑，用嘶哑的声音哼了一句歌词。

两人走进赫伯特比萨屋旁边的拱门小巷，小巷内摆着满满一排灰色轮式大型垃圾箱，挡住了街上行人的视线。

"你还没跟别人说你见到过我吧？"

"你疯了吗？起初我还以为我见鬼了。大白天的，在赫伯特比萨屋看见鬼！"酒鬼发出一串震耳的大笑，但很快就转变成喀喀的咳嗽声。他弯下腰，靠在墙上，直到咳嗽平息。然后他站直身子，擦去嘴角的黏液。"还好没有，不然他们会把我抓起来。"

　　"你觉得要你保持沉默，多少钱合适？"

　　"呃，多少钱啊，嗯……对了，我看见那个浑小子从你的报纸里拿出一千克朗……"

　　"所以？"

　　"几张一千克朗我想应该不错。"

　　"要几张？"

　　"呃，你有几张？"

　　老人叹了口气，再次环顾四周，确定四下无人，然后解开外套纽扣，把手伸进外套。

　　斯韦勒大步穿过青年广场，手上拎着一只绿色塑料袋。二十分钟前，他还身无分文，脚下的靴子破了好几个洞，坐在赫伯特比萨屋里。现在他走在路上，脚上穿着一双锃亮的全新战斗靴，鞋带绑得很高，两边各有十二个鞋带孔，是从亨利易普森街的"最高机密"服饰店买来的。他身上的信封内还有一张崭新的一千克朗大钞。未来他将再拿到九张。许多事竟可以在片刻间翻盘，非常奇妙。今年秋天，他原本将面临三年牢狱之灾，没想到他的律师发现那个肥胖的女陪审法官宣誓错了地方。

　　斯韦勒心情大好，心想应该邀请哈勒、格雷森和柯维斯到他那桌，请他们喝一轮酒，看他们有什么反应。对，一定要这样做！

　　他穿过普兰街，从一个推婴儿车的巴基斯坦妇女面前走过，并对那妇女微微一笑，纯粹出于恶作剧心态。他往赫伯特比萨屋门口走去，心想塑料袋里的旧靴子实在没必要留着，便走进拱门小巷，掀开一个轮式垃圾箱的盖子，把塑料袋扔了进去。走出小巷时，他看见小巷深处的两个垃圾箱之间有两条腿伸出来。他环顾四周，街上空无一人，小巷里也没人。那是什么？是酒鬼，还是毒虫①？他走近一些，只见那双腿伸出之处，周围堆了

————————
① 指吸毒者。

许多垃圾箱。他感觉心跳加速，毒虫不喜欢被人打扰。斯韦勒后退一步，将其中一个垃圾箱踢到一旁。

"哦，靠！"

奇怪的是，斯韦勒虽曾险些失手将人打死，却从没真正见过死人。同样奇怪的是，眼前这幅景象竟差点让他双腿发软得跪下。只见一个男子靠墙而坐，两个眼珠分别看往不同方向，看起来是彻底死了。死因一望便知。男子的喉咙上有一道弧形的红色割痕。虽然这时割痕上的鲜血是一滴一滴滴落的，但男子身上的红色冰岛毛衣已浸满浓稠的血液，可以想见他喉咙被割开的那一瞬间有多少鲜血泉涌而出。垃圾和尿液的恶臭熏得人想吐，斯韦勒先尝到胆汁的味道，然后两瓶啤酒和一张比萨都从胃里翻了出来。吐完之后，他倚着垃圾箱站立，对柏油路面猛吐口水。他脚上那双新靴子沾上了黄色呕吐物，但他没看见，他眼中只看见一条红色小溪在黑暗中闪烁微光，往小巷低处流去。

21

一九四四年一月十七日。列宁格勒。

一架苏联雅克-1型战斗机从爱德华头顶呼啸而过,震耳欲聋。爱德华在战壕内奔跑,腰弯得几乎让上身贴上大腿。

一般而言,战斗机不会造成太大伤害。苏联人的炸弹似乎用完了。爱德华最近听到的消息是他们让飞行员配备手榴弹,在战斗机飞越战壕时掷下。

爱德华负责去北区总队替弟兄收信,同时打探新消息。这整个秋天传来的是一长串坏消息,整条东部战线纷纷传出战败和撤退的战报。苏联军队十一月收复基辅,德军十月在黑海北部只是勉强避免受到包围。希特勒把兵力挪往西部战线并未让局势好转,但最令人担心的是爱德华今天听到的消息。两天前,古谢夫中将在芬兰湾南侧的奥拉宁鲍姆发动猛烈攻击。爱德华会记得奥拉宁鲍姆,是因为他们行军至列宁格勒时曾经过那里,那是个小桥头堡。德军让苏联人保有奥拉宁鲍姆是因为它没有战略价值。如今俄国佬在喀琅施塔得碉堡秘密集结军力,而且根据战报,喀秋莎大炮不断轰击德军阵地。过去浓密茂盛的云杉林如今已成一片焦土。他们已连续数晚听见斯大林的炮兵部队在远处发出隆隆巨响,但没人料到战局竟如此紧迫。

爱德华利用去收信的机会,前往战地医院探望一个在无人地带被地雷炸断一条腿的弟兄,但一个娇小的爱沙尼亚女护士只是摇摇头,说了一句可能是她最常说的话:“死了。”女护士有一双愁苦的眼睛,深陷在深蓝色的眼窝之中,使她看起来仿佛戴着一副面具。

爱德华一定露出了非常难过的表情，因为女护士为了让他开心一些，指了指另一张病床，显然那张病床上躺着一个挪威人。

"还活着。"她微笑着说，双眼依然愁苦。

爱德华并不知道那张病床上躺着什么人，但一看见椅子上挂着一件发亮的白色皮夹克，就知道那人是谁了。那是他们诺加兵团的林维连长。林维连长是个传奇，不料也沦落到这步田地。爱德华决定不向弟兄们报告这个消息。

又一架战斗机从爱德华头上呼啸而过。这些战斗机是从哪里突然冒出来的？去年俄国佬一架战斗机也不剩了呀。

爱德华跑到一个角落，看见侯格林弯着腰，背对他站着。

"侯格林！"

侯格林动也不动。去年十一月，一枚炮弹将侯格林打得失去意识，自此以后他几乎失聪。他变得沉默寡言，而且会露出一种呆滞内向的眼神，和其他患有弹震症的弟兄一样。起初侯格林抱怨说自己头痛，但给他看诊的医护人员表示爱莫能助，只能等待，看他会不会自己恢复。那医护人员说，军力不足已经够糟了，不要再把健康士兵送来战地医院了。

爱德华伸出手臂环绕侯格林的肩膀。侯格林突然转过身来，力道很猛，令爱德华站立不定，摔倒在地。阳光照射之下，冰面变得又湿又滑。至少今年冬天没那么冷，爱德华心想，倒在地上哈哈大笑，但笑声陡然止息，只因他一抬头便看见侯格林的步枪枪口正对着他。

"口令！"侯格林大喊。爱德华透过步枪瞄准器，看见一个瞪得老大的眼睛。

"嘿，侯格林，是我。"

"口令！"

"把枪拿开！是我，爱德华，我的老天！"

"口令！"

"火堆。"

爱德华开始感到惊慌，他看见侯格林的手指扣上扳机。难道侯格林听不见吗？

"火堆！"爱德华用尽肺腔所有力气喊道，"我的天哪，火堆！"

"错！我要开枪了！"

我的天，这小子疯了！突然间，爱德华想起他去北区总队之后，今天早上口令做过更换。侯格林的手指扣动扳机，扳机却不动。侯格林的眼睛上方出现一道奇怪的皱纹，接着侯格林扳开保险栓，手指再次扣上扳机。他的生命就要到此结束了吗？他幸运地活到现在，不料最后却要死在一个患有弹震症的战友枪下。爱德华看着黑魆魆的枪口，等待弹火喷出。他真能看见弹火吗？老天啊！他移开视线，越过步枪，望向上方的湛蓝天空，只见天空中有一个黑色十字，那是一架苏联战斗机。它飞得太高了，他们无法听见。然后他闭上双眼。

"天使之声！"一人在近处喊道。

爱德华睁开双眼，看见侯格林的眼睛在瞄准镜后方眨了两下。

喊这句话的人是盖布兰，他在侯格林的后脑勺对着他的耳朵大喊。

"天使之声！"

侯格林放下步枪，然后对爱德华咧嘴而笑，点了点头。"天使之声。"侯格林复述一次。

爱德华再次闭上双眼，吐了口气。

"有信吗？"盖布兰问。

爱德华挣扎着站了起来，递了一沓信给盖布兰。侯格林依然咧嘴笑着，但眼神空洞。爱德华一把握住侯格林的步枪枪管，板起面孔。

"侯格林，你的魂飞到哪里去了？"

他想用正常声调说话，发出的却是粗糙沙哑的声音。

"他听不见的。"盖布兰一边说，一边翻看信件。

"我不知道他病得这么重。"爱德华说，在侯格林面前挥了挥手。

"他不应该留在这里的。这里有一封他家人寄来的信，你拿给他看，就知道我的意思了。"

爱德华接过那封信，举到侯格林面前。侯格林只是笑了笑，没有任何其他反应，然后回复了一个张口结舌的表情，目光不知道被远处的什么东西吸引了过去。

"你说得对，"爱德华说，"他已经受够了。"

盖布兰递了封信给爱德华："你家乡的情况怎么样？"

"哦，你知道的……"爱德华说，望着手中那封信。

盖布兰并不知道。去年冬天之后，他和爱德华就很少说话。奇怪的是，在这种地方、这种情势之下，倘若两个人非常不想见到彼此，要避开对方并没有那么困难。盖布兰倒不讨厌爱德华，正好相反，他敬重爱德华这个缪南人，他认为爱德华是聪明人，是勇敢的战士，相当照顾队里新来的年轻弟兄。今年秋天，爱德华升为排长，相当于挪威军阶的中士，但职责不变。爱德华打趣地说，他之所以会升级，是因为其他人都死光了，德军多出了很多中士的帽子。

盖布兰经常会想，若是在其他情况下，他和爱德华也许会成为好友。然而去年冬天发生的事情——辛德的叛逃和丹尼尔的尸体神秘再现——依然让两人心存芥蒂。

远处传来爆炸的闷响，打破寂静，接着是机枪的嗒嗒声。

"敌人越来越强硬了。"盖布兰说，这句话更像是问句而不是陈述句。

"对啊，"爱德华说，"都是因为今年冬天不够冷，我们的补给车队都陷在泥泞里。"

"我们会撤退吗？"

爱德华弓起肩膀："可能会撤退个几公里，不过我们会再回来的。"

盖布兰以手遮眉，望向南方。他一点也不想回来。他想回家，看看那里是否还有属于自己的生活。

"你在战地医院对面有没有看见一个绘有太阳十字、写着挪威文的路标？"盖布兰问，"一个箭头指向东边的路，写着'列宁格勒五公里'？"

爱德华点点头。

"你记得另外一边指着西边的箭头吗？"

"奥斯陆，"爱德华说，"两千六百一十一公里。"

"很长一段路。"

"的确是很长的一段路。"

侯格林把步枪交给爱德华，在地上坐了下来，把双手埋在面前的冰雪中。他的头像折断的蒲公英，垂挂在狭窄的肩膀间。他们又听见一声爆炸，这次距离近了些。

"真谢谢你帮我……"

"没什么。"盖布兰赶紧说。

"我在医院见到了欧拉夫·林维。"爱德华不知道自己为什么会说出这件事。也许是因为除了侯格林之外，盖布兰是唯一一个在队上跟他资历相当的人。

"他是不是……"

"我想他只是受了点小伤。我看见了他那件白色制服。"

"我听说他是个好人。"

"对，我们军队里有很多好人。"

两人在静默中面对面站着。

爱德华咳嗽一声，把手塞进口袋。

"我在北区总队拿了一些苏联烟，如果你有火的话……"

盖布兰点了点头，解开迷彩夹克的纽扣，拿出火柴，在砂纸上划亮一根。他抬头时，映入眼帘的是爱德华睁得老大的独眼，望着他肩膀后方，然后耳中便听见呼啸声。

"趴下！"爱德华尖声大喊。

一瞬间，他们全都趴在冰冻的地面上，天空在他们头顶炸裂，随之而来的是撕裂声。盖布兰瞥见苏联战斗机的方向舵。那架战斗机飞得极低，飞越战壕时，将地面的冰雪卷了起来。随着战斗机的远去，四下归于寂静。

"呃，我……"盖布兰低声说。

"我的天哪。"爱德华呻吟着说，翻过身子，对盖布兰微笑。

"我看见了那个飞行员，他拉开玻璃罩，把身体探出机舱。那些俄国佬都疯了。"爱德华边喘边笑，"这已经变成过去那种原始战争了。"

盖布兰望着手中仍然捏着的那根已然断折的火柴，也开始笑。

"哈，哈。"侯格林发出声音，坐在战壕边的雪地里，望着另外两人，"哈，哈。"

盖布兰和爱德华四目交接。两人开始放声大笑，笑得气都喘不过来。起初他们并未听见那个奇特的声音，但那声音越来越近。

叮……叮……

听起来像是有人用锄头耐心地敲击冰面。

叮……

接着便传来金属碰撞的声音。盖布兰和爱德华转头望向侯格林，只见侯格林缓缓地倒向雪地。

"那是什么……"盖布兰开口说。

"手榴弹！"爱德华尖声大叫。

盖布兰听见爱德华大喊，本能地将身体团成球状，但他躺在地上，竟看见一根插销在一米外转呀转，而插销另一端是一团金属。他惊觉接下来将发生的事，全身僵硬如冰。

"快点离开！"爱德华在他身后大喊。

原来那是真的，苏联飞行员真的会从战斗机上丢手榴弹下来。盖布兰躺在地上想离开，但湿漉漉的冰面甚是滑溜，他的四肢打滑，难以移动。

"盖布兰！"

原来那奇特的叮叮声是手榴弹在战壕底部的冰面上弹跳的声音。那颗手榴弹一定是打中了侯格林的钢盔！

"盖布兰！"

　　手榴弹转呀转，接着又开始跳跃起舞。盖布兰的目光无法从它身上移开。手榴弹从拔下保险插销到引爆只有四秒，森汉姆区的教官不是这样教的吗？苏联手榴弹可能不一样，也许是六秒，还是八秒？手榴弹转呀转，旋转不止，犹如他爸爸在布鲁克林区给他做的红色大陀螺。盖布兰打出陀螺，桑尼和他的小弟在一旁站立观看，口中数着陀螺旋转的时间。"二十一、二十二……"妈妈从二楼窗户探出头来，喊他们回家吃晚饭。他应该进门去了，爸爸就要回家了。"再等一会儿，"他对妈妈喊道，"陀螺还在转！"但妈妈已关上窗户，并未听见。爱德华不再尖声大叫。刹那间，一切都安静下来。

22

一九九九年十二月二十二日。布维医生的诊疗室。

老人看了看表，他已经在等候室坐了一刻钟。康拉德·布维医生值班的这天，老人从来不必等候，布维医生不会接受过多的患者挂号。

等候室的另一端坐着一名男子，肤色黝黑，是个非裔男子。非裔男子正在翻阅一本周刊。即使从这个距离老人也能把周刊封面的每个字看得清清楚楚。那本周刊报道的是有关王室的消息。非裔男子竟然在读有关挪威王室的报道？这真是太荒谬了。

非裔男子翻了一页。只见他留着那种一直延伸到下巴的胡子，就像老人昨晚见到的那个送货员一样。老人和送货员见面的时间十分短暂。送货员驾驶一辆沃尔沃轿车前往集装箱港口，轿车可能是租来的。车子停下，只听见嗡嗡声响，车窗被按了下来。送货员说出暗号：天使之声。送货员留着和非裔男子一模一样的胡子，双眼充满哀愁。他说为了安全起见，枪不在车里，但他会载老人去一个地方取货。老人迟疑片刻，心想："如果他们要洗劫我，在港口下手就行了。"于是老人上了车。可以取货的地方如此之多，送货员却偏偏载老人前往霍勒伯广场的瑞迪森饭店。他们穿过大厅时，老人看见接待员贝蒂就在柜台后方，但她并未朝他们的方向望来。

送货员清点公文包内的钞票时，嘴里用德文咕哝着数字。老人问他是哪里人，送货员回答说他父母来自阿尔萨斯区。老人一时兴起，说自己曾经去过阿尔萨斯的森汉姆行政区。他会这么说只是一时冲动。

老人在大学图书馆的网站上详细阅读过马克林步枪的资料，实际拿到步枪时，高昂的兴致却一扫而空。马克林步枪看起来像一把标准猎枪，只是体积稍大而已。送货员示范马克林步枪如何分解组合，他称呼老人为"乌利亚先生"。老人把拆解的步枪放进大肩包里，搭电梯到一楼大厅，这时他脑子里冒出一个念头，想请贝蒂帮他叫一辆出租车。这又是一个冲动。

"嘿！"

老人抬起头。

"我们应该给你安排一次听力检查。"

布维医生站在门廊，试着展露愉快的笑容。他引领老人走进诊疗室。他的眼袋越来越大了。

"我都叫你的名字三次了。"

"我忘了我的名字，"老人心想，"我忘了我所有的名字。"

从布维医生那种热切地想帮他做些什么的态度来看，布维医生应该有坏消息要说。

"呃，我们采集的样本分析结果出来了，"布维医生一坐下来就立刻说道，想把报告坏消息的差事尽快了结，"它恐怕已经扩散了。"

"它当然扩散了，"老人说，"癌细胞不就是这样吗？它不是本来就会扩散吗？"

"嗯，嗯，的确是的。"布维医生拂拭桌面，拂去看不见的灰尘。

"癌细胞就跟我们一样，"老人说，"它只是做它应该做的事而已。"

"对。"布维医生以一种瘫软的姿态坐在椅子上，看起来像是强迫自己放松。

"就像你一样，医生，你只是做你应该做的事。"

"你说得对，说得真对。"布维医生微笑着戴上眼镜，"我们仍在考虑化疗的可能性。化疗会让你身体虚弱，但可以延长……呃……"

"我的生命？"

"对。"

"不做化疗的话，我还有多少时间？"

布维医生的喉结上下快速跳动："比我们原先预期的稍微短一点点。"

"意思是……？"

"意思是癌细胞已通过血液从肝脏扩散到……"

"天哪，你只要告诉我还有多少时间就好了。"

布维医生张口结舌。

"你讨厌这份工作，对不对？"老人说。

"你说什么？"

"没什么。请告诉我一个日期。"

"那是不可能的……"

老人的拳头重重砸在桌面上，力道之猛，使得电话听筒从托架上跳了出来。布维医生也从椅子上跳了起来，张开嘴巴想说些什么，但一见到老人颤抖的食指，便将话吞回肚里。他叹了口气，摘下眼镜，疲惫地用手在脸上抹了抹。

"今年夏天。六月，也可能更早。最晚八月。"

"太好了，"老人说，"这样就好。疼痛的话怎么办呢？"

"你随时都可以来，我们会给你止痛剂。"

"我还能活动吗？"

"很难说，要看疼痛的程度。"

"你必须给我止痛剂，让我可以活动。这非常重要，明白吗？"

"所有的止痛剂……"

"我可以承受很大的痛苦。我只需要止痛剂来让我保持清醒，让我可以理性地思考和行动。"

"圣诞快乐！"这是布维医生说的最后一句话。老人站在台阶上。原本他不明白为什么街上会有这么多人，但是在布维医生祝他圣诞快乐，提醒他节日即将到来之后，他在行色匆匆的路人眼中，看见必须在最后一分钟买到圣诞礼物的紧张神色。伊格广场上，购物人潮聚在一个正在演奏的流行乐队周围。一个身穿救世军制服的男子拿着捐献箱到处走动。一个毒虫在冰雪中顿足，眼神闪烁，仿佛快要熄灭的蜡烛。两个少女手挽着手从老人面前走过，双颊红润，她们的大好人生即将上演一出出精彩故事，故事中有男孩，有期望，还有蜡烛。该死！怎么家家户户窗前都看得见烛光。他抬起头，望着奥斯陆的天空，金黄色的温暖苍穹映着城市的灯光。天哪，他是多么希望她在身边。"下个圣诞节，"他心想，"下个圣诞节我们将一同庆祝，亲爱的。"

第三部　乌利亚

　　他滚烫的气息如火般烧灼她的肌肤，她在他身上抓出一道道血痕，再用她的唇吻上那一道道血痕。她不断重复那句话，仿佛咒语一般："我不能跟你走了。"

23

一九四四年六月七日。维也纳，鲁道夫二世医院。

海伦娜·蓝恩推着手推车，快步走向四号病房。窗户开着，她吸了口气，让胸口充满刚割过的草地散发的清新气息。今天闻不到死亡和毁灭的气味。距离维也纳首次遭到轰炸已过一年。最近几个星期，只要天气放晴，维也纳每天晚上都会遭受轰炸。鲁道夫二世医院距离市中心有好几公里远，又坐落在绿意盎然的森林里，远离战乱，但火烧城市的烟臭味仍会飘来，扼杀了夏日的气息。

海伦娜身子一晃，走过转角，对布洛海德医生微微一笑。布洛海德医生似乎想停下脚步说些什么，但仍快步离去。他有一双直勾勾的眼睛，总是透过眼镜盯着人看。每次她和布洛海德医生面对面时，总有说不出的紧张和不舒服。有时她会觉得她在转角碰见布洛海德医生并非偶然。若是母亲看见她闪避布洛海德医生的那种神态，肯定会呼吸困难。布洛海德相当年轻，前途一片光明，最重要的是他出身于维也纳的名门望族。然而海伦娜既不喜欢布洛海德，也不喜欢他的家族，更不喜欢母亲把她视为重返上流社会的垫脚石。过去发生的事，她母亲全都归咎于战争。都怪海伦娜的父亲亨利·蓝恩突然失去了犹太借款人，使得他无法如约偿还债务。这次财务危机让亨利突发奇想，请那些犹太银行家，将各自被奥地利政府没收充公的债券转移到他名下。如今亨利已锒铛入狱，罪名是串通犹太人密谋不轨。

海伦娜和母亲不同，她想念父亲胜过想念她的家庭曾享有的社会地位。比如说，她不想念那些宴会、青少年、肤浅的对话，以及母亲想将她嫁给某个被宠坏了的纨绔子弟的愿望。

她看了看表，快步急走。高耸的天花板上吊着一盏盏球形吊灯，一只从敞开的窗户飞进来的小鸟悠闲地站在吊灯上引吭高歌。有些时候，海伦娜无法相信外面的战争正打得如火如荼。也许是因为这片森林——这一排排浓密的云杉隔绝了所有他们不想看见的事。但只要踏进病房，立刻就会知道和平只是幻象。受伤的士兵通过残缺的身体和受创的心灵，把战争一起带回家乡。她必须聆听许多伤兵述说他们的故事，他们一厢情愿地认为以她坚强的意志和信念可以帮助他们走出苦难。伤兵讲述的噩梦绝大多数都大同小异，诸如人活在地球上必须承受极大的痛苦，仅仅是想要活下去就必须使出各种堕落的手段，只有死者才能毫发无伤地脱离苦难。于是海伦娜停止聆听。她在换绷带、测体温、提供药物和食物时，只是假装聆听。伤兵睡着时，她尽量不看他们，因为即使睡着了，那些面容仍在不断地诉说。她可以在苍白、孩子气的脸上看见苦难，可以在坚硬、封闭的脸上看见残暴，可以在刚得知一只脚必须被切除的男子那扭曲痛苦的脸上，看见寻死的念头。

不过今天她踏入病房，脚步轻快。也许是因为夏天到了，也许是因为有个医生刚告诉她"你今天早上好美"，也许是因为四号病房那个挪威伤兵将会用一口怪腔怪调的德语跟她说"早安"。然后他会吃早餐，目光在她身上流连，看着她走过一个又一个床位，照顾其他伤员，跟他们说些打气的话。她每照顾五六个伤员，就会瞧他一眼，如果他对她微笑，她也会立刻报以微笑，然后继续工作，仿佛什么事也没发生。什么事也没发生，却什么事都发生了。就是这些小小的片刻，让她能够熬过每一天，让她能够笑——当她听见严重灼伤的哈德勒上尉躺在门边病床上开玩笑地问，他的生殖器是不是很快就会从东部战线被送回来时，还能笑一笑。

她推开四号病房的房门。阳光洒入病房，让一切都变得白净耀眼，墙壁、天花板、床单全都亮晃晃的。踏进天堂一定就是这种感觉，她心想。

"早安，海伦娜。"

她对他微笑。他正坐在床边一把椅子上看书。

"你睡得好吗，乌利亚？"她愉快地问道。

"睡得像熊。"他说。

"熊？"

"对啊。德语里……怎么说熊睡了一整个冬天？"

"啊，冬眠。"

"对，冬眠。"

两人都笑了。海伦娜知道其他伤员正看着他们，她不能在这里待得太久。

"你的头呢？每天都好一点吗？"

"对，越来越好了。有一天我一定会变得跟以前一样英俊，你等着瞧吧。"

她仍记得他被送进来的那一天。他额头上有那样一个洞还能活下来，简直违反了所有自然规律。她手中的水壶碰到茶杯，差点将茶杯撞倒。

"哇！"他笑道，"你昨天晚上是不是跳舞跳到凌晨？"

她抬起头。他对她眨了眨眼。

"嗯。"她说，忽然感到一阵狼狈，只因自己竟然在一件这么愚蠢的小事上撒谎。

"你们在维也纳都跳什么舞？"

"我是说，没有，我没去跳舞，我只是很晚才睡觉。"

"你们应该是跳华尔兹吧，对不对？跳维也纳华尔兹之类的。"

"对，我们跳维也纳华尔兹。"她说，专心处理体温计。

"像这样。"说着他站了起来，开始唱歌。其他伤员从病床上抬头朝这边望来。虽然大家听不懂歌词，但他的嗓音温暖动听。他踏出欢快、旋转的华尔兹小舞步，松散的病号服系带随之摇摆起舞。状况好一点的伤员纷纷喝彩，笑声不断。

"乌利亚，快回来，不然我就要把你送回东部战线了。"她厉声喊道。

他乖乖听话，回到原位坐了下来。他的名字不叫乌利亚，只是他坚持要别人这样叫他。

"你知道莱茵兰波尔卡舞吗？"

"莱茵兰波尔卡舞？"

"那是我们从莱茵兰人那里学来的舞，我跳给你看好不好？"

"你给我乖乖坐在那里，坐到康复为止。"

"康复以后我带你出去玩，教你跳莱茵兰波尔卡舞。"

过去几天他常待在阳台上，沐浴在夏日阳光中，这让他的气色看起来好了许多。现在他那张快乐的脸上，亮白的牙齿正闪闪发光。

"听你说话，我想你应该恢复得够好了，可以被送回去了。"她回嘴说，却无法阻止双颊泛起红晕。她正要继续巡床，却感觉到他握住了自己的手。

"说你愿意。"他柔声说。

她发出欢快的笑声，甩开他的手，走到隔壁床位，一颗心在胸口怦怦跳动，仿佛一只小鸟嘤嘤啼唱。

"怎么样？"布洛海德医生说，目光从报纸上方看了过来。海伦娜刚像平常那样踏进布洛海德医生的办公室，她不知道布洛海德医生这句"怎么样"是一个问题，还是一个较长的问题的开头，抑或那只是他说话的方式，因此她只是站在门边。

"医生，你找我？"

"为什么你对我说话的语气一定要这么正式，海伦娜？"布洛海德微笑着叹了口气，"天哪，我们不是从小就认识了吗？"

"你找我有什么事？"

"我决定向上通报，四号病房那个挪威士兵已经恢复健康，可以继续服役。"

"了解。"

她毫不惊慌。她为什么要惊慌？伤员来这里是为了康复，然后出院。否则便是死亡。这就是医院的常态。

"五天前，我把他的诊断报告传给国防军，现在已经收到他的派遣令了。"

"还真快。"她的语调坚定冷静。

"对，他们急需兵源。我们正在打仗，这你应该知道吧。"

"我知道。"她说，却没说出她心里想的：我们正在打仗，你才二十二岁，却坐在这里，距离前线数百公里远，做着七十岁老头都做得来的工作，这都要感谢老布洛海德先生。

"我想请你把他的派遣令拿给他，我看你们似乎相处得很融洽。"

她感觉到布洛海德正仔细观察她的反应。

"对了，海伦娜，为什么你特别喜欢这个人？他跟医院里其他四百名士兵有什么不一样？"

她正要提出反对意见，却被布洛海德抢先一步。

"抱歉，海伦娜，我知道这不关我的事，我纯粹只是好奇而已。我……"布洛海德伸出两根手指从面前拿起一支笔，转头望向窗外，"只是纳闷你在这个一心想娶千金小姐的外国小子身上到底看见了什么？这个人背叛自己的祖国，来讨好征服者的军队。你应该懂我的意思吧。对了，你母亲最近好吗？"

海伦娜回答前先咽了口唾沫。

"医生，你没有必要担心我的母亲。你只要把他的派遣令拿给我，我就会发下去。"

布洛海德回过头来，望着海伦娜，从桌上拿起一封信。

"他被分派到匈牙利的第三装甲师，我想你应该知道这代表什么意思吧？"

她蹙起眉头："第三装甲师？他自愿加入的是武装党卫队，为什么把他分派到一般国防军？"

布洛海德耸耸肩。

"在这种时期，我们必须尽力完成上级交代的任务，难道你不同意吗，海伦娜？"

"你这是什么意思？"

"他是步兵，对不对？换句话说，他必须跟在装甲车后面奔跑，而不是坐在车上。我有个朋友在乌克兰，他告诉我说，他们每天都得用机枪扫射苏联士兵，射到机枪发烫，尸体堆积成山，可是苏联士兵还是不断地冒出来，没完没了。"

海伦娜极力按捺心中的冲动，否则便要从布洛海德手中抢过那封信，撕成碎片。

"像你这样一个年轻女人也许应该实际一点，不要对一个很可能再也见不到的男人产生太多感情。顺带一提，海伦娜，那件披肩很适合你，是家传的吗？"

"医生，听见你关心我，我很惊讶，也很高兴，但我可以向你保证，你想太多了。我对这个伤员没有特殊的感情。送餐时间到了，医生，恕我失陪……"

"海伦娜，海伦娜……"布洛海德摇了摇头，微微一笑，"你真以为我瞎了吗？你以为我可以漫不经心地看着你为这件事苦恼吗？海伦娜，我们两家情谊深厚，让我觉得我们之间有一条丝带将我们紧紧系在一起，要不然我才不会用这种私密的方式跟你说话。请原谅我，但你一定已经发现我对你满怀爱意，而且……"

"住嘴！"

"什么？"

海伦娜在身后把门关上，提高嗓音。

"布洛海德，我是这里的志愿者，不像其他护士可以任你玩弄。把信给我，有话快说，不然我就走了。"

"我亲爱的海伦娜，"布洛海德露出关爱的神情，"难道你还不明白这件事的决定权在你吗？"

"决定权在我？"

"一个人是不是完全恢复健康是非常主观的判断，尤其是头部受了那么重的伤。"

“我了解。”

“我可以给他开一张诊断书，让他在这里再待三个月，天知道三个月之后东部战线还在不在。”

海伦娜一脸困惑，望着布洛海德。

“海伦娜，你经常读《圣经》，一定知道大卫王的故事吧？大卫王渴望得到拔示巴①，尽管她已经嫁给了他手下的一名士兵，因此他命令将军把拔示巴的丈夫派去前线送死，这样大卫王就可以除掉障碍，向拔示巴求爱。”

“那跟这件事有什么关系？”

“没有关系。没有关系，海伦娜。如果你的心上人还没康复，我才不敢把他送上前线呢。任何人只要还没康复，我都不敢送上前线。这就是我的意思。既然你对这个伤员的情况跟我一样清楚，我想我在做出最后决定之前，也许应该听听你的意见。如果你觉得他还没完全康复，那我可能会再开一张诊断书送往国防军。”

眼前的状况逐渐明朗。

“你说呢，海伦娜？”

海伦娜简直不敢相信自己的耳朵：布洛海德想利用乌利亚来强迫她跟他上床。这件事他计划多久了？他是不是等待了好几个星期，才在适当的时机出手？而且他到底要她怎么样？是成为他的妻子还是情人？

“怎么样？”布洛海德问。

她脑中迅速转过无数念头，试图在迷宫中找到出口。当然，所有出口都已经被封死了。布洛海德可不是个笨蛋。只要他握有乌利亚的诊断书，并且帮了她这个忙，她就得满足他所有的邪念。乌利亚的派遣令可以被延期，但唯有乌利亚离开，布洛海德的威胁才能够消除。威胁？老天，她根本不太认识那个挪威人，更何况她一点都不知道他对她是什么感觉。

“我……”她开口说。

---

① 拔示巴，《圣经》故事中的人物，先嫁给乌利亚，后来嫁给大卫王。

"嗯？"

布洛海德倾身向前，神态热切。她想继续往下说，她知道要摆脱眼前的困境应该怎么说，但有某种东西阻止她说下去。过了片刻，她知道是什么在阻止自己了。那都是谎言。她想摆脱眼前的困境是个谎言；她不知道乌利亚对她的感觉是个谎言；为了生存，我们必须顺从并降低自己的品格，这也是个谎言；通通都是谎言。她咬着下唇，感觉嘴唇开始颤抖。

24

一九九九年十二月三十一日，新年前夜。毕斯雷区。

正午，哈利在霍勒伯街的瑞迪森饭店前下了有轨电车，望见早晨低垂的太阳短暂映照在国立医院的住院区窗户上，接着便消失在云朵后方。他去了原来那间办公室，这是他最后一次去那里。"我是去清理办公室的，确定东西都拿了。"他告诉自己。但他的个人物品很少。前天他去"奇异"超市拿了一个购物袋，个人物品放进购物袋之后，袋里还有很多空间。不用值班的警察都待在家里，准备举行千禧年前的最后一场狂欢派对。一条纸彩带躺在他的办公椅后方，让他想起昨天举办的小型欢送会。欢送会自然是爱伦发起的。莫勒发表了一小段严肃的离别感言，和爱伦准备的蓝气球与插了蜡烛的海绵蛋糕不太搭调，但致辞依然让哈利感到温暖。犯罪特警队队长莫勒可能清楚如果他发表的感言太冗长或太伤感，哈利一定不会原谅他。哈利不得不承认，当莫勒恭喜他荣升警监，并祝他在密勤局一切顺利时，他心中感到一丝骄傲。即使汤姆脸上带着讥讽的微笑，即使后门那些旁观者微微摇头，都没有破坏欢送会的气氛。

他回到那间办公室，是想在工作了近七年的办公室里最后坐一次，坐一坐那把会发出咯吱声响的办公椅。哈利打了个寒战。他自忖，这些多愁善感的情怀，会不会是他出人头地的另一个征兆？

哈利沿着霍勒伯街行走，左转踏上苏菲街。这条狭窄小街上的房屋原本多半是工人住的，房龄少说也有百年，状况大多不太理想。但自从房价上涨，年轻的中产阶级住不起麦佑斯登区而进驻此地之后，整个地区就像是做了拉皮手术。如今这里只剩一栋屋子最近并未整修外观，那就是八号，哈利的家。反正哈利一点也不在意。

他开门进屋，打开玄关的信箱，里面有一张比萨优惠券和一封奥斯陆市政府出纳处寄来的信，他一见到信封就知道里面应该是上个月的交通罚款催缴单。他踏上楼梯，口中粗话如连珠炮般爆了出来。他从一个严格说来并不认识的伯父那里，用颇为便宜的价格买了一辆车龄十五年的福特雅士。的确，车子有点生锈，离合器已经磨损老旧，但有一个很酷的天窗。然而到目前为止，他收到的停车罚单和停车缴费单比他的头发还多。除此之外，那辆老爷车很难发动，因此他必须记得把车停到山坡顶端，以便利用下坡滑行发动车子。

他打开房门的锁。这是一所布置简单的房子，共有两个房间，里面干净整洁，光亮的木质地板并未铺上地毯。墙上唯一的装饰是一张母亲和妹妹的照片，还有一张他十六岁从辛莱电影院偷偷撕下的《教父》电影海报。屋内没有盆栽，没有蜡烛，也没有可爱的小摆饰。他曾在墙上挂上一个布告板，想用来钉明信片、照片，或他看见的名言警句。他在别人家里见过这种布告板，结果却发现自己从没收到明信片，基本也不拍照，于是他剪下作家比约尔内博[1]的一段话：

产生动力的加速度也可以用来表达人类了解所谓自然法则的加速度。这种了解等于焦虑。

哈利瞄了一眼，就知道录音电话（另一项必要投资）里没有留言。他脱下衬衫，丢进洗衣篮，从壁橱内一摞整齐的衣服中拿出一件干净衬衫。

他让录音电话保持开启（也许挪威盖洛普民意调查机构会打电话来），锁上门，离开了家。

他在阿里杂货店买了千禧年前的最后一份报纸，心中没有任何感伤之

---

[1] 延斯·比约尔内博（Jens Bjørneboe, 1920—1976），挪威作家，作品涵盖多种文学形态，他曾严厉批评挪威社会和西方文明，也因为不妥协的言论而被判言语猥亵罪，长期酗酒和忧郁，最后自杀结束生命。

情，然后踏上多弗列街。只见沃玛斯勒奈街上的行人都赶着回家，准备度过这个盛大的夜晚。哈利在外套里直打哆嗦，直到踏进施罗德酒吧，感受到酒吧内温暖潮湿的空气扑面而来，他才停止发抖。店里坐满了人，但他看见他常坐的那张桌子正好有客人要走了，便往那儿走去。从那张桌子起身的老人戴上帽子，两道茂密白眉下的双眼粗略地打量了一下哈利，沉默地点了个头，随即离去。那张桌子靠在窗边，是昏暗酒吧内白天有足够光线，可以看书的少数桌子之一。哈利才刚坐下，玛雅就来到他身旁。

"嘿，哈利。"玛雅用一根灰色掸子在桌巾上掸了掸，"今日特餐？"

"如果你们的厨子还没喝醉的话。"

"他还没喝醉。想喝点什么？"

"这才像话嘛。"哈利抬起了头，"你今天有什么建议？"

"是这样的，"玛雅一手扶着臀部，一边以清澈响亮的嗓音高声说，"跟一般人想的正好相反，奥斯陆的饮用水是全挪威最纯净的。而最无毒的水管在二十世纪初兴建的房子里就可以找到，例如这栋房子。"

"玛雅，这是谁告诉你的？"

"好像是你哦，哈利。"她大笑，笑声嘶哑真诚，"对了，戒酒还挺适合你的。"她低声说，记下哈利点的餐，转身离去。

几乎所有的报纸都在报道千禧年，哈利买了一份《达沙日报》，翻到第六版，目光被一张大照片吸引。照片中是一个木质路标，上面漆有太阳十字，路标一边的箭头写着"奥斯陆两千六百一十一公里"，另一边箭头写着"列宁格勒五公里"。

照片下方的文章作者是历史学教授伊凡·尤尔，副标题简明扼要：法西斯主义在西欧日益严重的失业问题中看见曙光。

哈利在报纸上见过尤尔的名字，就被占领时期的挪威和国家集会党而言，尤尔的工作有点像是幕后推手。哈利快速翻完报纸，没发现什么令他感兴趣的新闻，于是又翻回到尤尔写的那篇文章。文中尤尔评论先前一篇关于新纳粹党在瑞典声势壮大的新闻。尤尔说，在九十年代经济蓬勃发展的时期，新纳粹党曾急剧萎缩，但现在新纳粹党正带着全新的活力卷土重来。文中还写道，这一波新法西斯浪潮的特征在于具有稳固的意识形态基础。八十年代的新纳粹主义大多是关于流行时尚和团体认同、军服穿着、理光头和已废弃的口号如"胜利万岁"等。这一波新法西斯浪潮较有组织，他们有金援网络，而且不再唯富有的领导者和赞助者马首是瞻。此外，尤尔写道，这一波新法西斯运动不仅仅是对目前社会状况如失业和移民的反对，还想要建立社会民主主义之外的另一个选择。标语是重整——道德、军事和种族上的重整。尤尔拿基督教的式微作为社会道德败坏的最佳例证，又举了艾滋病病毒和药物滥用的例子。他们的敌人形象在某种程度上也是新的，包括打破国家和种族藩篱的欧盟拥护者，对俄罗斯和斯拉夫低等民族伸出友谊之手的北约人士，以及接替犹太人的位子成为世界银行家的新亚洲资本大亨。

玛雅端来午餐。

"饺子？"哈利问道，望着装盛在大白菜上的灰色块状物，上面淋有千岛沙拉酱。

"施罗德风味，"玛雅说，"昨天的剩菜。新年快乐啊。"

哈利举起报纸，以便进食，刚咬了一口富含纤维质的饺子，就听见报纸后方传来一人的声音。

"我说，这真是太可怕了。"

哈利越过报纸循声看去，见到莫西干人坐在隔壁桌，眼睛正瞧着他。也许莫西干人原本就坐在那里了，但哈利进来时并未注意到他。他们之所以叫他莫西干人，可能是因为他是北美印第安莫西干族仅剩的族人。莫西干人在"二战"时当过水兵，曾被鱼雷击中两次，所有的同伴早就死光了。这些是玛雅跟哈利说的。莫西干人蓬乱的胡子垂入啤酒杯内，身穿外套坐在桌前。无论夏天还是冬天，他总是穿着外套。他的脸颊十分消瘦，瘦到可以看出头骨的轮廓，脸上布满微血管，宛如绯红色的雷电打在白森森的背景上。他那双濡湿的红色眼珠在松垮的眼皮下正盯着哈利瞧。

"太可怕了！"

哈利这辈子听过无数醉鬼胡言乱语，才懒得去注意施罗德酒吧的常客说些什么，但莫西干人不一样。哈利光顾施罗德酒吧这么多年来，这是他听莫西干人说得最清楚的一句话。去年冬天某个晚上，哈利在多弗列街发现莫西干人靠着一栋房子的墙壁睡觉，要不是哈利救了这老家伙，他很可能就冻死在街上了，即便如此，后来莫西干人碰见哈利时，连头也不点一下。莫西干人说完这几句话，似乎就没话说了，紧闭双唇，回去看着他的啤酒杯。哈利望了望莫西干人四周，然后倾身靠向他那张桌子。

"康拉德·奥斯奈，你记得我吗？"

莫西干人嘀咕一声，望着空气，并不答话。

"去年我在街上发现你睡在雪堆里，那天的温度是零下十八摄氏度。"

莫西干人眼珠转了转。

"那里没有街灯，所以我很可能看不见你，要是那样你就一命呜呼了，奥斯奈。"

莫西干人眯起一只红眼，愤怒地看了哈利一眼，然后举起酒杯。

"对，我真该谢谢你。"

莫西干人小心翼翼地喝了口酒，缓缓将杯子放回桌面，郑重其事，仿佛杯子必须放在桌面上的某个位置才行。

"那些帮派分子应该被枪毙。"莫西干人说。

"是吗？谁？"

莫西干人伸出弯曲的手指，指向哈利的报纸。哈利翻过报纸，只见头版印有一张大照片，上面是一个瑞典新纳粹党党员。

"叫他们靠墙站好！"莫西干人用手掌拍击桌面，几个客人转头朝他望来。哈利做个手势，要他冷静。

"奥斯奈，他们只是一些年轻人而已。高兴一点，今天是新年前夜。"

"年轻人？你以为我们没年轻过吗？那样不能阻止德国人。谢尔那时十九岁，奥斯卡二十二岁。我说，在它扩散之前，把他们枪毙。那是一种疾病，必须趁早消灭。"

莫西干人伸出食指，颤抖地指着哈利。

"其中一个人就坐在你这个位子。他们还没死光！你是警察，出去逮捕他们吧！"

"你怎么知道我是警察？"哈利惊讶地问。

"我会看报纸。你在南方一个国家射杀过一个人。那很好，可是要不要在这里也射杀几个人？"

"奥斯奈，你今天真健谈。"

莫西干人闭口不再说话，用乖戾的眼神看了哈利一眼，转头望向墙壁，盯着墙上挂着的青年广场图。哈利明白这段对话到此告一段落，便向玛雅招了招手，点了一杯咖啡，然后看了看表。新的千禧年即将来临。施罗德酒吧今天下午四点打烊，准备举办"私人新年派对"，酒吧大门上挂着的公告是这么写的。哈利细看酒吧里的熟面孔，就他所见，所有宾客都已到齐。

25

一九四四年六月八日。维也纳，鲁道夫二世医院。

四号病房充满酣睡的声音。今晚比平常安静，没有人痛苦呻吟，没有人做噩梦尖叫惊醒。海伦娜也没听见维也纳发出空袭警报。要是今晚没有空袭轰炸，她希望一切都能进行得顺利一些。她蹑手蹑脚地走进大寝室，站在他的床尾看着他。只见他坐在台灯下，沉浸于书中的世界，好像什么都听不见。海伦娜站在灯光之外的黑暗中。她很清楚黑暗是什么。

他正要翻动书页，便发现了她，脸上立刻露出微笑，放下手里的书。

"晚安，海伦娜，今天晚上不是你值班吧？"

她把食指贴在唇上，踏近一步。

"你怎么知道晚上谁值班？"她轻声说。

他微微一笑："我不知道别人值班的时间，只知道你的。"

"是吗？"

"星期三、星期五和星期日，然后是星期一和星期二。接着又是星期三、星期五和星期日。别害怕，这是对你的赞美。在这里没别的事可以用脑筋。我还知道哈德勒什么时候灌肠。"

她轻声笑起来。

"但你还不知道医生已经宣告你可以继续服役了吧？"

他惊讶地望着她。

"你被分派到匈牙利了，"她低声说，"第三装甲师。"

"装甲师？那不是德国国防军吗？他们不能收编我，我是挪威人。"

"我知道。"

"而且我去匈牙利做什么？我……"

"嘘，你会吵醒其他人。乌利亚，我看过派遣令了，我们对这个命令恐怕都无能为力。"

"可是他们一定是弄错了，这……"

他不小心撞到了书，书砰的一声掉在地上。海伦娜弯腰捡起了书，只见封面上写着《哈克贝利·费恩历险记》，标题下方是一张素描图，图中是个衣衫破烂的男孩坐在竹筏上。乌利亚显然是生气了。

"这又不是我的战争。"他噘起嘴说。

"这我也知道。"她轻声说，把书放进椅子下他的包里。

"你这是干吗？"他低声说。

"你听我说，乌利亚，我们时间不多。"

"时间？"

"半小时后，值班护士会开始巡房，你必须在她来之前做出决定。"

他把台灯罩压低，好在黑暗中把她看得清楚一些："海伦娜，这是怎么回事？"

她吞了口唾沫。

"还有，为什么你今天没穿制服？"他问道。

眼前这一刻最令她害怕。她不怕对母亲撒谎，说她要去萨尔茨堡探望妹妹几天；她不怕说服林务官的儿子驾车载她来医院——现在林务官的儿子正在医院大门外等着她；她也不怕跟自己的财物、教堂和维也纳森林的安逸生活道别。但她害怕对他坦白：她爱他，愿意为他冒生命危险，并以未来作为赌注。因为她可能看走眼。这不是指他对她的感觉，这一点她很有把握，她怕看走眼的是他的人品和骨气。他有没有勇气和魄力去做她建议的事？至少现在他很清楚，去南方攻打苏联人并不是他的战争。

"我们应该有多一点时间了解彼此的。"她说，把手放在他的手上。他抓住她的手，紧紧握住。

"可是我们没有那么多时间。"她说，捏了捏他的手，"一小时后，有一班列车开往巴黎。我买了两张票。我的老师住在那里。"

"你的老师?"

"这故事说来话长,反正他会接应我们的。"

"接应我们?这是什么意思?"

"我们可以住在他家。他一个人住。而且据我所知,他没什么朋友。你的护照在身上吗?"

"什么?有……"

一时之间他不知该说什么,仿佛正纳闷自己是不是读那本竹筏男孩的书读到睡着,而眼前这一切只是一场梦。

"有,护照在我身上。"

"很好。去巴黎要两天。我们有座位,我也带了很多食物。"

他深深吸了一口气:"为什么要选巴黎?"

"巴黎是个大城市,一个可以让人消失的大城市。听好了,我带了一些父亲的衣服放在车里,你可以在车上换便服。他鞋子的尺寸是……"

"不行。"他举起一只手。她那些如潺潺溪水般不断流出的热切话语陡然停住。她屏住呼吸,注视他沉思的面容。

"不行,"他又低声说了一次,"这样太蠢了。"

"可是……"她的胃似乎被一个大冰块给塞住。

"穿军服旅行比较好,"他说,"一个年轻人穿便服只会引起怀疑。"

她心花怒放,不知该说什么,只是更用力地握住他的手。她的心欢声歌唱,喜悦无比,令她不得不叫它少安毋躁。

"还有一件事。"他说,双腿一晃,来到床下。

"什么事?"

"你爱我吗?"

"爱。"

"很好。"

他已穿上夹克。

26

二〇〇〇年二月二十一日。警察总署，密勤局。

哈利环视四周，看着书架上整齐摆放着依时间顺序排列的活页册，看着墙上步步上升的学位证书和功勋奖章。办公桌后方挂着一张黑白照片，照片中是较为年轻的梅里克正在迎接挪威国王奥拉夫，他身穿制服，军阶是少校。任何人只要走进这间办公室，第一眼都会看见这张照片。哈利坐在椅子上细看这张照片，这时办公室门在他身后打开。

"抱歉让你等这么久，哈利。请不要站起来。"

进来的人是梅里克。哈利并未做出起身的动作。

"怎么样？"梅里克说，在办公桌后坐下，"你来我们这里一个星期了，一切都还顺利吗？"

梅里克在椅子上坐得端正挺直，露出一排大黄牙，让人不禁觉得他这辈子的微笑练习是不是做得太过火了。

"很无聊。"哈利说。

"嘿！没那么糟糕吧？"梅里克似乎非常讶异。

"呃，你们的咖啡比我们楼下的好喝。"

"你是说犯罪特警队的咖啡？"

"抱歉，"哈利说，"我得花点时间才能习惯。现在的'我们'指的是密勤局。"

"没错，我们只是要有点耐心而已。很多事都是如此。你说是吗，哈利？"

哈利点头表示同意。跟风车作战是没有意义的，至少在头一个月是如此。不出所料，他的办公室被分配在长走廊的尽头，这意味着如果不是绝对必要，他不会碰见其他密勤局的人。他的工作内容很简单，只要阅读密勤局地方办事处的报告，然后评估是否需要呈报上级就好了。梅里克的指示说得非常清楚：除非报告里废话连篇，否则所有的报告都要呈报上级。换句话说，哈利的工作是过滤劣质报告。上星期总共来了三份报告，他试着慢慢把报告读完，但再慢也有个限度。第一份报告来自特隆赫姆市，内容主要是说有一套新型电子监视设备没人会操作，因为他们的监视设备专家离职了。哈利把这份报告呈交上去。第二份报告是说卑尔根市一名德籍生意人目前已被他们判定为"不可疑"，因为他运来的是窗帘轨道。哈利也把这份报告呈交上去。第三份报告是厄斯兰地区的希恩市警局送来的，他们接到许多锡利扬市农舍主人的举报，说上星期听见了枪声。现在不是打猎的季节，因此他们派了一名警察前去调查，结果在森林里发现制造厂商不明的弹壳。他们把弹壳送到挪威克里波刑事调查部[1]的刑事鉴识组进行化验，化验报告指出子弹可能是由马克林步枪击发的，这是一种相当罕见的步枪。

　　哈利同样把这份报告呈交上去，但呈交之前先复印了一份。

　　"是这样的，我找你来，是想跟你说我们拿到一张传单。新纳粹党打算在五月十七日去奥斯陆的清真寺外大闹一场。穆斯林有个日期因年份而异的节日刚好是在今年五月十七日，许多外籍父母拒绝让小孩参加挪威独立纪念日[2]游行，因为他们要让小孩去清真寺。"

　　"Eid[3]。"

　　"什么？"

　　"Eid，他们的圣日，相当于基督徒的圣诞节前夕。"

---

① 克里波刑事调查部，挪威警方的特别部门，隶属于挪威法务暨警察部，占挪威警力百分之四，人员约五百名。

② 5月17日独立纪念日是挪威最大的节日，当天全国民众会穿上传统服饰游行，开展热闹的庆祝活动。最壮观的庆典在奥斯陆举行，成千上万的儿童和其他游行队伍从卡尔约翰街一路游行到皇宫。

③ Eid，阿拉伯文，节日、节庆之意。

"你对这些玩意有兴趣?"

"没有,只不过去年这天我的邻居邀请我去他们家吃晚餐。他们是巴基斯坦人,他们觉得圣日那天我一个人坐在家里太悲惨了。"

"真的?嗯哼。"梅里克戴上他那副神探德里克式的眼镜。

"那份传单在我这里,上面说五月十七日这天不庆祝挪威独立纪念日,却跑去庆祝其他节日,根本就是侮辱他们的东道国挪威,还说黑人很高兴可以享有福利,可是每个挪威公民的福利都缩水了。"

"要他们乖乖地对经过的游行队伍大喊'挪威万岁'。"哈利说,从烟盒里抽出一根烟。他注意到书架上有一个烟灰缸,以询问的眼色看了梅里克一眼,梅里克点了点头。哈利点燃香烟,深深吸了一口,想象肺壁每一条血管都贪婪地吸收着尼古丁。生命正一步一步迈向尽头,而自己可能永远不会戒烟,这让他产生一种奇怪的满足感。忽略烟盒上的警告标语也许不是一个人可以容许自己做出的最肤浅的反叛行为,但至少是他负担得起的。

"去看看你能查出些什么来。"

"好,可是我先警告你,我对光头族没什么耐心。"

"嘿,嘿。"梅里克再次露出那排大黄牙。这次哈利终于明白,那排大黄牙让他联想到的是一匹马术赛马。

"还有一件事,"哈利说,"锡利扬市发现的弹壳是马克林步枪击发的。"

"我记得好像听说过这么一件事。"

"我自己做了一点调查。"

"哦?"

哈利听出梅里克语气冷淡。

"我查过国家枪支登记局去年的资料,挪威并没有马克林步枪登记在案。"

"我并不意外。你把报告呈交上去以后,一定有人已经查过枪支登记局的资料了。你知道,哈利,这不是你的工作。"

"也许不是吧，但我只是想确定负责这件案子的人会去追踪国际刑警组织的枪支走私记录。"

"国际刑警组织？为什么要这样做？"

"这种步枪没有人进口到挪威来，所以这把枪一定是走私进来的。"

哈利从胸部口袋取出一张打印纸。

"这是去年十一月国际刑警组织在约翰内斯堡突袭搜查非法军火商找到的清单，你看这里，一支马克林步枪，还有目的地：奥斯陆。"

"嗯哼，这是从哪里找来的？"

"网络上的国际刑警组织档案。只要花点工夫，密勤局随便一个人都查得到。"

"真的？"梅里克的目光在哈利身上停留了一会儿，才仔细查看那张打印纸。

"你查到这些很好，可是哈利，枪支走私不在我们的责任范围内。如果你知道警方一年可以没收多少非法枪支的话……"

"六百一十一支。"哈利说。

"是吗？"

"去年，而且只是奥斯陆警方没收的枪支数字。其中三分之二来自罪犯，主要是小型枪支、压动式枪支和短筒霰弹枪。平均一天没收两把枪。九十年代的数字几乎是现在的两倍。"

"好，所以你明白我们密勤局为什么不能优先调查布斯克吕的一把未登记步枪了吧。"

梅里克竭力保持镇静。哈利吐出一口烟，观看烟雾浮上天花板。

"锡利扬市不在布斯克吕。"哈利说。

梅里克的下巴肌肉不断扭动："哈利，你有没有联络海关？"

"没有。"

梅里克看了看表，他手上戴的是一只粗糙笨重的钢质腕表。哈利猜想那应该是梅里克长期忠诚的服务所换来的奖赏。

"那我建议你联络他们看看，这归他们管辖。好了，我现在还有急……"

"你知道马克林步枪是什么样的枪吗，梅里克？"

哈利望着密勤局局长的眉毛上下跳动，心想自己是否已做出无法挽回的举动。他感到风车嗖嗖转动。

"这也不在我的责任范围内。对了，哈利，你最好把这件案子拿去给……"

这时梅里克似乎才惊觉，自己是哈利唯一的上级主管。

"马克林步枪是一种德国半自动猎枪，"哈利说，"使用的是十六毫米子弹，比其他步枪的子弹都要大，专门用来猎杀大型猎物，例如水牛或大象。一九七〇年开始生产，但只制造了三百支，一九七三年就被德国政府下令禁止贩卖。原因在于这种步枪只要对马克林望远瞄准器做一些简单的调整，就能成为终极的专业暗杀武器。自一九七三年起，马克林步枪就成为全世界最抢手的暗杀武器。这三百支马克林步枪当中，至少有一百支落入了雇佣杀手和恐怖组织手中。"

"嗯哼，你说一百支？"梅里克把那张打印纸递还给哈利，"这表示另外两百支被用作本原本设计的用途——狩猎。"

"这种枪不可能用来猎杀麋鹿或其他挪威境内常见的猎物。"

"真的？为什么？"

哈利不禁纳闷究竟是什么让梅里克再三隐忍。梅里克为什么不直截了当要求自己把烟按熄，离开他的办公室？自己又为什么如此热衷于挑衅梅里克，想要梅里克做出这些反应？也许其实没什么，也许他只是老了，个性变得乖戾了。无论如何，梅里克的举止活像是个待遇优厚的保姆，即使小家伙四处捣蛋，也丝毫不敢动他一根寒毛。哈利发现手中的烟已烧出长长一段烟灰，弯向地面。

"第一，狩猎在挪威不是百万富翁玩的运动。一支马克林步枪加上望远瞄准器要价大约十五万德国马克，换句话说，相当于一辆奔驰轿车的价钱，更不用说每颗子弹要价九十德国马克。第二，一头麋鹿被十六毫米子弹击中，看起来会和被火车撞到一样，血肉模糊。”

"嗯，嗯。"梅里克显然决定改变策略。他靠上椅背，双手枕在闪闪发亮的脑袋后头，似乎是说他并不介意哈利再娱乐他一会儿。哈利站起身来，从书架上拿下烟灰缸，回到位子上。

"当然了，那些子弹可能属于某个狂热的军火收藏家所有，他用新到手的马克林步枪试发几枪之后，就把枪挂在豪宅的玻璃展示柜中，再也不会拿出来用。但我们敢冒险如此假设吗？"哈利摇摇头，"我的建议是，让我去希恩市跑一趟，看看现场。再说，我想那个人应该不是行家。"

"真的？"

"行家会清理现场，消灭证据，留下弹壳就好像留下名片一样。不过就算持有马克林步枪的是个外行人，我也不会觉得安心。"

梅里克又发出几声"嗯哼"，然后点了点头："好吧，如果你查出新纳粹党在独立纪念日有什么计划，随时跟我汇报。"

哈利按熄香烟。烟灰缸是贡多拉①造型，侧边写着"意大利，威尼斯"。

---

① 独具特色的威尼斯尖舟。

27

一九四四年六月九日。奥地利，林茨市。

那一家五口下了火车之后，包厢内只剩他们两人。火车再度缓缓开动。尽管夜幕中看不见什么景色，只能看见火车旁不断退后的建筑物轮廓，海伦娜还是坐到了窗边。他就坐在对面，端详着她，嘴角泛起一丝微笑。

"你们奥地利人是在灯火管制的黑暗中看东西的能手，"他说，"我连一丝光线都看不到。"

她叹了口气："我们是服从命令的能手。"她看了看表，快两点了。"下一站是萨尔茨堡，"她说，"离德国边境很近了。然后是……"

"慕尼黑、苏黎世、巴塞尔、巴黎。你讲过三次了。"他屈身向前，捏了捏她的手，"会没事的，你等着看好了。坐过来。"

她换了位置，并未放开他的手，然后将头轻轻靠在他的肩膀上。他穿上军服看起来很不一样。

"所以说这个布洛海德会再开一份诊断书，时效只有一星期？"

"对，他说他明天下午会寄出去。"

"为什么时效这么短？"

"这样他才好掌控情况并控制我。我每次都得想一个好理由，让他延长你的病假。你明白吗？"

"我明白。"他说。她看见他绷紧下巴肌肉。

"别再提那个布洛海德了，"她说，"讲个故事给我听。"

她抚摸他的脸颊。他深深叹了口气："你想听哪个故事？"

"你想讲哪个就讲哪个。"

他在鲁道夫二世医院里讲的那些故事，是她注意到他的原因。他讲的故事和其他士兵讲的截然不同。他的故事述说的是勇气、战友情谊和希望。有一次他值完勤，竟在熟睡的战友胸口发现一只臭鼬正准备撕裂战友的喉咙。他距离那只臭鼬将近十米，碉堡内的土墙黑黢黢的，可以说是漆黑一片。但他别无选择。他把枪抵上脸颊，不断射击，直到弹匣内子弹用尽。第二天他们把那只臭鼬煮了当晚餐。

他有好几则故事都与此类似。海伦娜无法记住所有的故事，但她记得自己开始聆听。他的故事充满生命力，而且有趣，尽管她觉得有些故事似乎不能信以为真。不过她愿意相信，因为他的故事是其他人的故事的解毒剂：其他人的故事不是关于无法挽回的宿命，就是关于毫无意义的死亡。

毫无灯光的火车摇摇晃晃，行驶在刚修好的铁轨上，穿行在黑夜之中。乌利亚讲述了那次他在无人地带射杀一个苏联狙击兵的故事。他冒险深入危险区域，给那个无神论的布尔什维克分子举行基督教丧礼，还唱了赞美歌。

"那天晚上我唱得那么动听，"乌利亚说，"连对面的苏联士兵都鼓掌喝彩。"

"真的吗？"她笑说。

"比你在国家歌剧院听过的演唱都更美妙动听。"

"你骗人。"

乌利亚把她拉到身边，挨近她的耳畔柔声唱道：

加入火焰周围的人群，凝视火炬金黄耀眼，
驱策士兵瞄准得再高一些，让他们的生命为誓言战斗。
在摇曳闪烁的火光之间，看见我们挪威的昔日雄风，
看见挪威人民浴火重生，看你的亲人处于和平与战争。

看见你的父亲为自由奋战，为逝去的生命而痛苦，
看见千万人奋起退敌，奉献一切为国土战斗。

看见男人时时刻刻镇守雪地，骄傲快活地劳动奋斗，

心中燃烧意志与力量，坚定站立在祖先的土地上。

看见古挪威人的名字浮现，活在英勇事迹的灿烂文字中，

他们死于数百年前但精神长存，从荒野到峡湾都被纪念，

但升起旗帜的男人，升起那伟大的红黄旗帜，

热血沸腾的统领，我们向你致敬：吉斯林[①]，你是士兵和国家的领袖。

乌利亚唱完后陷入沉默，眼神空洞地看着窗外。海伦娜知道他的思绪已飘到远方，便由得他去。她伸出一只手臂环抱他的胸膛。

哐当——哐当——哐当——哐当——

听起来仿佛有人在后面追赶，要追捕他们。

她心中害怕。她并不那么害怕未知的前方，而是害怕这个她偎依着的陌生男人。如今他靠得这么近，过去她隔着一段距离观看和习惯的一切似乎全都消失了。

她聆听他的心跳，但火车驶过铁轨的声响太大，她只好信任他体内有一颗跳动的心。她对自己微笑，一波波喜悦的浪潮冲刷着她。多么美妙的疯狂行径啊！她对他一无所知，他很少提及自己的事，他对她说的只有那些故事。

他的军服有发霉的气味，她突然想到，这也许正是一个士兵在战场上死亡或曾被埋葬过一阵子之后，军服上才有的气味。但这些念头是从哪里来的？她紧绷了这么久才发现自己已相当疲倦。

"睡吧。"他说，回应她的思绪。

"好。"她说。她周围的世界逐渐缩小，只依稀记得远处传来空袭警报。

---

① 维德孔·吉斯林（Vidkun Quisling，1887—1945），挪威军人及政治家，"二战"时期替德国纳粹在挪威扶植傀儡政府，1945年被处以死刑。

"怎么了？"

她听见自己的声音，感觉到乌利亚晃动她的身体。她跳了起来。走道上一名便服男子的身影映入她的眼帘，她脑中冒出的第一个念头是他们被逮到了。

"请出示车票。"

"哦。"她惊呼一声，努力恢复镇定，却狂乱地在包中翻找，同时感觉到列车员正打量着她。最后，她终于找到那两张在维也纳买的黄色硬纸车票，递给列车员。列车员仔细查看车票，脚跟随着火车节奏晃动。查票的时间长得超过海伦娜的忍耐程度。

"你们要去巴黎？"列车员问，"两个人一起去？"

"没错。"乌利亚说。

列车员是个老先生，眼睛望着他们。

"我听得出你不是奥地利人。"

"对，我是挪威人。"

"哦，挪威。听说挪威很漂亮。"

"对，谢谢，可以这么说。"

"所以你自愿从军，为希特勒作战？"

"对，我被派到东部战线的北边。"

"真的？北边哪里？"

"列宁格勒。"

"嗯。现在你要去巴黎，跟你的……"

"女朋友。"

"女朋友，原来如此。休假？"

"对。"

列车员在车票上打了个洞。

"你是维也纳人？"列车员问了海伦娜，把车票递还给她。她点了点头。

"看得出来你是天主教徒，"列车员说，指了指她脖子上挂的十字架，十字架正躺在她的衬衫上，"我老婆也是天主教徒。"

列车员仰身向后，朝走道瞄了一眼，然后转头向乌利亚问道：“你女朋友有没有带你去看维也纳的圣斯蒂芬大教堂？”

“没有，我一直躺在医院里，很遗憾，我没什么机会参观维也纳。”

“原来如此，是不是天主教医院？”

“对，是鲁……”

“对，”海伦娜插嘴道，“是天主教医院。”

“嗯。”

他为什么还不走？海伦娜不禁纳闷。

列车员又清了清喉咙。

“有什么事吗？”乌利亚终于问道。

“我知道不关我的事，不过我希望你们没忘了把休假的证明文件带在身边。”

文件？海伦娜心想。她跟父亲去过两次法国，没想过他们除了护照还需要带其他证明文件。

“对，小姐，对你来说不成问题，不过对你旁边这位身穿军服的朋友而言，就必须随身携带证明文件，上面注明他的所属单位和目的地。”

“我们当然有文件，”海伦娜脱口而出，“你不会以为我们没有证明文件还出来旅行吧。”

“不是不是，当然不是，”列车员忙解释道，“我只是想提醒你们而已。前几天……”他的目光移到乌利亚身上，“他们逮捕了一个年轻人，那人身上没有任何文件证明他可以任意旅行，结果被当成逃兵。他们把他带到月台上，当场就枪毙了。”

“你不是说真的吧。”

“恐怕是的。我不是故意要吓你们，可战争就是战争。既然你们有正式文件，应该就不会有问题，不然离开萨尔茨堡很快就到边界了。”

车厢突然晃了晃，列车员赶紧抓住门框。三人静默不语，彼此对望。

“所以你刚刚说的是过了萨尔茨堡后的第一个检查站？”乌利亚终于

问道。

列车员点了点头。

"谢谢你。"乌利亚说。

列车员清了清喉咙,说:"我有个儿子,跟你一样年纪,他在第聂伯的前线战死了。"

"真是遗憾。"

"呃,抱歉把你们吵醒了,小姐、先生。"

列车员点头致意之后,便离去了。

海伦娜确定车厢门完全关上之后,随即以双手掩面。

"我怎么会这么天真!"她啜泣说。

"别哭,"他说,伸出手臂环抱她的肩膀,"我应该想到需要证明文件的,军人不能想去哪里就去哪里。"

"如果你告诉他们说你请了病假,然后要去巴黎呢?巴黎也是第三帝国①的一部分。它……"

"这样的话,他们会打电话去医院问,布洛海德就会跟他们说我逃亡了。"

她屈身靠在他的大腿上啜泣。他轻抚她柔滑的褐发。

"再说,我早该知道这件事好到不可能成真,"他说,"我的意思是说……我跟海伦娜护士竟然要去巴黎生活?"

她听得出他的话中带着笑意。

"不对,我很快就会从医院病床上醒来,心想这场梦真是不得了,然后期盼你送早餐来。总而言之,你明天晚上要值班,你没忘记吧?然后我就可以给你讲那次丹尼尔从瑞典部队偷了二十份军粮的故事。"

她抬起布满泪痕的脸颊,仰望着他。

"吻我,乌利亚。"

---

① 指1933年至1945年由希特勒及他所领导的纳粹党控制下的德国,表示其继承中世纪的神圣罗马帝国(962—1806)"第一帝国"与近代的德意志帝国(1871—1918)"第二帝国"。

28

二〇〇〇年二月二十二日。泰勒马克郡，锡利扬市。

哈利又看了看表，小心地踩下油门。约定的时间是四点。如果他黄昏过后才到，等于是白跑一趟，浪费时间。他那辆车所剩无几的冬季轮胎胎面碾过冰雪，咯吱作响。虽然他只在冰雪覆盖的曲折森林小路行驶了四十公里，却感觉车子离开主干道后似乎行驶了好几小时。他在加油站买的廉价太阳镜没多大用处，雪地反射的强光令他的双眼刺痛不已。

哈利好不容易才在路边看见一辆警车，车牌上写的是希恩市车号。他小心地踩下刹车，在路边停下，从车顶行李架拿下滑雪板。滑雪板是特隆赫姆滑雪板制造公司的产品，这家公司十五年前破产倒闭。他上次给这副滑雪板上蜡，差不多是十五年前，如今那层蜡已经变成滑雪板下方强韧的灰色物质。他发现一条通到农舍的小径，就跟对方叙述的一样。他的滑雪板顺着小径上的滑雪轨迹移动，就像是粘在上面似的，就算他想往侧边移动也没办法。他到达目的地时，太阳已低低垂挂在云杉林上方。只见一栋黑木农舍前的阶梯上，坐着两个身穿连帽防寒外套的男子和一名少年，哈利没有青少年朋友，只能猜测那少年十二岁到十六岁。

"奥韦·贝德森？"哈利问道，放下滑雪杖，上气不接下气。

"我就是。"一个男子说，站起来跟哈利握了握手，"这位是弗达警官。"第二个男子慎重地点了点头。

哈利心想发现弹壳的应该就是那个少年。

"能远离奥斯陆的空气应该很棒吧。"贝德森说。

哈利拿出一包烟。

"我想应该比远离希恩的空气更棒吧。"

弗达摘下警帽，挺起腰杆。

贝德森微笑说："希恩的空气比挪威其他城镇都好，跟一般人印象中正好相反。"

哈利用手掌罩住一根火柴，点燃香烟："是吗？那我可得好好记住。有什么发现吗？"

"在那里。"

另外三人穿上滑雪板，弗达领路，一伙人沿着滑雪轨迹来到森林中一处空地。弗达用滑雪杖指了指一块突出雪面二十厘米高的黑色岩石。

"弹壳是这小子在那块石头旁边的雪地里发现的，当时我猜想可能是猎人来这里练习射击。你可以看见附近有滑雪板的轨迹。这里已经一个多星期没下雪了，所以那些轨迹可能是他留下来的。看起来他脚下踩的是宽版的泰勒马克滑雪板。"

哈利蹲下身来，用一根手指顺着宽版滑雪板碰触到岩石的地方触摸。

"或者是老式的木滑雪板。"

"是吗？"

哈利拿起一小片木材裂片。

"呃，这我倒没想到。"弗达说，望向贝德森。

哈利转头望向那个少年。少年穿一件宽松下垂的狩猎裤，裤子上到处都是口袋，头上戴一顶羊毛无边帽，帽子几乎罩住整个脑袋。

"你是在石头的哪一边发现弹壳的？"

少年伸手一指。哈利卸下滑雪板，绕过那块岩石，在雪地上躺了下来。这时天空呈浅蓝色，太阳尚未下山，是个晴朗的冬日。然后，他侧过身，越过那块岩石，向他们来的方向上的森林空地看去，只见空地上有四株枯树。

"有没有发现子弹或枪击痕迹？"

弗达搔搔颈背："你的意思是说，我们有没有检查方圆半公里内的每株树干吗？"

贝德森慎重地伸出戴着手套的手，捂住弗达的嘴。哈利轻弹烟灰，端详香烟头的火光："不是，我的意思是说，你们有没有检查那边的枯树？"

"我们为什么要检查那几株枯树？"弗达问。

"因为马克林制造的这把步枪是世界上最重的步枪，重达十五公斤，站着射击不是个聪明的选择，所以自然可以假设，他把枪放在这块石头上瞄准。马克林步枪会把弹壳弹到右方，既然弹壳是在石头右方发现的，那么他一定是朝我们进来的方向射击，所以可以假设他在那三株枯树中的一株上面放了东西，作为靶子，这样的假设还算合理吧？"

贝德森和弗达面面相觑。

"呃，我们最好去检查一下。"

"除非这是一只超大的树皮甲虫咬出来的……"三分钟后，贝德森说，"否则这就是个大弹孔。"

他蹲在雪地中，用手指戳入其中一株枯树："靠，子弹射得很远，我感觉得出来。"

"你从洞里面看看。"哈利说。

"为什么？"

"看子弹是不是穿过去了。"哈利答道。

"穿过这一大片云杉林？"

"你就看一看嘛，看能不能看见大空。"

哈利听见弗达在身后哼了一声。贝德森把眼睛凑上那个洞。

"我的老天爷……"

"你看见了什么吗？"弗达大喊。

"妈的，只看见半条锡利扬河。"

哈利转头望向弗达，弗达背过身，吐了口唾沫。

贝德森站了起来。"如果被这家伙射中，就算穿防弹背心也没什么用吧。"他呻吟道。

"也不尽然，"哈利说，"唯一能挡得住这种子弹的是装甲钢板。"他在枯树上按熄香烟，然后补充说，"厚装甲钢板。"他站上滑雪板，在雪地里向前滑动。

"我们得去跟附近农舍里的人聊一聊，"贝德森说，"他们说不定看见或听见了什么，搞不好他们会承认拥有这样一把地狱来的枪。"

"自从去年我们实行枪械特赦……"弗达说着被贝德森瞪了一眼，随即住口。

"还需要我们帮什么忙吗？"贝德森问哈利。

"这个嘛，"哈利说，皱着眉朝森林小径的方向望去，"可以帮我推车发动吗？"

29

一九四四年六月二十三日。维也纳，鲁道夫二世医院。

对海伦娜而言，这一切似曾相识。窗户敞开，走廊洋溢着夏日早晨的温暖气息，空气中闻得到新割青草的清新气味。这两个星期每晚都有空袭，但她连一丝焦土味也没闻到。她手中拿着一封信。一封美妙的信！当海伦娜高唱"早安"，连暴躁的护士长都不得不对她微笑。

海伦娜冲进办公室，布洛海德医生的目光离开报纸，惊讶地抬起头来。

"怎么样？"他说。布洛海德摘下眼镜，用他那死板的眼神看着海伦娜，并用湿润的舌头舔着眼镜腿。

海伦娜瞥了他一眼，坐了下来。"克里斯多夫，"她开口说，"有件事我要告诉你。"他们长大成人之后，这还是她第一次叫他的名字。

"很好，"布洛海德说，"我就是在等你来找我。"

海伦娜知道布洛海德在等的是什么：布洛海德在等待她给出解释。他已经为乌利亚延长过两次诊断书时效了，但她尚未如他所愿，前往他位于医院主建筑的住处。海伦娜把一切归咎于轰炸，说她不敢出门。于是布洛海德建议去她母亲的避暑别墅拜访她，但她断然拒绝。

"我会把一切都告诉你。"海伦娜说。

"一切？"布洛海德微笑说。

呃，她心想，几乎是一切。"今天早上乌利亚……"

"海伦娜，他的名字不叫乌利亚。"

"还记得那天早上他不见了，结果你发出警报吗？"

"当然记得。"布洛海德将眼镜放在跟他面前的纸张平行的位置，"我本来打算向宪兵报告他失踪，但后来他又出人意外地出现，还讲了一个下半夜迷失在森林里的故事。"

"他不在森林里，他在开往萨尔茨堡的夜班火车上。"

"真的？"布洛海德靠上椅背，脸上表情并无变化，表示他不是个会轻易表现惊讶的人。

"他在午夜之前搭上从维也纳出发的夜班火车，在萨尔茨堡下车，等了一个半小时，等那班火车开回来。第二天早上几点他抵达中央车站。"

"嗯，"布洛海德凝视他手指间夹着的一支笔，"对于这个愚蠢的远足，他有什么解释？"

"嗯，"海伦娜说，并未察觉自己露出微笑，"你应该还记得那天早上我迟到了吧。"

"记得……"

"我也是从萨尔茨堡回来的。"

"是这样吗？"

"是这样的。"

"我想你应该解释清楚，海伦娜。"

海伦娜凝视布洛海德的指间，开始说明，仿佛一滴鲜血在笔尖之下逐渐成形。

"原来如此，"布洛海德听完之后说，"你想去巴黎。你以为可以在那里躲多久？"

"显然我们没想太多。乌利亚认为我们应该去美国。美国纽约。"

布洛海德发出干涩的笑声："海伦娜，你是个明白事理的女孩，我能想象这个变节者一定是用了一些有关美国的花言巧语来蒙蔽你的双眼，可是你知道吗？"

"知道什么？"

"我原谅你。"

布洛海德看见海伦娜愣住了，继续说："对，我原谅你。也许你应该受到惩罚，但我知道年轻女孩的心有多么容易悸动。"

"原谅不是我……"

"你母亲还好吗？现在你孤身一人，她一定不好受。你父亲是不是被判刑三年？"

"四年。请你听我说好不好，克里斯多夫？"

"我恳求你，海伦娜，不要做一些或说一些会让自己后悔的事。你告诉我这件事并不能改变什么，我们之间的约定依然有效。"

"不！"海伦娜猛然站起，把椅子撞得向后翻倒，然后把捏在手中的信重重甩到桌上，"你自己看吧！你已经没有力量左右我和乌利亚了。"

布洛海德瞄了一眼那封信。那是个对他毫无意义的褐色信封，信封已经开启。他拿出了信，戴上眼镜，开始读。

武装党卫队

柏林，六月二十二日

我们收到挪威警察总长乔纳斯·李伊的要求，立刻将你送交奥斯陆警方，奥斯陆警方需要你的服务。由于你是挪威公民，我们没有理由不遵从这个要求。此命令等同于撤销先前发出的国防军派遣令。关于报到地点和时间的细节，挪威警察机关将另行寄发通知。

党卫队总司令海因里希·希姆莱①

布洛海德将信上的签名看了两次，的确是海因里希·希姆莱的亲笔签名！然后他举起那封信，对着阳光查看。

"你尽量检查吧，我跟你保证那是真的。"海伦娜说。

---

① 海因里希·希姆莱（Heinrich Himmler, 1900—1945），纳粹德国的重要政治头目，曾任内政部长和党卫队总司令，对大屠杀和许多武装党卫队的战争罪行负有主要责任。"二战"末期企图和盟军单独和谈失败，被拘留期间服毒自杀。

窗户敞开着，她听见庭园里的鸟儿正在啼唱。布洛海德清了两次喉咙，才开口说话："所以说，你给挪威警察总长写了信？"

"信是乌利亚写的，我只是帮他寄出去而已。"

"你寄出去的？"

"对。也可以说不对。我发的是电报。"

"整个过程都用电报？那一定得花……"

"这是紧急事件。"

"海因里希·希姆莱……"布洛海德说，更像是自言自语而非对海伦娜说话。

"抱歉，克里斯多夫。"

布洛海德又发出苦涩的笑声："你真的感到抱歉吗？你不是达到了你的目的了吗，海伦娜？"

她勉强露出友善的微笑："克里斯多夫，我想请你帮个忙。"

"哦？"

"乌利亚希望我跟他一起回挪威。我需要一封医院的推荐信，申请旅行许可。"

"现在你担心我会阻挠你的计划。"

"你父亲是管理委员会的成员。"

"对，我可以给你制造麻烦。"布洛海德用手摩擦下巴，瞪视着海伦娜的额头。

"克里斯多夫，不管发生什么事，你都无法阻挡我们。乌利亚跟我彼此相爱，你明白吗？"

"我为什么要帮一个士兵的妓女？"

海伦娜瞠目结舌。即使这句话是从一个她轻视的人口中说出来的，即使这个人是因为对她有非分之想才这么说，但依然像扇了她一巴掌似的令她疼痛不已。她还没反应过来，布洛海德的脸先垮了下来，仿佛挨耳光的人是他。

"原谅我，海伦娜。我……可恶！"布洛海德猛然转身，背对海伦娜。海伦娜想起身离去，却找不到告辞的适当话语。布洛海德又补了一句："我不是有意要伤害你的，海伦娜。"他声音紧绷。

"克里斯多夫……"

"你不明白。我知道有些优点要花一点时间你才会慢慢懂得欣赏，我不是自大才这样说的。我也许做得太过分了，但请你记住，我做任何事都是从心底希望你好。"

海伦娜望着布洛海德的背，只见他的肩膀又窄又斜，医生外套穿在他身上大了一号。她想起儿时记忆中的克里斯多夫，才十二岁就有一头乌黑鬈发和一套真正的西装。有一年夏天她甚至爱上了他，不是吗？

布洛海德颤抖地长长叹了口气。海伦娜朝他踏出一步，随即改变心意。为什么她要同情这个男人？是的，她知道为什么。因为她的心洋溢着幸福，尽管她为了得到幸福，做得其实很少。然而克里斯多夫·布洛海德这辈子每天都努力想得到幸福，却总是孤单一人。

"克里斯多夫，我要走了。"

"好，当然。你得去办你的事了。"

海伦娜起身走向门口。

"我也得去办我的事了。"布洛海德说。

30

二〇〇〇年二月二十四日。警察总署。

赖特对天发誓，为了让画面聚焦，他试过高位投影仪上的每个旋钮，却都不成功。

有人咳嗽一声。

"中尉，我想可能是胶片本身就不清楚。我的意思是，不是投影仪的问题。"

"呃，好吧。这个人就是安德烈亚斯·霍赫纳。"赖特说，以手遮眉，想看清楚在场人员。这个房间没有窗户，关灯后会陷入一片漆黑，就和现在一样。赖特还被告知这个房间可以"防虫"①，也不知道那到底是什么意思。

赖特是军情局中尉，除了他，在场的还有三人，分别是军情局中校巴德·奥弗森、密勤局新进人员哈利·霍勒，以及密勤局局长库尔特·梅里克。哈利为赖特查出约翰内斯堡的军火贩子名叫安德烈亚斯·霍赫纳，之后哈利还每天去烦赖特，向他提供各种情报。密勤局有很多人都认为军情局只是其所属部门，他们显然并未详读规章，规章上清楚说明军情局和密勤局这两个组织属于同一层级，互相合作。最后赖特只好跟密勤局新进人员哈利说这件案子属于"低优先等级"，必须晚一点再处理。一小时后，梅里克打电话来，说这件案子已被列为"高优先等级"。为什么他们不能一开始就把事情说明白？

屏幕上模糊的黑白影像是一名男子，正要离开餐厅，照片似乎是从车

---

① 意指防窃听。

窗往外照的。男子的脸宽大粗犷，深色眼眸，鼻子很大但轮廓不明显，下方是浓密下垂的黑色胡须。

"安德烈亚斯·霍赫纳一九五四年出生于津巴布韦，父母是德国人，"赖特照着他带来的打印数据朗读，"曾在刚果和南非担任雇佣兵，可能从八十年代中期就开始从事军火走私的勾当。十九岁时曾和另外六人被控在金沙萨谋杀一名黑人男孩，但因证据不足被无罪释放。有两次婚姻。霍赫纳在约翰内斯堡的雇主被怀疑是走私防空导弹给叙利亚，以及向伊拉克购买化学武器等交易的幕后黑手。据传霍赫纳曾在科索沃战争期间提供特殊步枪给卡拉季奇①，并在围攻萨拉热窝时训练狙击手。最后这条情报尚未获得确认。"

"请跳过细节。"梅里克说，瞄了一眼手表。他那只手表总是慢了点，但底盖刻有军事统帅部的美丽铭文。

"是。"赖特说，翻过其他页面，"有了，这里。约翰内斯堡十二月的军火贩抄查行动中，霍赫纳是遭到扣押的四个人之一。抄查行动发现了一张加密订单，其中一个项目是一把马克林步枪，目的地是奥斯陆，日期是十二月二十一日。上面的资料只有这些。"

房内一片寂静，只听见高位投影仪的风扇呼呼旋转。幽黑中有人咳嗽一声，听声音像是奥弗森。赖特以手遮眉。

"我们如何确定霍赫纳是这件案子的关键人物？"奥弗森问。

黑暗中传来哈利的声音："我跟约翰内斯堡希布洛区的警监以塞亚·伯恩通过电话，他告诉我那次逮捕行动过后，他们搜查被捕四人的住处，结果在霍赫纳的住处发现一本很有意思的护照，护照中的照片是霍赫纳本人，名字却完全不同。"

"军火贩子用假名也不算什么……爆炸性的发现。"奥弗森说。

---

① 拉多万·卡拉季奇（Radovan Karadžić, 1945— ），曾任波黑塞族共和国第一任总统，自1995年开始被国际法庭通缉，最后于2008年落网。他被控涉及种族灭绝和战争罪行，包括1992年至1995年围攻萨拉热窝屠杀一万一千人。

"我比较在意的是他们在霍赫纳的护照里发现的一个海关通行章,上面写的是挪威,奥斯陆,十二月十日。"

"所以说霍赫纳来过奥斯陆,"梅里克说,"那家公司的客户名单里有一个挪威人,而且我们还发现这把超级步枪的空弹壳。霍赫纳既然来过挪威,我们可以假定他进行了一场交易。可是那张名单上的挪威人是谁?"

"很遗憾,那张名单没有注明客户姓名和地址。"哈利说,"名单上的奥斯陆客户叫乌利业,一定是化名。伯恩说,霍赫纳口风很紧。"

"我想约翰内斯堡警方一定有一套有效的讯问方法。"奥弗森说。

"有可能,但霍赫纳如果透露什么,冒的风险比保持沉默更大。那份名单很长……"

"我听说他们在南非会用电刑,"赖特说,"夹在脚上和乳头上,还有……呃,非常痛苦。请哪位去开个灯好吗?"

哈利说:"比起跟萨达姆购买化学武器,到奥斯陆出差卖一把步枪只是一笔微不足道的小生意。这样说好了,我想南非警方应该把电刑用在比较重大的事件上,实在是遗憾。除此之外,我们并不确定霍赫纳知道乌利亚是谁。由于缺乏乌利亚的数据,我们不得不怀疑:他有什么计划?是暗杀,还是恐怖行动?"

"或抢劫。"梅里克说。

"用马克林步枪抢劫?"奥弗森说,"那不就像用大炮打麻雀吗?"

"会不会是用来抢毒品?"赖特提出意见。

"这个嘛,"哈利说,"要在瑞典杀害一个受到最全面保护的人,只要用手枪就够了,而且暗杀前首相奥洛夫·帕尔梅[1]的凶手迄今尚未落网。为什么在挪威要买一把要价五十万克朗的步枪去射杀某人?"

"哈利,你有什么看法?"

---

[1] 奥洛夫·帕尔梅(Olaf Palme,1927—1986),曾担任瑞典首相(1969—1976、1982—1986),在任内被枪手暗杀身亡。

　　"也许目标不是挪威人，而是外国人。这个人一直是恐怖分子的目标，但是在本国受到严密保护，使得暗杀无法得逞。恐怖分子认为目标来到一个和平的小国，安全工作不会那么严密，比较好下手。"

　　"但会是什么人？"奥弗森说，"挪威国内没有符合这个条件的人。"

　　"而且也没有这样一个人要来。"梅里克说。

　　"可能是个长期计划。"哈利说。

　　"可是枪是在两个月前送到的，"奥弗森说，"外国恐怖分子在计划执行前两个月来挪威，不太说得通。"

　　"也许不是外国人，而是挪威人。"

　　"挪威没人有能力做出你说的事。"赖特说，在墙上摸寻电灯开关。

　　"没错，"哈利说，"重点就在这里。"

　　"重点？"

　　"试想一个高知名度的外国恐怖分子想暗杀自己国家的一个目标，而这个目标要来挪威。这个目标在本国不管去哪儿，都有特勤人员紧紧跟随。恐怖分子不想冒险在本国暗杀他，就联络挪威有同样想法的团体。恐怖分子知道这个团体由外行人组成其实是个优点，因为不会引起警方的注意。"

　　梅里克说："废弃的弹壳的确显示他们是外行人。"

　　"恐怖分子同意资助外行人购买昂贵武器，之后便断绝所有联络，没有任何线索可以追踪到他们。这么一来，他促成暗杀计划的进行，没冒什么风险，只是花一点小钱。"

　　"但如果这个外行人无法完成任务呢？"奥弗森问，"或决定卖掉步枪，带钱跑路？"

　　"这当然涉及一定程度的风险，但我们可以假设这个恐怖分子认为外行人的动机十分强烈。他的个人动机，迫使他甘冒生命危险也要完成任务。"

　　"很有趣的假设，"奥弗森说，"你要怎么测试这个假设是正确的？"

　　"没办法测试。我们对乌利亚这个人一无所知。我们不知道他的思路，不能指望他会理性地行动。"

"很好，"梅里克说，"关于这把枪流入挪威的原因，还有其他假设吗？"

"数不清，"哈利说，"这只是最严重的一种。"

"嗯哼，"梅里克叹了口气，"结果我们的工作就像去追逐幽灵一样。最好还是来看看能不能跟这个霍赫纳谈一谈，我会打几个电话去……啊啊啊！"

赖特找到了电灯开关，房间内顿时充满刺眼的白光。

31

一九四四年六月二十五日。维也纳，蓝恩家的避暑别墅。

海伦娜在卧室镜子中端详自己。她想打开窗户，这样才能听见碎石车道上的脚步声，但母亲对灯火管制得十分严格。她凝视梳妆台上父亲的照片，总觉得照片中的父亲是那么天真年轻。

一如往常，她用发夹夹紧头发。她是不是该做别的打扮？比阿特丽丝修改了母亲的印花棉布连衣裙，以符合海伦娜高挑的身材。母亲遇见父亲时，穿的就是这件连衣裙。一想到这里，海伦娜心头就会浮现一种奇特、疏远的感觉，这在某种程度上令她感到痛苦。也许是因为当母亲把她和父亲的相识经过告诉海伦娜时，讲的似乎是另外两个人——另外两个迷人、快乐的人的故事，这两个人自认为知道他们未来的路要往哪里走。

海伦娜松开发夹，甩了甩褐色的头发，直到头发垂落到面前。门铃响起。她听见门口传来比阿特丽丝的脚步声。海伦娜往后一仰，躺回床上，心里七上八下。她无法克制这种心情——仿佛回到了十四岁，谈一场相思成疾的夏日恋爱！她听见楼下隐约传来的说话声、母亲的尖锐鼻音，以及比阿特丽丝帮他把大衣挂进衣柜里的哐啷声。他竟然还穿大衣！海伦娜心想。这个夏日夜晚甚是闷热，往年在八月之前不曾出现这种天气，而他竟然还穿大衣。

海伦娜等了又等，然后便听见母亲叫她："海伦娜！"

她下了床，把发夹夹好，看着双手，对自己重复地说：我没有一双大手，我没有一双大手。然后她对镜子看了最后一眼——十分美丽迷人——颤抖地吸了口气，踏出房门。

"海伦……"

母亲一看见海伦娜出现在楼梯口，便住了口。海伦娜小心翼翼地把一只脚踏上第一个台阶。她平常穿着飞奔下楼的高跟鞋，这时踩在脚上似乎摇摇欲坠。

"你的客人来了。"母亲说。

你的客人。换作别的场合，海伦娜可能会被母亲强调的语气惹恼，那似乎表示她没把这个卑微的外国士兵当成家里的宾客。但此时此刻，她只想亲吻母亲，只因母亲并未给她制造更多麻烦。至少母亲在她尚未来到门口时，先去迎接了他。

海伦娜望向比阿特丽丝。女管家比阿特丽丝对海伦娜微笑，但眼神里和母亲一样，有种忧郁的色调。海伦娜把视线移向他。他的眼睛闪闪发光。她似乎感觉到他双眼的热度，以至于双颊随之发烫。她只得把视线往下移，看着他刮得干净清爽的古铜色颈部、绣有双 S 标志的领子和绿色制服。那件制服在火车上曾经那么皱，如今却熨得平平整整。他手中拿着一束玫瑰。她知道比阿特丽丝已说过要帮他把玫瑰拿去插在花瓶里，但他只是道谢，请她稍等一会儿，好让海伦娜先看看那束玫瑰。

她又踏下一级台阶，一只手轻轻搭着栏杆。这时她的心情稍微轻松了些，便抬起头，将楼下三人全都看进眼里。蓦然之间，她以一种奇怪的方式感受到，这是她一生中最美丽的时刻，她知道他们眼中看见的是什么，也知道他们心中各自的感受。

母亲眼中看见的是自己，步下楼梯的是她逝去的青春年华和梦想；比阿特丽丝眼中看见的是她视如己出、从小拉扯大的小女孩；他眼中看见的是他深爱的女子，他是那么爱她，以至于他的北欧式害羞和规矩礼仪都无法隐藏他的爱意。

"你好漂亮啊。"比阿特丽丝高声赞叹。海伦娜对比阿特丽丝眨了眨眼，走下最后一阶楼梯。

"外面一片漆黑，你还是找到路了？"她对乌利亚微笑道。

"对啊。"乌利亚的回答清澈响亮，在挑高的瓷砖门廊里回响，如同在教堂一般。

母亲用她那尖锐又有点刺耳的声音说话，比阿特丽丝在餐厅里进进出出，飘来飘去犹如一缕友善的幽魂。海伦娜无法将视线从母亲脖子上戴着的那条钻石项链上移开，那是母亲最珍贵的首饰，只在特殊场合戴上。

母亲破例让通往院子的门微微开着。今晚云层颇低，看来敌军也许不会进行轰炸。风从那扇微开的门吹入，使得蜡烛的火焰闪烁不定，影子在蓝恩家族表情严肃的男女肖像上舞动。母亲煞费苦心地向乌利亚一一介绍肖像中的人物，包括姓名、辉煌的履历以及他们配偶的家族。海伦娜见乌利亚聆听时，似乎还露出一丝冷笑，但屋内甚是昏暗，难以看清。母亲解释说，他们觉得有责任在战时节省电力。当然，母亲绝口不提目前家里的经济状况，以及比阿特丽丝是家里原本四个仆人中唯一留下来的。

乌利亚放下叉子，清清喉咙。母亲把叉子放在长餐桌边。乌利亚和海伦娜两个年轻人相向而坐，海伦娜的母亲坐在另一侧。

"蓝恩夫人，晚餐非常好吃。"

这是简单的一餐，没有简单到让客人受辱，也没豪华到让乌利亚认为自己是贵宾。

"全都是比阿特丽丝亲手做的，"海伦娜亲切地说，"她做的煎小牛肉是全奥地利最好吃的。你以前吃过煎小牛肉吗？"

"我记得只吃过一次，可是跟今天晚上的无法相比。"

"那应该是炸猪排，"母亲说，"你吃的可能是猪肉做的。我们家里只吃小牛肉，物资匮乏的时候吃火鸡肉。"

"我不记得吃过肉，"乌利亚微笑说，"我吃到的大部分都是蛋和面包屑。"

海伦娜轻声大笑，被母亲迅速地瞪了一眼。

餐桌上的对话有好几次冷场，但是在一段长长的沉默之后，乌利亚会再开话题，不然海伦娜和她母亲也会另找话说。海伦娜在邀请乌利亚来家里吃晚餐之前，便已决定不要被母亲的想法干扰。乌利亚表现得十分礼貌，但毕竟是单纯的农家子弟，缺乏上流社会的成长环境所培养出的高雅教养和举止。然而海伦娜一点也不需要担心，乌利亚的言谈之间充满无拘无束、老练世故的风度，让她大感惊奇。

“战争结束以后，你应该打算去工作吧？”母亲问道，把最后一点马铃薯放入口中。

乌利亚点了点头，耐心地等待她把那口马铃薯咀嚼完吞下肚，问出下一道必答题。

“可以请问你打算从事什么工作吗？”

“至少可以当邮差，战争爆发之前邮局承诺会雇用我。”

“送信？你们国家的人不是都相隔很远吗？”

“也没有那么远，我们在可以住的地方住下来，有的人沿着峡湾居住，有的人住在山谷或其他可以避开强风的地方。当然还有一些小镇和大城市。”

“这样啊，真是有意思。那么你富有吗？”

“妈妈！”海伦娜难以置信地瞪视母亲。

“怎么了，亲爱的？”母亲用餐巾轻轻擦了擦嘴唇，然后对比阿特丽丝挥手，示意她收走盘子。

“你好像在审问犯人一样。”海伦娜的深色眉毛在额头上形成两个“V”字皱纹。

乌利亚举起酒杯，回以微笑：“蓝恩夫人，我了解您的心情，她是您的独生女，您有权这样问，甚至可以说您有权利规定她应该找什么样的男人。”

母亲的薄唇噘了起来，举杯打算饮酒，酒杯却停在半空中。

“我不富有，”乌利亚说，“但我愿意努力工作。我的脑子不错，足以喂饱我自己、海伦娜和将来的家庭成员。蓝恩夫人，我承诺会好好照顾海伦娜。”

海伦娜有股想傻笑的强烈冲动，同时又感觉到一股异样的兴奋。

"哦，我的老天！"母亲高声呼喊，放下酒杯，"年轻人，你未免有点太过分了吧。"

"对，"乌利亚豪饮一口，凝视酒杯，"而且蓝恩夫人，我得说这真是好酒。"

海伦娜朝乌利亚踢了一脚，但那张橡木餐桌甚是宽阔，她踢不到乌利亚。

"这是个奇怪的年代，这种好酒很少见了。"乌利亚放下酒杯，但仍凝视着杯子。他脸上那抹海伦娜自认为看见的冷笑消失了。"蓝恩夫人，我曾在这样的夜晚跟战友一起坐下来谈心，聊未来我们想做哪些事，未来的新挪威会是什么样子，未来我们想完成哪些梦想。有些梦很大，有些梦很小。几小时后，这些战友全都死在战场上，毫无未来可言。"

乌利亚抬起双眼，直视蓝恩夫人的眼睛。

"我动作快，是因为我找到了一个我喜欢的女人，而且她也喜欢我。战火正到处肆虐，我可以跟您说的未来计划就跟无稽之谈没有两样。蓝恩夫人，我只能把握现在，好好活着，也许你们也都一样。"

海伦娜迅速瞥了母亲一眼，只见她大为震惊。

"我今天收到挪威警署寄来的一封信，我必须前往奥斯陆辛桑学校的战地医院报到，接受检查。三天后我就得出发，而且我打算带您女儿一起走。"

海伦娜屏住气息。墙上时钟的沉重嘀嗒声轰炸着餐厅。母亲爬满皱纹的颈部肌肤底下，肌肉不断收缩又放松，使得那条钻石项链不停闪烁。通往院子的门口突然吹来一阵强风，把烛火吹得平躺下来，影子在晦暗的家具间跳跃。

只有厨房门口比阿特丽丝的影子似乎完全静止。

"苹果派，"母亲说，对比阿特丽丝挥了挥手，"维也纳的经典甜品。"

"我只能说我非常期待这道甜品。"乌利亚说。

"没错，你应该期待，"母亲说，挤出一抹冷笑，"是用我们院子里的苹果做的。"

32

二〇〇〇年二月二十八日。约翰内斯堡。

希布洛区警局位于约翰内斯堡市中心，看起来像一座要塞，外墙顶端设有尖刺铁丝网，窗前设有钢丝网，窗户非常小，更像是射击槽而不是窗户。

"光是这片警区，昨天晚上就有两个黑人被杀，"以塞亚·伯恩警监说，引领哈利走在迷宫般的走廊上，墙上的白漆剥落，地毯磨损不堪，"你有没有看见卡尔登饭店？已经关闭了。白人很久以前就搬到了郊区，现在只剩我们黑人自相残杀。"

以塞亚拉高裤腰。他是黑人，个子很高，膝盖外翻，体形用"过重"都不足以形容，身上那件白色尼龙衬衫的腋下可见深色汗渍。

"安德烈亚斯·霍赫纳被关在我们称为'罪恶之城'的郊区监狱里，"以塞亚说，"今天我们把他带来这里接受讯问。"

"除了我之外，他还会接受别人的讯问吗？"哈利问。

"到了。"以塞亚打开一扇门。两名男子走进房间，双臂交叠在胸前站立，凝视着一片褐色玻璃。

"单向玻璃镜，"以塞亚低声说，"他看不见我们。"

玻璃镜前方的两名男子对以塞亚和哈利点点头，移到旁边。

四人眼前是一个灯光昏暗的小房间，有一把椅子和一张小桌子。桌子上有一个插满烟蒂的烟灰缸和一个话筒架。坐在椅子上的男子有一双深色眼眸，浓密的胡须垂到嘴角。哈利立刻认出那男子就是赖特那些模糊照片中的人。

"是那个挪威人？"其中一名男子低声说，头朝哈利的方向侧了侧。

以塞亚点头表示没错。

"好吧，"男子说，转头望向哈利，却也不让桌前的男子脱离视线，"挪威人，他是你的了。你有二十分钟。"

"传真上说……"

"去他的传真，你知道有多少国家想讯问或引渡这个家伙吗？"

"呃，不知道。"

"你能跟他说上几句话就应该谢天谢地了。"男子说。

"他为什么同意跟我说话？"

"我们怎么知道？你自己问他。"

哈利一踏进狭小憋闷的讯问室，便试着把更多空气吸进腹部。只见墙上的红色锈斑往下爬，形成一条条格子状的纹路。墙上挂着一个时钟，显示时间是十点半。哈利心知这两个警察一定正瞪大眼睛盯着他，一定就是他们的目光盯得自己手心冒汗。椅子上的男子佝偻坐着，双眼微闭。

"安德烈亚斯·霍赫纳？"

"安德烈亚斯·霍赫纳？"椅子上的男子低声复述，抬起双眼，脸上表情像是看见了某个想用鞋跟踩烂的东西，"不是，他在你家干你妈。"

哈利慎重地坐下，仿佛听见黑色玻璃镜另一端传来哄笑声。

"我是挪威警署的哈利·霍勒，"他柔声说，"你答应跟我们谈一谈的。"

"挪威？"霍赫纳说，语带怀疑。他倾身向前，检视哈利举起的证件，然后怯懦地笑了笑。

"抱歉，哈利，他们没跟我说今天轮到挪威。我一直在等你。"

"你的律师呢？"哈利把公文包放在桌上打开，拿出一张问题清单和一本记事簿。

"管他呢。我不信任那个家伙。这话筒开着吗？"

"我不知道，有关系吗？"

"我不想让黑鬼听见。我只想跟你，跟挪威谈个条件。"

哈利从问题清单上抬起双眼。霍赫纳头上墙壁的时钟嘀嗒走着，已经过了三分钟。直觉告诉哈利，他无法充分利用这二十分钟。

"什么样的条件？"

"话筒开着吗？"霍赫纳低声问。

"什么样的条件？"

霍赫纳的眼珠滴溜溜地转，然后俯身在桌上，快速地轻声说道："他们硬是栽赃我犯下的那些罪名，这在南非是会被处死的。你明白我说的吗？"

"也许吧，然后呢？"

"只要你保证挪威政府能向黑鬼政府要求缓刑，我就告诉你奥斯陆那个人的事。因为我帮了你们，对吧？你们的首相来过南非，对不对？他跟曼德拉拥抱过。现在执政的南非非洲人国民大会的头头喜欢挪威。你们支持他们。当黑鬼共产党员希望我们被抵制的时候，你们就抵制我们。他们会听你们的话，对不对？"

"你为什么不帮助这里的警察，跟他们谈条件？"

"去他妈的！"霍赫纳的拳头重重打在桌上，震得烟灰缸跳了起来，烟蒂如雨点般落下，"你什么都不懂，死猪猡！他们认为我杀了黑人小孩。"

霍赫纳伸手握住桌边，双眼圆睁，怒瞪哈利。接着他的脸仿佛足球被戳了个洞，泄气地垮了下来，并把脸埋在双手中。

"他们都想看我被吊死，不是吗！"霍赫纳悲苦地啜泣着。

哈利仔细观察霍赫纳，纳闷这两个警察在他来之前，不让霍赫纳睡觉、连续讯问他多久了。哈利深深吸了口气，俯身在桌子上，一只手抓住话筒，另一只手拔掉电线。

"成交，霍赫纳。我们只剩十秒钟。谁是乌利亚？"

霍赫纳从指缝间看着哈利："什么？"

"快点，霍赫纳，他们随时会进来！"

"他是……他是个老人，肯定超过七十岁，我只在交货的时候见过他一次。"

"长什么样子？"

"很老，我刚刚说了。"

"他的长相！"

"穿外套，戴帽子。那天是三更半夜，集装箱港口又很暗。我想应该是蓝色眼睛，中等身高……嗯嗯。"

"你们说了些什么？快点！"

"说了些有的没的。起先我们说英语，后来他知道我能说德语就跟我说德语。我跟他说我爸妈是从阿尔萨斯来的，他就说他去过阿尔萨斯一个叫森汉姆的地方。"

"他想干吗？"

"不知道，可是他是个外行人。他说了很多话。他拿到枪的时候，说他已经五十多年没摸过枪了。他说他恨……"

讯问室的门被推开。

"恨什么？"哈利大吼。

此时，哈利感觉锁骨被一只手紧紧掐住，跟着便听见一个嘶哑的声音从耳畔传来："妈的，你在干吗？"

哈利背部朝后被拖出讯问室，双眼仍直视霍赫纳的眼睛。霍赫纳的眼神变得呆滞，喉结上下移动。哈利看见霍赫纳的嘴唇动了动，却没听见他说什么。

接着，门在哈利眼前关上。

以塞亚载哈利前往机场，途中哈利不断按摩颈部。车开了二十分钟，以塞亚才开口说话："这件案子我们办了六年，那张军火走私名单涉及二十个国家，我们一直担心今天发生的这种事，有人会利用外交协助来跟他换取情报。"

哈利耸耸肩："那又怎样？你们逮到他了，以塞亚，你已经尽到责任了，剩下的就是领取勋章而已。任何人代表政府跟霍赫纳谈条件，跟你都没关系。"

"哈利，你是个警察，你知道眼睁睁看着罪犯被释放是什么滋味。这种人杀人不眨眼，你知道这种人一出去就会干老本行。"

哈利并不答话。

"你知道的，对不对？很好，因为事情是这样的，看起来你已经从霍赫纳那里得到你要的情报了，这表示要不要遵守诺言是你的事。你大可置之不理，是不是？"

"以塞亚，我只是做好分内工作而已。日后霍赫纳可以替我们当证人，抱歉。"

以塞亚朝方向盘捶了一拳，力道猛烈，让哈利跳了起来。

"告诉你好了，哈利，一九九四年选举前，南非依然由少数白人统治，那时霍赫纳在校园外的水塔上射杀了两个十一岁黑人小女孩，地点是在一个叫亚历山德拉的黑人小镇。我们认为幕后指使者来自主张种族隔离的非洲人保守党。那所学校有三个白人学生，引发过一些争议。霍赫纳用的是新加坡子弹，跟他们在波斯尼亚用的子弹一样。这种子弹在飞行一百米后会炸开，钻过任何阻挡在前方的物体，就好像钻头一样。那两个小女孩颈部中弹。救护车跟平常一样过了一小时才到，但这次却救不回两条人命。"

哈利默不作声。

"如果你认为我们想复仇，哈利，那你就错了。我们明白一个新社会无法建立在仇恨之上。这就是为什么第一个多数黑人政府要设立委员会，揭发种族隔离时期发生的攻击和骚扰事件。这跟复仇无关，跟认错和原谅有关。有很多创伤愈合了，整个社会也因此受益。与此同时，我们打击犯罪的成绩却每况愈下，尤其是在约翰内斯堡，一切都失去了控制。南非是个年轻、脆弱的国家，如果我们想进步，就必须明确宣示法律和法规是有意义的，而且罪犯会把混乱当作掩护。大家都还记得一九九四年的这件枪击案，每个人都在看报纸关注这件案子，这就是它比你或我的个人目的都更重要的原因。"

以塞亚握紧拳头，又在方向盘上捶了一拳："这不仅是审判一个人的生死，更是把对正义的信任还给大众。有时候，为了让人重获信任，死刑是必要的。"

哈利轻拍烟盒，把一根烟拍了出来，稍微打开车窗，望着千篇一律的景色中突出的黄色矿渣堆。

"你说呢，哈利？"

"以塞亚，你得开快点，不然我会赶不上飞机。"

以塞亚又重重捶了方向盘一拳，哈利不得不惊讶于那方向盘仍安然无恙。

33

一九四四年六月二十七日。维也纳，兰兹动物园。

海伦娜独自坐在安德烈·布洛海德的黑色奔驰轿车后座。车子微微颠簸，穿过大道两旁高高矗立的成排七叶树，驶向兰兹动物园的马厩。

海伦娜望着窗外的青草地。车子驶过铺着干燥碎石的大道，在后方扬起一阵阵沙尘。车窗虽然开着，车内却仍热得令人难以忍受。

车子经过时，山毛榉树荫旁正在吃草的一群马抬起头来。

海伦娜喜爱兰兹动物园。战争爆发前，她常在周日去维也纳森林跟父母、阿姨、叔伯们野餐，或跟朋友骑马。

今天清晨，医院护士长传话给海伦娜，说安德烈·布洛海德想跟她谈一谈。于是她做好心理准备，面对可能发生的任何事。护士长说安德烈会在午餐前派车来接她。自从她收到医院推荐信和旅行许可之后，整个人心花怒放，因此她心里想的第一件事，就是要感谢克里斯多夫的父亲安德烈和管理委员会对她的帮助。她想到的第二件事，是安德烈找她，肯定不是要听她道谢。

冷静下来，海伦娜，她对自己说。他们已经无法阻止我们了。明天一大早我们就要走了。

前天她把一些衣服和珍视的物品收到行李箱中，最后放进箱子的是她床铺上方墙壁挂着的十字架。父亲送她的八音盒仍摆在梳妆台上。她曾深信这些东西她绝对无法轻易割舍，奇怪的是，如今这些东西竟已对她没有太大意义。比阿特丽丝帮她整理行李，两人一面听着母亲在楼下踱步，一面聊起往事。这将会是个尴尬而困难的离别。现在她只盼望夜晚快点降临。

乌利亚说离开前如果不看看维也纳，未免太可惜了，因此晚上邀她外出共进晚餐。至于要去哪里吃晚餐，她并不知道。乌利亚只是神秘地眨了眨眼，并问她能不能借到林务官的车。

"蓝恩小姐，我们到了。"司机说，指了指大道尽头的喷泉。只见一个镀金丘比特一只脚站在泉水上方的石球顶端，后方矗立着一栋由灰石砌成的大宅。大宅主屋两侧是又长又矮的红色木屋，红色木屋连接着一栋朴素的石屋，如此便围出了中庭。

司机把车停下，下车替海伦娜开门。

安德烈站在大宅前梯之上，这时正朝他们走来，脚下那双马靴在阳光下闪闪发光。安德烈大约五十五岁，脚步却比年轻人轻盈许多。他的红色羊毛夹克并未扣上扣子，露出上半身的结实线条，下半身的马裤紧紧包裹着肌肉发达的大腿。老布洛海德和儿子之间很难找到相似之处。

"海伦娜！"安德烈的声音精准地发出热诚而亲切的声调——一个力量强大的男子的确可以做到在这种场合展现出自己的热诚与亲切。海伦娜已有许久不见安德烈，他看起来还是跟过去一样。海伦娜心想，根根竖起的白发、雄伟高挺的鼻子、鼻子两旁的一双蓝色眼睛正看着她。心形嘴唇暗示这个男人有柔软的一面，但这一点仍有待证明。

"你母亲最近好吗？希望我在工作时间把你找来不会太鲁莽。"安德烈说，跟海伦娜短暂且冷淡地握了握手。不等她回答，安德烈便继续往下说。

"我得跟你说几句话，而且我觉得没办法再等。"安德烈朝大宅走去，"你以前应该来过这里吧？"

"没有。"海伦娜说，脸上挂着微笑，仔细瞧着安德烈。

"没有？我以为克里斯多夫带你来过，你们以前非常要好。"

"您一定是记错了，布洛海德先生。克里斯多夫跟我很熟，可是……"

"真的？这样我得带你到处看看才对。我们去马厩那边。"

安德烈伸出一只手，紧紧扶着海伦娜的背，带领她朝木屋的方向走去。两人踏上碎石路，脚下发出咯吱声响。

"海伦娜，你父亲的事真是太令人伤心了，我真的觉得很遗憾，很希望能为你和你母亲做些什么。"

去年冬天你本可以跟从前一样邀请我们去参加圣诞宴会，海伦娜心中暗想，但嘴上什么也没说。若安德烈邀请了她们，当时海伦娜就不必忍受母亲要去参加宴会的吵闹了。

"亚尼克！"安德烈对一个站在阳光下擦亮马鞍的黑发男孩大喊，"去牵威尼希亚过来。"

男孩跑进马厩，安德烈站在原地，手中鞭子轻轻拍打膝盖，马靴鞋跟轻轻摇晃。海伦娜瞥了一眼手表。

"布洛海德先生，我可能不能待太久，我还在值班……"

"那当然，我明白，那我就开门见山了。"

马厩内传来凶猛的嘶叫声和马蹄踏上木板的嘚嘚声。

"你父亲以前跟我一起做过很多生意，当然那是在他破产之前的事了。"

"我知道。"

"对，你可能也知道他欠了很多债，这也是事情最后会演变成那样的间接原因。我是说他跟那些放高利贷的犹太人之间不幸的……"安德烈搜寻着合适的词，"密切关系，当然对他而言伤害很大。"

"你是说约瑟夫·伯恩斯坦？"

"我不记得那些人的名字了。"

"你应该记得的，他参加过你的圣诞宴会。"

"约瑟夫·伯恩斯坦？"安德烈微微一笑，但眼神里毫无笑意，"那一定是很多年以前的事了。"

"一九三八年圣诞节，战争爆发之前。"

安德烈点了点头，朝马厩门口不耐烦地望了一眼。

"海伦娜，你的记性很好。克里斯多夫需要一个好头脑，我的意思是说他的头脑有时候会不太清楚。抛开这个不谈的话，他是个好男孩，你以后就会知道了。"

海伦娜感觉心脏开始猛烈跳动。是不是哪个环节出错了？安德烈对她说话的口吻仿佛她是他未过门的儿媳。但她并不怎么吃惊，只因她心头燃起的熊熊怒火盖过了惊骇的感觉。她再度开口，虽然心里想用友善的语气说话，但怒火勒住她的咽喉，令她发出的声音僵硬而且铿锵刺耳："布洛海德先生，我希望我们之间没有任何误会。"

安德烈肯定听出了海伦娜声音的变化，但无论他是否听出来，接下来他的口气已经没有之前迎接海伦娜时那般亲切了："既然如此，我们就来澄清误会。请你看看这个。"

安德烈从红色夹克的内袋抽出一张纸，摊开整平，递给海伦娜。

担保书，那张纸的开头如此写道，看来是一张合约。海伦娜的眼睛快速扫过密密麻麻的文字，其中大部分内容她都看不懂，只知道文中提到维也纳森林里的房子，纸张末尾有她父亲和安德烈两人的签名。她疑惑地看着安德烈："这看起来是一份担保书。"

"是担保书，没错，"安德烈承认说，"那时候你父亲认为犹太人的贷款将会被收回，连带使得他的贷款也被收回，于是就来找我，问我能不能为他在德国的一大笔再融资贷款做担保。很遗憾，我一心软就答应他了。你父亲是个自尊心很强的人，为了表示请我作保并非纯粹要我做善事，他坚持要用你和你母亲现在住的那栋避暑别墅作为担保品。"

"为什么是当成你作保的担保品，而不是贷款的担保品？"

安德烈颇为吃惊："问得好。答案是那栋房子的价值不足以作为你父亲那笔贷款的担保品。"

"但光是安德烈·布洛海德签名作保就够了吗？"

安德烈微微一笑，用手抚摸自己粗壮的颈部。他的颈部在炎热天气下已泛着一层亮晶晶的汗水。"我在维也纳还算拥有一些零星的资产。"

这句话说得相当含蓄。众所周知，安德烈拥有奥地利两大工业公司的大笔股权。德奥合并之后——德奥合并是希特勒一九三八年的"工作"，这两家公司就从生产玩具和机械转而替轴心国生产武器，安德烈也因此成为巨富。如今，海伦娜知道安德烈拥有她居住的房子，顿时她的胃里似乎长了个肿块，越来越沉重。

"别担心，亲爱的海伦娜，"安德烈高声说，口气突然又亲切起来，"你要知道，我没打算把那房子从你母亲手中收回来。"

但海伦娜胃里的肿块越胀越大。安德烈可以再加一句："我也没打算把那房子从我未来的儿媳手中收回来。"

"威尼希亚！"安德烈大喊。

海伦娜转头朝马厩门口望去，只见马童从阴影中牵着一匹亮灼灼的白马走了出来。尽管海伦娜的脑子里正有无数念头如风暴般卷起，但眼前这匹白马仍令她暂时忘却一切。这是她这辈子见过的最漂亮的一匹马，她觉得眼前站立的似乎是一只超自然生物。

"这是一匹利皮扎马，"安德烈说，"世界上训练最精良的马种。一五六二年由马克西米利安二世从西班牙引进。你跟你母亲一定在城里的西班牙马术学校表演中看过利皮扎马的表演吧？"

"对，我们看过。"

"就像在看芭蕾舞一样，对不对？"

海伦娜点了点头，无法把视线从威尼希亚身上移开。

"它们在兰兹动物园里过暑假，会一直住到八月底。可惜除了西班牙马术学校的骑师，其他人都不准骑。未经训练的人骑了它们，会灌输它们坏习惯，使多年来一丝不苟的花式骑术训练付诸流水。"

威尼希亚背上已套上鞍座。安德烈抓住缰绳，马童站到一旁。威尼希亚站在原地，一动不动。

"有些人认为教马跳舞是一件残忍的事，他们说动物被逼着去做违反天性的事是痛苦的。说这种话的人没见过这些马的训练过程，但我见过，而我相信这些马很喜欢训练。你知道为什么吗？"

安德烈抚摸威尼希亚的口鼻。

"因为那是自然的规则。上帝用他的智慧安排低等生物在为高等生物服务并听从其命令时最为快乐，只要看看小孩和大人、女人和男人就知道了。即使是在那些所谓的民主国家，弱者同样心甘情愿地把自己的力量奉献给较强壮、较聪明的精英阶层。世界的法则就是这样。由于我们都是上帝的创造，因此较优秀的生物有责任确保较低等的生物服从命令。"

"好让他们快乐？"

"一点也没错，海伦娜。你懂得很多……而且你还这么年轻。"

海伦娜听不出安德烈这句话重点在哪里。

"知道自己的位置是很重要的，不论是高还是低。如果你抗拒，长期下来就会变得不快乐。"

安德烈拍了拍马颈，凝视威尼希亚的褐色大眼。

"你不是会抗拒的那种人吧？"

海伦娜知道这个问题是针对自己的，便闭上眼睛深呼吸，试着让自己冷静下来。她发觉自己现在说什么或不说什么，都会对她下半辈子产生重大影响，如果她被一时的怒气左右，后果不是她可以承担的。

"你是吗？"

突然间，威尼希亚发出嘶鸣，把头甩到一侧，使得安德烈脚下一滑，失去重心，只能紧紧抓住马颈下方的缰绳。马童赶紧奔来，想扶安德烈一把，但尚未奔至，安德烈便已挣扎着站稳脚步。他满脸通红，一身大汗，愤怒地挥了挥手要马童离开。海伦娜无法遏止地露出微笑，也不知是否被安德烈瞧见，无论如何，安德烈朝着威尼希亚扬起马鞭，却又在一瞬间恢复理性，放下马鞭。他的心形嘴唇说了几个无声的字，让海伦娜看了更觉好笑。接着安德烈走到海伦娜面前，再次将手轻轻地、傲慢地扶上她的后腰。"我们也看够了。海伦娜，你还有重要的工作要回去忙，我陪你走过去搭车。"

两人在大宅阶梯旁停下脚步。司机坐上车，把车开来。

"我希望我们很快会再见面，海伦娜，而且我们应该很快就会再见面。"安德烈说，牵起海伦娜的手，"顺带一提，我太太请我向你母亲问好，她还说最近要找一个周末邀请你来玩，我忘记她说什么时候了，不过她一定会跟你联络。"

海伦娜等司机下车替她开门,才说:"布洛海德先生,你知道那匹花式骑术马为什么要摔你一跤吗?"

海伦娜在安德烈眼中看见他的体温再度蹿升。

"因为你直视它的眼睛,布洛海德先生。马会把目光接触视为挑衅,就好像它在马群中的地位没有受到尊重。如果它无法避免目光接触,就会用另一个方式来响应,例如反抗。在花式骑术训练中,无论物种有多优秀,如果你不表示尊重,训练绝对不会有进展。每个驯兽师都懂得这个道理。在阿根廷山区,如果有人硬是要骑上一匹野马,那匹野马会从附近的断崖跳下去。再见了,布洛海德先生。"

海伦娜坐进奔驰后座,全身颤抖不已,拼命深呼吸。车门在她身后缓缓关上,接着车子便载着她驶上兰兹动物园大道。闭上双眼前,她看见车尾沙尘中安德烈僵立原地的模糊身影。

34

一九四四年六月二十七日。维也纳。

"先生、小姐，晚安。"

矮小消瘦的餐厅领班深深鞠躬。乌利亚止不住大笑，海伦娜捏了捏他的手臂。从医院出发的路上，他们就一直笑个不停，原因是两人引发了沿途的骚动。原来乌利亚不太会开车，因此在驶往大街的路上，海伦娜嘱咐他，每次在狭窄道路上会车，一定要把车停下来。结果乌利亚只是狂按喇叭，使得对面的来车不是开到路边，就是立刻停下。所幸维也纳路上已没那么多车，他们才得以在七点半之前平安抵达怀伯加萨街。

领班看了一眼乌利亚的制服，立刻眉头深锁地查看订位簿。海伦娜越过乌利亚肩头望去，只见黄色拱形天花板上挂着一盏盏水晶吊灯，天花板由白色科林斯式柱子支撑，吊灯下的谈笑声被管弦乐声淹没。

这就是"三个骑兵"餐厅，海伦娜心想，十分欣喜。仿佛门外的那三个台阶神奇地将他们从战火蹂躏的城市，带到了一个不把炸弹和苦难当回事的世界。这里是维也纳的富人、风雅人士和自由思想家的聚集之地，想必作曲家理查德·施特劳斯和阿诺德·勋伯格曾是这里的常客。这里弥漫的思想过于自由，因此她父亲从没想过要带家人来这里用餐。

领班清了清喉咙。海伦娜这才想到，那领班也许对乌利亚的副下士军阶不甚满意，又或者对订位簿里的外国名字感到奇怪。

"你们的桌子已经准备好了，这边请。"领班勉强露出微笑，顺手拿了两份菜单，为他们带位。餐厅里高朋满座。

"这一桌。"

乌利亚对海伦娜露出失望的微笑。领班带他们来的这张桌子在通往厨房的弹簧门旁，而且桌上没摆餐具。

"稍后服务生会来为你们服务。"领班说，随即消失无踪。

海伦娜环顾四周，然后咯咯一笑。"你看，"她说，"那张是我们原本的桌子。"

乌利亚转头去看，果真如此。一名服务生正在收拾管弦乐团前方一张桌子上的双人餐具。

"抱歉，"他说，"我打电话订位的时候在名字后面加了'少校'一词，我想说你的风采可以掩盖我官阶低的事实。"

她牵起他的手，这时管弦乐团奏起快乐的匈牙利查尔达斯舞曲。

"这一定是为我们演奏的。"他说。

"也许吧。"她垂下双目，"就算不是也没关系。他们奏的是吉卜赛音乐，如果是吉卜赛人弹的就太棒了。你有没有看见吉卜赛人？"

他摇摇头，双眼专注地凝望她的脸庞，仿佛想记住她每个部位、每条细纹、每根头发。

"他们全都不见了，"她说，"犹太人也是。你认为传言是真的吗？"

"什么传言？"

"集中营的传言。"

他耸耸肩："战争时期总是会有各式各样的传言。要是我的话，被希特勒俘虏，我会觉得很安全。"

管弦乐团奏起另一首曲子，由三人演唱，唱的是奇特语言。有几个客人齐声唱了起来。

"那是什么歌？"乌利亚问。

"《士兵舞》，"海伦娜说，"一首士兵的歌曲，就像你在火车上唱的那首挪威曲子。这些歌曲是用来招募匈牙利年轻男子加入拉科齐领导的民族解放战争的。你在笑什么？"

"笑你知道的这些奇奇怪怪的事。你听得懂他们在唱什么吗？"

"听得懂一点点。别笑了。"她不禁微笑,"比阿特丽丝是匈牙利人,以前常唱给我听,歌词说的是被人遗忘的英雄和理想。"

"被人遗忘,"他双手紧紧交握,"就像这场战争有一天也会被人遗忘。"

一个服务生悄然来到他们桌边,轻咳一声,以示提醒:"先生、小姐,可以点餐了吗?"

"应该可以,"乌利亚说,"今天有什么推荐菜品?"

"小公鸡。"

"鸡,听起来不错。海伦娜,你能替我们选一瓶好酒吗?"

海伦娜的双眼扫视菜单。"上面为什么没有价格?"她问道。

"因为战争,小姐,价格每天都在波动。"

"小公鸡要多少钱?"

"五十先令。"

海伦娜从眼角余光看见乌利亚脸色发白。

"来两碗蔬菜炖牛肉汤好了,"她说,"我们晚上已经吃过了,而且我听说你们做的匈牙利菜非常好吃。乌利亚,你想不想尝尝看?一天吃两顿晚餐不太健康哦。"

"我……"乌利亚说。

"再来一瓶淡酒。"海伦娜说。

"两碗蔬菜炖牛肉汤和一瓶淡酒?"服务生扬起双眉问道。

"我想你应该听得很清楚了,"海伦娜把菜单交还给服务生,展露耀眼的微笑说,"服务生。"

海伦娜和乌利亚相视而坐,直到服务生消失在厨房弹簧门后,两人才忍不住哧哧地笑了起来。

"你疯了。"乌利亚笑说。

"我?'三个骑兵'又不是我订的,口袋里没有五十先令还敢订这里!"

乌利亚抽出手帕,俯身在餐桌上。"蓝恩小姐,你知道吗?"他说,越过餐桌替她拭去眼角笑出的眼泪,"我爱你,我真的爱你。"

就在此时，空袭警报响起。

每当海伦娜回想起那个夜晚，她总是问自己到底记得有多清楚。炸弹是否如她记忆中掉落得那么近？他们踏上圣斯蒂芬大教堂的走道时，是不是每个人都转过头来看他们？尽管他们在维也纳的最后一夜被一层不真实的薄纱所笼罩，但是在寒冷的日子里，她总会情不自禁地用那晚的记忆来温暖自己的心。她会回想那个夏日夜晚的同一个小小片段，这总会令她大笑然后流泪，而她并不明白为什么。

空袭警报响起的一刹那，所有声音同时消失。那一刻，整间餐厅似乎被时间冻结，接着，拱形镀金天花板下响起一声声咒骂。

"狗杂种！"

"靠！才八点。"

乌利亚摇摇头。

"那些英国人一定是疯了，"他说，"天都还没黑呢。"

服务生突然忙乱地穿梭在一张张桌子之间，领班开始对客人无礼呼喝。

"你看，"海伦娜说，"这家餐厅就要变成一片废墟了，他们还一心想在客人跑去避难之前先叫他们结账。"

一个身穿深色西装的男子跳上演奏台。台上的管弦乐团团员正在收拾乐器。

"大家听着！"男子吼道，"已经结账的客人必须立刻前往附近的避难所，避难所就在怀伯加萨街二十号附近的地下室。大家安静，听我说！出去以后右转，走两百米，寻找戴着红色臂章的人员，他们会指示要往哪里走。请保持冷静，轰炸机还要过一阵子才会飞到这里。"

这时第一批炸弹落下的隆隆声响传来。演奏台上的男子又说了些话，但四下响起的说话声和尖叫声淹没了他的声音。男子不得不放弃，在胸前画个十字，跳下演奏台奔往避难所。

众人同时拥向出口，出口处已有一群人惊慌失措地挤在那里。一个女子站在寄存处前高喊："我的雨伞！"但寄存处服务员早已不知去向。更多隆隆声传来，这次距离更近。海伦娜望向隔壁被遗弃的餐桌上，两杯半满的葡萄酒撞得彼此咔咔作响，整间屋子都被巨大的和声震得颤动不已。几个年轻女子拖着一个长得有如海象、喝得醉醺醺的男子赶往出口，男子的衬衫向上翻了起来，唇边犹有一抹欢乐的微笑。

不到几分钟，整间餐厅人去楼空，被一股毛骨悚然的寂静笼罩着。寄存处传来低低的啜泣声，那女子已不再叫嚷着要找雨伞，只是把额头顶在柜台上。白色桌巾上残留着吃了一半的餐点和打开的酒瓶。乌利亚仍握着海伦娜的手。又是一声轰然巨响，水晶吊灯为之震动。寄存处那个女子突然醒了过来，尖叫着跑了出去。

"我们终于独处了。"乌利亚说。

脚下的地面晃动着，镀金天花板洒落如毛毛雨般的灰泥，在空中闪闪发亮。乌利亚站起来，伸出手。

"我们的上等桌位空出来了，小姐，如果你不介意的话……"

海伦娜挽住他的手臂，站了起来，和他一同往演奏台的方向走去。她依稀听见炸弹落下的呼啸声，随之而来的爆炸声震耳欲聋，墙上洒落的灰泥变成了沙尘暴，面向怀伯加萨街的大片窗户被炸碎，碎片向餐厅内喷射。灯光完全熄灭。

乌利亚点亮桌上烛台的蜡烛，为她拉出一把椅子，用拇指和食指拿起一条折叠的餐巾，甩了开来，温柔地放在她的大腿上。

"小公鸡和优质葡萄酒？"他问道，小心翼翼地从桌上、餐盘上和她头发上扫去玻璃碎片。

也许是因为外面夜幕低垂，桌上烛光荧荧，金黄色粉尘在空中闪闪发亮；也许是因为被炸开的窗户吹入阵阵凉风，让他们在这个炎热的潘诺尼亚夏夜能够喘一口气；也许只是因为她心脏送出的血液在血管里快速流窜，以至于她想更强烈地体验此时此刻。但她听见了音乐，尽管这是不可能的，整个管弦乐团都已收拾乐器逃命去了。耳中的音乐声是不是她的幻觉？多年以后，就在她即将产下女儿之际，她明白了那音乐声是什么。孩子的父亲在新买的摇篮上方挂了一串风铃和彩色玻璃珠。一天晚上，她用手拂过那串风铃，立刻就认出了那种声音，并且明白它是从何处传来的。原来为他们奏响音乐的是"三个骑兵"的水晶灯。水晶灯随着地面的猛烈震动而不断摇晃，奏出晶莹清澈的乐音，宛如风铃的歌声。乌利亚迈开步伐，进出厨房，端出萨尔茨堡小公鸡，并从酒窖里拿出三瓶奥地利农家自酿的时令酒，同时还在酒窖里发现一个厨师坐在角落拿着一瓶酒仰头痛饮。那厨师见乌利亚取出藏酒，连一根小指头也没抬起来，更别说上前制止了，相反，当乌利亚把他选的酒拿给那厨师看时，那厨师还点点头表示认可。

　　随后乌利亚把四十多先令放在烛台下，偕同海伦娜踏入柔和的六月夜晚。怀伯加萨街一片死寂，但空气相当混浊，充满黑烟、扬尘和泥土的气味。

　　"我们散散步。"乌利亚说。

　　两人都没说要往哪里走，只是向右转，踏上坎纳路，突然间，漆黑荒凉的圣斯蒂芬大教堂就矗立在他们面前。

　　"我的天哪。"乌利亚说，只见眼前的宏伟教堂几乎占满整片刚降临不久的夜空。

　　"圣斯蒂芬大教堂？"他问道。

　　"对。"海伦娜仰头向上，视线跟随名为"Südturm"的墨绿色教堂塔楼不断上升，直上天际，连接到夜空中浮现的第一群星星。

　　接下来，海伦娜记得的是他们站在教堂中，周围是来教堂避难的人群的苍白的脸，耳中能听见孩童的哭泣和管风琴的乐声。他们挽着彼此的手臂，朝圣坛走去，又或者这只是她的梦境？这些真的发生过吗？他是不是不曾突然将她拥在怀里，说她属于他？她是不是轻声回答，好，好，好，而教堂的空间是不是攫获了这几个字，将它们抛上拱形屋顶，抛给鸽子和十字架上的耶稣基督，让她的回答不断回响，直到成真？无论这些是否真的发生过，这几个字比起她在告别安德烈之后说的话都要真实。

　　"我不能跟你走了。"

她说过这句话，不过是在什么时候、什么地方说的？

下午，她告诉母亲说她不走了，但并未说明原因。母亲出言安慰，但她无法忍受母亲那尖锐、自以为是的口气，便把自己锁在卧室里。然后，乌利亚来到家里，敲她的房门。她决定不再去想那么多，决定让自己毫无畏惧地坠落，不做任何想象，只想着无止境的深渊。也许在她开门的那一刻，乌利亚就已看出了这一切。也许当他们站在门廊时，两人就已做了心照不宣的约定，要尽情享受火车出发前这几小时的时间。

"我不能跟你走了。"

安德烈·布洛海德这个名字在她舌尖上有如胆汁，她把它吐了出来，连同这个名字一起给吐了出来的，还有担保书、面临流浪街头威胁的母亲、不想回归正常人生的父亲、举目无亲的比阿特丽丝。对，她说了这些话，不过是在什么时候说的？她是否在教堂把一切都告诉了他？或者是在他们奔过街道，来到菲哈莫尼路上之后才告诉他的？菲哈莫尼路的人行道上布满碎砖、碎玻璃，黄森森的火舌从老糕饼店窗内探出来，为他们照亮前路。他们奔入空寂无人、一团漆黑的豪华饭店大厅，划亮一根火柴，从墙上随意拿下一副钥匙，冲上楼梯。楼梯铺着厚实的地毯，他们脚下没有发出一丝声响，如同幽魂般掠过走廊，找寻三四二号房。接着，他们在彼此怀中，扯去对方身上的衣服，仿佛全身着了火一般。他滚烫的气息如火般烧灼她的肌肤，她在他身上抓出一道道血痕，再用她的唇吻上那一道道血痕。她不断重复那句话，仿佛咒语一般："我不能跟你走了。"

空袭警报再度响起，表示此次轰炸告一段落。他们躺在染红的纠结的被单中，她只是不断啜泣。

之后的一切都融合成一个大旋涡，旋涡里有肉体和美梦。何时是做爱，何时又是做梦，她已无法分辨。她在午夜雨声中醒来，直觉告诉她，他不在身边。她走到窗边，凝视下方被雨水洗去灰烬和尘泥的街道。汇集的雨水从人行道边缘流过，一把开着的无主雨伞顺着雨水往多瑙河漂去。她躺回床上，再醒来时，已是天明，街道已干。他躺在她身旁，屏住气息。她看了看床头桌上的时钟，距离火车出发还有两小时。她抚摸他的额头。

"你为什么没有呼吸？"她轻声问道。

"我才刚起来。你也没有呼吸。"

她蜷伏在他怀中。他一丝不挂，但全身炽热如火，汗如雨下。

"那我们一定是死了。"

"对。"他说。

"你去了别的地方。"

"对。"

她感觉到他在颤抖。

"可是现在你回来了。"

第四部 炼狱

百分之四十的篱雀可以存活，她心想，我会熬过这个冬季。

她的手指在雪地中摸索，找寻可以握住的东西。第二次重击打中她的后脑。

35

二〇〇〇年二月二十九日。碧悠维卡区，集装箱港口。

哈利把车停在工人小屋旁，小屋位于山丘顶部，他在碧悠维卡区平坦的码头区只找到这一座山丘。天气突然暖和起来，积雪开始融化。白雪闪闪发亮，是美好的一天。他走在如乐高积木般堆放的集装箱之间，头顶的艳阳在柏油路上投下锯齿状的影子。集装箱上的文字和符号说明它们来自遥远的地方，如中国台湾、布宜诺斯艾利斯、开普敦。哈利站在码头边，闭上眼睛，吸进海水、被阳光晒暖的沥青和柴油混合的气味，放任想象力驰骋。他睁开双眼，一艘丹麦渡轮悄然进入他的视线。那艘渡轮看起来像一台冰箱，一台运送同一群人来回、提供休闲运输服务的冰箱。

他知道要从霍赫纳和乌利亚的会面中找出线索已然太迟，他甚至连他们是不是在这个集装箱港口会面都不确定，菲力斯塔区的集装箱港口也同样有可能是会面地点。然而他依然希望这个会面地点能告诉他一些信息或者刺激他的想象力。

他朝码头边突出的轮胎踢了一脚。也许今年夏天他该买一艘船，载爸爸和妹妹出海游玩。爸爸得出门走走。自从八年前妈妈去世，曾经喜好交际的老爸就变得独来独往。妹妹虽不太能自食其力，却常能令人忘记她患有唐氏综合征。

一只鸟欢快地在集装箱间飞行俯冲。蓝山雀的飞行时速可达二十八公里。这是爱伦告诉他的。绿头鸭的飞行时速可达六十二公里。两者都是飞行能手。不，妹妹没有问题，他更担心的是爸爸。

哈利努力集中精神。他已将霍赫纳说的话原原本本写进报告，这时他极力回想霍赫纳的面容，想知道他没说出口的究竟是什么。乌利亚长什么样子？霍赫纳没能做出太多描述，但是要形容一个人的长相，通常会从最显著、最突出的特征说起。而霍赫纳说的第一点就是乌利亚有一双蓝色的眼睛。除非霍赫纳认为蓝眼珠很罕见，否则这个描述意味着乌利亚没有显而易见的残疾，无论是行走还是语言障碍等。乌利亚会说德语和英语，而且去过德国一个叫森汉姆的地方。哈利的目光跟随那艘丹麦渡轮移动，渡轮正驶往德勒巴克市。乌利亚游历甚广。乌利亚有没有出过海？哈利思忖。他查过地图集，连德国出版的地图集都查过了，但到处都找不到一个叫森汉姆的地方。这个地名有可能是霍赫纳瞎掰的，也许并不重要。

霍赫纳说乌利亚怀有恨意。所以也许哈利的猜测是正确的——他们在寻找的这个人具备个人动机。但这个人恨的是什么？

太阳沉落在候福德亚岛后方，奥斯陆峡湾吹来的微风立刻冷冽起来。哈利将外套裹得紧了些，往车子的方向走回去。那五十万克朗呢？乌利亚是从幕后指使的大人物手里拿到这笔钱的，还是他独挑大梁，自己出钱？

哈利拿出手机，一部诺基亚手机，轻薄小巧，刚买来两星期。他抗拒用手机已有好长一段时间，最后是爱伦说服他买了一部。他输入爱伦的号码。"嘿，爱伦，我是哈利，你现在一个人吗？好。我要你集中精神。对，是小游戏，准备好了吗？"

过去他们经常玩这种小游戏。"小游戏"一开始，哈利会给出许多口头提示，没有背景介绍，也没有线索指向他讲的内容，只有短句——最多五个词，没有固定顺序。他们花了许多时间才想出这个游戏。最重要的规则是至少要有五个短句，但不能超过十个。哈利之所以有这个游戏灵感，是因为有一次他跟爱伦打赌，赌注是值一次班，他赌爱伦在看过一组图片之后无法记住顺序。一组图片只能看两分钟，一张图看两秒。哈利输了三次之后终于投降。后来爱伦告诉他，她用的方法是不把图片视为图片，而是把每张图联想成一个人或一个动作，然后在图片翻回背面之后编出一个故事。后来哈利把爱伦的联想技巧用在工作上，有时效果十分惊人。

"男人，七十岁，"哈利缓缓地说，"挪威人。五十万克朗。充满仇恨。蓝色眼珠。马克林步枪。说德语。身体健康。港口走私枪。希恩市练枪。就这样。"

他坐上车。"什么也没想到？我想也是。好吧。反正试试也好。谢啦。保重。"

车子开到邮局前的环形十字路口时，哈利脑中突然冒出一个念头，便打电话给爱伦："爱伦？又是我。我忘了一点。你在听吗？超过五十年没拿枪。我再说一次。超过五十……对，我知道超过五个词了。还是什么都没想到？可恶，我错过要转弯的路口了！待会儿见，爱伦。"

哈利把手机放在乘客座上，专心开车。车子刚转出路口，手机就响了起来。

"我是哈利。什么？你怎么会这样想？对，对，别生气，爱伦。有时我就是会忘记你也不知道自己的糨糊是怎么运作的。头脑！我是说你那个又发达又美丽的头脑！对，你一说我就明白了。谢谢你。"

他放下手机，猛然记起自己欠爱伦三个班。如今他已不在犯罪特警队，得找别的方式来偿还了。他思索着有什么其他方式，想了大约三秒。

36

二〇〇〇年三月一日。伊斯凡路。

门打开，哈利往门内看去，和一张爬满皱纹的脸上的蓝色眼珠四目交接。

"我是哈利·霍勒，我是警察，"他说，"今天早上打过电话。"

"对。"

老人的白发梳理整齐，横向盖过他的高额头，身穿一件针织羊毛衫，里面打了条领带。这栋红色双拼公寓位于奥斯陆北区安静富饶的郊区，门口外的信箱上写着"伊凡和辛娜·尤尔"。

"霍勒警监，请进。"老人的声音冷静坚定，他的风度举止使他看起来比一般人印象中的伊凡·尤尔教授要年轻许多。哈利对这位历史学教授做了一番研究，知道他曾参加反抗运动。尤尔教授虽已退休，但仍被公认为挪威最重要的研究德军占领时期历史和国家集会党的专家。

哈利弯腰脱鞋，只见面前墙壁挂着许多小相框，相框里是微微褪色的黑白老照片。其中一张照片是身穿护士制服的年轻女子，另一张是身穿白色外套的年轻男子。

两人走进客厅，客厅里一只艾尔谷犬停止吠叫，尽职地嗅了嗅哈利的胯部，然后走到尤尔的扶手椅旁趴下。

"我读过一些你在《达沙日报》上写的有关法西斯和国家社会主义的文章。"哈利坐下之后说。

"天哪，原来真的有人会看《达沙日报》。"尤尔微笑说。

"你似乎强烈警告我们要注意现在的新纳粹党。"

"不是警告，我只是指出一些相似的历史。历史学家的责任是揭露，不是评价。"尤尔点燃烟斗，"很多人认为对与错是固定、绝对的，但其实并非如此，对错的判断会随时间而改变。历史学家的工作主要是找出历史真相，去看数据说些什么，然后客观冷静地公开。如果历史学家介入评价人类的蠢事，从后世的眼光来看，我们的工作会变得跟化石一样，成为当时正统观念的遗骸。"一缕蓝烟在空气中冉冉上升。"不过你来找我应该不是为了问这个吧？"

"我们是想问你能不能帮我们找一个男人。"

"你在电话中提过，这个人是谁？"

"现在还不知道，但我们推断他是挪威人，眼睛是蓝色的，七十岁，会说德语。"

"还有呢？"

"就这些。"

尤尔大笑："呃，可能的人选应该不少吧。"

"对，挪威超过七十岁的男人有十五万八千个，我猜其中大约有十万人的眼睛是蓝色的，而且会说德语。"

尤尔扬起双眉。哈利羞怯地笑了笑："这是统计处的资料，我查过了，好玩而已。"

"你认为我能帮得上什么忙？"

"我正要说。据说这个人有五十多年没拿枪了。我是在想，或者说，我的同事是这样想的，五十多年是超过五十年，但少于六十年。"

"逻辑上是这样。"

"对，她非常……有逻辑。所以说，假设那是五十五年前的事，那么就回到了'二战'中期，当年这个人大约二十岁，而且会用枪。当时所有拥有私人枪支的挪威人都必须把枪上缴德军，那么这个人会在什么地方？"

哈利伸出三根手指数着："第一，他可能是反抗军成员。第二，他可能飞到了英国。第三，他可能在东部战线跟德军并肩作战。他的德语说得比英语好，所以……"

"所以你的同事判断他一定是在前线作战，对不对？"尤尔问道。

"对。"

尤尔吸着烟斗。"很多反抗军成员也必须学德语，"他说，"以此来进行渗透、监视等，而且你们忘了瑞典警察中也有挪威人。"

"所以这个推论不成立喽？"

"呃，我只是把我的想法说出来，"尤尔说，"自愿上前线作战的挪威人大约有一万五千人，其中七千人被征召，因此他们可以使用武器。这个人数比逃到英国加入英军的人数高出很多。虽然战争末期反抗军人数更多，但很少有反抗军能够拿到武器。"

尤尔微微一笑："我们暂时先假设你们的推断是正确的，但是很显然，这些曾上前线作战的人不会在电话簿里把自己的头衔写成前武装党卫队队员，不过我想你应该找到了可以去哪里搜寻，对不对？"

哈利点了点头："叛国者数据库。这个数据库里的档案根据姓名和法院审判资料归档。这几天我一直在看这个数据库的档案。我原本希望他们很多人都已经去世了，那么剩下的人数我就能应付得来，可是我错了。"

"没错，他们是强悍的老鸟。"尤尔笑着说。

"这就是为什么我们会跟你联络。你对这些士兵的背景比任何人都清楚，我希望你可以帮我了解这种人在想什么，有什么事会让他们发怒。"

"霍勒警监，谢谢你对我这么有信心，但我是个历史学家，我对个人动机知道的不比别人多。你也许知道，我曾经是米洛格反抗军成员，但这个身份并不会让我了解自愿前往东部战线作战的人的心理。"

"我想你知道很多，尤尔先生。"

"是吗？"

"我想你知道我的意思。我的研究工作做得很彻底。"

尤尔吸着烟斗，看着哈利。在随之而来的静默中，哈利察觉到有人站在客厅门廊，他转过头去，看见一个老妇人。老妇人温柔冷静的眼眸正看着他。

"辛娜，我们只是在聊天而已。"尤尔说。

老妇人面露愉悦之色，向哈利点了点头，张口想说些什么，但和尤尔目光相接后便闭上了嘴，又点了点头，静静关门离去。

"所以你已经知道了？"尤尔问。

"对。她是东部战线的护士，对不对？"

"她派驻在列宁格勒，从一九四二年一直到一九四四年三月撤退。"尤尔放下烟斗，"你们为什么要找这个人？"

"坦白说，我们也不知道，但可能有一场暗杀行动正在酝酿中。"

"嗯。"

"所以我们应该锁定什么样的人？古怪的人，仍然效忠纳粹的人，还是罪犯？"

尤尔摇摇头："大部分的党卫队队员在前线服役之后，回国融入了社会。他们虽然被贴上叛国贼的标签，但令人意外的是，很多人在社会上适应得非常好。或许也没那么令人意外吧。所谓天资聪慧的人，通常就是那些能在非常时刻做出判断的人，比如说在战争时期。"

"所以我们要找的人是个成功人士？"

"绝对是的。"

"社会的中坚分子？"

"他很可能无法担任国家金融和政治上的重要职位。"

"但他也可能是生意人，一个私营企业家。可以肯定的是他赚的钱足够让他买一把价值五十万克朗的枪。他想杀的可能会是谁呢？"

"跟他曾经在前线作战有必然关系吗？"

"我的感觉是可能有关。"

"那么动机是复仇了？"

"这会不合理吗？"

"不会，一点也不会。很多上过前线的人视自己为战争中真正的爱国者，他们认为以一九四〇年的世界局势来看，他们的所作所为对国家最有利。

他们认为我们把他们贴上叛国贼的标签完全扭曲了正义。"

"所以说……"

尤尔挠挠耳背："呃，让他们接受审判的法官大部分都已经过世了，那些为审判奠定基础的政治家也所剩无几。复仇的动机看起来很单薄。"

哈利叹了口气："你说得对。我只是想把手中几条破碎的线索硬凑起来。"

尤尔瞥了手表一眼："我答应你会想想这件事，但我真的不确定能否帮上忙。"

"还是很谢谢你。"哈利说，站了起来。这时他突然想到一件事，从夹克口袋中拿出一沓折叠的纸张。

"对了，我在约翰内斯堡讯问过一个证人，这是讯问报告复印件，请你看看里面有没有什么重要线索。"

尤尔嘴上说好，却摇了摇头，仿佛在说不好。

哈利来到玄关穿鞋，指了指墙上照片中穿白色外套的男子："这是你吗？"

"那是二十世纪前半叶的我，"尤尔笑说，"战前在德国拍的。原本我应该追随父亲和祖父的脚步去德国学医，战争爆发后，我返回挪威，在船上开始撰写我第一本历史书。后来再说什么都太迟了：我已经对历史着迷了。"

"所以你放弃了医学？"

"这要看你用什么眼光看待这件事。我想找出一个原因，说明为什么一个人和一种意识形态可以蛊惑那么多人。可能我也想找出解毒剂吧，"尤尔笑道，"那时候的我非常年轻。"

37

二〇〇〇年三月一日。洲际饭店，一楼。

"很高兴我们能这样见面。"布兰豪格举起酒杯。

两人举杯敬酒，奥黛·希尔德对外交部副部长布兰豪格微笑。

"而且不是只谈公事而已。"布兰豪格说，凝视着奥黛，直到她低下头去。布兰豪格仔细打量她。她不是那种妖媚动人的类型，五官有点粗糙，身材颇为丰腴，但她自有一种魅力和风情，而且拥有年轻的身体。

今天早上奥黛从职员办公室打电话给布兰豪格，说有一件不寻常的案子需要他给个建议，但她话还没说完，就被叫去了布兰豪格的办公室。她一踏进办公室，布兰豪格立刻说他没有时间，但可以下班后边用餐边讨论。

"我们这些公仆也要有点额外津贴才对。"布兰豪格说。奥黛心想他指的应该是餐饮补贴。

目前为止，一切都进行得相当顺利。餐厅领班带领他们前往布兰豪格常坐的那张桌子，而且就布兰豪格所见，餐厅里没有他认识的人。

"对，昨天我们碰到一个奇怪的案子。"奥黛说，让服务生替她打开餐巾，放在她大腿上，"有个老人坚持说我们欠他钱，也就是外交部欠他钱。他说我们欠他将近两百万克朗，手里拿着一封一九七〇年寄出的信。"奥黛的眼珠转了转。

她不应该化这么浓的妆，布兰豪格心想。"我们为什么欠他钱？"

"他说战争时期他是个商船船员，好像跟挪威海运及贸易使团有关，他说他们扣留他的报酬。"

"哦，对，我想我知道那是怎么回事。他还说了什么？"

"他说他不能再等了，我们欺骗了他和其他船员，上帝会惩罚我们犯下的罪行。我不知道他有没有喝酒或生病，但他看起来气色不太好。他带了一封信，签名的是孟买的挪威总领事，时间是一九四四年。总领事在信中说他代表挪威做出保证，一定会支付船员冒着战争风险在挪威商船队服务四年的奖金尾款。如果不是因为那封信，我们早就请他离开了，也不会拿这种小事来打扰您。"

"你要找我随时都行，奥黛·希尔德。"他说，心头突然一惊：她的名字是叫奥黛·希尔德吗？"可怜的家伙，"布兰豪格说，对服务生比了个手势，示意再拿酒来，"这件事的悲惨之处在于他说的全都没错。挪威海运及贸易使团的建立是用来管理没被德军占领的商船队的。这个组织一部分符合政治利益，一部分符合商业利益。就拿英国来说，他们付了大笔的风险奖金给使团，利用挪威商船队来运输货品。但这些钱并没有付给船员，而是直接进了船主的口袋和国库，涉及金额高达数亿克朗。商船队员通过法律途径想拿回他们的钱，但一九五四年最高法院判决他们败诉。挪威议会在一九七二年通过了一项法案，承认商船队员有权领回他们的报酬。"

"这个人好像什么也没领到，因为他是在中国海域被日本人的鱼雷追着打，而不是被德国人打。他是这样说的。"

"他有没有说他叫什么名字？"

"康拉德·奥斯奈。等一下，我拿他的信给你看。他算出了我们欠他的本金加利息。"她弯腰去包里找信，上臂不断抖动。

她应该多做点运动，布兰豪格心想。只要减个四公斤，奥黛就会是丰满而不是……肥胖。"没关系，"他说，"我不用看那封信。挪威海运及贸易使团隶属于商业部。"

她抬头朝他望去："他坚持说外交部欠他钱，还给了我们两个星期的期限。"

布兰豪格闻言大笑："真的？事情都已经过去六十年了，有什么好急的？"

"他没说，他只说如果我们不付他钱，就得承担后果。"

"我的老天。"布兰豪格等服务生替他们倒完酒，才倾身向前说，"我最讨厌承担后果，你说是吧？"奥黛微微一笑，有些迟疑。

布兰豪格举起酒杯。

"我在想这件案子我们该怎么处理？"她说。

"别管它，"他说，"不过我也在想一件事，奥黛。"

"什么事？"

"你有没有看过外交部在这里的房间？"

奥黛又微微一笑，说她没看过。

38

二〇〇〇年三月二日。伊拉区，焦点健身中心。

哈利踩着踏板，汗流浃背。心肺功能训练室摆着十八台先进的健身单车，每台单车上都坐着一个颇具吸引力的所谓"都会"人士，每个人的眼睛都盯着挂在天花板上的静音电视。哈利看的是《鲁滨孙探险记》，里面的艾莉莎正在说话，看她的嘴形是在说她受不了波普了。哈利之所以知道是因为这是重播。

那不吸引我！扬声器大声放着流行歌曲。

不，呃，不过真令人惊讶，哈利心想。他不喜欢吵闹的音乐，也不喜欢听见自己的肺发出刺耳的呼吸声。他大可在警察总署健身房里免费运动，但爱伦说服他加入焦点健身中心。他答应加入。后来爱伦继续劝说他参加有氧课程时，他便断然拒绝。加入一群喜欢快餐音乐的人跟着音乐做动作，看着有氧老师在前方龇牙咧嘴地笑着，激励大家加把劲，大喊"一分耕耘，一分收获"之类的口号，这些对哈利而言，根本就是自我贬低的行为，完全不能理解。在他看来，来焦点健身中心运动的最大好处，莫过于能一边运动一边收看《鲁滨孙探险记》，而且不必跟汤姆·瓦勒共处一室。汤姆的闲暇时间似乎全花在警察总署健身房里。哈利迅速朝四周望了一圈，确定今晚他仍是这里最高龄的会员。心肺功能训练室里几乎清一色是女性，耳朵塞着随身听耳机，每隔一段时间就朝他的方向偷看一眼。她们看的不是哈利，而是哈利旁边坐着的那位挪威最有名的脱口秀演员。他身穿灰色连帽上衣，刘海下方不见一滴汗珠。哈利那台单车的控制屏幕上显示一句话：你骑得很好。

但打扮得很烂，哈利心想，低头看了看他那件松垮褪色的慢跑裤。他不时地把裤腰拉高，因为手机就挂在腰际松紧带上。而他脚上那双破旧的阿迪达斯运动鞋既不够新，赶不上潮流，又不够旧，赶不上复古风。身上那件八十年代英伦摇滚天团"快乐小分队"T恤曾是风靡一时的街头穿着，如今传达的信息却是这人已经很多年没跟上流行音乐的脚步了。但这些尚不足以让哈利汗颜，直到他的手机响起，十七双责备的目光朝他射来，包括那个脱口秀演员，他才觉得无地自容。他从腰际取下那个黑色"小恶魔"。

"我是哈利。"

那不吸引我！扬声器又大声唱到这一句。

"我是尤尔，打扰到你了吗？"

"没有，那只是音乐而已。"

"你喘得跟海象一样，等你方便再回我电话吧。"

"我现在很方便，我在健身房。"

"那好吧。有个好消息要告诉你。我看过你在约翰内斯堡的讯问报告了，你怎么没跟我说他去过森汉姆？"

"你是说乌利亚？那很重要吗？我根本不确定那个地名我有没有听对，而且我查过德国地图，都没找到森汉姆这个地方。"

"我的回答是，对，很重要。如果你不确定他是不是上过前线，现在可以确定了。百分之百确定。森汉姆是个小地方，我听说的去过森汉姆的挪威人都是在'二战'时期去的，他们去那里的训练营接受训练，然后才前往东部战线。你在德国地图上找不到森汉姆是因为森汉姆不在德国，而是在法国阿尔萨斯。"

"可是……"

"阿尔萨斯在历史上有时属于法国，有时属于德国，所以那里的人会说德语。我们要找的这个人既然去过森汉姆，那么可能的人选就大大减少了。因为只有诺尔兰军团和挪威军团的士兵会在那里接受训练。更好的是，我可以介绍你认识一个人，他去过森汉姆，而且一定很乐意帮忙。"

"真的？"

"他是诺尔兰军团的士兵，上过前线作战。一九四四年他自愿加入反抗军。"

"哇。"

"他生在偏远农村，父母和兄长都是国家集会党狂热分子，所以他被迫从军，上前线作战。他从来没相信过纳粹，一九四三年在列宁格勒当了逃兵。他曾短暂地被俄军俘虏，后来跟俄军一起战斗，最后才想办法从瑞典回到挪威。"

"你相信一个上过东部战线的士兵？"

尤尔大笑："绝对相信。"

"你为什么笑？"

"说来话长。"

"我时间多的是。"

"我们命令他杀了一个家人。"

哈利踩踏板的脚停了下来。尤尔清了清喉咙："我们是在诺玛迦区发现他的，诺玛迦位于伍立弗斯特以北，当时我们都不相信他说的事。我们认为他是间谍，原本想一枪毙了他。我们跟奥斯陆警方数据库有联系，也就是说，我们可以核对他说的事。根据报告，他真的曾在前线失踪，据推测是当了逃兵。他的家庭背景也核对无误，而且他有文件能证明他的身份是真的。当然这些都有可能是德军伪造出来的，所以我们决定测试他。"

尤尔顿了顿。

"然后呢？"

"我们把他藏在一间小屋里，离我们和德军都很远。有人建议我们命令他去杀掉加入国家集会党的哥哥。这个构想主要是想看看他会有什么反应。我们对他下达这个命令时，他一句话也没说，但第二天我们去小屋查看，他已经不在了。我们很确定他逃跑了，但是两天后他再次出现，说自己回了位于居德布兰的老家农庄。几天后，我们收到居德布兰的弟兄报告，他的一个哥哥死在牛棚，另外一个哥哥死在谷仓，他的父母死在客厅地板上。”

“我的天哪，”哈利说，“这个人一定是疯了。”

“可能吧。我们都疯了。那时候在打仗。再说，我们再也没提起这件事，那时没提，后来也没提。你也不应该……”

“当然不会。他住在哪里？”

“他就住在奥斯陆，应该是霍尔门科伦区。”

“他的名字是……？”

“樊科，辛德·樊科。”

“太好了，我会跟他联络。尤尔先生，谢谢您。”

电视屏幕上是波普的极近特写，他正流着眼泪跟家人打招呼。哈利把手机挂回运动裤腰际，提了提裤腰，朝力量训练室大步走去。

仙妮亚·唐恩依然高声唱道：那不吸引我。

二〇〇〇年三月二日。黑德哈路，男士试衣间。

"超级——〇纯羊毛面料，"女售货员替老人拿起西装外套，"顶级的面料，非常轻，而且耐穿。"

"我只会穿一次。"老人微笑说。

"哦，"女售货员有些尴尬，"呃，我们有一些比较便宜……"

老人端详镜中的自己："这套就可以了。"

"这套西装选用经典剪裁，"女售货员保证说，"是我们店里最经典的款式。"

老人猛然弯下腰。女售货员惊呆了，看着老人："您是不是不舒服？我要不要……"

"不用了，只是小阵痛而已，一会儿就没事了。"老人直起身子，"裤子什么时候可以做好？"

"如果您不赶的话，下星期三可以做好。您要在特别的场合穿吗？"

"对，不过星期三可以。"

老人掏出一沓百元大钞付款。

正当老人在点钞票时，女售货员说："我敢说，这套西装您可以穿一辈子。"

老人大笑，笑声震耳。即使在他离去后，笑声仍在女售货员耳边萦绕。

二〇〇〇年三月三日。霍尔门科伦区。

哈利在霍尔门科伦路的贝瑟德车站附近找到了他要找的门牌号码。这是一栋黑色大木屋,坐落在高大的冷杉林下。黑木屋前有一条碎石车道,哈利把车开上平坦区域,然后掉头。他想把车停在坡道上,但是才推入一挡,车子就咳了好大一声,随即熄火。哈利咒骂出声,转动钥匙想发动引擎,但马达只是不断呻吟。

他下了车,爬上车道朝黑木屋走去,这时一名女子从屋里走了出来。她显然没听见他驱车来到的声音,在阶梯上停下脚步,面露询问的微笑。

"早安,"哈利说,头朝他的车子侧了侧,"它有点不舒服,需要……吃药。"

"吃药?"女子的声音温暖低沉。

"对,它好像染上了最近流行的感冒。"

女子笑得欢快了些。她看起来三十多岁,身穿一件素面黑色外套,流露出不经意的优雅。哈利知道这样一件外套价格不菲。

"我正要出门,"女子说,"你是来这里找人的吗?"

"应该是吧,请问辛德·樊科是不是住在这里?"

"可以这样说,"女子说,"只不过你来晚了几个月,我父亲搬到城里去了。"

哈利走得更近了些,看得出这女子十分有吸引力。她说话的方式带有一种轻松的态度,而且她直视哈利的双眼,表现得相当自信。她是个职业女性,哈利猜想。她的工作需要冷静、理性的头脑,可能是房屋中介、银行部门主管、公务员之类的。无论她做的是什么工作，哈利都能确定她非常富有。哈利之所以如此判断，不只是因为她的外套和她身后那栋大木屋，还因为她的神态和高耸的颧骨流露出的贵族气息。女子步下台阶，仿佛一直在走直线，她走下台阶的动作看起来简单直接。跳过芭蕾，哈利心想。

"我能帮得上忙吗？"

女子发音清楚，语调重音放在"我"，清晰鲜明，仿佛舞台剧的台词。

"我是警察。"哈利把手伸进外套口袋，找寻证件，但女子挥了挥手，表示没有必要。

"是的，我有事想找你父亲谈。"

哈利注意到自己的语调不由自主地比平常正式许多，不禁有点烦躁起来。

"有什么事吗？"

"我们在找一个人，希望你父亲能帮忙。"

"你们在找什么人？"

"我恐怕没办法说明。"

"好。"女子点了点头，仿佛哈利刚通过了测试。

"不过既然你说他已经不住在这里了……"哈利以手遮眉，看见了女子纤细的双手。学过钢琴，他心想。女子眼角有鱼尾纹，也许她真的年过三十了。

"他的确不住在这里了，"女子说，"他搬到了麦佑斯登区威博街十八号，如果他不在家，就是在大学图书馆。"

大学图书馆。女子咬字清晰，不浪费任何音节。

"威博街十八号，我知道了。"

"很好。"

"好的。"

哈利点了点头，然后不断点头，像只狗。女子面露微笑，嘴唇紧闭，双眉扬起，仿佛在说如果没有其他问题，会议到此结束。

"我知道了。"哈利又说了一次。

女子有两道黑眉，眉形一致。精心修过，哈利心想。但修得不着痕迹。

"我得走了，"女子说，"我要搭电车……"

"我知道了。"哈利说了第三次，却仍动也不动。

"希望你找到我父亲。"

"我会的。"

"再见。"女子抬脚离开，高跟鞋踩得碎石咯吱作响。

"呃……我有个小问题……"哈利说。

"谢谢你帮忙。"

"不客气，"女子说，"你确定不会绕太远的路吗？"

"一点也不会，我也要往这个方向走。"哈利说着朝那双肯定十分昂贵的真皮手套望去，只见手套因为推车而染上了灰扑扑的尘土。"重点在于这辆车能不能跑完全程。"哈利说。

"这辆车似乎有过辉煌的历史。"女子指了指仪表板上的大洞，只见洞里冒出纠缠着的红黄电线。那个洞原本容纳的是收音机。

"小偷破门而入，"哈利说，"所以车门锁不上，锁被撬坏了。"

"所以这辆车现在向所有人开放了？"

"对，老了就是这样。"

女子笑道："是吗？"

哈利瞥了女子一眼。她也许是那种不管到哪个年龄，容貌都不大改变的人，从二十岁到五十岁看起来都像三十岁。他喜欢她的轮廓和柔美的线条。她的肌肤有一种自然温润的光泽，不像跟她同龄的古铜色肌肤女人，到了二月肤质总显得干涩暗沉。她的外套扣子扣到顶端，露出细长的脖子，双手轻轻放在大腿上。

"红灯了。"她冷静地说。

哈利赶紧踩下刹车。"抱歉。"他说。

你在做什么？想看看她手上有没有戴婚戒吗？我的老天。

哈利放眼四顾，突然发现自己来到了一个熟悉的地方。

"怎么了？"女子问道。

"没有，没什么。"绿灯亮起，他踩下油门，"我在这个地方有过不好的回忆。"

"我也是，"女子说，"几年前我坐火车经过这里，正好有一辆警车刚穿越铁轨，撞上那边那道墙。"她伸手指了指，"现场很恐怖，一个警察还挂在栏杆上，像是被钉上了十字架。后来我一连好几个晚上睡不着觉。据说开车的警察喝醉了。"

"是谁说的？"

"一个跟我一起念书的朋友，警察学院的。"

车子行经弗罗安车站，后面就是芬伦区。有进展了，哈利心想。

"所以你念的是警察学院？"他问道。

"才不是呢，你疯了吗？"她又笑了。哈利喜欢她的笑声。"我大学学的是法律。"

"我也是，"他说，"你是哪一年的？"

这招很诈，哈利。

"我是一九九二年毕业的。"

哈利算了算。至少三十岁。

"你呢？"

"一九九〇年。"哈利说。

"你还记得一九八八年法律节'拉格摇滚客'乐队的演唱会吗？"

"当然记得，我去看了，就在皇家庭园。"

"我也去了！唱得好棒！"她看着哈利，两眼发光。

哪里？他心想，当时你在哪里？

"对，棒极了。"哈利已不太记得那场演唱会，但他突然记起每次"拉格摇滚客"举办演唱会，观众里都有很多很漂亮的西区女孩。

"如果我们在同一个时期念书，应该会有很多共同的朋友。"她说。

"恐怕没有。那时候我是警察，不太跟学生混在一起。"

车子经过工业街，车内一片静默。

"我在这里下车就行了。"她说。

"你是要到这里吗？"

"对，这里就可以了。"

哈利在人行道旁把车停下。她朝他转过头来，几丝头发划过脸颊，褐色眼眸流露出温柔的眼神。哈利的脑际闪过一个意外且突然的念头：他想吻她。

"谢谢你。"她微笑着说。

她开门下车。什么事也没发生。

"抱歉，"哈利说，倾身过去，鼻中吸入她的芳香，"门锁……"他朝车门重重捶了一拳，车门荡开了。他觉得自己似乎快要淹死了。"也许我们会再见面吧？"

"也许吧。"

他心里升起一股冲动，想问她要去哪里，在哪里工作，喜不喜欢她的工作，还喜欢些什么，有没有伴侣，想不想去听演唱会，不是"拉格摇滚客"的演唱会可以吗。所幸一切已然太迟。她已踏出犹如芭蕾舞者的脚步，走在史布伐街上。

哈利叹了口气。他半小时前遇见她，现在却连她叫什么名字都还不知道。他一定是提前进入更年期了。

他看了后视镜一眼，踏下油门，违规掉头。

威博街就在附近。

41

二〇〇〇年三月三日。麦佑斯登区，威博街。

一名男子站在门前，脸上挂着微笑，看着哈利气喘吁吁地爬上三楼。

"抱歉让你爬楼梯，"男子伸出一只手，"我是辛德·樊科。"

辛德的眼睛依然年轻，但面容看起来像是经历过"至少"两次世界大战。稀疏的白发向后梳齐，身上穿着红色伐木工衬衫，外头罩一件开襟挪威羊毛衫。他握手的方式温暖而坚定。

"我刚泡了些咖啡，"辛德说，"我知道你来的目的是什么。"

两人走进客厅。只见客厅已被改造成书房，里面放着书桌和电脑，四处都是纸张，一摞摞的书籍和期刊堆在桌上和墙边地上。

"这些东西我还没整理好。"辛德解释说，在沙发上给哈利腾出一个位置。

哈利细看整个房间，发现墙上没挂照片，只挂了一本超市赠送的月历，上面印着诺玛迦区的图片。

"我正在进行一个大计划，希望能写成一本书，一本关于战争的书。"

"不是已经有人写过了吗？"

辛德大笑："对，可以这样说，只是他们写得不太对路，而且我要写的是我的战争。"

"嗯哼，你为什么要写？"

辛德耸耸肩："听起来可能有点做作，但我还是要说，我们这些曾经参与过战争的人，有责任在离开人世之前，把我们的经验记录下来，留给子孙后代。不管怎样，我是这么认为的。"

　　辛德走进厨房，对着客厅高声说话："伊凡·尤尔打电话告诉我，有个人会来找我，还跟我说是个密勤局的人。"

　　"对，但尤尔跟我说你住在霍尔门科伦区。"

　　"我跟尤尔不常联络，我保留了原来的电话号码，因为搬来这里只是暂时的，写完书就会回去。"

　　"原来如此。我去过你家，遇见了你的女儿，是她给了我这里的地址。"

　　"她在家？呃，那她一定是在休假。"

　　她是做什么的？哈利差点问出口，但觉得这样问未免过于唐突。

　　辛德回到客厅，手里拿着热气蒸腾的咖啡壶和两个马克杯。"黑咖啡？"辛德把一个马克杯放在哈利面前。

　　"太好了。"

　　"很好，因为你没的选。"辛德笑着，差点把手中正在倒的咖啡洒出来。

　　哈利在辛德身上看不到一丝和女儿的相似之处，这让他颇感奇怪。辛德没有女儿那种有教养的说话方式和举止，也没有女儿的五官和深色肌肤。两人只有额头相像，都是高额头，可以看见蓝色静脉分布其间。

　　"你在那里有一栋大房子。"哈利改口说。

　　"总是有做不完的维修工作、扫不完的雪。"辛德答道，尝了口咖啡，咂咂嘴表示赞许，"又黑又阴暗，离哪里都太远。我没办法忍受霍尔门科伦区，住在那边的人都是势利鬼，没有一样东西适合我这种从居德布兰移居来的人。"

　　"那为什么不把它卖掉？"

　　"我想我女儿喜欢那套房子。当然了，她是在那里长大的。我听说你想谈谈有关森汉姆的事。"

　　"你女儿一个人住在那里？"

　　哈利差点咬到自己的舌头。辛德端起马克杯喝了一口咖啡，让那口咖啡在嘴里滚来滚去好一阵子。

　　"她跟一个叫欧雷克的男孩子住在一起。"辛德两眼无神，脸上的笑容也消失了。

哈利迅速下了几个结论，也许下得太早，但如果他判断得没错，辛德会搬出来一个人住在麦佑斯登区，一定跟欧雷克有关。无论如何，事情就是这样，她跟某人住在一起，不必再多想了。反正这样也好。

"樊科先生，我没办法跟你透露太多信息，我想你应该可以理解，我们正在……"

"我理解。"

"太好了。我想听听看，对于森汉姆的挪威军人你都知道些什么。"

"哦，你知道，去过森汉姆的人很多。"

"我是指还活着的。"

辛德脸上露出微笑："我不想讲得很可怕，但这样一来就简单多了。在前线，人是大批大批阵亡的，我们部队一年平均有百分之六十的人死去。"

"不会吧，篱雀的死亡率也是……呃。"

"什么？"

"抱歉，请继续。"

哈利甚感惭愧，低头望着马克杯。

"重点在于战争的学习曲线很陡，"辛德说，"你只要熬过前六个月，生存概率就会提高很多倍。你不会踩到地雷，在战壕移动时会把头压低，一听见莫辛－纳甘步枪的扳机声就会惊醒。而且你知道，战场上没有人能逞英雄，恐惧是你最好的朋友。所以说，六个月以后，我成了一小拨挪威军人的一分子，我们这一小拨人知道自己可能会在战争中活下来，而我们大部分人都去过森汉姆。后来，随着战局演变，他们把训练营移到了德国内地，或者志愿军会直接从挪威送到战场。那些从来没接受过训练的……"辛德摇摇头。

"他们会死？"哈利问。

"他们到了以后，我们甚至都懒得去记他们的名字，记了又有什么用？虽然很难明白为什么，但是到了一九四四年，我们这些老鸟都已经摸清了战局会如何发展，志愿军还是不断拥入东部战线。他们还以为自己是去拯救挪威的，真是可怜。"

"我知道，到了一九四四年，你已经不在那里了？"

"没错，一九四二年新年前夜，我叛逃了。我两次背叛了我的国家。"辛德微微一笑，"结果两次都进了错误的阵营。"

"你替苏联人打仗？"

"可以这样说。我是战俘，战俘会被活活饿死。一天早上，他们用德语问有没有人懂无线电作业。我有个粗略的概念，所以举起了手。原来有一个军团的电信兵全死光了，一个也不剩！第二天我就开始负责操作战地电话，那时我们在爱沙尼亚攻打我以前的战友，就在纳尔瓦附近……"

辛德双手捧起马克杯。

"我趴在一个小山丘上，观看苏联士兵进攻德军机枪哨，他们几乎被德军扫射殆尽。一百二十五个官兵和四匹马的尸体全都堆在地上，最后，德军机枪终于过热打不动了，剩下的苏联士兵就用刺刀把德国士兵杀了，好节省子弹。从开始进攻到结束，最多不超过半小时，就死了一百二十几个人。然后，他们会再进攻下一个机枪哨，重复同样的攻击。"

哈利看见辛德手中的马克杯微微颤动。

"我知道我就要死了，而且是为了我不相信的理念而死。我不相信斯大林，也不相信希特勒。"

"既然你不相信，当初为什么要去东部战线？"

"那时候我十八岁，是在偏远的居德布兰长大的，那里有个规矩，我们只能见附近的邻居，不能见别人。我们不看报，也没有书，我什么都不懂。我所了解的政治都是我爸告诉我的。我们的家族只剩我们一家人，其他人在二十年代都移民到美国去了。我的父母和两边农田的邻居都是吉斯林的支持者，也都是国家集会党党员。我有两个哥哥，不管什么事，我都向他们看齐。他们都是希登组织①的成员，是穿制服的政治激进分子，他们的任

---

① 纳粹德国在挪威的准军事组织。

务是替组织在家乡招募年轻人，否则他们自己就得上前线。至少这是他们告诉我的。后来我才发现，他们的工作是招募告密者。但为时已晚，我已经准备上前线了。"

"所以说你是在前线改变信仰的？"

"我不会称之为改变信仰。大部分的志愿军心里想的主要是挪威，很少想到政治。我的转折点是我发现自己在为别的国家卖命。事实就这么简单，而且为苏联打仗也不会更好。一九四四年六月，我在塔林的码头执行卸货任务，想偷溜到瑞典红十字组织的船上。我把自己埋在煤堆里，藏了三天，以致一氧化碳中毒，不过后来我在斯德哥尔摩康复了。然后，我从斯德哥尔摩一路走到挪威边界，独自越过边界。那时候是七月。"

"为什么你独自越过边界？"

"我联络的几个瑞典人都不相信我，我的故事太令人难以置信了。反正没关系，我也谁都不信。"辛德再次大笑，"所以我低调行事，用我自己的方式解决。越过边界简直就像小孩过家家。相信我，在战争时期从瑞典越过边界到挪威，危险性比在列宁格勒低头捡口粮小太多了。要加点咖啡吗？"

"谢谢。你为什么不留在瑞典？"

"问得好。我也问过自己很多次。"辛德顺了顺头上的稀疏白发，"我心里充满复仇的念头。那时候我很年轻，一个人年轻的时候对正义的概念会有一种错觉，认为那是人生下来就拥有的东西。我年轻的时候在东部战线，内心有很多冲突，有很多人认为我的行为坏透了。尽管如此，或正因为如此，我发誓要报复那些在家乡向我们灌输谎言的人，他们害这么多人牺牲性命。我也为自己被糟蹋的人生复仇，那时我以为我的人生再也无法完整地拼凑回去了。我一心只想找那些真正背叛挪威的人算账。现在的心理医生可能会把我诊断为战争后遗症，并立刻把我关起来。所以我前往奥斯陆，在那里我谁也不认识，也没有地方可以住，身上带着的证明文件可以证明我是逃兵，会被当场枪毙。我搭货车抵达奥斯陆那天，去了诺玛迦区。我睡在云杉树下，只吃莓果充饥，过了三天就被他们发现了。"

"被反抗军的人发现？"

"尤尔说，后来的事他都跟你说了。"

"对。"哈利不安地玩弄马克杯。他无法理解那起逆伦事件，见了辛德本人之后也没能让他理解。自从哈利见到辛德站在门口，微笑着跟他握手之后，逆伦事件的阴影就一直在哈利脑海中萦绕不去。这个人杀了自己的父母和两个哥哥。

"我知道你在想什么，"辛德说，"但我是个奉命杀人的士兵。如果没接到命令，我也不会那样做。但我知道一件事：我的家人跟那些欺骗我们国家的人是一样的。"

辛德直视哈利的双眼，捧着马克杯的手已不再颤抖。

"你在想我接到的命令是只杀一个人，为什么我把他们全都杀了。"辛德说，"问题在于他们没有说要杀哪一个。他们要我自己决定谁生谁死，而我办不到，所以我把他们全都杀了。在前线有个被我们称为'知更鸟'的家伙，他教我用刺刀杀人，并认为这是最人道的杀人方式。颈动脉负责连接心脏和脑部，只要切断颈动脉，脑部吸收不到氧气，人就会立刻死亡，心脏再跳动个三四次后就会停止。问题在于这很难办到。那个家伙叫盖布兰，他是个刺刀高手。可是我用刺刀对我妈妈只造成了皮肉伤，搞了好久，最后我只好对她开枪。"

哈利听得口干舌燥。"原来如此。"他说。无意义的话语在空气中盘绕。他推开桌上的马克杯，从皮夹克中拿出笔记簿。"也许我们可以谈一谈跟你一起在森汉姆的人？"

辛德立刻站了起来："警监，抱歉，我没打算用这么冷血和残暴的方式来说这件事。在我们继续之前，我想跟你说明白：我不是个残暴的人，这只是我个人处理事情的方式。我不需要跟你说这件事的，但我还是说了，因为我无法回避。这也是我写这本书的原因。每次这个话题被提起来，不管明说还是暗示，我都得面对它。我必须确定自己没有躲避它，如果我躲了，恐惧就打败了我。我不知道为什么事情会演变成这样，也许心理医生可以解释。"

辛德叹了口气："关于这件事，我想说的都已经说了，可能说得太多了。还要咖啡吗？"

"不用了，谢谢。"哈利说。

辛德又坐了下来，握起拳头支撑下巴："好，森汉姆，挪威军的核心。事实上这个核心只有五个人，包括我在内。其中一个人叫丹尼尔·盖德松，他在我叛逃的那天阵亡。所以只剩下四个人：爱德华·莫斯肯、侯格林·戴尔、盖布兰·约翰森和我。战后我只见过爱德华一次，他是我们的小组长。那时是一九四五年夏天，他因叛国罪被判三年监禁。我不知道其他人是不是活了下来，不过我可以就我所知跟你说说他们的事。"

哈利在笔记簿上翻到新的一页。

42

二〇〇〇年三月。密勤局。

盖布兰·约翰森。哈利用食指把字母一个一个输入。根据辛德所述，盖布兰是个乡下青年，个性有点软弱，他的偶像是丹尼尔·盖德松。一天晚上，丹尼尔站岗时被枪杀身亡。哈利按下"输入"键，程序开始运作。

他朝墙壁望去，墙上挂着妹妹的一张小照片。妹妹正在做鬼脸，她拍照老爱做鬼脸。照片是多年前某个暑假拍的，拍照之人的影子落在妹妹的T恤上。那是妈妈的影子。

计算机发出细微的哔声，表示搜索已经完成。哈利把注意力拉回到屏幕上。

国家户政局有两条盖布兰·约翰森的户籍数据，但出生日期显示两人都不到六十岁。辛德把盖布兰的名字拼给了哈利，所以不可能打错。这表示盖布兰已改名换姓，或住在国外，或已不在人世。

哈利输入下一个姓名，来自缪南、家乡有个小孩的小组长——爱德华·莫斯肯。爱德华因为上前线而与家人断绝关系。双击"搜索"键。

天花板的灯突然亮起。哈利转过头去。

"加班的话应该把灯打开。"梅里克站在门口，手指放在电灯开关上。他走了进来，靠在桌边。"你查到了什么？"

"我们要找的人超过七十岁，可能上过前线。"

"我是说新纳粹党和独立纪念日。"

"哦，"计算机传来哔哔两声，"我还没时间查，梅里克。"

屏幕上出现两条爱德华·莫斯肯的资料，一个生于一九四二年，一个生于一九二一年。

"下星期六我们要举办部门派对。"梅里克说。

"我在信架上拿到邀请函了。"哈利在一九二一年那条记录上按了两下，屏幕显示出年纪较长的爱德华·莫斯肯的地址。他住在德拉门市。

"人事处说你还没回复，我只是想确定你要不要来。"

"为什么？"哈利把爱德华·莫斯肯的身份证号码输入犯罪数据库。

"我们希望同事能跨越部门界限，认识彼此。我从来没在餐厅见过你。"

"我在这间办公室过得很开心。"没有符合条件的搜索结果。哈利进入中央国家户政局数据库，搜索这些人是否曾因什么原因和警察打过交道。不一定是被起诉——可能是被逮捕、被举报，或本身是犯罪受害人。

"很高兴看到你查案这么认真，可是不要把自己关在这里。你会来参加派对吧，哈利？"

输入。

"我看看，不过我另外有事，很早以前就安排好了。"哈利撒了个谎。

同样没有符合条件的搜索结果。既然已进入中央国家户政局数据库，那就顺便输入辛德给他的第三个名字：侯格林·戴尔。辛德眼中的侯格林是个机会主义者，指望希特勒打胜仗，奖励那些站对队的人。侯格林一到森汉姆就后悔了，但已无法回头。辛德提到侯格林的名字时，哈利觉得有点耳熟，如今同样的感觉再度浮现。

"那我用强烈一点的措辞好了，"梅里克说，"我命令你参加。"

哈利抬起头来。梅里克微微一笑。"开玩笑的，"他说，"如果看见你来，我会很高兴。晚安。"

"拜拜。"哈利咕哝一声，回头盯着屏幕。侯格林·戴尔有一条搜索结果。生于一九二二年。输入。

屏幕上铺满文字。还有下一页。再下一页。

不是每个人战后都很成功，哈利心想。侯格林·戴尔，住址：奥斯陆，施怀歌德街。报纸上喜欢用"警局常客"来形容侯格林。哈利的眼睛跟随侯格林的记录往下移动。流浪、酗酒、骚扰邻居、轻微盗窃罪、闹事。洋洋洒洒，但没什么重大罪状。最令人难以置信的是他竟然还活着，哈利心想。记录显示去年八月侯格林才被警察扣留，直到酒醒。哈利找出奥斯陆电话簿，查找侯格林的电话号码，打了过去。等待电话接通之际，哈利搜索另一个爱德华·莫斯肯，生于一九四二年的。这个爱德华·莫斯肯的地址也在德拉门市。哈利抄下身份证号码，回到犯罪数据库。

"这里是挪威电信。您好，您拨打的号码已注销。这是……"

哈利挂上电话，一点也不感到惊讶。

小爱德华·莫斯肯被判刑，刑期很长，目前仍在服刑。什么罪名？一定跟毒品有关，哈利猜想，按下输入。小爱德华·莫斯肯与另外两人皆因毒品而被判入狱。果不其然。走私大麻。四公斤。被判四年监禁，不得假释。

哈利打个哈欠，伸伸懒腰。他究竟是有所进展，还是坐在这里浪费时间？唯一想去的地方就是施罗德酒吧，但不想只坐在那里喝咖啡。真是乌烟瘴气的一天。他做了个总结：盖布兰·约翰森不存在，至少不在挪威；爱德华·莫斯肯住在德拉门市，儿子因走私毒品入狱；侯格林·戴尔是个酒鬼，手上不可能有五十万克朗。

哈利揉揉眼睛。是不是该去电话簿里翻查辛德·樊科，看有没有登记在霍尔门科伦路的电话号码？他呻吟一声。

她有伴侣。她有钱。她有品位。简而言之：她有的你都没有。

他把侯格林的身份证号码输入数据库，按下输入键。计算机发出哔哔声。

一长串记录。大同小异。可怜的酒鬼。

你们都念法律系，而且她也喜欢"拉格摇滚客"乐队。

等一等。侯格林的最后一项记录被归为"受害人"。他是不是被人殴打？输入。

忘了她吧。就这样，她已经被遗忘了。他是不是应该打电话给爱伦，问她想不想去看电影？让她选择要看哪部片好了。不对，他应该去焦点健身中心，流流汗发泄一下。

屏幕上一行文字映入眼帘：侯格林·戴尔。151199。谋杀。

哈利深深吸了口气。他感到惊讶，但为什么不是"非常"惊讶？他点了两下"详细资料"。电脑硬盘咝咝地响了起来，发出震动。不过这次他的头脑运转得比电脑快，等照片显示在屏幕上，他脑中已浮现出一个名字。

43

二〇〇〇年三月三日。焦点健身中心。

"我是爱伦。"

"嘿，是我。"

"谁？"

"我是哈利。别假装还有别的男人给你打电话会说'是我'。"

"你这个烂人。你在哪里？那是什么音乐，怎么这么可怕？"

"我在焦点。"

"什么？"

"我在骑单车，快骑到八公里了。"

"让我搞清楚，哈利，你现在坐在焦点的健身单车上，同时还拿着手机跟我打电话？"爱伦的语气强调"焦点"和"手机"。

"有什么不妥吗？"

"老实说，哈利……"

"我找了你一个晚上。你还记得去年十一月你跟汤姆处理过一宗谋杀案吗？死者姓名是侯格林·戴尔。"

"当然记得，克里波刑事调查部几乎立刻就接手了，怎么了？"

"现在还不确定，可能跟我正在追查的一个战场老鸟有关。你能告诉我关于这件谋杀案的事吗？"

"这是公事，哈利，星期一上班再打给我。"

"稍微讲一点点就好，爱伦，别这样。"

"赫伯特比萨屋的一个厨师在后巷发现侯格林的尸体，他躺在大型垃圾箱之间，喉咙被割断。鉴识人员在现场什么也没发现。对了，负责验尸的法医认为侯格林的喉咙那刀实在太完美了，他说，就像外科手术一样精准。”

“你认为是谁干的？”

“没想法。有可能是新纳粹党干的，但我不这么认为。”

“怎么说？”

“会在自家门前杀人的人，不是鲁莽，就是愚蠢，但这件谋杀案的手法干净利落，思考得很周到。现场没有挣扎的痕迹，没有线索，没有目击者。一切都显示凶手的头脑很清楚。”

“动机呢？”

“很难说。侯格林当然有债务，但金额没有大到需要动用暴力逼债的程度。据我们所知，侯格林不碰毒品。我们搜查过他的住处，里面什么都没有，只有空酒瓶。我们问过他的一些酒友，不知道为什么，他结交的都是些酒女。”

“酒女？”

“对，爱喝酒的女人。你见过这种人，你知道我的意思。”

“我知道，可是……酒女。”

“你总是喜欢跟那些极度疯狂的事搅和在一起，哈利，这样很烦，你知道吗？也许你应该……”

“抱歉，爱伦，你总是对的，我会尽力改正。你刚刚说到哪儿了？”

“在酒鬼的圈子里，伴儿总是换来换去，所以也不能排除情杀。顺带一提，你知道我们讯问过谁吗？你的老朋友斯韦勒·奥尔森。案发的时候，那个厨师在赫伯特比萨屋附近见过斯韦勒。”

“然后呢？”

“斯韦勒有不在场证明。他在比萨屋坐了一整天，只出去十分钟买东西，售货员亲口证实过了。”

“他可以……”

"对，你当然希望他就是凶手，可是哈利……"

"侯格林可能有别的东西，不是钱。"

"哈利……"

"侯格林可能知道某人的事。"

"你们这些六楼的人就喜欢阴谋论，对不对？哈利，我们可不可以星期一再讨论这件事？"

"你什么时候开始把上下班时间分得这么清楚了？"

"我在床上。"

"现在才十点半。"

"有人在我家。"

哈利踩踏板的脚停了下来。他没想过也许旁边有人会听见他刚刚说的话。他环视周围，所幸时间已晚，在运动的只有寥寥数人。

"是塔斯德酒吧的那个艺术家吗？"他低声说。

"嗯。"

"你们上床多久了？"

"一阵子了。"

"你怎么没跟我说过？"

"你又没问。"

"他现在躺在你旁边？"

"嗯。"

"他技术好吗？"

"嗯。"

"他跟你说他爱你了没？"

"嗯。"

一阵静默。

"你会想到弗雷迪·莫库里吗？当你……"

"晚安，哈利。"

44

二〇〇〇年三月六日。哈利的办公室。

哈利抵达密勤局准备上班，接待处的时钟显示八点半。所谓的接待处其实很小，更像是具有漏斗功能的入口。漏斗主管是琳达，她从面前的电脑前抬起头来迎接哈利，用愉快的口气说"早安"。琳达是密勤局最资深的员工，严格说来，哈利每天来办公，唯一需要通过的警卫就是琳达。说话快速、身材娇小、年届五十的琳达除了是"漏斗主管"，还身兼公共秘书、接待专员和杂务总管。哈利想过好几次，如果自己是外国间谍，要在某人身上加装窃听器以窃取密勤局的情报，那么他一定会挑琳达下手。再者，除了梅里克之外，密勤局只有琳达一个人知道哈利在做些什么。哈利完全不知道其他人怎么看待他。他只去过警署餐厅几次，去买酸奶和香烟（才知道原来警署餐厅不卖烟），他见过餐桌上的人看他的眼神。不过他并未特意去解读那些眼神的含意，只是快步走回自己的办公室。

"有人给你打电话，"琳达说，"说的是英语。我看看……"她从电脑屏幕边框上撕起一张便利贴。"霍赫纳。"

"霍赫纳？"哈利惊呼。

琳达看着那张便利贴，不甚确定："对，她是这样说的。"

"她？应该是他吧？"

"不是，是个女的。她说她会再打来，时间是……"琳达转头去看身后的时钟，"就是现在。她好像急着找你。既然你人在这里，哈利……你跟大家做自我介绍了吗？"

"没时间，下星期好了，琳达。"

"你已经来一个月了。昨天斯特芬森问我，他在厕所碰见的那个高高的金发男人是谁。"

"真的？你怎么回答？"

"我说只有需要知道的人员才能知道，"琳达笑着说，"而且你星期六还会来上班。"

"我想也是。"哈利咕哝说，从他的信架上取出两张纸，一张是派对提醒通知单，另一张是部门负责人调动的内部通知单。他关上办公室门，两张通知单立刻进了垃圾箱。

他坐了下来，按下录音机的"录音"键，接着按"暂停"键，然后等待。三十秒后，电话响起。哈利接了起来，心想应该是霍赫纳打来了。

"Harry Hole speaking.（我是哈利·霍勒。）"

"黑利（哈利）？Spicking（Speaking）？"是爱伦的声音。

"抱歉，我以为是别人打来的。"

"他很猛，"哈利还没往下说，爱伦已开口，"猛翻天了。"

"爱伦，如果你是在讲那档事，我建议你讲到这里就好。"

"哼！你在等谁的电话啊？"

"一个女人的电话。"

"终于有了！"

"不是啦，可能是我讯问过的一个家伙的亲戚或老婆。"

爱伦叹了口气："哈利，你什么时候才会有女朋友？"

"你恋爱了，对不对？"

"猜得真准！你不也是吗？"

"我？"

爱伦那欢喜无比的高分贝嗓音穿透哈利的耳膜："你没否认！被我逮到了吧，哈利·霍勒！是谁是谁？快说！"

"别闹了，爱伦。"

"被我说中了吧！"

"我又没认识谁，爱伦。"

"别对妈妈撒谎哦。"

哈利大笑："再跟我说一些关于侯格林·戴尔的事，案子现在有什么进展？"

"不知道，你去问克里波的人。"

"我会去问，但是你对这件谋杀案的直觉是什么？"

"凶手是个行家，不是一时冲动下的手。我虽然说过凶手的手法干净利落，但我认为他事前并未经过精心计划。"

"怎么说？"

"凶手的杀人手法很利落，也没留下任何线索，但犯案现场选得很糟，那个地方从街上或巷子里很容易就能看见。"

"我有电话进来，待会儿再打给你。"哈利按下录音机"暂停"键，检查录音带是否转动，然后才切到另一条线。"我是哈利。"

"你好，我的名字是康斯坦丝·霍赫纳。"

"霍赫纳小姐，你好。"

"我是安德烈亚斯·霍赫纳的妹妹。"

"你好。"

线路虽不太清晰，但哈利仍听得出康斯坦丝相当紧张，不过她说话直截了当。

"霍勒先生，你跟我哥哥有过协议，你还没有兑现诺言。"

康斯坦丝说话有种奇特的腔调，跟安德烈亚斯·霍赫纳一样。哈利下意识地开始想象她的长相，这是他在早期警探生涯养成的习惯。"呃，霍赫纳小姐，在我确认他提供的情报真实之前，什么都不能做。目前我还找不到任何证据可以证实他说的话。"

"可是霍勒先生，他在那种处境下何必说谎呢？"

"正是如此，霍赫纳小姐，正因为在那种处境下，他才有可能着急，假装他知道些什么。"

一阵静默。线路嗞嗞作响。她是从哪里打来的？约翰内斯堡？

康斯坦丝再度开口："安德烈亚斯警告过我说你可能会说这种话，这也是我打这通电话的原因，我是要告诉你，我哥哥有更多情报提供给你，你可能会有兴趣。"

"哦，是吗？"

"可是除非政府先处理他的案子，否则我不会把情报告诉你。"

"我们会看看能做些什么。"

"等我看见你们帮忙的证据，再跟你联络。"

"霍赫纳小姐，事情不是这样运作的。首先我们得看看我们收到的情报有什么用处，然后我们才能帮他。"

"我哥哥需要有个保证，审判再过两星期就开始了……"

这句话说到一半，康斯坦丝的声音开始发颤，哈利知道她就快哭了。

"我现在只能给你我个人的保证，我会尽力而为。"

"我又不认识你。你不明白，他们想判安德烈亚斯死刑。他们……"

"我能提供给你的只有这么多。"

她开始哭泣。哈利等待着。过了一会儿，她安静下来。

"你有孩子吗，霍赫纳小姐？"

"有。"她抽泣着说。

"你知道你哥哥被指控的罪名吗？"

"当然知道。"

"那么你也应该知道，他必须做出一切努力才有办法免除他犯下的罪。如果他通过你来帮助我们阻止一件谋杀案，那么他就算做了件好事，你也一样，霍赫纳小姐。"

她在电话那头发出沉重的呼吸声，哈利心想她又要哭了。

"你能保证你会尽力吗，霍勒先生？我哥哥没有犯下他们指控的所有罪名。"

"我向你保证。"哈利听见自己的语调冷静坚定，手却几乎快把话筒捏碎了。

"好，"康斯坦丝柔声说，"安德烈亚斯说那天在港口取枪和付钱的人，跟订货的人不一样。订货的是个常客，是个年轻人。他会说流利的英语，带有北欧腔。他坚持要安德烈亚斯用'王子'这个代号来称呼他。安德烈亚斯说你应该先从枪支迷开始查起。"

"就这样吗？"

"安德烈亚斯说他没见过这个人，但他说如果你寄录音带给他，他能认出这个人的声音。"

"太好了。"哈利说，只希望康斯坦丝在他口气中听不出他的失望。他本能地挺起胸膛，仿佛要让自己坚强起来，以便说出谎言。

"只要我有任何发现，就会立刻开始替你们牵线。"

这句话如同强碱一般烧灼他的嘴。

"谢谢你，霍勒先生。"

"不必谢我，霍赫纳小姐。"

挂上电话之后，哈利仍反复地喃喃着最后这句话。

"太惨了。"爱伦听完霍赫纳家族的故事之后说。

"现在要看看你的头脑能不能暂时忘记它恋爱了，执行它擅长的工作。"哈利说，"至少你现在得到线索了。"

"非法走私枪、常客、王子、枪支迷，这样才四条线索而已。"

"我只有这么多。"

"为什么我要答应你做这件事？"

"因为你爱我。好了，我得去忙了。"

"等一下，跟我说说你爱上的那个女人……"

"希望你的直觉对破案比较在行。保重，爱伦。"

哈利拨打从德拉门市电话簿上查到的号码。

"我是莫斯肯。"一个充满自信的声音说。

"请问你是爱德华·莫斯肯吗？"

"对，你是谁？"

"我是密勤局警监哈利·霍勒，想请教你几个问题。"哈利突然想到这是他第一次介绍自己是警监，不知道为什么，听起来很假。

"我儿子是不是出什么事了？"

"不是。莫斯肯先生，我明天中午去府上拜访你，不知道方不方便？"

"我领养老金过日子，孤家寡人一个，什么时候都方便，警监先生。"

哈利打了通电话给尤尔，说明目前的进展。

走去餐厅买酸奶的路上，哈利思索着爱伦叙述的侯格林命案。他会打电话去克里波刑事调查部询问案情，但他强烈地感觉到爱伦已经把所有重点都告诉他了。然而，一个人在挪威被谋杀的概率，据统计大约是万分之一，当你调查的人在四个月前被杀害，很难让人相信这只是巧合。侯格林命案能不能跟马克林步枪走私案在某个环节上联系起来呢？这时才早上九点，哈利已头痛起来。他只希望爱伦能从"王子"的线索中想到些什么。什么都好。至少有个可以起头的地方。

45

二〇〇〇年三月六日。松恩区。

下班后，哈利驾车前往松恩区的庇护住宅。妹妹正在等他到来。过去这一年来她胖了些，但她声称男友亨里克喜欢她这样。亨里克就住在走廊更深处。

"可是亨里克有唐氏综合征。"

每当妹妹要解释亨里克的一些小习性时总是会这样说。她自己并没有唐氏综合征。妹妹喜欢向哈利说明哪些居民患有唐氏综合征，哪些只是很像患有唐氏综合征。

她跟哈利说的事和往常一样：亨里克上星期说了什么（有时亨里克说得可真多），他们看了什么电视节目，他们吃了什么，他们假日计划去哪里玩。他们总是计划假日要出去玩，这次他们计划要去夏威夷。哈利想象妹妹和亨里克双双穿上夏威夷花衬衫在火奴鲁鲁机场拍照的画面，嘴角不禁泛起微笑。

哈利问妹妹有没有跟爸爸说过话，她说爸爸两天前才来看她。

"那很好。"哈利说。

"我想他已经把妈妈忘了，"妹妹说，"那很好。"

哈利在椅子上坐了一会儿，回想妹妹刚刚说过的话。这时亨里克来敲门，说三分钟后二号频道要播电视剧《恺撒饭店》，于是哈利穿上外套，承诺很快会给她打电话。

灯光耀眼的伍立弗体育场外，交通和往常一样拥堵。哈利驾车行驶在环状道路上，道路正在施工，使得他错过了出口才想起自己没右转。他正在思索康斯坦丝跟他说过的话。乌利亚通过一个中间人买枪，这个人可能是挪威人。这表示另有一人知道乌利亚是谁。他已请琳达去机密数据库里搜索昵称为"王子"的人，但心里很确定琳达什么也找不到。他有确切的感觉，这个人比一般罪犯更聪明。倘若霍赫纳说的是事实，这个王子是他们的常客，那么就表示王子已建立起自己的顾客群，而没让密勤局或其他人发现。要实施这种工程需要花费时间，也需要周密的心思、狡猾的手段和相当高的自制力。哈利所知的帮派分子，没有一个人具备这些特质。当然，这个王子可能运气相当好，至今从未被逮捕过，或者他的工作职务可以提供掩护。康斯坦丝说王子能说一口流利的英语，那么他有可能是外交人员，这样就可以进出挪威而不被海关拦下。

哈利驶出环路，开上史兰冬街，朝霍尔门科伦区前进。

他是否应该请梅里克暂时把爱伦调来密勤局？梅里克似乎更希望他去调查新纳粹党和参加社交聚会，对于追查"二战"幽灵反而没那么急切。

哈利把车开到她家，才发现自己置身何处。他把车停下，从树林之间望去。马路距离那栋木屋大约五十米，一楼窗户亮着灯。

"白痴。"他大声说，被自己的声音吓了一跳。他正打算离开，却看见正门打开，灯光洒在楼梯上。他心想她可能看见并认出了他的车，不由得惊慌起来。他拉到倒挡，打算安静小心地把车倒到山坡上，离开她的视线范围，但油门却踩得不够用力，以致引擎熄火。他听见说话声，只见一个穿着深色长外套的高大男子从门内走出，来到台阶上。男子正在说话，跟他说话的人在门内，哈利无法看见。接着男子倾身门内，使得哈利看不见他的举动。

他们在接吻，哈利心想，我开车来霍尔门科伦区偷看一个跟我交谈过十五分钟的女人和她男朋友接吻。

门关上，男人坐上一辆奥迪轿车，车开上马路，从哈利旁边驶过。

开车回家的路上，哈利心想该如何惩罚自己才好。惩罚方式必须非常严厉，好在未来发挥威慑作用。焦点健身中心的有氧课程可以达到这种效果。

46

二〇〇〇年三月七日。德拉门市。

哈利一直不明白德拉门市为何招来这么多批评声。这座城市虽然算不上美丽，但比起其他过度开发的挪威村庄，它真的更丑陋吗？他想把车停下，去柏森餐馆喝杯咖啡，但一看手表，发现时间不够。

爱德华·莫斯肯的家是一栋红色木屋，屋外可望见赛马场跑道，车库外停着一辆老奔驰房车。爱德华站在门口迎接哈利，在说话之前，仔细查看了哈利的证件。

"一九六五年出生？你看起来老了一点，霍勒警监。"

"基因不良。"

"真不走运。"

"呃，我十四岁的时候就可以进电影院去看十八岁才能看的电影。"

哈利分辨不出爱德华是否觉得这个笑话好笑。爱德华做了个手势，请哈利进门。

"你一个人住？"哈利问道，跟着爱德华走进客厅。只见屋内干净整洁，仅有几样装饰品。如果握有自主权的话，有些男人的确会把家里整理得如此整洁，可以说整洁到夸张的地步。哈利联想到自己的家。

"对，战后我老婆就离开了。"

"离开？"

"离家出走，过她自己的日子。"

"哦。孩子呢？"

"我有过一个儿子。"

"有过？"

爱德华停下脚步，转过了身。"我说得不够清楚吗，霍勒警监？"他扬起一道白眉，在宽阔的高额头上形成一个锋利的角度。

"不是，是我的问题，我喜欢把事情问得很清楚。"

"好吧，我有一个儿子。"

"谢谢。你退休前做什么工作？"

"我以前有几辆货车，开了一家莫斯肯运输公司，七年前把公司卖掉了。"

"生意好吗？"

"还算挺好的。买主保留了原来的名字。"

两人分别在咖啡桌两侧坐下。哈利知道爱德华不会问他要不要喝咖啡。爱德华坐在沙发上，倾身向前，双臂交叠胸前，仿佛是说：快把事情做个了结。

"十二月二十一日晚上你在哪里？"

来的路上，哈利决定用这个问题展开讯问。他能在爱德华面前打出的牌只有这张，这也是唯一能试探爱德华的机会，同时能避免让爱德华发觉他们手中其实什么证据也没有。哈利只希望能借这个问题驱使爱德华做出反应，好让他知道些什么。倘若爱德华有所隐藏，此时就会暴露出来。

"我是不是被怀疑做了什么事？"爱德华问，表情只露出些许惊讶，仅此而已。

"可以请你直接回答问题吗，莫斯肯先生？"

"好吧，我在这里。"

"回答得真快。"

"这是什么意思？"

"你没怎么思考。"

爱德华做了个鬼脸，嘴巴露出扭曲的笑容，眼神绝望。"等你有一天到了我这把年纪，你会记得的是有哪一天晚上你没坐在家里。"

"辛德·樊科给了我一份去过森汉姆训练营的挪威军人名单，上面有盖布兰·约翰森、侯格林·戴尔、你以及辛德自己。"

"你漏了丹尼尔·盖德松。"

"他不是在战争结束前就死了吗？"

"对。"

"那你为什么还提起他？"

"因为他跟我们一起去过森汉姆。"

"根据辛德的叙述，许多挪威军人去过森汉姆，但活下来的只有你们四个。"

"没错。"

"那你为什么特别提起丹尼尔？"

爱德华盯着哈利，接着又把眼神转向空气。"因为他跟我们在一起很长时间，我们以为他会活下来。呃，我们都以为丹尼尔是不会死的。"

"你知道侯格林死了吗？"

爱德华摇摇头。

"你看起来不太惊讶。"

"我为什么要惊讶？这年头我听见谁还活着会比较惊讶。"

"如果我告诉你他是被谋杀的呢？"

"哦，呃，这就不一样了。你为什么要告诉我这件事？"

"你对侯格林有什么了解？"

"一点也不了解。我最后一次看见他是在列宁格勒，他患有弹震症。"

"你们没有一起回挪威吗？"

"侯格林和其他人怎么回来的我不知道。一九四四年冬天，一架苏联战斗机丢了一枚手榴弹到战壕里，把我炸伤了。"

"一架战斗机？手榴弹从战斗机上丢下来？"

爱德华简洁地笑了笑，点了点头。"我在战地医院醒来的时候，已经开始全军撤退了。那年夏天我被转到奥斯陆辛桑学校的战地医院，然后就签投降协议了。"

"所以你受伤之后就再没见过其他人了？"

"我在战争结束后三年见过辛德。"

"在你服刑完毕后？"

"对，我们在一家餐厅碰到的。"

"你对他当逃兵有什么看法？"

爱德华耸耸肩。"他一定有他自己的理由，至少在大家还不知道战争会怎么结束时，他选择了一边，这已经比大多数挪威男人强太多了。"

"这话怎么说？"

"'二战'时期有一句话是这么说的：晚出手的人会永远正确。一九四三年圣诞节的时候，我们都知道我们的阵地在后退，可是情况到底有多糟却没人知道。总之，没有人可以责怪辛德像墙头草一样倒向敌军的阵营，他不像那些战时一直坐在家里的人，等到最后几个月才突然赶去加入反抗军。我们都管这种人叫'后期圣徒'。这些人中，有的到今天还夸口表扬那些公开表态的挪威人，认为他们是英雄，选择了正确的一边。"

"你要不要举个例子，谁做出了你说的这种事？"

"当然有几个例子可以举，就是那几个后来享受英雄待遇的人，可是那不重要。"

"盖布兰呢？你记得他吗？"

"当然记得。后来他救了我一命。他……"爱德华咬住下唇，仿佛自己已经说得太多了。哈利感到纳闷。

"他怎么了？"

"盖布兰？我要是知道就好了。那枚手榴弹……当时在战壕里的有盖布兰、侯格林和我，手榴弹在冰上弹起，打中侯格林的钢盔。我只记得手榴弹爆炸时，盖布兰距离最近。后来我从昏迷中醒来，没有人能告诉我盖布兰和侯格林怎么样了。"

"这是什么意思？他们消失了？"

爱德华的眼睛朝窗外看去。"那天苏联人发动全面攻击，用'混乱'都不足以形容当时的情况。我醒来的时候，我们的战壕早已落入他们手里，军团也已经调动了。如果盖布兰还活着，他应该会在北区总队的诺尔兰军团战地医院，侯格林也是，如果他只是受伤的话。我想我应该也在那里待过，但是我醒来的时候已经被转到别的地方了。"

"我在国家户政局查不到盖布兰·约翰森的名字。"

爱德华耸耸肩："那我想他一定是被那枚手榴弹炸死了。"

"你从来没试着去找他？"

爱德华摇摇头。

哈利举目四望，想在这间屋子里找寻咖啡存在的痕迹——也许是一个咖啡壶，也许是一只咖啡杯。炉床上放着一个金色相框，里面是一张女子的照片。

"你对自己和其他东部战线的士兵在战后受到的对待有什么不满吗？"

"对于判刑这部分没有。我很清楚现实。必须有人接受审判，这是政治考虑。我打输了战争，没什么好抱怨的。"爱德华突然大笑，听起来有如喜鹊的叫声。哈利不明白他为何大笑。接着，爱德华收起笑容，严肃起来。

"被贴上叛国贼的标签也没什么，我自己心安理得就好，我知道我们大家都是用生命去捍卫我们的国家。"

"你当时的政治立场……"

"是不是和今天一样？"

哈利点了点头。爱德华露出干涩的微笑，说："这个问题很好回答，警监先生。不一样了，以前我错了，就这么简单。"

"后来你没接触新纳粹党？"

"我的老天，没有！几年前他们在霍克松有个聚会，有个白痴还打电话给我，问我要不要去谈谈第二次世界大战。他们好像给自己取了个'血与荣耀'之类的名头。"

爱德华倾身越过咖啡桌。咖啡桌一角放着一摞杂志，边角对边角叠放得整整齐齐。"密勤局到底在查什么？你们是在监视新纳粹党吗？如果是这样，那你就来错地方了。"

哈利不确定此时可以向爱德华透露多少，但爱德华的回答听起来都挺诚实的。

"我不是很清楚我们在查什么。"

"听起来很像我所知道的密勤局。"

爱德华再次发出喜鹊般的笑声，一种听来不太悦耳的高音频笑声。

事后哈利做出结论，认为自己之所以会问出下一个问题，是由于受到爱德华那种轻蔑笑声的干扰，加之爱德华并未端出咖啡待客。

"你认为你的儿子有个前纳粹党的父亲，对他的成长过程有什么影响？这会不会是他走私毒品而入狱的原因？"

哈利一看见苍老的爱德华眼中流露出愤恨与苦痛，立刻后悔自己问出这个问题。他知道，即使不直接进攻爱德华的弱点，也能查出他想知道的线索。

"那场审判根本是个闹剧！"爱德华义愤填膺地说，"他们指派给我儿子的辩护律师，是那个战后给我判刑的法官的孙子。他们惩罚我的儿子是为了掩饰他们在'二战'时期做出的那些丢人现眼的事。我……"

爱德华猛然住口。哈利等待他继续往下说，但爱德华没再说什么。哈利在毫无预警的状态下，觉得自己胃里那群咖啡虫忽然骚动起来，之前它们都很安静，但现在它们吵着要咖啡。

"那个法官是'后期圣徒'中的一个？"哈利问。

爱德华耸耸肩。哈利知道这个话题到此为止。爱德华看了看表。

"你打算去别的地方？"哈利问。

"我要走路去农舍。"

"哦，很远吗？"

"在格列兰，天黑之前得出发。"

哈利站了起来。两人走到门廊，停下脚步，找寻适当的话道别。这时哈利突然记起一件事。"你说你一九四四年冬天在列宁格勒受伤，那年夏天被送到辛桑学校，这期间你在做什么？"

"什么意思？"

"我正在看伊凡·尤尔写的一本书，他是个历史学家。"

"我知道伊凡·尤尔是谁。"爱德华说，露出神秘的微笑。

"他说一九四四年三月，挪威军团在科诺吉索罗被击溃，那么从三月到你抵达辛桑学校的这段时间，你在哪里？"

爱德华凝视哈利的双眼很长一段时间，才打开大门，向外看去。

"几乎到零摄氏度了，"他说，"你开车要小心。"

哈利点了点头。爱德华直起身来，以手遮眉，眯着眼，朝空荡的赛马场望去，只见灰色的椭圆形碎石跑道在污秽的雪地中格外显眼。

"我去过的地方曾经有名字，"爱德华说，"那些地方现在都已经改名了，让人认不出来。我们的地图只画出路径、水源和布雷区，没有名字。如果我说我去过爱沙尼亚的帕尔努，说不定是真的，我不知道，也没有人知道。一九四四年春天和夏天，我躺在担架上，听着机枪发射的声音，心里想的只有死，根本没去想我在哪里。"

哈利沿着河岸缓缓驾车行驶，在德拉门市一座通向外界的桥梁路口的红灯前停下。市里另一座通向外界的桥梁和 E18 高速公路相互交叉，仿佛是穿过乡间的牙套，挡住了德拉门峡湾的景致。呃，好吧，也许德拉门市的建设不是每一样都那么成功。回程路上，哈利打算在柏森餐馆喝杯咖啡，却又打消念头，只因他想起柏森餐馆也提供啤酒。

信号灯切换为绿灯。哈利踩下油门。

爱德华对关于他儿子的那个问题表现得非常愤怒。哈利决定去查出审判爱德华的法官是谁。他在后视镜中看了德拉门市最后一眼。当然还有其他城市比德拉门更丑。

47

二○○○年三月七日。爱伦的办公室。

爱伦什么也没想到。

哈利晃到楼下爱伦的办公室，在他那把会发出咯吱声的办公椅上坐下。犯罪特警队招募到一名新的男性警员，是个年轻人，来自斯泰恩谢尔市警局，下个月报到。

"我又不是千里眼。"爱伦见了哈利大失所望的神情，说，"今天早上开会我还问过其他人，结果没人听过王子这个人。"

"那枪支登记局呢？他们应该知道一些军火走私犯吧。"

"哈利！"

"是……"

"我已经不为你工作了。"

"为我工作？"

"那改成和你一起工作。我只是觉得我好像是在为你工作一样，你这个恶人。"

哈利双足一蹬，坐在椅子上旋转起来，整整转了四圈。他老是没办法转得超过四圈。爱伦的眼珠转了转。"好啦，我打电话去枪支登记局问过了，"爱伦说，"他们也没听说过王子这个人。密勤局为什么不派个助理给你呢？"

"这件案子不是高优先等级。梅里克只是允许我去调查而已，他其实是要我去查新纳粹党在圣日有什么计划。"

　　"其中一条线索是'枪支迷'，我想不出比新纳粹党更大的枪支迷了。你怎么不干脆从新纳粹党开始查起，正好一箭双雕？"

　　"我也是这么想的。"

48

二〇〇〇年三月七日。葛森路，利克塔酒吧。

哈利驾车在尤尔家门口停下，看见尤尔站在门前台阶上。布雷站在尤尔脚旁，拉扯着它脖子上的狗链。

"你动作还真快。"尤尔说。

"我一放下电话就跳上车了。"哈利说，"布雷也要去吗？"

"我刚刚带它去散步，顺便等你。布雷，进去。"

布雷露出乞求的眼神，抬头望向尤尔。

"进去！"

布雷向后一跳，匆匆奔入屋内。哈利听见尤尔突如其来的口令，也不禁往后缩了缩。

"我们走吧。"尤尔说。

哈利载着尤尔离去时，瞥见厨房窗帘后有一张脸。

"天空越来越亮了。"哈利说。

"是吗？"

"我是说白天，而且时间也更长了。"

尤尔点了点头，并未接话。

"我一直在想一件事，"哈利说，"辛德的家人是怎么死的？"

"我跟你说过了，是他亲手杀死的。"

"对，不过是用什么方法杀的？"

尤尔瞧了哈利一会儿才回答："他们是被枪杀的，头部中弹。"

"四个人都是？"

"对。"

他们在葛森路一个停车场找到车位，再从停车场走到尤尔在电话里坚持要带哈利去的地方。

"原来这里就是利克塔。"哈利说。他们走进一家灯光昏暗的酒吧。只见里面的塑料圆桌老旧磨损，客人寥寥无几。哈利和尤尔点了咖啡，在一张靠窗的桌子前坐下。坐在靠内一张桌子的两个老人停止谈话，怒容满面地看着他们。

"这让我想起我有时去的一家酒吧。"哈利的头朝那两个老人侧了侧。

"无可救药的老顽固，"尤尔说，"他们是老纳粹和东部战线老兵，到现在还认为自己是对的。他们来这里发泄不满，指责那个大背叛、尼高斯沃尔政府和世界上的大事小事。不过他们只是苟延残喘，看得出来他们的人数越来越少了。"

"他们依然热衷于政治？"

"哦，那当然了，他们还在生气。对第三世界的援助、国防经费的削减、女性牧师、同性恋婚姻、挪威的新国民，你猜得到的事都可以惹恼这帮老顽固。他们内心深处依然是纳粹。"

"你认为乌利亚可能是这里的常客？"

"如果乌利亚想发动某种反社会的复仇圣战，那他一定会来这里寻找有同样想法的人。前东部战线的战友当然还有其他的聚会场所，比方说，他们每年会在奥斯陆集会一次，除了老战友会来参加，还有来自全国各地的人。但那些集会跟这家酒吧的聚会是完全不同的两码事。那种集会纯粹是社会事件，用来纪念死者，而且禁止谈论政治。如果我要追查一个一心想报复社会的东部战线老兵，我会从这里开始。"

"你太太有没有参加过这种集会？你刚刚是怎么称呼的……老战友的集会？"

尤尔惊讶地看着哈利，缓缓地摇了摇头。

"我只是突然想到而已，"哈利说，"说不定她有什么线索可以提供给我？"

"她没有。"尤尔冷淡地说。

"好吧。"哈利说,"你口中的那些'老顽固'跟新纳粹分子有什么关系？"

"你问的是谁？"

"我得到一条线报,乌利亚请一个中间人替他拿到马克林步枪,这个中间人在军火圈里很吃得开。"

尤尔摇摇头。

"前东部战线老兵听见别人把他们归类,通常都会生气。不过新纳粹分子普遍都很崇拜这些老兵,对他们而言,能上前线作战,拿枪保卫国家民族,是他们的终极梦想。"

"所以说,如果有个老兵想弄一把枪,他可能会找新纳粹分子帮忙？"

"对,他可能会带着善意接近他们,不过他得知道要找谁接头才行。你追查的这把步枪这么先进,不是随便一个人都能提供的。赫讷福斯市警方曾经突击搜查一个新纳粹分子的车库,结果发现一辆生锈的老达特桑,里面装满自制棍棒、木矛和几把不锋利的斧头,这就是个很具参考性的例子。大部分的新纳粹分子都还处于石器时代。"

"所以在这样的社会环境下,我该去哪里找一个跟国际军火贩有联络的新纳粹分子？"

"问题在于这个社会环境的范围非常大。支持国家主义的《自由言论报》就声称挪威共有一千五百名国家主义者和国家民主主义者,不过如果你打电话去《箴言报》问,他们随时留意法西斯巢穴的志愿者组织会告诉你,真正活跃的新纳粹分子不会超过五十个。问题是真正在幕后操控的金主是隐形的,这样说好了,他们不会穿靴子,也不会在手臂上刺个纳粹党徽。他们也许在社会上有一定的地位,好让他们剥削下层阶级,赚取资金来资助新纳粹党,但他们必须保持低调才行。"

这时一个低沉的声音在他们身后轰然响起:"伊凡·尤尔,你竟然还敢来这里。"

49

二〇〇〇年三月七日。比戴大道，吉乐电影院。

"不然我该怎么做？"哈利问爱伦，用胳膊肘轻轻推她，示意她在排队买票的队伍中往前移动，"我只是坐在那里，心想该不该去问其中一个爱发牢骚的老人，看他们知不知道谁可能支持暗杀计划，还以超高的价钱买了一把步枪，协助进行暗杀计划。就在这个时候，一个老人走到我们桌前，用严肃的口气说：'伊凡·尤尔，你竟然还敢来这里。'"

"结果你怎么做？"爱伦问。

"我什么也没做。我只是坐在那里，看着尤尔的脸整个沉下来。他的表情就像见了鬼一样。显然他们认识。对了，这是我今天见到的人当中，第二个认识尤尔的，爱德华·莫斯肯也说他知道尤尔这个人。"

"这很奇怪吗？尤尔给报纸写文章，还会上电视，他很高调的。"

"也许你说得对。总之尤尔站起来，直接走出去了，我从后面追上去。我追上他的时候，他脸色苍白，我问他刚才是怎么回事，他却说他不认识那个人。后来我开车送他回家，他下车的时候连再见也没说一声。他看起来像是受到了很大的惊吓。第十排好不好？"

哈利站在售票口买了两张电影票。"我觉得这部电影可能不好看。"他说。

"为什么？"爱伦问，"因为是我挑的吗？"

"我在公交车上听见一个嘴里嚼口香糖的女生跟她朋友说：'《关于我母亲的一切》真好看哦。'"

"那又怎样？"

"当女生说一部电影真好看，我就会有一种看到《油炸绿番茄》的感觉。你们女人只要听见非常伤感的音乐,就算内容比《奥普拉脱口秀》还乏善可陈,也会觉得这部电影真的是太温暖、太有智慧了。要吃爆米花吗?"哈利在排着买爆米花的队伍中又推了推爱伦。

"你这个人是不是有病,哈利,你有病。对了,你知道吗,我跟金说我要跟一个同事去看电影,他还吃醋呢。"

"恭喜你啦。"

"还有,趁我记得赶快说,"爱伦说,"我找到你问的那个小爱德华·莫斯肯的辩护律师了,他的祖父的确参加过战后审判。"

"是吗?"

爱伦微微一笑:"尤汉·孔恩和克里斯蒂安·孔恩。"

"太好了。"

"我跟负责小爱德华案的检察官谈过,他说当法官判决小爱德华有罪时,老爱德华大发雷霆,以暴力攻击孔恩,大声咆哮,说孔恩和他祖父密谋陷害莫斯肯家族。"

"有意思。"

"你不觉得应该请我吃大份爆米花吗?"

结果《关于我母亲的一切》比哈利担心的要好看多了。只是电影演到一半,当萝莎被埋葬,爱伦泪流满面时,哈利依然骚扰爱伦,问她格列兰在哪里。爱伦回答说,格列兰区在波什格伦市和希恩市附近,然后才安静地看完整部电影。

50

二〇〇〇年三月十一日。奥斯陆。

哈利看得出西装太小了。尽管他看得出来，心里却不明白为什么太小。他的体重自十八岁以来就没再增加。这套西装是他一九九〇年为了参加考试后的庆祝会，在德斯曼连锁男装店买的。然而站在电梯镜子前，他却看见自己的袜子暴露在西装裤脚和黑色马丁靴之间。这看上去令人困惑。

电梯门滑向两侧，哈利听见警署餐厅敞开的门内传出音乐声、男人的高谈阔论声和女人的咯咯谈笑声。他看了看表，八点十五分。待到十一点就可以回家了。

他吸了口气，踏进餐厅，扫视一圈。这是家传统挪威式餐厅——一个方形空间，里面有一个玻璃柜台，柜台一端可供点餐，淡色系桌椅产自桑莫拉区的某个峡湾，墙上贴着禁烟标志。派对组织者用气球和红色桌巾把平日习以为常的餐厅努力装点了一番。虽然派对上男性占大多数，但男女比例却比犯罪特警队举行的派对更均衡。

大多数人似乎都已喝了不少酒。琳达跟他说过，派对开始前会提供各式各样的助兴酒，哈利很高兴没人邀请他喝一杯。

"哈利，你穿西装真好看。"

这话是琳达说的。哈利几乎认不出眼前这个女人就是琳达，只见她那套紧身洋装突显了她的赘肉和丰满的女性特征。她手中托着一盘橘色饮料，高高举到哈利面前。

"呃……不用了，谢谢你，琳达。"

"别这么扫兴嘛，哈利，这可是派对！"

普林斯又通过车内音响喇叭纵声嗥叫。

爱伦坐在驾驶座上，倾身向前，将音量转小。

汤姆斜睨了她一眼。

"有点太大声了。"爱伦说，心想再过三周，那个斯泰恩谢尔市的警员就会来报到，到时候她就不必再跟汤姆一起值勤了。

问题不在音乐。汤姆并没有给她添麻烦，他也绝对不是个坏警察。

问题在于那些电话。爱伦并非无法体谅别人在电话中提到性生活，但根据她收集到的对话，汤姆的半数手机来电中，对方女子不是已经被甩，就是正在被甩，或将要被甩。最令她不舒服的是最近几次对话。打来的几个女人是还没被汤姆甩掉的，汤姆会用一种特别的口气跟她们说话，听得爱伦想大喊：不要做傻事！他不会给你什么好处！快逃！爱伦是个心胸宽广的人，很能原谅人类的弱点。她在汤姆身上并未发现太多人类的弱点，但也没看到什么人性。说穿了，她就是不喜欢汤姆这个人。

他们驾车经过德扬公园。汤姆接到线报，有人在黑斯默街的阿拉丁波斯餐厅看见巴基斯坦帮派首领阿尤布。自从去年十二月皇家庭园发生袭击事件以来，他们就一直在追捕阿尤布。爱伦知道他们来得太迟了，现在只能问问是否有人知道阿尤布在哪里。他们得不到答案，但至少可以展示态度：警方不会让阿尤布有好日子过。

"你在车上等，我进去查看。"汤姆说。

"好。"

汤姆拉下皮夹克的拉链。

这是为了展现他在警察总署健身房的举重成果吧，爱伦心想，或是为了露出肩上的枪套，好让别人知道他身上带枪。犯罪特警队的警官有权带枪，但爱伦知道汤姆带的不只是警用制式左轮手枪，很可能是一把大口径手枪。爱伦没胆量问他。汤姆最爱聊的话题是车，其次是枪。爱伦宁愿聊汽车。

爱伦自己不带枪，除非上级要求，例如去年秋天美国总统来访期间。

爱伦觉得脑袋后方传来振动，接着就听见《拿破仑和他的军队》这首曲子，原来是汤姆的手机响了。爱伦打开车门对汤姆大喊，但汤姆已走向餐厅。

这个星期十分无聊。爱伦当警察以来，从没遇到过如此百无聊赖的一周。她担心这跟她终于有了私生活有关。突然之间，尽早回家变得有意义，周六晚上的值班成了一种牺牲。手机第四次响起"拿破仑……"。

会不会是一个被甩的女人打来的，或者是还没被甩的女人？如果金甩了她……不过金是不会把她甩了的。她就是知道。

《拿破仑和他的军队》第五次响起。

再过几小时就下班了，她会回家，冲个澡，然后冲往亨格森街金的家。她在性欲高涨的状态下，只要五分钟就能冲到金家。想到这里，她咯咯地笑了起来。

第六次！她从手刹拉杆下方抓起手机。

"这是汤姆·瓦勒的语音信箱，瓦勒先生不在，请留言。"

她只是想开个玩笑。原本她打算在说完这段话之后，立刻说明自己是谁，但不知什么原因，她只是坐着聆听手机那头传来的粗重呼吸声。也许是为了刺激，也许纯粹只是好奇。无论如何，她忽然发觉对方真以为自己进入了语音信箱，正在等待哔声。于是她按下一个按键——"哔"。

"嘿，我是斯韦勒·奥尔森。"

"嘿，哈利，这位是……"

哈利转过身。这时某位同事自己当起 DJ，调高音乐音量。梅里克其他的话全被哈利身后的音箱喇叭发出的巨大低音吞没了。

那不吸引我……

哈利才来到派对不到二十分钟，就已经看了两次表，并用下列问题问了自己四次：侯格林谋杀案跟马克林步枪走私案有没有关联？谁有能力如此干净利落地割断一个人的喉咙，还敢在光天化日下在奥斯陆市中心一条后巷里犯下谋杀案？谁是王子？小爱德华的判决跟这件案子有关吗？东部战线的第五个挪威军人盖布兰·约翰森后来怎么了？既然爱德华说盖布兰救过他一命，为什么战后爱德华不去找盖布兰？

　　哈利站在角落，旁边就是音箱，手中拿的是蒙克牌无酒精啤酒，用玻璃杯装着，以免人家问他为什么要喝无酒精啤酒。他正在看年轻的密勤局同事跳舞。

　　"抱歉，我没听清楚你说什么。"哈利说。

　　梅里克的手指转动着装盛橘色饮料的酒杯杯脚。他身穿蓝色条纹西装，站得似乎比平常挺拔。在哈利看来，梅里克这套西装十分合身。哈利发现自己的衬衫袖口长出西装袖口太多，便拉了拉西装衣袖。梅里克屈身靠近了些。

　　"我是在跟你介绍，这位是我们的外交事务部负责人……"

　　哈利这才注意到他旁边站着一个女子。女子身材苗条，身穿红色纯色洋装。哈利忽然有一种预感。

　　她有美貌，但她有格调吗？

　　褐色眼眸。高耸颧骨。深色肌肤。深色短发衬着一张瓜子脸。她嘴角泛着微笑，眼里满是笑意。哈利记得她很漂亮，但不记得她如此……迷人。这是他唯一能想到的形容她的词：迷人。他知道这时她站在自己面前，理当会令他目瞪口呆，但不知为什么，他看到眼前的情况，仅仅以点头作为响应。

　　"……萝凯·樊科警监。"梅里克说。

　　"我们见过。"哈利说。

　　"哦？"梅里克惊讶地说。

　　萝凯和哈利看着彼此。

　　"我们见过，"她说，"但还没有熟到介绍姓名的程度。"她伸出手，手腕微微上扬，再度令哈利想到钢琴课和芭蕾课。

"我叫哈利·霍勒。"他说。

"啊哈，"她说，"原来是你，你是犯罪特警队的，对不对？"

"对。"

"我们见面的时候，我还不知道你是密勤局的新警监。如果你说了的话，那么……"

"那么怎样？"哈利问。

她的头朝一边扬起。"对，那么怎样？"她发出咯咯的笑声。她的笑声迫使哈利脑中再次蹦出那个白痴的形容词：迷人。"那么我至少会告诉你，我们隶属于同一个部门。"她说，"通常我不会跟别人说我做什么工作，况且你又问了那么多奇怪的问题，我想你应该也是一样。"

"对，当然。"

她又笑了。哈利心想，如何才能让她像这样一直笑呢？

"为什么我从来没在密勤局见过你？"萝凯问道。

"哈利的办公室在走廊尽头。"梅里克说。

"啊哈。"她点点头，仿佛明白了似的，眼中依然满是灿烂的笑意，"走廊尽头的办公室，真的？"

哈利郁闷地将头侧向一边。

"对，呃，"梅里克说，"既然替你们介绍过了，哈利，我们要去吧台那边了。"

哈利等待邀请，但邀请并未到来。

"待会儿再聊。"梅里克说。

可以理解，哈利心想。密勤局局长和萝凯警监今晚可能得进行很多上级对下级的摸底沟通。他倚着音箱，目光却偷偷跟随他们。萝凯认得他，也记得他们没有介绍过各自的姓名。他将手中啤酒一饮而尽，觉得毫无滋味可言。

汤姆坐上车，将门甩上。

"没有人看见阿尤布，也没有人跟他说过话或听说过他。"他说，"开车吧。"

"好。"爱伦说，朝后视镜看了一眼，将车子驶离人行道。

"你也开始喜欢上普林斯了，对不对，我刚刚听见了。"

"什么？"

"我离开的时候你调高了音量。"

"哦。"她得打电话给哈利。

"有什么状况吗？"

爱伦全身僵硬，紧盯前方，望着湿漉漉的黑色柏油在街灯照耀下闪闪发亮。

"状况？能有什么状况？"

"我不知道，你看起来好像碰到了什么事。"

"没发生什么事，汤姆。"

"有人打电话来吗？嘿！"汤姆绷紧肌肉，伸出两个手掌紧紧贴在仪表板上，"你没看见那辆车吗？"

"抱歉。"

"要不要我来开？"

"你来开？为什么？"

"因为你开车开得好像……"

"像什么？"

"算了。我问你有没有人打电话来。"

"没有人打电话来，汤姆。如果有人打电话来，我就会跟你说了，不是吗？"

她得赶快打电话给哈利才行。

"那你为什么把我的手机关机？"

"什么？"爱伦惊骇地望着汤姆。

"开车看路，爱伦。我问你为什么……"

"没有人打电话来。一定是你自己关机的。"她的嗓音不由自主地拉高，耳中听见自己尖锐的声音。

"好，爱伦，"汤姆说，"放轻松，我只是有点纳闷而已。"

爱伦试着照汤姆说的放轻松，均匀地呼吸，注意前方路况。她驾车在佛斯街环路左转。这是个周六夜晚，但这个地区的街道几乎空无一人。信号灯亮的是绿灯。右转，沿着詹斯比亚克街直走，左转，开上德扬街，不久便抵达警察总署停车场。她感觉到汤姆的目光一直在打量她。

自从遇见萝凯之后，哈利没再看表，他甚至跟琳达一起满场跑，向一些同事做自我介绍。他跟其他人的对话内容都很拘谨。他们问他的职位是什么，一旦他回答了，话题随即枯竭。也许密勤局有一条不成文的规定，你不能问太多，否则他们就不会跟你敬酒。无所谓，反正哈利对他们也不是特别感兴趣。最后他回到音箱旁的老位置。他看见过几次萝凯的红色洋装，根据他的判断，她正在派对上周旋，而且并未跟任何人单独聊得太久。她没下场跳舞，这一点他很确定。

天哪，我的行为像个青少年似的，哈利心想。

他看了看表，九点半。他可以去找萝凯说几句话，看看会如何。如果什么也没发生，他就开溜，遵守约定跟琳达跳一支舞，然后回家。能发生什么？这是哪门子自欺欺人的想法？萝凯是个警监，而且跟结了婚没两样。也许他可以喝点酒。不行。他又看了看表。一想到他答应跟琳达跳一支舞，心里就感到厌烦。回家吧。大部分的人都已经喝得醉醺醺了。即使他们是清醒的，也不太会去注意一个新警监消失在走廊上。他可以慢慢出门，乘电梯下楼。那辆福特雅士正在楼下忠诚地等候着他。琳达似乎正和一个年轻警官跳舞跳得火热，只见她紧紧抱住年轻警官，年轻警官面带微笑，唇上沁出汗珠，将她转来荡去。

"法律节的拉格演唱会比较热闹，对不对？"

哈利听见萝凯低沉的嗓音在身旁响起，心跳立刻加速。

汤姆来到爱伦的办公室，站在爱伦的椅子旁。

"抱歉，刚刚在车上我有点粗鲁。"

爱伦没听见他进来，吓了一跳。她手里拿着话筒，还没拨号。

"不会，"她说，"是我有点，呃……你知道的。"

"月经前神经紧张？"

她望向汤姆，知道他不是在开玩笑，而是很严肃地想弄清楚发生了什么。

"也许吧。"她说。汤姆从来没来过她办公室，现在他来做什么？

"下班了，爱伦。"他的头朝墙上的时钟侧了侧，时钟显示十点整，"我有车，可以送你回家。"

"谢谢，可是我得先打个电话，你先走吧。"

"私人电话？"

"不是，只是……"

"那我在这里等你。"

汤姆在哈利那把老办公椅上坐下，椅子发出咯吱一声以示抗议。两人目光相接。可恶！为什么不说这是私人电话呢？现在要说已经太迟了。难道汤姆已经知道她无意间发现了一些事情吗？她想解读汤姆的表情，但自从她开始惊慌失措以后，分析能力似乎消失了。现在她终于知道为什么汤姆一直令她不舒服了，并不是因为他为人冷漠，不是因为他对女人、黑人、暴露狂和同性恋的态度，也不是因为他一逮到合法机会就使用暴力。她可以不假思索就列出十个与之类似的警察，但她还是能在这些警察身上发现一些正面特质，好让自己能够与他们相处。但是在汤姆身上另有某种东西，现在她知道那是什么了：她害怕汤姆。

"呃，"她说，"电话可以等到星期一再打。"

"那好，"汤姆站了起来，"我们走吧。"

汤姆的车是日本产的跑车，爱伦觉得看起来像法拉利的廉价仿制品，车上配备桶形座椅，坐进去会挤压肩膀，此外，车内似乎有一半空间装设了喇叭。引擎发出深情的低颤声，窗外街灯迅速扫过，车子已开上特隆赫姆路。喇叭悄悄传出爱伦逐渐熟悉的男性假音。

普林斯。就是普林斯。

"我在这里下车就好。"爱伦说，尽量让声音保持自然。

"不行，"汤姆说，看着后视镜，"必须服务到家。要怎么走？"

爱伦克制着想拉开车门往外跳的冲动。

"这里左转。"爱伦伸手一指。

哈利，拜托你在家。

"詹斯比亚克街。"汤姆读出墙上的路牌，驾车左转。

这条街灯光稀疏，人行道空荡无人。爱伦的眼角余光看见小小的方形亮光掠过汤姆的脸庞。汤姆已经知道她发现了吗？汤姆是否看见她坐在副驾驶座上，一只手放在包里？汤姆是否知道她手里握着她在德国买的一瓶自卫喷雾剂？去年秋天，汤姆坚称爱伦拒带武器是把自己和同事置于危险之中，当时她曾把那瓶自卫喷雾剂拿给他看。后来汤姆还曾以谨慎私密的语气跟她说，他能弄到一把精巧的小手枪，可以藏在身上任何地方。小手枪并未登记，因此如果出了"意外"，也无法追查到她身上。那时她并未认真对待汤姆说的话，她以为那只是男人说的那种有点恐怖的玩笑话，因此一笑置之。

"在那辆红色的车旁边停就好。"

"可是四号在下一个街区。"汤姆说。

她跟汤姆说过她住四号吗？也许吧。可能她忘了。她感觉自己是透明的，像只水母，仿佛汤姆看得见她过快的心跳。

引擎发出空挡的低颤声。汤姆已把车子停下。她发狂似的找寻门把手。该死的日本呆子！为什么不在车门上设计一个容易识别的门把手呢？

"星期一见。"爱伦找到门把手时，听见汤姆在她身后说。她跟跟跄跄地下了车，大口呼吸受污染的空气，仿佛长时间潜水浮上水面。她摔上厚重的大门，耳中仍听得见汤姆那辆跑车低沉流畅的空转声。

她奔上楼梯，靴子重重踏在每一级阶梯上，钥匙拿在面前犹如一支魔杖。进了家门之后，她立刻拨打哈利的电话，心头依然记得斯韦勒的留言，一字一句记得清清楚楚。

我是斯韦勒·奥尔森。我还在等老头买枪的佣金，十张大钞。回电话到我家。

然后电话就挂断了。

爱伦只花了十亿分之一秒就想通了个中关联。谜团的第五条线索，谁是马克林步枪走私案的中间人？这人是警察。当然了，这人就是汤姆·瓦勒。竟然要分一万克朗佣金给斯韦勒这种小混混——肯定是一笔大生意。老人。枪支迷。同情极右派。很快就能爬上总警监位子的王子。一切都清晰无比、不证自明，令她大受震撼。她向来有能力察觉别人听不出的弦外之音，竟然到现在才发现这个显而易见的事实。爱伦知道自己已经开始产生偏执的想法了，但她在等待汤姆从餐厅出来时，无可抑制地把这个想法推到极致：汤姆极有可能爬得更高，能够动用更高层重要人士的关系，躲避在权力的羽翼之下。天知道汤姆已经在警察总署跟什么人建立了联盟关系。如果她仔细推敲，便能想出好几个她不曾想象过的人可能牵涉在内，而她唯一能够百分之百信任的人只有哈利。

电话通了。占线中。他家电话从不占线的。快点，哈利！

她也知道汤姆迟早会跟斯韦勒联络，然后就会知道发生了什么事。一旦被汤姆发现，她非常确定自己性命堪忧。她必须快速行动，但只要犯一个错，代价将非常巨大。一个声音打断了她的思绪。

"我是哈利，请留言……哔！"

"哈利你这个浑蛋，我是爱伦，我知道我们要找的那个人是谁了，我会再打手机给你。"

她把话筒夹在肩膀和下巴之间，在电话簿里翻寻 H 栏，却不小心让电话簿砰的一声摔到地上。她咒骂一声，最后终于找到哈利的手机号码。幸好哈利总是把手机带在身边。

爱伦住在这栋屋子的二楼，家里养了一只温驯的大山雀，叫黑格。这栋屋子最近才重新翻修，墙壁有半米厚，窗户装的是双层玻璃，但她可以对天发誓她耳中还是一直听见车子发出的空挡运转声。

萝凯咯咯一笑。

"如果你答应琳达要跟她跳舞，可不是随便跳两二下就能了事的。"

"嗯。另一个选择是逃跑。"

接下来是一阵静默。哈利发觉他说的这句话可能造成了误解，便立刻用问题填补沉默。

"你当初怎么会来密勤局上班？"

"是经过俄罗斯，"她说，"我上过国防部的俄罗斯课程，在莫斯科当了两年的口译员。梅里克就是那个时候在莫斯科招我进的密勤局。我拿到法律学位后，直接就有了一份薪资等级第三十五级的工作，我想说我找到了一只下金蛋的鸡。"

"难道不是吗？"

"你在开玩笑吗？我以前的同学赚的钱是我的三倍以上。"

"你可以辞掉工作，去做他们做的工作。"

她耸耸肩："我喜欢这份工作，他们不是每个人都说得出这句话的。"

"说得好。"

一阵静默。

说得好。难道我就说不出更好的话了吗？

"你呢，哈利？你喜欢你的工作吗？"

他们面对舞池站着，但哈利感觉到她正在打量自己。他的脑袋里思绪纷飞。她的眼角有淡淡的鱼尾纹。爱德华的农舍距离发现马克林步枪空弹壳的地方不远。《每日新闻报》说百分之四十的都市女人有不忠行为。他应该去问尤尔的老婆是否记得挪威军团有三个士兵被战斗机扔下的手榴弹炸伤或炸死。三频道的广告说德斯曼男装店正在举行新年特卖会，他应该去逛逛。不过他喜欢他的工作吗？

"有时候喜欢。"他说。

"你喜欢它什么地方？"

"我不知道。这样听起来会不会很蠢？"

"我不知道。"

"我这样说并不是因为我没想过自己为什么当警察。我想过。可是我还是不知道。也许我只是喜欢把调皮捣蛋的孩子抓起来吧。"

"那你不去抓调皮捣蛋的孩子时都在做什么？"

"我在看《鲁滨孙探险记》。"

萝凯又发出咯咯的笑声。哈利知道只要能让她这样笑，再蠢的事他都愿意说。他打起精神，以相当严肃的口吻叙述他目前的状况，同时小心避免提及生活中的不愉快，但这样一来可说的话题便所剩无几。萝凯似乎听得津津有味，于是哈利继续说到他的父亲和妹妹。为什么每当别人问到关于他自己的事，他最后总是会提到妹妹？

"听起来是个不错的女孩。"萝凯说。

"是最棒的，"哈利说，"也是最勇敢的。她从来不害怕新事物，是个生活试飞员。"

哈利说，有一次妹妹主动开价要买亚克奥斯街的一栋房子，只因她在《晚邮报》地产专版看见的那张照片，令她想起她童年在奥普索的房子。结果对方说那栋房子要价两百万克朗，每平方米售价创下那年夏天奥斯陆房价新高。

萝凯听了大笑不已，把一些龙舌兰酒喷到了哈利的西装外套上。

"她最棒的地方在于即使在坠机之后，也可以立刻振作起来，精神抖擞地投入下一个任务。"

萝凯拿手帕擦干哈利的西装翻领。"那你呢，哈利，你坠机的时候会怎样？"

"我？这个嘛，我可能会静静躺个一秒，然后爬起来，因为没有其他选择，是吧？"

"说得好。"

哈利机灵地抬起双眼，看萝凯是否会拿这句话来取笑他，却见她眼里跳跃的尽是愉悦。她散发出力量的光芒，但哈利怀疑她是否有许多坠机的经验。"轮到你了，说说你自己吧。"

萝凯没有姐妹可以依靠，她是独生女，所以她讲述自己的工作。"可是我们很少逮捕什么人，"她说，"大多数案子都是温和地在电话里解决，不然就是在大使馆的鸡尾酒会上摆平。"

哈利露出嘲讽的微笑。"那我误击美国特勤局探员的那件事是怎么解决的？"他问道，"是在电话里，还是在鸡尾酒会上？"

萝凯若有所思地凝视哈利，同时把手伸进酒杯，捞出一个冰块，用两根手指夹了起来。一滴融化的冰水沿着她的手腕缓缓流下，穿过纤细的金手链，流到胳膊肘。"跳舞吗，哈利？"

"我记得我刚才花了至少十分钟跟你解释我有多讨厌跳舞。"

她又把头微微侧向一边："我是说，你愿意跟我跳舞吗？"

"跳这种音乐？"

音箱正流淌出慵懒的排笛版《让它去吧》，有如糖浆般甜腻。

"你死不了的，就当作热身好了，准备等会儿跟琳达跳舞的大考验。"她把一只手轻轻搭在哈利肩膀上。

"我们现在是在调情吗？"哈利问。

"你说呢，警监？"

"抱歉，我不太会解读暗示，所以才问你我们是不是在调情。"

"可能性微乎其微。"

哈利伸出一只手搂住萝凯腰际，犹豫地踏出一步。

"这种感觉好像失去童贞一样，"他说，"但这是无法避免的，每个挪威男人都迟早得经历这种事。"

"你在说什么啊？"萝凯大笑。

"跟同事在办公室派对上跳舞啊。"

"我又没强迫你。"

他微微一笑。其实在哪里都无所谓,就算音乐放的是四弦琴倒着弹奏《小鸟歌》也无所谓,只要能跟她跳一支舞,他什么都愿意。

"等一下,这是什么?"她问道。

"呃,不是手枪,而且我很高兴见到你,不过……"

哈利从腰带上取下手机,放开搂在她腰上的那只手,把手机放到音箱上。他转过身,她的双臂向他扬起。

"希望我们这里没有小偷。"哈利说。这已经是警察总署的一个陈年笑话了,萝凯一定听过不下数百次,但她依然在哈利耳畔轻轻笑了几声。

爱伦让电话一直响,直到铃声停止才放下话筒,然后又打了一次。她站在窗边,低头望向街道。街上没有车。当然没有车。她过度紧张了。汤姆可能正在回家睡觉的路上,或是正在前往某人家的路上。

打了三次哈利的手机之后,爱伦放弃了,改打给金,金的声音听起来颇为疲惫。

"我晚上七点乘出租车回来的,"金说,"我今天开了二十小时的车。"

"我先冲个澡,"她说,"我只是想知道你在不在家。"

"你听起来很紧张。"

"没什么。我四十五分钟后到。还有,我得借你的电话打,然后在你那边过夜。"

"好啊。可不可以顺便去马克路的7-11便利店帮我买包烟?"

"没问题。我搭出租车。"

"为什么?"

"等一下再跟你解释。"

"你知道现在是星期六晚上吧?这个时间奥斯陆很难叫到出租车的,而且你跑来这边只要四分钟就好了。"

爱伦有些犹豫。"金?"她问道。

"怎么了？"他说。

"你爱我吗？"

爱伦听见金发出低沉的笑声，可以想象他半睁半闭的惺忪睡眼，他瘦得几乎皮包骨的身体盖着羽绒被，躺在亨格森街那间简陋的屋子里。他那间屋子可以看见奥克西瓦河的河景。他拥有她想要的一切。在这一刻，她几乎忘了汤姆，几乎。

"斯韦勒！"

斯韦勒的母亲站在楼梯底端，扯开嗓门大喊。斯韦勒有记忆以来，母亲总是这样吼叫。

"斯韦勒！电话！"她喊得像在喊救命，仿佛溺水或生命危在旦夕了。

"妈，我在楼上接！"斯韦勒跃下床，从桌上接起电话，等待话筒传来表示母亲已挂上电话的咔嗒声。

"你好？"

"是我。"背景音乐是普林斯。总是普林斯。

"我猜也是。"斯韦勒说。

"为什么？"

这个问题如风驰电掣般袭来，快得令斯韦勒立刻采取防卫姿态，仿佛欠钱的人是他而不是对方。

"你打来是因为你听到我的留言了吧？"斯韦勒说。

"我打来是因为我看到我手机上的已接来电列表，上面显示今天晚上八点三十二分你跟人讲过话。你的留言是在说什么？"

"在说现金啊，我手头紧，你答应过……"

"你跟谁说话了？"

"什么？你语音信箱里的那个小姐啊，很酷，是新的吗？"

没有回答。只听见普林斯低声唱着：你这性感的浑蛋……音乐声陡然消失。

"告诉我你说了什么。"

"我只是说……"

"不是！一字不漏地说给我听。"

斯韦勒一字不差地重复了一遍留言。

"跟我猜想的差不多，"王子说，"你把整个行动泄露给外人了，斯韦勒。如果你不赶快堵住这个漏洞，我们就到此为止，你明白吗？"

斯韦勒什么都不明白。

王子冷静无比地解释，他的手机落入了别人手中。

"你听见的不是语音信箱的声音，斯韦勒。"

"那是谁的声音？"

"就说是敌人吧。"

"是《箴言报》那些家伙又在打探消息吗？"

"这个人正要前往警局，你的工作是阻止她。"

"我？我只是要我的钱跟……"

"闭嘴，斯韦勒！"

斯韦勒闭上了他的嘴。

"这件事跟我们的'大理想'有关。你是个好士兵，对不对？"

"对，可是……"

"一个好士兵会收拾残局，对不对？"

"我只是替你跟那个老家伙传话而已，是你自己……"

"尤其是你这个士兵犯了罪被判三年监禁，却因为技术问题而有条件保释。"

斯韦勒听见自己吞咽唾液的声音。"你怎么知道？"他开口说。

"你不用知道。我只是要你明白，你跟其他弟兄都会因为这个漏洞而蒙受莫大的损失。"

斯韦勒没有回话。他不需要回话。

"往好的一面看，斯韦勒，这是战争，容不下懦夫和叛徒。再说，弟兄们会回报士兵的。如果你完成这件工作，除了那一万克朗，我还会额外再给你四万克朗。"

斯韦勒仔细思考了一番，思考他该穿什么衣服。

"什么地方？"他问道。

"二十分钟后到松内广场，把你需要的家伙都带着。"

"你不喝酒吗？"萝凯问。

哈利环目四顾。刚才跳的最后一支舞，他们抱得如此之紧，可能会使旁人睁大眼睛。现在他们已退到餐厅后方的一张桌子边坐下。

"我戒酒了。"哈利说。

萝凯点了点头。

"说来话长。"他又补充一句。

"我时间多的是。"

"今天晚上我只想听有趣的故事。"他微笑说，"说说你吧，可以聊聊你的童年吗？"

"我妈在我十五岁的时候过世，除了这个，其他的都可以说。"

"真遗憾。"

"没什么好遗憾的，她是个优秀的女人，不过今天晚上的主题是有趣的故事……"

"你有兄弟姐妹吗？"

"没有，就只有我跟我爸。"

"所以你必须独自照顾你爸爸？"

她眼中露出讶异之色。

"我知道那是什么样的情况，"他说，"我妈妈去世以后，爸爸有好几年时间只是坐在椅子上盯着墙壁看。我得喂他吃饭才行，我是说真的喂到他嘴里。"

"我父亲白手起家，建立了一个建材供应链，我以为他把全部的生命都放在事业上。妈妈去世以后，他在一夜之间对事业失去了兴趣，后来趁公司分崩离析之前把它卖了。他推开所有他认识的人，包括我在内，变成了一个愤世嫉俗的孤独老人。"她摊开一只手，"可是我有自己的日子要过。我在莫斯科认识了一个男人，爸爸觉得我背叛了他，因为我想嫁给一个俄罗斯人。我把欧雷克带回挪威之后，我跟爸爸的关系就开始出问题，而且问题层出不穷。"

哈利起身去给萝凯拿了一杯玛格丽特调酒回来，自己则拿了一杯可乐。

"可惜我们没在法律课上认识，哈利。"

"那时候我还是个蠢蛋，"哈利说，"只要谁不喜欢我爱的唱片或电影，我就会找他麻烦。没有人喜欢我，连我都不喜欢我自己。"

"我才不相信呢。"

"这些话是从一部电影里学来的。说这话的家伙在电影里跟米亚·法罗攀谈。我从来没在现实生活中用过这些话。"

"这样啊，"萝凯说，谨慎地尝了一口玛格丽特，"我想那会是个好的开始。不过你说你从电影中偷学台词的这个部分，是不是也是从电影里学来的？"

两人同声大笑，然后讨论了一些好看和难看的电影、好听和难听的演唱会。过了一会儿，哈利发觉必须修正对萝凯的第一印象。比方说，萝凯二十岁就独自环游世界，而他在那个年纪可以拿出来说的成人经验，只有失败的欧洲火车之旅和越来越严重的酗酒。

萝凯看了看表。"十一点了，还有人在等我。"

哈利觉得一颗心沉了下去。"我也是。"他说着站了起来。

"哦？"

"只是我床底下养的一只怪物。我送你回家。"

她嫣然一笑："不用了。"

"差不多顺路。"

"你也住在霍尔门科伦区？"

"很近，应该说在附近。我住在毕斯雷区。"

她高声大笑。

"那根本是在奥斯陆的另一端嘛。我知道你心里在打什么主意。"

哈利羞怯地笑了笑。萝凯挽住他的手臂："你需要有人帮你推车，对不对？"

"黑格，看来他走了。"爱伦说。

她站在窗边，身上穿着外套，从窗帘缝隙向外窥视。下面的街道空荡荡的，刚才在街上等候的出租车已载着三个兴高采烈准备去狂欢的女子离去。黑格并不答话。这只只有一只翅膀的大山雀，眼睛眨了两下，用一只脚抓了抓腹部。

她又打了一次哈利的手机，听见的是同一个女性声音说您拨的电话已关机或暂时无法接通。

爱伦在鸟笼上盖了布，说晚安，关上灯，出了门。詹斯比亚克街依然空荡无人，她快步走向索华梅尔街，她知道周六晚上的索华梅尔街总是挤满了人。来到福哈肯餐馆外，她向几个人点了点头，她曾在一个潮湿的夜晚在基努拉卡区的明亮街道上和那几个人说过几句话。蓦然之间，她想起她答应替金买包烟，便转了个弯，往马克路的7-11便利店走去。这时她看见一个似曾相识的陌生面孔，那男子正看着她，爱伦礼貌地对他笑了笑。

她在便利店里踌躇了一会儿，回想金抽的是骆驼牌浓烟还是淡烟，才发现他们相处的时间原来那么少，而他们需要了解彼此的部分还有那么多。但她却不感到害怕，这还是她这辈子头一次，心中甚至十分期待。她觉得快乐无比。一想到金赤裸地躺在床上，距离这里只有三个街区，她心中便升起一种美妙的渴望。她选择了浓烟，焦急地等候结账。来到街上，她选择走奥克西瓦河旁的近道。

爱伦突然想到，在这样一座大城市里，人声鼎沸和冷清荒凉的地方竟然只有咫尺之遥。突然，她耳中只听见汩汩的河水声和她靴子下冰雪的咯吱声。只是当她发觉她听见的不只有自己的脚步声时，要后悔选择走这条捷径已然太迟。然后她听见了呼吸，一种沉重的喘息声。爱伦心中既害怕又愤怒，这时她已察觉到自己的性命面临危险。她并未回头，而是开始奔跑。她身后的脚步声立刻开始以同样的速度紧追。她试着冷静地奔跑，不惊慌，也不手舞足蹈。别跑得像个老太婆，她心想，一只手伸进外套口袋，拿出自卫喷雾剂。身后的脚步声逐渐靠近。她想，只要能跑到小径的路灯下就安全了。但她知道事实并非如此。当她跑到路灯下，肩膀受到第一次重击，她被打得侧飞出去，倒在雪堆之中。第二次重击令她手臂瘫痪，她的手失去知觉，松开了自卫喷雾剂。第三次重击打碎了她的左膝盖骨。她想放声尖叫，但剧痛难当，叫声反而深深卡在喉咙里，使得颈部的苍白肌肤鼓胀突出。她看见一个男子在黄色街灯下高高举起木质球棒，认出那男子就是她在福哈肯餐馆前转弯时见过的人。她的警察本能分辨出男子身穿绿色短夹克、黑色短靴，头戴黑色战斗帽。第一次头部的重击摧毁了她的视神经，她眼前变得一片漆黑。

百分之四十的篱雀可以存活，她心想，我会熬过这个冬季。

她的手指在雪地中摸索，找寻可以握住的东西。第二次重击打中她的后脑。

就快了，她心想，我会熬过这个冬季。

哈利驾车来到霍尔门科伦路萝凯的家，在大宅车道旁停下。银白色的月光照耀在她的肌肤上，发出一种不真实的苍白光辉。即使车内较为昏暗，哈利仍在萝凯眼中看见了疲惫。

"那就这样吧。"萝凯说。

"就这样。"哈利说。

"我想请你进来，可是……"

哈利大笑："我想欧雷克可能会不高兴吧。"

"欧雷克睡得正甜呢，我顾虑的是保姆。"

"保姆？"

"欧雷克的保姆是密勤局一个同事的女儿，请不要误会，我只是不希望在工作场所传出什么绯闻。"

哈利盯着仪表板上的各种显示设备，只见速度计前方的玻璃裂开了，而且他怀疑油料警示灯的灯丝已经烧断了。

"欧雷克是你的小孩？"

"对，不然你以为呢？"

"呃，我以为你在说的是你的伴侣。"

"什么伴侣？"

点烟器不是被扔出了窗外，就是跟收音机一起被偷了。

"我是在莫斯科生下欧雷克的，"萝凯说，"我跟他的爸爸同居了两年。"

"发生了什么事？"

她耸耸肩。"没发生什么事，我们只不过不再爱对方了，后来我就回奥斯陆了。"

"所以说你是……"

"单亲妈妈。你呢？"

"单身，没有小孩。"

"你来密勤局之前，有人提过你跟女同事的一些事，那个在犯罪特警队和你共用一间办公室的女孩。"

"爱伦？不是，我们只是很合得来，现在也是。她有时还是会帮我忙。"

"帮你什么忙？"

"我现在在查的案子。"

"哦，原来如此，你的案子。"

她又看了看表。

"要不要我帮你开门？"哈利问。

她微微一笑，摇了摇头，用肩膀撞了一下车门。车门铰链发出吱的一声，荡了开来。

霍尔门科伦区的山坡十分静谧，只听见枞树林发出温柔的窸窣声。她的脚踏上车外的雪地。

"晚安，哈利。"

"问你一件事。"

"什么事？"

"上次我来这里，为什么你不问我找你父亲做什么？"

"职业习惯，我不过问别人的案子。"

"难道你不好奇吗？"

"我当然会好奇，我只是不问而已。是什么案子？"

"我在找一个你父亲在东部战线认识的老兵，这个人买了一把马克林步枪。对了，我跟你父亲聊过，他看起来不像是愤世嫉俗的样子。"

"他的写作计划似乎让他兴奋得不得了，连我都觉得惊讶。"

"也许有一天你们会跟以前一样亲近。"

"也许吧。"她说。

两人四目相对，几乎是勾住彼此，难分难舍。

"我们现在是在调情吗？"她问道。

"可能性微乎其微。"

萝凯满是笑意的眼神萦绕在哈利眼前，即使他已回到毕斯雷区，在路边违规停了车，眼前仍浮现着萝凯的双眼。他追逐床底下的怪物，进了卧室，倒头便睡，并未注意到答录机的小红灯正在闪烁。

斯韦勒安静地在身后关上门，脱下鞋子，蹑手蹑脚地爬上楼梯。他跨过会发出咯吱声的阶梯，但知道这只是白费功夫。

"斯韦勒？"吼声从敞开的卧室门内传出。

"妈妈，什么事？"

"你跑哪里去了？"

"出去一下而已，我要睡了。"

他"闭上"双耳，不去听母亲说些什么，他大概知道母亲会说哪些话。母亲的话有如沙沙落下的冻雨，一落到地面就消失不见。他回到房间，关上房门，独自一人。他在床上躺下，瞪着天花板。发生过的事像电影一样在他脑海中不断播放。他紧闭双眼，想驱走那些影像，但影像仍持续播放。

他完全不知道那个女子是谁。他依照约定，去松内广场和王子碰面。王子开车带他到女子住的那条街，把车子停在她家的视野之外，但只要她一出门，他们就看得见。王子说可能得等一整个晚上，叫他放轻松，便播放那该死的黑人音乐，调低椅背。才等了半小时，大门就打开了，王子说："就是她。"

斯韦勒迈开大步追上去，一直到较为阴暗的街道才追上她，但那里有太多人在周围。这时她突然转过头，朝他看了一眼。在那一刻，他确定自己受到了怀疑，她看见他藏在袖子里的球棒从夹克领子里鼓了出来。他是如此恐惧，以至于无法控制脸部肌肉的抽动，后来当女子走出 7-11 便利店，他的恐惧已转变成愤怒。小径路灯下发生的事，有一些细节他似乎记得，又似乎不记得。他知道发生了什么事，但仿佛有些片段被删除了，就像电视上的益智竞赛，给你一张图片的几个碎片，要你猜出图片中是什么。

他睁开眼睛，看着天花板上凸起的石膏板。拿到钱以后，他要找个水电师傅来解决漏水，那个漏水的地方妈妈已经跟他唠叨好久了。他努力去思考修理天花板的事，但心里知道自己只是想把其他思绪驱走而已。他知道有哪个地方不大对劲。这次不一样，跟丹尼斯汉堡店的那个眯缝眼东方佬不一样。这个女人是个平凡的挪威人，褐色短发，蓝色眼睛，都可以当他姐姐了。他不断重复王子灌输给他的想法：你是个士兵，一切都是为了"大理想"。

他看着墙上用图钉钉在纳粹党旗下的一张照片，照片中是党卫队总司令纳粹德国警察总长海因里希·希姆莱站在演讲台上发表演说，时间是一九四一年，地点是奥斯陆。希姆莱正在对宣誓加入武装党卫队的挪威志愿军说话，他身穿绿色制服，领子上绣着两个首字母 SS，背后站的是维德孔·吉斯林。希姆莱于一九四五年五月二十三日光荣自杀。

"靠!"

斯韦勒把脚放到地上，站起身，不安地踱起步来。

他停在门旁的镜子前，抓住自己的头，然后伸手往夹克口袋里掏。可恶，战斗帽呢？他突然感到一阵惊慌，心想帽子会不会掉在那女人身旁的雪地里？接着又记起他回王子车上时，头上仍戴着帽子，这才呼出一大口气。

他已依照王子的指示，扔了球棒，先把球棒上的指纹擦干净，再掷入奥克西瓦河中。现在他只要保持低调，等着看有哪些事情浮出水面。王子说他会摆平一切，就跟以前一样。斯韦勒不知道王子在哪里工作，但显然，王子跟警察有良好的关系。他在镜子前脱下衣服，月光从窗帘缝隙照进来，把他身上的刺青照成灰色。他对脖子上挂着的铁十字勋章项链比出中指。

"你个婊子，"他咕哝说，"你个欠操的婊子。"

他终于躺在床上睡去，这时东方的天空开始布满云层。

51

一九四四年六月三十日。汉堡。

亲爱的海伦娜：

　　我爱你胜过爱我自己，现在你已经知道了。虽然我们只相处了很短一段时光，而你还有美好快乐的一生在前方等待（我知道你一定会有美好快乐的一生），但我仍希望你不会将我完全忘记。现在是晚上，我坐在汉堡港的一家旅店里，外面炸弹正不断落下，旅店里只有我一个人，其他人都跑去避难所和地窖里了。虽然停电，但外面的熊熊大火给了我足够的亮光来写这封信。

　　昨天晚上铁轨被炸断，所以火车还没抵达汉堡，我们就得下车。我们转搭卡车来到城里，但迎接我们的是非常可怕的景象。每两栋房子就有一栋被炸成废墟，狗沿着冒烟的废墟夹着尾巴溜达，到处都可以看见衣衫褴褛、骨瘦如柴的孩童，睁着空洞的大眼睛看着我们的卡车。两年前我才经过汉堡前往森汉姆，但如今我已经完全认不出汉堡了。那时候我觉得易北河是我见过的最漂亮的河，如今易北河里流着褐色的肮脏河水，上面漂着遇难货船的残骸，有人说易北河已经被漂浮的尸体污染了。我还听人家说夜晚的轰炸越来越频繁，无论如何都应该想办法离开汉堡。我本来打算今天晚上搭火车去哥本哈根，可是通往北方的铁路也被炸断了。

　　抱歉我的德语很差，而且你看得出我的笔迹在抖动，这是因为炸弹把这间房子炸得晃来晃去，而不是因为我害怕。我害怕什么？我坐在这里，正好可以目睹一种叫火旋风的现象，这种现象我听说过，却从来没见过。

港口另一边正燃烧着熊熊烈火，火焰似乎把所有东西都吸了进去。我看见松脱的木材和整片铅皮屋顶被火旋风扯下来，飞进火里。还有海面正在沸腾！那边的桥下不断冒出水蒸气，要是有哪个可怜虫想跳进水里躲避轰炸，一定会被活活烫死。我打开窗户，感觉空气中的氧气几乎快被吸光了。我还听见吼叫声，仿佛有人站在火焰里大喊："更多，更多，更多。"这一切都很怪异，令人心惊，但也有一种强烈的吸引力。

我的心充满了爱，所以我感觉自己刀枪不入，这都要感谢你，海伦娜。有一天你有了小孩（我知道你想要小孩，我也希望你将来会有小孩），我希望你能告诉他们我的故事。把我的故事当成童话说给他们听，因为这真的就像童话故事一样。我决定走进夜里，去看看能发现什么，能遇见什么人。我会把这封信塞进我的金属水壶，留在桌上。我会在水壶上用刺刀刻上你的名字和地址，这样发现它的人就会知道该寄给谁。

你亲爱的乌利亚　亲笔

第五部　七日

"对了，黑格找到新家了，它搬来跟我住。我知道这是个最糟糕的决定，但这样对我们两个都好，因为你不在……好了，我要再去喝酒了，顺便思考一下你不在这件事。"

52

二〇〇〇年三月十二日。詹斯比亚克街。

"嘿，这是爱伦和黑格的电话，请留言。"

"嘿，爱伦，我是哈利。你应该听得出来，我喝酒了，很抱歉，真的很抱歉。可是如果我还清醒，我可能就没办法打电话给你了。你知道，我知道你一定知道。我今天去过犯罪现场了，你躺在一条小路上的雪堆里，就在奥克西瓦河畔，是一对要去蓝厅跳舞的年轻情侣在午夜过后发现你的。死因是脑部前面遭钝器重击。你的后脑也遭受重击，头盖骨有三处破裂，左膝盖被击碎，右肩也有遭到殴打的迹象。我们分析造成所有伤害的是同一种武器。布利斯医生推测死亡时间是晚上十一点到十二点之间。你似乎……我……等等。

"抱歉。对。鉴识人员在小路的雪地里发现大约二十种不同靴子的脚印，有许多脚印就在你旁边，但你旁边的脚印都被踢散了，大概是为了消灭证据吧。目前为止，没有目击者出面指认，但我们正在对附近进行例行巡查。那附近有几栋房子正好俯瞰那条小路，克里波的调查员认为可能会有人看见些什么，但我个人认为这个概率微乎其微，因为十一点十五分到十二点十五分这段时间，瑞典电视台正在重播《鲁滨孙探险记》。开玩笑啦。我是逗你的，难道你听不出来吗？哦，对了，我们在距离现场几米远的地方发现一顶黑色帽子，上面有血迹。如果血迹是你的，这顶帽子可能就是凶手的。我们已经把血迹样本送去化验了，帽子则送到了鉴识实验室，正在采集头发和皮肤微粒。如果这家伙没掉头发，我希望他有头皮屑。哈，哈。你没忘记艾克曼和弗里森吧？目前能提供给你的线索只有这些，如果你想到什么再跟我说。还有什么事？对了，黑格找到新家了，它搬来跟我住。我知道这是个最糟糕的决定，但这样对我们两个都好，因为你不在，爱伦。好了，我要再去喝酒了，顺便思考一下你不在这件事。"

53

二〇〇〇年三月十三日。詹斯比亚克街。

"嘿，这是爱伦和黑格的电话，请留言。"

"嘿，又是我，哈利。我今天没去上班，不过我打过电话给布利斯医生。很高兴告诉你，你没有遭受性侵害。就我们目前发现的种种迹象来看，你所有的财物都没被动过，这表明我们不知道凶手的作案动机是什么，不过凶手也可能基于某种原因而没完成他打算做的事，但我们不知道这个原因是什么。今天有两个目击者报案指出曾在福哈肯餐馆外见过你。你的现金卡消费记录显示你在晚上十点五十五分曾在马克街的 7-11 柜台付账。你的朋友金来署里接受了一整天的讯问，他说你要去他家，所以请你顺便买包烟，一个克里波调查员却发现事实上你买的烟跟金抽的牌子不一样。除此之外，金没有不在场证明。很抱歉，爱伦，现在金是他们的头号嫌疑人。

"顺带一提，有人来看我，她叫萝凯，是密勤局的人。她说她只是顺路来看看我怎么样。她坐了一会儿，可是我们没说什么话，然后她就离开了。我想，我跟她相处得很好。

"黑格要我向你问好。"

二〇〇〇年三月十四日。詹斯比亚克街。

"嘿，这是爱伦和黑格的电话，请留言。"

"这是我这辈子碰到的最冷的三月了，温度计显示零下十八摄氏度，这栋房子的窗户又是一百年前做的。大家都认为喝醉的人不会觉得冷，这真是天大的谬论。我的邻居阿里今天来敲我家的门，原来昨天我回家的时候，在楼梯上跌了个狗吃屎，是他把我抬上床的。

"我今天一定是午餐时间去上班的，因为我去餐厅拿早上第一杯咖啡的时候，里面满满都是人。我觉得大家好像都在看我，可能是我的心理作用吧。爱伦，我好想你。

"我查过你朋友金的记录，发现他曾因持有大麻而被判短期监禁。克里波的人依然认为他就是凶手。我从来没见过他，天知道我无法评断一个人的性格，但你口中描述的金听起来不像是这种人，不知道你同不同意？我打电话去鉴识组问过了，他们说帽子里一根头发都没找到，但是采集到一些皮肤微粒。他们已经把皮肤微粒送去进行 DNA 化验，结果要四个星期才会出来。你知道成人一天会掉多少根头发吗？我查过了，大概一百五十根。可是那顶帽子上却连一根头发也没有。后来我去楼下找莫勒，请他给我一份名单，列出过去四年曾因重伤害被判刑且目前理光头的男人。

"萝凯今天拿了一本书来办公室给我，是《我们的小鸟》。一本奇怪的书。你觉得黑格会喜欢吃谷物吗？保重。"

二〇〇〇年三月十五日。詹斯比亚克街。

"嘿，这是爱伦和黑格的电话，请留言。"

"他们今天把你下葬了。我没去。我觉得应该给你的父母一个庄严的纪念仪式，而我今天看起来又不体面，所以我改在施罗德酒吧纪念你。昨天晚上八点我开车去霍尔门科伦路，结果不太好，萝凯有客人，就是上次我看见的那个家伙。他说他是外交部的，表现得像是为了公事去的，他的名字好像叫布兰豪格。萝凯似乎不太喜欢布兰豪格去找她，不过也有可能是我的心理作用。为了避免尴尬，我早早就告辞了。萝凯坚持要我搭出租车，可是我一望窗外，就看见我那辆雅士停在街上，所以我没有采纳她的建议。你知道，现在事情有点混乱，但至少我去宠物店买了一些鸟饲料回来。柜台的服务小姐建议我买迪尔牌，我就买了。"

56

二○○○年三月十六日。詹斯比亚克街。

"嘿，这是爱伦和黑格的电话，请留言。"

"我今天去利克塔酒吧晃了晃，那里有点像施罗德酒吧，至少我点比尔森啤酒当早餐时，他们不会用奇怪的眼神看我。我在一个老人那桌坐下来，费了一番功夫才跟他说上话。我问他为什么对尤尔有意见，他用探询的眼光看了我好久，显然不记得上次我也在酒吧里。后来我请他喝啤酒，终于知道了整件事的来龙去脉。老人上过东部战线，这我已经猜到了，他在东部战线认识了尤尔的护士老婆辛娜。辛娜当时跟一个挪威军团的士兵订了婚，所以她是自愿上前线的。一九四五年辛娜因叛国罪被判刑两年，就在那时尤尔注意到她。尤尔的父亲当时在国家社会党里位高权重，替辛娜做了些安排，让她只关了几个月就出狱了。我问老人，为什么他这么厌恶尤尔，他咕哝说尤尔表面看起来像个圣人，骨子里却根本不是这么回事。老人用的就是'圣人'这个词。他说尤尔跟其他历史学家一样，会依照战胜者希望呈现的方式，写一些'二战'时期挪威的虚构历史。他不记得辛娜的第一任未婚夫叫什么名字，只记得她的未婚夫是军团里的英雄。

"后来我去上班，梅里克来看我，可是他一句话也没说。我打电话给莫勒，他告诉我，我要的名单上有三十四个名字。不知道理光头的男人是不是更具暴力倾向？总之，莫勒已经派一个负责你案子的警察打电话去查这些人的不在场证明，过滤这三十四个人。

"我在初步报告上看见汤姆在十点十五分送你回家，当时你很冷静，汤姆还做证说你谈了一些琐碎的小事。可是根据挪威电信的数据显示，你

十点十六分在我的答录机里留言，换句话说，你一进家门就打电话给我，
这表示你因发现了一些线索而非常亢奋。我觉得这一点很奇怪，莫勒却不
觉得，可能只是我的心理作用吧。

　　"早点跟我联络吧，爱伦。"

57

二〇〇〇年三月十七日。詹斯比亚克街。

"嘿，这是爱伦和黑格的电话，请留言。"

"我今天没去上班。外面是零下十二摄氏度，家里只是稍微暖和一点点。电话响了一整天，后来我终于接了，是奥纳医生打来的。就一个心理医生而言，奥纳是个好人，至少他不会假装说他对我们脑袋里发生的事比别人更清楚。奥纳的老观点是，每个酗酒者的噩梦始于前一次狂喝痛饮结束之后，这是个很棒的警告，但是并不完全正确。他很惊讶我这次竟然比较稳定。一切都是有相互关联的。奥纳还说有个美国心理学家发现，人过的生活在某种程度上是代代相传的。当我们取代了父母的角色，我们的生活便开始跟他们一样。我爸在我妈过世以后变成了一个遁世的人，现在奥纳担心我会步我爸的后尘，因为我有过一些强烈的经验，包括芬伦区的枪击意外，你知道的，还有悉尼的事件，现在再加上你的事。对了，我把我现在的生活告诉奥纳医生，结果他说的话把我笑死了，他说是那只大山雀黑格让我现在的生活不至于一路滑到谷底。就像我说的，奥纳是个好人，可是他应该少说一些心理学的蠢话。

"我打电话给萝凯，想约她出来，结果她说她要想一下，会再回我电话。我不知道我为什么要这样对自己。"

58

二〇〇〇年三月十八日。詹斯比亚克街。

"……挪威电信通告，您拨的号码已暂停使用。挪威电信通告，您拨的号码……"

第六部　拔示巴

他竟然睡着了。他又眨了眨眼，只见四周似乎弥漫着一层薄雾。他失败了。紧握的拳头朝地面猛捶一记。第一滴热泪滴上手背时，他才知道自己哭了。

59

二〇〇〇年四月二十五日。哈利的办公室。

初春来得很晚。到了三月底，排水沟才发出咕噜声，水开始流动。到了四月，远至松恩湖的冰雪都已融化。随后春寒又至，白雪再度飘落下来，吹积成堆，连市中心都积满一堆一堆的雪。过了好几个星期，太阳才又将冰雪融化。去年积在街上的狗粪和垃圾这时露出头来，散发阵阵恶臭。风从开阔的格兰斯莱达街上吹起，渐吹渐强，吹到了奥斯陆美术馆，风中已挟带细沙，使得街上行人得不时揉揉眼睛或把细沙从嘴里吐出来。此时奥斯陆的热门话题是有一天将成为挪威皇后的单亲妈妈、欧洲杯和反常的天气。警察总署的热门话题则是哪个同事在复活节做了什么，以及薪水调涨幅度小得可怜。日子一样过下去，仿佛一切照旧。

一切并非都照旧。

哈利坐在办公室里，脚搁在桌上，看着窗外的无云天际。退休的太太们戴着丑陋的帽子在早晨出游，占据整个人行道。小货车闯过黄灯。所有的细节让这座城市笼罩在一层假象之下，仿佛一切再正常不过。他一直纳闷：好像世界上只有我一个人不允许自己受到蒙蔽。爱伦下葬已过去近六个星期，但他往窗外看去，却看不到一丝改变。

门口传来敲门声。哈利并未答话，门还是打开了。进来的人是犯罪特警队队长莫勒。

"我听说你回来了。"

哈利望着一辆红色公交车驶入车站，公交车车身贴着斯德布兰德人寿保险广告。

"老大，你可不可以告诉我，"哈利问，"为什么他们管这叫人寿保险？卖的明明就是死亡保险。"

莫勒叹了口气，靠着桌边坐了下来。"哈利，你这里为什么连一把多余的椅子都没有？"

"人如果没坐下来，讲话会更快切入重点。"哈利依然望着窗外。

"你没来参加葬礼，哈利。"

"我得换衣服，"哈利说，更像是自言自语，而不是对莫勒说话，"我的确出了门，当我抬头看见四周聚集着一些悲惨的人，就以为我已经到了，直到我看见玛雅穿着围裙站在那里等我点喝的东西。"

"跟我猜想的差不多。"

一只狗在褐色草地上游荡，鼻子在地上嗅闻，尾巴翘得老高。至少还有人欣赏奥斯陆的春天。

"怎么回事？"莫勒问，"最近很少看见你。"

哈利耸耸肩。"我很忙。我家有个新房客，一只仅有一只翅膀的大山雀。而且我忙着坐在那里听答录机的留言。过去两年我收到的留言刚好可以录成一盘三十分钟的录音带，那些留言全都是爱伦留的。很悲惨，对不对？或许也没那么惨。唯一悲惨的是她打最后一通电话给我的时候，我却不在家。你知道爱伦找到那个人了吗？"

莫勒进来之后，哈利一直看着窗外，这时才转过头望向莫勒。"你还记得爱伦吧？"

莫勒叹了口气。"哈利，我们大家都记得爱伦。我也记得她在你的答录机里留的言，你还跟克里波的人说爱伦指的是步枪走私案的中间人。我们只是还没能逮到凶手，并不代表我们已经忘记她了，哈利。克里波和犯罪特警队已经侦查这件案子好几个星期了，我们几乎都没时间合眼。如果你来上班，就会看到我们查案查得有多努力。"莫勒话才说出口，立刻就后悔了，"我的意思不是说……"

"对，你就是那个意思，而且你说得很对。"哈利伸手揉了揉脸，"昨天晚上我在听爱伦的留言，其中有一则留言我不明白她为什么要留，说的全都是一些建议，比如她认为我应该吃些什么，结论是我应该多去喂喂小鸟，做完重量训练以后应该多做伸展运动，还要记得艾克曼和弗里森。你知道谁是艾克曼和弗里森吗？"

莫勒摇摇头。

"他们是心理学家。他们发现一个人微笑时，脸部肌肉会触发脑部的化学反应，让你对周围世界产生更多正面的态度，让你对自己的存在感到更满足。他们的研究只是证明了那句格言的正确：如果你对世界微笑，世界也会对你微笑。有好长时间爱伦让我对此信以为真。"哈利抬头望向莫勒，"够悲惨吧？"

"非常悲惨。"

两人露出微笑，坐着沉默不语。

"老大，我从你的表情看得出来，你来是有事要告诉我。什么事？"

莫勒跳下桌子，在办公室里踱起步来。

"那张三十四人的光头嫌疑犯名单中，只有十二人没有不在场证明，OK？"

"OK。"

"我们用在那顶帽子上采集到的皮肤微粒做了 DNA 化验，确定了帽子主人的血型，这十二个人当中有四个人符合。我们从这四个人身上采集血液样本，送去进行 DNA 化验，结果今天出来了。"

"结果怎样？"

"没有人符合。"

办公室陷入寂静，只听得见莫勒的橡胶鞋底发出的声音，每当他要转身，鞋底就会发出细微的叽叽声。

"克里波排除了爱伦的男朋友是凶手的可能性？"哈利问。

"我们也比对了他的 DNA。"

"所以说我们回到原点了？"

"可以这样说。"

哈利转头望向窗外。一群鹪鸟从大榆树上振翅飞起，朝西边的广场饭店飞去。

"会不会这顶帽子是用来误导我们的？"哈利说，"凶手在现场没有留下任何线索，还踢散了自己的脚印，怎么会笨拙地在距离被害人几米的地方掉了帽子？这说不通吧。"

"可能吧，可是帽子上的血迹是爱伦的，比对是符合的。"

那只在草地上嗅闻的狗又沿原路走了回来，哈利的目光被吸引过去。狗在草地中央停下脚步，鼻子贴着地面，犹疑不定，站了一会儿，然后才朝左边走去，离开哈利的视线。

"我们得追查那顶帽子，"哈利说，"还有有前科的人，清查过去十年所有曾经被控重伤害罪或曾因重伤害罪进过警局的人，包括阿克什胡斯郡的前科犯。一定要确定……"

"哈利……"

"什么事？"

"你已经不在犯罪特警队了，而且这件案子现在是克里波在办，你这样不是要我得罪他们吗？"

哈利默然不语，只是缓缓点头，视线停在艾克柏区的方向。

"哈利？"

"老大，你有没有想过你应该在别的地方？我是说，你看看这差劲的春天。"

莫勒停下脚步，微微一笑。"既然你问了，我就跟你说，我常常觉得如果能住在卑尔根一定很棒，对家人和孩子都很好，你知道的。"

"不过你还是个警察，不是吗？"

"当然。"

"我们当警察的对其他事又不拿手，你说对吧？"

莫勒耸耸肩。"可能吧。"

"可是爱伦对其他事也很拿手，我常常觉得她来当警察，抓那些调皮捣蛋的孩子，真是浪费人才。这种事像我们这种人来干就好了，用不着她来，你明白我的意思吗？"

莫勒走到窗前，站在哈利身旁。

"天气到五月就会好多了。"他说。

"嗯。"哈利说。

格兰区的教堂钟声响起，当当敲了两下。

"我来想想办法，看可不可以把哈福森安排到这件案子的侦查小组里。"莫勒说。

60

二〇〇〇年四月二十七日。外交部。

布兰豪格对女人的丰富经验告诉他，在极个别的情况下，如果他认为某个女人他不只是想要，而且一定要得到，可能的原因不外乎四个：她比其他女人更漂亮；她比其他女人更能给他性满足；她比其他女人更能让他觉得自己是男人；最重要的，她喜欢的是别的男人。

布兰豪格确定萝凯正是这种女人。

一月的某天他曾打电话给萝凯，借口是他想在奥斯陆的俄罗斯大使馆安排一位新武官，需要一份评估。萝凯说她可以寄一份备忘录过来，但布兰豪格坚持要她当面报告。那是周五下午，布兰豪格建议去洲际饭店的酒吧碰面，顺便喝杯啤酒。因此，布兰豪格知道了萝凯是个单亲妈妈。萝凯婉拒了他的邀约，说她得去托儿所接儿子。他爽朗地问："我想接小孩这种事，你们这一代的女人一定都有男人代劳吧？"

萝凯虽未正面回答，但从她的反应中，布兰豪格觉得她目前是单身。

他挂上电话时，对这些发现感到非常开心，尽管他多少有点恼怒，因为"你们这一代"这几个词，强调了他们之间的年龄差距。

接着他便打电话给梅里克，想不露痕迹地套出萝凯·樊科小姐的资料，但事实上他说的话距离"不露痕迹"太远，梅里克一听就知道他别有用心。

梅里克和往常一样，发挥消息灵通的特长。萝凯曾是布兰豪格所在的外交部的口译员，在驻莫斯科的挪威大使馆工作过两年。她曾和一个俄罗斯男子结婚。她的丈夫是个年轻的基因科学教授，不仅迅速掳获了她的心，还立刻将理论转为实际应用，让她怀孕。然而，这位教授天生就带有酗酒的基因，而且偏爱使用肢体语言来表达感受，因此她的幸福婚姻只维系了很短一段时间。萝凯并未像其他年龄相仿的女人那样陷入相同的错误。她不等待，不原谅，也不试着了解，第一拳挥出之后，她立刻抱着欧雷克走出家门。她丈夫的家族在当地颇具影响力，曾向法院申请孩子的监护权，若非萝凯享有外交豁免权，绝对无法顺利带着儿子离开俄罗斯。

梅里克说萝凯的丈夫已对她提出控告，布兰豪格依稀记起俄罗斯法院曾寄一封传唤令到他的信箱。但萝凯当时只是个口译员，于是布兰豪格指派下面的人处理此事，并未对萝凯的名字留下特别的印象。梅里克提到俄罗斯和挪威相关单位仍在仔细研究这件监护权官司，这时布兰豪格立刻中断他们的谈话，打电话给法律部。

布兰豪格打给萝凯的下一通电话，直截了当地邀请她共进晚餐，没有使用任何借口。萝凯客气但坚定地表示拒绝，布兰豪格便口述一封写给萝凯的信，最下方是法律部最高主管的签名。信中说，由于这件监护权官司已延宕许久，现在外交部"基于对欧雷克俄罗斯家族的人道立场考虑"，决定向俄罗斯当局让步。如此一来，萝凯和欧雷克就得遵从法院裁定，前往俄罗斯法院出庭。

四天后，萝凯打电话给布兰豪格，表示想跟他见面讨论一下私事。布兰豪格说他很忙，这也是事实，并问可不可以过几个星期再见面。萝凯请求布兰豪格尽快跟她见面，布兰豪格发现她谦恭有礼的专业口吻中带有一丝尖锐的音调。长久的沉默过后，布兰豪格说自己唯一空闲的时间是周五晚上六点，地点是洲际饭店的酒吧。

到了酒吧之后，布兰豪格点了金汤力，聆听萝凯叙述自己的遭遇，他认为萝凯的问题不过是一个母亲受到本能的驱使而觉得走投无路。他严肃地点点头，尽可能用眼睛表达同情，最后甚至大胆地将他父亲般慈爱的手，关切地放在萝凯的手上。萝凯全身僵硬。他表现得若无其事，说很遗憾以他的地位无法驳回部门最高主管的决定，但他当然会尽一切力量避免让她去俄罗斯法院出庭。他还提醒萝凯不要忘了她前夫的家族具有很强的政治影响力，而他也同样担心俄罗斯法院可能做出不利于她的判决。他坐在椅子上，出神地看着萝凯噙着泪水的褐色眼眸，觉得从未见过像她这么美的女人。随后他建议去餐厅共进晚餐，继续享受这个夜晚。她感谢并婉拒了邀请。他的后半夜只有威士忌酒杯和付费电视陪伴，绝对是个扫兴的结局。

第二天早晨，布兰豪格打电话给俄罗斯大使，说明挪威外交部针对欧雷克·樊科 – 高索夫监护权官司一案，有一些内部事宜需要讨论，可否将俄罗斯当局最新的要求寄来？俄罗斯大使从没听过这件案子，但答应会响应挪威外交首长的要求，并以急件寄出。一星期后，俄罗斯当局要求萝凯和欧雷克前往俄罗斯法院出庭的信函寄到，布兰豪格立刻将复印件寄给法律部最高主管，同时寄了一份给萝凯。这次萝凯第二天才打电话来。布兰豪格听过萝凯的陈述之后，表示要他影响此案有违外交准则，而且在电话里谈论这件案子不是明智之举。

"你知道，我自己没有小孩，"他说，"但是听你这样说，欧雷克应该是个很棒的孩子。"

"如果你见到他，你一定会……"萝凯说。

"这没有问题，我刚好在信封上看见你住在霍尔门科伦路，离这里近得很。"

他听见电话另一头传来犹豫的沉默，但心里很清楚形势对自己有利。

"明天晚上九点好吗？"

一段很长的沉默之后，才听见她的回答："六岁小孩到九点早就睡着了。"

两人改约六点。欧雷克和他母亲一样有一双褐色眼眸，而且是个规矩的乖孩子。然而令布兰豪格不快的是，萝凯咬住法院传唤令的话题不放，也不肯送欧雷克上床睡觉，让人很容易怀疑萝凯把儿子放在身旁沙发上是为了当挡箭牌。布兰豪格也不喜欢欧雷克盯着他的眼神。最后，布兰豪格终于明白，罗马不是一天建成的，但他站起来准备离去时，依然做了点尝试。他看着萝凯的眼睛说："萝凯，你不只是个美丽的女人，而且十分勇敢。我只想让你知道，我对你的评价非常高。"

他解读不出她脸上的表情，但仍决定冒险一试，倾身在她面颊上轻轻一吻。她的反应有点矛盾。她嘴角泛起微笑，感谢他的赞美，但眼神冷若冰霜，最后还加上一句："布兰豪格先生，真抱歉浪费你这么多时间，尊夫人一定在家里等你很久了。"

他的意思已经表达清楚，因此他决定给萝凯几天时间思考，却一直等不到她的电话。另一方面，俄罗斯大使写来一封信，要求反馈，布兰豪格明白他的询问激起了欧雷克监护权官司一案新的波澜。尽管令人遗憾，但事情既然发生了，他觉得没有理由不好好利用这个机会。于是他立刻打电话到密勤局找萝凯，告诉她这件案子的最新发展。

几周后，他再度来到霍尔门科伦路的大木屋。这栋木屋比他家的更大，色泽更深。对了，应该说他们家才对。这次相约的时间在欧雷克的就寝时间之后，萝凯跟他相处起来似乎放松了许多，他还把话题转到了比较私人的方面，这意味着当他说自己和妻子已升华到柏拉图式的精神关系时不会显得太唐突，他还说做人有时不必太过理性，应该跟随身体和内心。就在此时，门铃响起，打断了他们的对话，令他心生不悦。萝凯前去开门，回来时身旁跟着一个高大男子，头发极短，近乎光头，双眼布满血丝。萝凯向布兰豪格介绍那高大男子是她在密勤局的同事。布兰豪格觉得自己绝对听过他的名字，只是记不起是在什么时候、什么情况下听过。他立刻从心底厌恶眼前这男子的一切，他厌恶这人破坏自己的好事、厌恶他满口酒气、厌恶他坐在沙发上盯着自己却一言不发，跟欧雷克一个样子。但最令他厌恶的，莫过于萝凯的态度出现一百八十度大转弯，整个人焕发出光彩，还匆匆跑去泡咖啡，听了男子简短隐晦的回答，还恣意地放声大笑，仿佛男子的话语多么机智诙谐似的。萝凯阻止男子自己开车回家时，语气中流露出发自内心的关怀。唯一令布兰豪格感到些许宽慰的，是那人突然起身说要回家。男子离开后，外面立刻响起汽车发动的声音，这表示他起码还有点自知之明，知道应该开车撞死自己。然而男子对布兰豪格苦心经营的氛围所造成的伤害是无法弥补的，不久之后，布兰豪格也坐在自己的车里，打道回府。他坐在车里，脑中突然浮现那条规则，一个男人决心要得到一个女人的四个原因中最重要的那一条：她喜欢的是别的男人。

　　第二天，他打电话给梅里克，问那个高大短发的警员是谁，乍一听觉得惊讶，接着却大笑不已。原来那个男子正是被他晋升并分派到密勤局的人。命运就是这么爱捉弄人，但命运有时也取决于挪威外交部的决策。布兰豪格放下话筒，精神为之一振。他迈开大步，穿过走廊，去参加下一场会议，路上吹着口哨，不到七十秒就到了会议室。

61

二〇〇〇年四月二十七日。警察总署。

哈利站在他那间老办公室门口，看着一个年轻的金发男子坐在爱伦的椅子上。年轻男子非常专注地看着电脑屏幕，直到哈利咳嗽一声才惊觉门口有人。

"你就是哈福森吧？"

"对。"年轻男子说，面带询问的神情。

"斯泰恩谢尔市警局来的？"

"没错。"

"我是哈利·霍勒，我以前就坐在你那个位置，只不过坐的是另一把椅子。"

"那把椅子已经快散架了。"

哈利微微一笑："它就是那样。莫勒是不是请你去查爱伦·盖登命案的一些详细资料？"

"一些详细资料？"哈福森高声抗议说，"我已经马不停蹄连续工作三天了。"

哈利在他那把旧椅子上坐下，椅子已经被换到爱伦的办公桌前。这还是他头一次从爱伦的位置看这间办公室。

"你有什么发现，哈福森？"

哈福森蹙起眉头。

"别担心，"哈利说，"要这些数据的人就是我，你可以去问莫勒。"

哈福森的脸庞突然亮了起来。"啊对！你是密勤局的哈利·霍勒！抱歉，我上手有点慢。"他那张略带稚气的脸上画出一条大大的上扬弧线，"我记得澳大利亚那件案子，那是多久以前的事了？"

"有好一阵子了。我是在说……"

"哦对，名单！"哈福森用手指关节轻叩一沓打印纸，"过去十年因重伤害罪进过警局、被控告或定罪的人都在这里。超过一千人。这还算简单，要找出谁理光头就麻烦了。数据上没提到这个特征，可能得花好几个星期……"

哈利的背靠上他那把办公椅。

"我知道，可是犯罪记录上有使用武器的代码，你可以搜索枪械的代码，看看剩下几个。"

"其实我看见这么长的名单之后，就想这样建议莫勒。他们大部分都是用刀、枪或拳头。几小时后应该就可以列出新名单了。"

哈利站了起来。"很好，"他说，"我不记得我的内线电话号码了，你可以去查电话表。还有，下次你有好建议，不用迟疑，马上提出来。我们奥斯陆的人也没那么聪明。"

有点缺乏信心的哈福森听了暗自窃笑。

62

二〇〇〇年五月二日。密勤局。

大雨如注，猛烈地下了一整个早上，而后太阳出人意料地闪亮登场，刹那间将天空所有乌云燃烧殆尽。哈利坐在椅子上，双脚搁在办公桌上，双手枕在脑后，骗自己说，他正在思索马克林步枪走私案。其实他的思绪早已飘到窗外，沿着湿漉漉的柏油路面和电车轨道，滑行到霍尔门科伦区，来到云杉林荫下残余的灰色雪泥旁。萝凯、欧雷克和他三个人曾在那里的泥泞小路上跳跃，避开较深的水注。哈利记得他在欧雷克这个年纪时，周日也曾那样散步。那时他们走的路如果比较长，他和妹妹远远落后，父亲就会在较低的树枝上放一块块巧克力，妹妹至今仍坚信"速食午餐"牌巧克力是长在树上的。

头两次见面，欧雷克跟哈利没什么话说，但没关系，哈利也不知道该说什么。直到哈利在欧雷克的Game Boy掌上游戏机中发现俄罗斯方块游戏，毫不留情也毫不羞愧地使出全力打到四万多分，大胜一个六岁小男孩后，两人之间的隔阂才稍微化解。于是欧雷克开始问哈利一些办案的事，雪为什么是白的，以及其他一切问题。这些问题会让所有成熟的男人眉头紧锁，却也会让他们专注回答，以至于忘了害羞。上星期日，欧雷克发现一只换上冬季新毛的野兔，于是欢天喜地地跑到前头，留下哈利在后头握着萝凯的手。天气冷飕飕的，但两人心头暖烘烘的。他把她的手臂前前后后甩得老高，她转过头来朝他微笑，仿佛在说：我们是在玩游戏吧，这好像不是真的。他注意到一有人接近，她就变得紧张，他便会把手放开。后来他们在福隆纳区的山坡上喝热巧克力，欧雷克问，为什么现在是春天？

哈利邀请萝凯跟他共进晚餐。这已经是第二次了。第一次她说要想一下，后来回电拒绝。这一次她也说要想一下，但至少还没拒绝。

电话响起，是哈福森打来的，他听起来相当疲倦。"一百一十个使用武器犯下重伤害罪的嫌犯中，我已经查了七十个，目前为止有八个是光头。"

"你是怎么查到的？"

"我打电话去问的，凌晨四点很多人都在家，很令人惊讶吧？"

哈福森有点没自信地笑了笑，哈利则陷入沉默。"你打电话去问每一个人？"哈利问。

"当然，"哈福森说，"有的是打手机。真惊人，他们很多人都……"

哈利打断他的话："你直接要求这些暴力罪犯向警方提供他们现在的长相？"

"也不是，我说我们在找一个有一头红色长发的嫌疑人，问他最近有没有染发。"哈福森说。

"我不懂。"

"如果你是光头，你会怎么回答？"

"嗯，"哈利说，"斯泰恩谢尔市果然有几个精明的家伙。"话筒另一端传来紧张的笑声。

"把名单传真给我。"哈利说。

"我一回来就传给你。"

"回来？"

"我进来的时候，有个警员在楼下等我，说他要看这件案子的笔记。应该很紧急吧。"

"我以为现在是克里波在办爱伦命案。"哈利说。

"显然不是。"

"是谁要看？"

"好像叫什么乌拉之类的。"哈福森说。

"犯罪特警队没有人叫乌拉，是不是汤姆·瓦勒？"

"对对，"哈福森说，有些不好意思，又补上一句，"我有好多人名要记……"

哈利想出言训斥这个新来的年轻警察，竟然连对方叫什么名字都搞不清楚，就要把侦查数据拿去给别人看，但现在不是教训他的好时机。这小子已经连续熬夜三天，可能站都站不稳了。"干得好。"哈利说，就要挂上电话。

"等一下！你的传真号码是多少？"

哈利凝视窗外，艾克柏山的上空又有云层开始聚集。"电话表上查得到。"他说。

电话才挂上就又响了起来，是梅里克打来的，请哈利立刻去他办公室。

"新纳粹党的报告进度怎么样了？"梅里克看见哈利出现在走廊上，问道。

"乏善可陈。"哈利说着重重坐在椅子上。梅里克头上的挪威国王和王后垂眼瞧着哈利，"我键盘上的 E 键卡住了。"哈利补充道。

梅里克挤出微笑，跟照片中的挪威国王差不多，然后要哈利暂时把报告的事放在一边。"我需要你去办别的事。贸易公会的信息长刚刚打电话来说，有一半的贸易公会领导人今天都接到死亡威胁的传真，署名是88，也就是'希特勒万岁'的缩写。这已经不是头一次了，可是这次消息泄露给媒体了，他们已经开始打电话询问。我们追踪到死亡传真是来自克利潘的一台公共传真机，所以才认真看待这次的死亡威胁。"

"克利潘？"

"克利潘镇是赫尔辛堡东边五公里的一个小地方，居民有一万六千人，是瑞典最大的纳粹巢穴。那里的家族有一脉相承的纳粹血统，可以追溯至三十年代。挪威的新纳粹分子都会去那里朝圣和学习。哈利，我要你收拾行李准备出发。"

哈利有一种不祥的预感。

　　"我们要派你去做卧底，哈利。你必须渗透进当地的网络。你的任务、身份和其他细节，我们会再一点一点替你安排。请你做好长住的准备，我们的瑞典同人已经为你准备好住处了。"

　　"卧底，"哈利重复一次，简直无法相信自己的耳朵，"我不太懂怎么当间谍，梅里克，我是个警探，你不会忘了吧？"

　　梅里克的微笑退却，露出危险的表情。"哈利，你会学得很快，不会有问题的。你可以把这次任务视为有趣又有用的经验。"

　　"嗯，要多久？"

　　"几个月吧，最多六个月。"

　　"六个月？"哈利大吼。

　　"想法积极一点，哈利，你又没有家人的牵绊，没有……"

　　"小组里还有谁？"

　　梅里克摇摇头。"没有小组，只有你一个人，这样比较可靠，你直接向我汇报。"

　　哈利揉了揉下巴。"为什么要选我，梅里克？你这里有那么多渗透专家和极右派人士。"

　　"凡事总有第一次。"

　　"那马克林步枪呢？我们已经追踪到一个纳粹老兵，现在又有署名'希特勒万岁'的威胁，我在这里继续进行我的工作不是更好吗？"

　　"我已经决定了，哈利。"梅里克已懒得微笑。

　　这里面有种不正当的气味，哈利大老远就闻得出来，但他不知道那是什么，也不知道来自哪里。哈利站起身来，梅里克跟着站了起来。"过了这个周末就出发。"梅里克说，伸出一只手。

　　哈利觉得握手颇为奇怪，梅里克也察觉到了，脸上表情突然变得很不自然。但为时已晚，梅里克手已伸出，五指张开，无助地悬在半空中。哈利迅速地握了握他的手，化解了这个尴尬的场面。

哈利经过接待处的琳达，琳达大喊道信架里有他的传真，哈利顺手将传真拿了出来，一看原来是哈福森传来的名单。哈利浏览那张名单，在走廊上迈出沉重的脚步，心中估量着去瑞典南部一个小地方跟新纳粹分子交往六个月，对他有什么好处——对他保持清醒的头脑没好处；对他正在等待萝凯回复晚餐邀请没好处；对他想揪出杀害爱伦的凶手更是绝对没好处。他猛然停下脚步。最后一个名字……

名单上出现一个老朋友的名字，应该不至于让他感到惊讶，但这次感觉很不一样。这就像他拆开那把史密斯威森左轮手枪，清理后再次组装完成会听见的声音，一种顺畅的咔嚓声，告诉他每个部分都已嵌合到正确位置。

他回到办公室，立刻打电话给哈福森。哈福森记下他的问题，答应一有发现就会尽快回电。

哈利靠上椅背，耳中听得见自己的心跳。通常来说，把所有看似不相关的小线索拼凑起来并非他的专长。他一定是福至心灵。十五分钟后，哈福森打电话来，哈利觉得像是等了好几个小时。

"没错，"哈福森说，"鉴识人员在那条小路上采集到的靴子脚印中，有一组是四十五号的战斗靴。他们分辨得出是什么牌子，因为靴子还很新。"

"你知道谁会穿战斗靴吗？"

"哦，当然知道，战斗靴是经过北约组织认证的，很多人指名要穿，尤其是在斯泰恩谢尔市。我还看过几个英国足球流氓穿着战斗靴。"

"对。光头族。靴子少年。新纳粹分子。你找到照片了吗？"

"有四张，两张是在阿克尔小区工坊拍的，两张是一九九二年贝利兹青年中心外的示威照片。"

"他在照片里戴帽子吗？"

"戴，阿克尔的照片有。"

"是战斗帽吗？"

"我看看。"

哈利听见哈福森的呼吸冲击着话筒，噼啪作响。哈利在心中做了个无声的祈祷。

"看起来像贝雷帽。"哈福森说。

"你确定？"哈利丝毫不掩饰心中的失望。

哈福森十分确定。哈利大骂粗话。

"说不定靴子会有用处？"哈福森谨慎地提出。

"除非凶手是白痴，不然他早就把靴子丢掉了。他懂得把雪地上的脚印踢散，就已经说明他不是个白痴。"

哈利拿不定主意。他心头再次浮现一种感觉，突然，他心中确认了凶手是谁，但也知道这样很危险。危险的原因在于这让他排除了所有恼人的怀疑，排除了那些照片中细微可见的矛盾。而怀疑就如同一盆冷水，当你十分接近凶手时，一定不希望被泼一头冷水。过去哈利也有过如此确定凶手的经验，结果却不幸证明是误判。

哈福森开口了："斯泰恩谢尔市的警察都直接从美国订购战斗靴，所以能买到战斗靴的地方并不多。如果这双战斗靴几乎是全新的……"

哈利立刻明白了。

"很好，哈福森！你去查出谁会卖战斗靴，从出售军队剩余物资的商店开始查。然后拿照片去问，看有没有人记得卖过他一双战斗靴。"

"哈利……呃……"

"我知道，我会先取得莫勒的同意。"

哈利知道要找到一个记得所有买鞋客人的售货员，概率极低，但如果这个客人的脖子上有"胜利万岁"刺青，那么概率可能稍微高一点。反正去查吧，正好让哈福森学到命案调查工作有百分之九十是在浪费时间。哈利挂了电话，打给莫勒。犯罪特警队队长莫勒听完哈利的所有陈述后，清了清喉咙。"很高兴听见你跟汤姆终于有了交集。"他说。

"哦？"

"汤姆半小时前打电话给我，说的话跟你几乎一模一样。我准许他把斯韦勒·奥尔森带来署里问话。"

"哇。"

"绝对同意。"

哈利不知道接下来该说什么，莫勒问他还有什么事，哈利只是含糊地说了声"拜拜"，就挂上电话。他转头朝窗外看去，只见施怀歌德街已开始涌入高峰时段的人流车潮。他选了一个身穿灰色外套、头戴老式帽子的男子，把目光集中在他身上，看着他慢慢走过，最后离开自己的视线。哈利感觉自己的心跳已差不多恢复了正常。克利潘。他几乎已把克利潘抛到脑后，但这时它如同宿醉般朝他袭来。他心想，该不该拨打萝凯的内线电话？却又立刻否定了这个想法。此时，奇怪的事发生了。

他的眼角余光看见窗外有个物体正在移动，起初他分辨不出那是什么，只见那个物体迅速接近。他张开嘴，但脑部企图组织并喊出来的话语，未能抵达他的口腔。一声轻柔的"砰"传来，窗玻璃微微震动。他坐在椅子上，凝视窗玻璃上一块湿润的地方，一根灰色羽毛粘在那里，在春风中微微颤抖。他一动不动，接着抓起夹克，朝电梯跑去。

63

二〇〇〇年五月二日。毕雅卡区，库克利街。

斯韦勒调高收音机音量，一边慢慢翻阅母亲新买的女性杂志，一边收听新闻播报员讲述贸易公会领导人最近收到恐吓信的新闻。客厅窗户正上方的排水槽仍在滴水。斯韦勒高声大笑。那些恐吓信听起来像是罗伊·柯维斯那帮人搞的鬼，希望这次信里没有太多拼写错误。

他看了看表。今天下午赫伯特比萨屋一定爆满。他口袋里连半克朗也不剩，不过这星期他修好了家里那台威法牌旧吸尘器，老妈可能愿意借一百克朗给他。去他妈的王子！上次王子答应斯韦勒"再过几天"就会把钱给他，结果一转眼过了两个礼拜，这几天他的几个债主又开始放狠话威胁他了。最糟的是，他在赫伯特比萨屋的桌子被别人霸占了。看来丹尼斯汉堡店斗殴事件完全褪色只是迟早的事。

上次他在赫伯特比萨屋，心头就涌出一股无法抑制的冲动，想站起来大喊在基努拉卡区杀了那婊子女警的人是他。最后他奋力一戳，鲜血喷涌而出，那女人死在尖叫之中。他觉得没必要提到当时他不知道那女人是警察，也没必要提到他见到鲜血之后差点呕吐。

去他妈的王子！王子从头到尾都知道那女人是警察。

斯韦勒赚到了钱。没有人可以否认这个事实，但是他还能怎样？事后为了小心起见，王子禁止斯韦勒打电话给他，说是得先避避风头。

外面大门的铰链发出尖锐声响。斯韦勒站了起来，关上收音机，快步走进走廊。上楼梯时，他听见母亲踩在碎石道上的脚步声，然后进了自己房间。这时，母亲将钥匙插入门锁的丁零声响了起来。母亲在楼下找东西时，他站在卧室中央，端详镜中的自己。他抚摸自己的头皮，感觉仅一厘米长的头发如同刷子般摩擦手指。他下定决心，即使四万克朗拿到手，也要去找份工作。他讨厌待在家里，而且老实说，他也讨厌赫伯特比萨屋那些"同志"。他厌倦了跟那些前途迷茫的人混在一起。他在技术学院上过"强电"这门课，而且他擅长修理各种电器。很多电工都需要学徒和助理。再过几个星期，他的头发就会长长，盖住后脑的"胜利万岁"刺青。

是的，他的头发。他突然想起那天深夜接到的一通电话，一个带特隆赫姆口音的警察问他有关红头发的事。早上起来之后，他以为那是一场梦，直到吃早餐时母亲问怎么有人凌晨四点还打电话，他才明白那是真的。

斯韦勒的视线从镜子移到墙上。墙上有希特勒的照片、Burzum 黑金属乐队的演唱会海报、印有纳粹党徽的旗子、铁十字勋章和《血与荣耀》的海报，那张海报是约瑟夫·戈培尔①的老海报复制品。突然，他觉得自己的房间十足是个青少年的房间，这还是他头一次这么觉得。只需把瑞典白亚利安反抗组织的旗帜换成曼联队的围巾，把希姆莱的照片换成大卫·贝克汉姆的照片，就会让人以为这是个普通青少年的房间。

"斯韦勒！"老妈大吼。

他闭上双眼。

"斯韦勒！"

这声音挥之不去，永远挥之不去。

"什么事！"他的吼声充满了整个头部。

"有人来找你。"

来这里？找我？斯韦勒睁开眼睛，犹豫地看着镜中的自己。从来没有人来过这里。据他所知，没有人知道他住在这里。他的心跳开始加速。会不会又是那个说话带有特隆赫姆口音的警察？

---

① 约瑟夫·戈培尔（Joseph Goebbels, 1897—1945），德国政治家，曾担任纳粹德国时期宣传部长，被称为"宣传的天才"，并据希特勒遗书被任命为第三帝国总理。

他走向房门，这时房门突然打开。

"嘿，斯韦勒。"

春日太阳低低挂在天际，阳光穿过窗户从房门口洒了进来。他逆着强光看见一个人的轮廓站在门口，但他马上认出了说话的声音。

"见到我不开心吗？"王子在身后关上房门。他好奇地扫视墙上的装饰，"你这个地方真不赖。"

"她为什么让你进来？"

"因为我给她看了这个。"王子举起一张证件在斯韦勒面前晃动，证件上绘有挪威警徽，底色是金色和浅蓝色相间，证件另一面写着"警察"。

"哦，靠！"斯韦勒倒吸一口气，"这是真的吗？"

"谁知道？放轻松，斯韦勒。坐啊。"王子指了指床铺，自己则反坐在椅子上。

"你来干吗？"斯韦勒问。

"你说呢？"王子对着坐在床沿的斯韦勒露出微笑，"今天是算总账的日子。"

"算总账的日子？"

斯韦勒依然惊魂未定。王子怎么知道他住这里？还有那张警察证件。他看着王子，突然觉得如果王子是警察，倒真是像——梳理整齐的头发、冷酷的眼神、吸收大量阳光的古铜色脸庞、结实的上半身、黑色软皮短夹克、蓝色牛仔裤。他之前竟然都没注意到，真是奇怪。

"对，"王子依然微笑着，"算总账的日子终于来了。"他从夹克内袋里抽出一个信封，递给斯韦勒。

"也该是时候了。"斯韦勒说，露出转瞬即逝的紧张微笑，把手指伸进信封，"这是什么？"他问道，抽出一张折叠的A4纸。

"上面印有八个人的名字，犯罪特警队很快就会来找这八个人，而且一定会采集血液样本，送去进行DNA化验，比对你在犯罪现场掉的帽子上采集到的皮肤微粒。"

"我的帽子？你不是说你在车上找到我的帽子，还把它烧了吗？"斯韦勒惊恐地看着王子。王子摇摇头表示遗憾。

"我好像回过犯罪现场，那时候一对吓得半死的情侣正在等警察赶到，我一定是不小心把帽子'掉'在距离尸体只有几米远的地方了。"斯韦勒用双手来回抚摸自己的光头。

"斯韦勒，你看起来好像很困惑。"

斯韦勒点点头，想微笑，嘴角肌肉却不听使唤。

"你想不想听我说明一下？"

斯韦勒又点点头。

"杀警案向来被警方列为首要侦办案件，不管花多长时间，一定要抓到凶手才肯罢休。当被害人是我们自己人的时候，我们不择手段寻找线索，这是警察手册里不会写到的。这就是杀害警察的麻烦，负责这类案件的警察是不会放弃的，直到他们……"王子指向斯韦勒，"逮到凶手为止。一切都是迟早的事，所以我自作主张，推了办案的警察一把，好缩短侦办时间。"

"可是……"

"你可能会觉得奇怪，为什么我要帮警察找到你，因为你一定会把我供出来，好减轻自己的刑责，对不对？"

斯韦勒吞了口唾液。他试着去思考，但事情太多太复杂，他的头脑卡住了。

"我可以明白这一点很难让人想得通，"王子说，用手指抚摸挂在墙壁钉子上的铁十字勋章仿制品，"当然了，命案发生后，我可以开枪当场把你击毙，但这么一来，警察就会知道你有一伙想消灭证据的同伴，于是就会继续展开追查。"

王子从钉子上取下铁十字勋章项链，挂在自己脖子上。勋章吊在他的皮夹克前方。

"另一个做法是，我自己来'侦破'这件命案，在逮捕你的时候把你击毙，并且布置得像是你拒捕一样。问题在于，这样做看起来太高明也太可疑了，人家会想我怎么可能单独一个人侦破命案，而且我又是爱伦生前见过的最后一个人。"

他说到这里顿了顿，大笑几声。

"别害怕，斯韦勒！我只是告诉你这些是已经被我排除的做法而已。我认为可行的做法是坐在一旁观察，掌握办案进度，看着他们包围你，等他们一靠近你，我就跳出来接棒，跑完最后一圈。对了，追查到你的是密勤局的一个酒鬼。"

"你是……警察吗？"

"适合我吗？"王子指了指铁十字勋章，"我不是警察，当然不是。斯韦勒，我跟你一样是战士。一艘船必须要有无懈可击的隔水舱壁，否则只要有一丁点破洞，就会导致整艘船沉没。你知道我向你透露我的身份，代表什么意思吗？"

斯韦勒只觉得口干舌燥，已无唾液让他吞咽。他感到万分恐惧，担心自己性命不保。

"这表示我不能让你活着离开这个房间，你明白吗？"

"对，"斯韦勒声音嘶哑，"我……我的钱……"

王子把手伸进夹克，抽出一把手枪。"坐着别动。"王子走到床边，在斯韦勒身旁坐下，双手握住手枪，指向房门。

"这是格洛克手枪，世界上最可靠的手枪，昨天才从德国送来的，制造序号被锉平了，市价大约八千克朗，就当作首付款好了。"

格洛克手枪发出砰的一声，斯韦勒跳了起来，睁大眼睛看着房门上出现的小孔。阳光穿过小孔射入房间，犹如一道激光，光束中可见尘埃舞动。

"感觉一下，"王子把枪放在斯韦勒大腿上，起身走到房门旁，"紧紧握住。完美的平衡，对不对？"

斯韦勒不情愿地用手指圈住枪柄。他感觉到 T 恤下的肌肤泌出汗水。天花板有个洞。这时他想，都还没找水电师傅来，现在这颗子弹又打出了一个新的洞。接着他预料中的声音传来。他闭上双眼。

"斯韦勒！"

她听起来好像快淹死了。斯韦勒握住枪柄。她的声音听起来总像快淹死了。然后他睁开眼睛，看见王子在房门前以慢动作回过身来。王子扬起双臂，双手紧握一把浑圆黑亮的史密斯威森左轮手枪。

"斯韦勒！"

枪口喷出黄色火焰。斯韦勒眼前浮现母亲站在楼梯底端的景象。接着子弹击中他，钻入他的额头，从后脑穿出，透过"胜利万岁"刺青中"万岁"两个字，射入并穿出木质墙骨，穿过隔音层，停在石棉水泥外墙之前。斯韦勒一命呜呼。

64

二○○○年五月二日。库克利街。

哈利四处找咖啡，犯罪特警队一位警员从保温瓶里倒了一杯给他。他站在毕雅卡区库克利街一栋丑陋的小房子前，看着一个年轻警员爬上楼梯，标记子弹从屋顶穿出的小孔。好奇民众已开始聚集，为了安全起见，警察用黄色封带围绕现场拉起封锁线。梯子上那个年轻警员沐浴在午后阳光中，但底下那栋房子却黑暗空洞，哈利站在那里已开始觉得寒冷。

"案发过后没多久你就在这里了？"哈利听见身后有个声音问道，转过身来，见是莫勒。莫勒越来越少在犯罪现场露脸，但哈利听许多人说莫勒是个好警探，有些人甚至说应该准许莫勒继续到现场查案才对。哈利把自己的咖啡举到莫勒面前，莫勒摇摇头。

"对，大概五分钟之后到的。"哈利说，"是谁告诉你的？"

"中央总机。他们说汤姆报告发生枪击事件后不久，你就打电话要求支援。"

哈利转头望向门口停放的红色跑车。"我到的时候就看见汤姆的车停在这里。我知道他要来，所以不惊讶。可是我一下车，就听见可怕的号叫声。起初我以为附近有狗，后来我走上碎石路，才知道声音是从屋里传出来的。那不是狗的叫声，是人在喊叫。我不想冒险，所以打电话请求厄肯警区提供支援。"

"是他妈妈？"

哈利点了点头："她彻底吓疯了，我们花了半小时才让她冷静到能清楚说话的地步。韦伯还在客厅里问她话。"

"那个神经质的韦伯？"

"韦伯没问题的。他工作的时候有点沉闷，可是他很能应付处于这种状态的人。"

"我知道，我是开玩笑的。汤姆的心情呢？"

哈利耸耸肩。

"我知道，"莫勒说，"他是个冷冰冰的人。好吧，我们要不要进去看看？"

"我进去过了。"

"这样的话，你当向导吧。"

两人往一楼走去，莫勒沿路与许久不见的同事低声打招呼。

卧室里到处可见犯罪特警队的专门人员，闪光灯不停闪烁。黑色塑料布盖在床上，上面画出尸体躺卧的轮廓。

莫勒的目光在墙上游移。"天哪！"他低声说。

"斯韦勒·奥尔森的那一票没投给社会主义者。"哈利说。

"莫勒，你什么都别碰。"哈利认识的一位刑事鉴识组警监喊道，"你应该还记得上次发生的事吧。"

莫勒显然记得，他憨厚地笑了笑。

"汤姆进来的时候，斯韦勒坐在床上。"哈利说，"根据汤姆的说法，他站在门边，询问斯韦勒关于爱伦遇害那天晚上的事。斯韦勒假装记不起日期，所以汤姆又问了几个问题，才慢慢搞清楚斯韦勒没有不在场证明。根据汤姆的说法，他请斯韦勒跟他去警局做笔录，这时斯韦勒突然抓起一把左轮手枪，朝汤姆开枪。枪应该是藏在枕头底下的。子弹从汤姆肩膀上方飞过，穿过房门朝这里飞来，再从走廊穿出天花板。根据汤姆的说法，他立刻拔出警用左轮手枪朝斯韦勒射击，阻止对方继续开枪。"

"反应很快，枪法神准，我听说了。"

"正中额头。"哈利说。

"也没那么奇怪，去年秋天汤姆拿到了射击测验最高分。"

"你忘了我的成绩。"哈利语带讽刺地说。

"罗纳德，进展如何？"莫勒大声问道，转头朝一个身穿白衣的警监看去。

"很顺利。"白衣警监站了起来，呻吟一声，把背挺直，"我们在这里的石棉水泥墙上发现了击毙斯韦勒的子弹。射穿房门的那枚子弹穿过天花板飞出去了，我们得看看能不能找到那枚子弹，好让弹道组那伙人明天有东西可以玩。反正弹道情况符合证词。"

"嗯，谢谢。"

"不客气。你老婆最近好吗？"

莫勒述说妻子近况，却没问候白衣警监的妻子。哈利知道白衣警监目前没有老婆。去年刑事鉴识组有四个男同事在同一个月跟老婆离婚，大家在警署餐厅里还开玩笑说一定是满身尸臭惹的祸。

他们看见韦伯独自站在屋外，手里拿着一杯咖啡，望着梯子上的警员。

"还顺利吗，韦伯？"韦伯眯着眼朝他们望来，仿佛要先了解自己是否要费力气回答这个问题。

"她不会有事的，"韦伯说，又朝梯子上的警员望去，"当然她说自己不能理解怎么会这样，她儿子讨厌看到血什么的，不过这里发生的事实没什么疑点。"

"嗯。"莫勒伸手扶在哈利胳膊肘后方，"我们去散散步。"

两人沿着街道慢慢向前走。这个地区尽是小房子、小院子，街道尽头的区域是公寓。许多孩童涨红了脸，气喘吁吁，脚下啪嗒啪嗒地跑过他们身旁，争相去看转着蓝色灯光的警车。莫勒等他们走出其他人的听力范围，才开口说话。

"我们抓到杀害爱伦的凶手了，你看起来不太高兴。"

"呃，那要看你说的高兴是指什么。首先，我们还不知道是不是斯韦勒干的，要等 DNA 比对……"

"DNA 比对结果一定跟斯韦勒相符。你怎么了，哈利？"

"没什么，老大。"

莫勒停下脚步。"真的吗？"

莫勒把头侧向斯韦勒的家。"你是不是觉得一颗子弹就要了斯韦勒的命，太便宜他了？"

"我都跟你说没什么了！"哈利勃然大怒。

"说出来！"莫勒喝道。

"我只是觉得这件事实在太蹊跷。"

莫勒蹙起眉头："蹊跷？"

"像汤姆这样一个经验老到的警察……"哈利压低声音，一字一句缓缓说道，"竟然会单独接下任务，去找一个嫌疑人问话甚至实施逮捕，这打破了所有成文和不成文的规定。"

"你在说什么？你认为汤姆挑衅斯韦勒？你认为汤姆逼斯韦勒拿出手枪，好让他替爱伦报仇？是这样吗？所以你刚才满口都是'根据汤姆的说法'，好像我们署里一点都不相信同事说的话？还让一半的犯罪特警队同事全都听到？"

两人怒目相视。莫勒几乎和哈利一般高。

"我只是说这件事实在太蹊跷了，"哈利说，撇过头去，"仅此而已。"

"哈利，够了！我不知道你为什么追在汤姆后面赶来这里，也不知道你到底在怀疑什么，我只知道我不想再听到这件事，也不想再听到你含沙射影的任何事，听清楚了没？"

哈利的目光停留在斯韦勒家的黄色房子上。在这个下午，在这条宁静的住宅街区，那栋黄色房子比周围的房屋都要小，也不像周围的房屋那样围有高耸的篱笆。其他房屋的篱笆让这栋外墙为石棉水泥包覆的丑陋房子显得毫无防备，周围的房屋似乎都轻视这栋黄色房子。空气中闻得到篝火的酸味，远处毕雅卡赛马场播报员金属般的声音随风飘来又散去。

哈利耸耸肩："抱歉。我……你知道的。"

莫勒把一只手搭在哈利肩膀上："我知道，哈利。她最棒了。"

65

二〇〇〇年五月二日。施罗德酒吧。

老人正在阅读一份《晚邮报》，全神贯注地研究赛马的形势，忽然看见一个女服务生站在他桌旁。

"嘿。"女服务生在老人面前放下一大杯啤酒。一如往常，他并不回应，只是看着女服务生找钱给他。她的年龄不太容易看出来，但老人猜测在三十五到四十岁之间。她的面容看得出岁月用力刻画的痕迹，就如同她服务的这群客人一般。但她笑容很甜，可以一口气喝完一两杯啤酒。女服务生离去。老人举起玻璃杯，喝了一大口啤酒，然后环视整间酒吧。

他看了看表，站起身来，走到酒吧内侧的公共电话前，投下三枚一克朗硬币，按了号码，然后等待。铃声响了三声之后，电话被接起来。

"喂，你好。"

"辛娜？"

"对。"

老人从辛娜的声音中听出她感到害怕，她已经知道电话是谁打来的。这是第六次了，也许她已经看出其中的规律，知道老人今天会打电话来。

"我是丹尼尔。"老人说。

"你是谁？你想干什么？"辛娜呼吸急促。

"我说过了，我是丹尼尔。我只是想再说一次多年前你说过的话，你还记得吗？"

"请别这样，丹尼尔已经死了。"

"至死不渝，辛娜，至死不渝。"

"我要报警了。"

老人挂上电话，戴上帽子，穿上外套，慢慢走进阳光之中。圣赫根公园出现了第一个花苞。时候快到了。

66

二〇〇〇年五月五日。晚餐。

萝凯的笑声穿透了满座餐馆中嗡嗡不绝的说话声、餐具碰撞声和服务生忙进忙出的声音。

"……我看见答录机有留言,吓得半死,"哈利说,"你知道答录机有个小灯会闪烁,好像一个小眼睛,然后就听见你那威严的声音。"他压低嗓音。"我是萝凯,星期五晚上八点吃饭,别忘了要穿体面的西装,要带体面的皮夹。黑格听了都吓死了,我还得喂它吃两颗小谷粒,给它压压惊。"

"我才没那样说呢!"她大笑,不忘提出抗议。

"反正也差不多。"

"才怪!还不都怪你答录机上的提示语。"

她也压低嗓音学着哈利的语调说:"我是哈利,请给我留言。真的是太……太……"

"太有哈利风格?"

"一点也没错。"

这是一顿完美的晚餐、一个完美的夜晚,现在该是糟蹋它的时候了,哈利心想。"梅里克给我派了新工作,我得去瑞典执行卧底任务,"他说,玩弄着手上的法里斯牌矿泉水玻璃瓶,"得去六个月,过了周末就出发。"

"哦。"

哈利在萝凯脸上并未看见任何反应,感到惊讶。

"先前我打电话给妹妹和爸爸,告诉他们这件事,"他继续说,"结果爸爸说话了，还祝我一切顺利。"

"那很好。"萝凯脸上掠过一丝微笑，忙着看甜点菜单。"欧雷克会想念你的。"她低声说。

哈利看着她，但搜寻不到她的目光。

"你呢？"他问道。

她脸上掠过一抹苦笑。"他们有川味香蕉圣代。"她说。

"来两份吧。"

"我也会想念你。"她说，视线移到下一页菜单。

"有多想念？"

她耸耸肩。

哈利又问一次，然后看着萝凯吸了一口气，仿佛想说些什么，却又叹了一口气。跟着她又吸了口气，最后终于开口说道："抱歉，哈利，现在我生命里的空间只够给一个男人，一个六岁的小男人。"

哈利觉得仿佛有一桶冰水当头浇下。

"不会吧，"他说，"我没那么糟吧。"

她从菜单上抬起双眼，脸上带着古怪的神情。

"你跟我，"哈利说，俯身越过餐桌，"今天晚上在这里，我们是在调情，我们玩得很开心，可是我们要的不止这些，你要的不止这些。"

"可能吧。"

"不是可能，是很确定，你想要全部。"

"那又怎样。"

"那又怎样？那你就得告诉我你想怎样，萝凯。过几天我就要去瑞典南部一个鸟不生蛋的地方了，我不是个需要宠的男人，我只想知道等秋天我回来的时候，我们还会剩下什么？"

"抱歉，我不是故意要这样的。我知道这样说很怪，可是……另一个选项是行不通的。"

"什么选项？"

"做我想做的事，带你回家，脱光你的衣服，整晚跟你做爱。"

最后这句话说得又轻又快，仿佛这是她希望压到最后一刻才说的话，而当她说这句话时，必须完完全全照本宣科，说得直截了当，不加任何修饰。

"那么再一个晚上呢？"哈利说，"再几个晚上呢？那么明天晚上、后天晚上、下个星期呢？"

"别说了！"萝凯的鼻梁浮现愤怒的纹路，"哈利，你必须明白，这样是行不通的。"

"对。"哈利拍出一根烟，点燃，允许萝凯抚摸他的下巴、他的唇。她温柔的触摸犹如电击般冲击他的神经，最后留下麻木的痛。

"不是因为你的关系，哈利。有一阵子我以为自己可以重来一次。我经历过整个过程，两个成人，没有别人介入，简单明了。自从……自从欧雷克的父亲之后，我第一次对一个男人这么有感觉。所以不会只有一个晚上，这样……这样不好……"她陷入沉默。

"是因为欧雷克的父亲酗酒吗？"

"你为什么这样问？"

"我不知道，也许这可以解释为什么你不想跟我发展进一步的关系。倒不是说你得跟别的酒鬼交往过，才知道我不是个好对象，可是……"

萝凯把手放在哈利手上。"你是个好人，哈利。问题不在你。"

"那问题到底在哪里？"

"这是最后一次了，就这样，我不会再跟你见面了。"

她的眼睛望着哈利，哈利这才看见她眼角闪烁的泪光不是大笑过后留下的。

"那故事的后半段呢？"他问道，勉强挤出微笑，"是不是跟密勤局的所有事情一样，只有需要知道的人员才能知道？"

她点点头。

萝凯张开口，似乎想说什么。哈利看得出她快要哭了。她转而咬住下唇，把餐巾放在桌上，向后推开椅子，未发一语地起身离去。哈利坐在椅子上，怔怔地看着那条餐巾。她一定是把餐巾捏在手里好一阵子了，他想，因为那条餐巾已经被捏成了一颗球。他看着那条餐巾犹如一朵白色纸花缓缓舒展开来。

67

二〇〇〇年五月六日。哈福森的住处。

哈福森被电话铃声吵醒，数字闹钟的夜光数字显示凌晨一点三十分。

"我是哈利，你睡了吗？"

"还没。"哈福森不明白自己为什么说谎。

"我有几个想法，跟斯韦勒有关。"

从呼吸声和背景的车流声听得出哈利正走在街上。

"我知道你想知道什么，"哈福森说，"斯韦勒的战斗靴是在亨利易普森街的'最高机密'服饰店买的，售货员指认过他的照片，还可以提供购买日期。是这样的，克里波曾因为圣诞节前夕发生的侯格林命案清查过斯韦勒的不在场证明，今天我已经把数据全都传真到你办公室了。"

"我知道，我刚从办公室出来。"

"这个时间？你今天晚上不是约了人吃饭吗？"

"呃，提早结束了。"

"然后你还回去工作？"哈福森以难以置信的语气问道。

"对，我又回去工作了。我看了你的传真之后有几个想法，不知道你明天可不可以再帮我查几件事。"

哈福森呻吟一声。第一，莫勒非常明确地告诉过他：哈利跟爱伦命案一点关系也没有。第二，明天是星期六。

"哈福森，你在听吗？"

"在。"

"我想莫勒一定跟你说过些什么，别理他，现在你有机会可以多学一点警探的办案技巧。"

　　"哈利，问题是……"

　　"哈福森，别说话，听我说。"

　　哈福森在心里暗暗咒骂，闭嘴聆听。

68

二〇〇〇年五月八日。威博街。

刚煮好的咖啡香气飘到门口，哈利正在玄关把夹克挂在一个已挂满衣服的衣帽架上。

"谢谢你在这么短的时间内答应见我，樊科先生。"

"别客气，"辛德在厨房咕哝着说，"我这样的老人很乐意帮忙的，只要能帮上忙就好。"辛德把咖啡倒在两个大马克杯中，放在厨房餐桌上。哈利的指尖在沉重的深色橡木餐桌上来回抚摸。

"这桌子是在普罗旺斯做的，"辛德没等哈利发问便说，"我太太喜欢法国乡下的家具。"

"这张桌子很棒，你太太的品位非常好。"

辛德微微一笑。"你结婚了吗？还没？没结过婚？别拖太久哦，一个人生活会越来越困难的。"他笑了几声，"我知道自己在说什么。我结婚的时候已经超过三十岁，在我那个年代来说算是晚婚了。一九五五年五月。"辛德伸手指向餐桌旁的墙上挂着的一张照片。

"那真的是你太太？"哈利问，"我还以为是萝凯。"

"哦，当然是我太太，"辛德这才望向哈利，面带惊讶之色，"我忘了你是萝凯密勤局的同事。"

两人走进客厅。客厅里堆的纸张比上次哈利来时又增加不少，如今除了书桌前那把椅子，其他椅子全都被纸堆占据了。

"上次我给你的那些名字，你查出了什么吗？"辛德问道。

哈利粗略说明了自己的发现。"不过有新的事情发生，"他说，"有一个女警察被人杀害了。"

"我在报纸上看到了。"

"已经破案了。我们正在等待 DNA 化验结果。樊科先生，你相信巧合吗？"

"不太相信。"

"我也不相信。所以当我发现同样的人一直出现在看起来毫无关联的案子当中，我心里就会冒出疑问。爱伦遇害的那大晚上，她在我的答录机里留言说：'我知道我们要找的那个人是谁了。'她那时正在帮我调查从约翰内斯堡订购马克林步枪的中间人。当然了，这个中间人跟凶手不一定有关联，但是时机太巧了，尤其爱伦又急着找我。步枪走私案我已经查了好几个星期，那天晚上她打了好几通电话找我，口气又很激动，这可能表示她觉得生命受到威胁。"哈利伸出食指放在咖啡桌上。

"你给的名单里有一个人，侯格林·戴尔，去年秋天被人杀害。警方在侯格林陈尸的巷子里发现许多东西，其中最醒目的是一摊呕吐物。呕吐物的血型跟侯格林不符，而且一个超级冷血的专业级杀手是不可能在犯罪现场呕吐的，因此警方并未立刻把呕吐物跟命案的任何环节联系在一起。不过克里波刑事调查部为了排除呕吐物属于凶手的可能，还是把呕吐物的唾液样本送去进行 DNA 化验。今天稍早的时候，我的一个同事把呕吐物的 DNA 拿去跟我们在爱伦命案现场发现的一顶帽子上的 DNA 做比对，结果两者相符。"哈利停顿下来，望着辛德。

"原来如此，"辛德说，"你认为凶手可能是同一个人。"

"不，我不这么认为。我只是认为这两起命案可能有关联，而且斯韦勒两次都在命案现场并非巧合。"

"为什么两起命案不可能都是斯韦勒干的？"

"有可能两起命案都是他干的，可是斯韦勒使用的暴力手法跟侯格林被杀的冷血手法明显不同。你有没有见过球棒对人体造成的伤害？软质木棒可以击碎骨骼，导致肝脏和肾脏等内脏破裂，通常被害人的皮肤看起来像是毫发无伤，但是会死于内出血。侯格林则是颈动脉被划开，这种杀人手法会让鲜血喷出来，你明白我说的吗？"

"明白，可是我不懂你的意思。"

"斯韦勒的母亲跟我们说，斯韦勒晕血。"

辛德端起马克杯正要凑到嘴边，却在半空中停住，又放了下来。"对，可是……"

"我知道你想说什么——斯韦勒可能在杀了侯格林之后，因为看到血流满地而呕吐。不过重点在于杀害侯格林的凶手是个用刀的行家，法医在验尸报告上写道，凶手下刀有如外科手术般精准，所以只有精通此道的人，才有可能使出这种手法。"

辛德缓缓点了点头。"我想我知道你为什么来找我了。你想知道森汉姆的挪威军人当中，有谁能使得出这种杀人手法。"

"对，有这样的人吗？"

"有，"辛德握住马克杯，眼神飘向远方，"就是你没找到的那个人，盖布兰·约翰森。我跟你说过我们都叫他知更鸟，对不对？"

"你可以跟我多说说这个人的事吗？"

"可以，但我们得先多煮点咖啡。"

69

二〇〇〇年五月八日。伊斯凡路。

"谁？"门内传来一声轻喊，声音细小而恐惧。哈利透过磨砂玻璃可以看见她的身形轮廓。

"我是哈利·霍勒，我们刚刚通过电话。"

门打开一道缝隙。

"抱歉，我……"

"没关系。"

辛娜·尤尔敞开大门，让哈利走进门。

"尤尔出去了。"她露出抱歉的微笑。

"我知道，你在电话里说过，"哈利说，"其实我是想向你请教几个问题。"

"我？"

"可以吗，尤尔太太？"

尤尔太太领着哈利进来。她的铅灰色头发十分浓密，绾成个髻，再用一枚老式发夹固定。她浑圆的身体左右轻摆，令人联想到柔软的拥抱和美味的食物。

布雷抬起头，望着他们走进客厅。

"你先生一个人出去散步？"哈利问。

"对，咖啡馆不让狗进去。"辛娜说，"请坐。"

"咖啡馆？"

"他最近的习惯，"她微微一笑，"去咖啡馆读论文。他说他不坐在家里，脑筋转得比较快。"

"也许有点道理。"

"绝对有道理，而且还能做做白日梦吧。"

"你觉得会是什么样的白日梦？"

"这个嘛，我不知道。也许可以想象回到青春年华，在巴黎或维也纳的路边咖啡馆喝咖啡。"她脸上又掠过抱歉的微笑，"不说这个。要不要喝点咖啡？"

"好，谢谢。"

辛娜走进厨房。哈利细看墙上的装饰，见壁炉上挂着一幅年轻男子的肖像，身穿黑色披风。哈利之前来尤尔家并未注意到那幅肖像。披风男子的站姿稍嫌夸张，眼睛遥望画家身后远处的地平线。哈利走到肖像前，见上面嵌着一块铜质铭牌，写着：奥布雷嘉·康涅里·尤尔，1885—1969。医学顾问。

"那是尤尔的祖父。"辛娜说，端着一托盘的咖啡用具回到客厅。

"原来如此。你们有好多肖像。"

"对啊，"她放下托盘，"那幅肖像旁边是尤尔的外祖父沃纳·舒曼医生，他是伍立弗医院在一八八五年创立时的创办人之一。"

"这位呢？"

"尤纳斯·舒曼，国立医院的顾问。"

"那你的亲戚呢？"

辛娜困惑地看着哈利："什么意思？"

"你的亲戚在哪里？"

"他们……在别的地方。要加奶油吗？"

"不用，谢谢。"

哈利坐了下来。"我想问你一些'二战'时的事。"他说。

"不会吧。"辛娜冲口而出。

"对不起，不过这件事很重要，可以请教你吗？"

"我听听看吧。"她说着替自己斟上咖啡。

"'二战'时你是护士……"

"对,在东部战线。我是叛国贼。"

哈利抬起双眼,辛娜冷静地看着哈利。

"我们这些叛国贼大概有四百人,战后全被判刑。虽然国际红十字会曾经向挪威当局恳求终止所有刑事诉讼,我们还是被判了刑。挪威红十字会一直到一九九〇年才道歉。尤尔的父亲,就是照片里的那位,动用关系替我减刑……一部分原因是我在一九四五年春天帮助过两个反抗军男性成员,而且我从来没加入过国家集会党。你还想知道什么?"

哈利凝视自己的咖啡杯,突然想到奥斯陆有些较高级的住宅区竟如此安静。

"我想问的不是你的过去,尤尔太太。你还记得前线有一个挪威士兵叫盖布兰·约翰森吗?"

辛娜往后缩了缩。哈利知道他问对了人。

"你到底想知道什么?"辛娜问,面容紧绷。

"你丈夫没跟你说过吗?"

"尤尔什么事都不会跟我说。"

"原来如此。我正在查几个去过森汉姆并且上过前线的挪威军人。"

"森汉姆,"她轻声复述,"丹尼尔去过那里。"

"对,我知道你跟丹尼尔·盖德松订过婚,辛德·樊科跟我说过。"

"那是谁?"

"一个前线老兵,你丈夫认识的反抗军成员。辛德建议我找你问有关盖布兰的事。辛德中途叛逃,所以不知道盖布兰后来怎样了。不过另一个叫爱德华·莫斯肯的老兵跟我说,一枚手榴弹在战壕里爆炸,爆炸后的事他就不清楚了,但如果盖布兰活了下来,应该会被送到战地医院。"

辛娜的嘴唇在颤抖,布雷缓步走来,她把手指埋入布雷坚硬的厚毛中。

"我记得盖布兰,"她说,"丹尼尔从森汉姆写来的信和我在战地医院收到他写来的字条上，有时会提到盖布兰。他们两个人很不一样。我想，盖布兰就像他弟弟似的。"她微微一笑，"丹尼尔身边的男人大都会表现得像他弟弟。"

"你知道盖布兰后来怎么样了吗？"

"就像你说的，他后来被送到战地医院。那时我们的战区开始被苏联人攻陷，我军展开全面大撤退，医院在前线得不到医药补给，因为所有道路都被四面八方拥来的撤退车辆堵住了。盖布兰伤得很严重，尤其是他膝盖上方的大腿部位卡了一枚弹壳碎片。他的脚长满坏疽，面临截肢的命运，所以我们不再苦等永远送不到的医药补给，把他抬上车，让他跟随撤退车辆往西边去。我最后一次见到他是在卡车后车厢，他满脸胡须，身上盖着毯子。卡车轮胎陷入有半个车轮高的春泥里，他们花了一小时才绕过第一个弯道开上公路。"

布雷把头搁在辛娜大腿上，一双哀愁的眼睛看着她。

"那是你最后一次看见他或收到他的消息？"

辛娜缓缓端起精细瓷杯，凑上唇边，小啜一口，再放下杯子。她的手没怎么晃动，但微微颤抖。"几个月后，我收到盖布兰寄来的一张卡片，"她说，"里面写到有一些丹尼尔的个人物品，其中有一顶苏联军帽，据我所知，那好像是战争纪念品。他的笔迹不太容易辨识，但是伤兵写的信多半都是那样。"

"那张卡片，你还……"

她摇摇头。

"你记得那张卡片是从哪里寄来的吗？"

"不记得了，我只记得那个地址让我想到绿树和郊区，而且他康复了。"

哈利站了起来。

"这个叫辛德的人怎么会认识我？"她问道。

"这个嘛……"哈利不知道该怎么解释。

"所有的前线士兵都听过我的名字，"她说，嘴角泛起一抹微笑，"那个把灵魂卖给恶魔换取提前出狱的女人。他们都是这样想的吧？"

"我不知道。"哈利说。他知道该离开这里了。这里距离环绕奥斯陆的环路只有两条街，但实在太安静，像是在山里的湖畔似的。

"他们告诉我丹尼尔死了以后，"她说，"我就再也没见过他。"她的目光落在远方。"收到勤务兵替他转送的新年贺信之后，才过三天，我就在死亡人员名单中看见丹尼尔的名字。我不相信那是真的。我告诉他们我不相信，除非亲眼看见他的尸体。所以他们就带我去北区总队焚烧尸体的地方。我走进坟坑，踏过死尸，在一具具焦黑的尸体中寻找，查看一对对漆黑空洞的眼窝，可是没有一具尸体是丹尼尔。他们说要认出丹尼尔是不可能的，可是我说他们错了，他们又说丹尼尔可能被放在已经掩埋的坟坑里。我不知道，可是后来我再也没见到他。"

哈利清清喉咙，辛娜吓了一跳。

"谢谢你的咖啡，尤尔太太。"

辛娜送哈利来到门口。哈利站在衣橱旁，扣上外套扣子，情不自禁地在墙上挂着的照片中寻找她的容颜，但没找到。

"我们要告诉尤尔吗？"她问道，替哈利开门。

哈利诧异地看着她。

"我是说，我们要告诉尤尔我们谈过这件事吗？"她赶紧补充道，"说我们谈过'二战'和……丹尼尔？"

"呃，如果你不想告诉他，当然就不用说。"

"他会发现你来过。我们可不可以说你只是等他回来，后来你就去赴另一个约？"她露出恳求的眼神，但她眼神之中还蕴含着别的东西。

哈利一时说不出那东西是什么，直到车子开上铃环街，才恍然明白。他不得不打开车窗，让自由的、震耳欲聋的引擎怒吼声灌入车内。那是恐惧。辛娜在害怕什么？

70

二〇〇〇年五月八日。诺堡区，布兰豪格家。

布兰豪格用刀子轻敲水晶杯沿，向后推开椅子，用餐巾稍微擦了擦嘴唇，轻轻地清了清喉咙，唇边掠过一抹微笑，仿佛对即将向宾客发表的演说兴味盎然。今晚的来宾有警察总长安妮·斯托克森及其夫婿，以及梅里克夫妇。

"亲爱的朋友和同事。"布兰豪格余光看见妻子脸上僵硬的微笑，仿佛在说："抱歉，我们必须听他开讲，这不关我事。"

布兰豪格讲述的是友爱和共和，内容涉及忠诚的重要性和正能量的保护作用，因为民主总是容忍平庸、无责任感和领导层级的无能。当然，你不能期望民主选举选出的家庭主妇和农夫了解他们肩负的责任的复杂性。

"民主的回报就是民主本身。"布兰豪格说，这是他剽窃来的一句话，"但这不代表民主不需要付出代价。当我们任命钣金工人作为财政部长……"

他说话时有停顿，利用空当察看警察总长安妮的神情，见她正侧耳聆听自己的演说。他不时插一两句关于非洲前殖民地民主化过程中的俏皮话，他在那些地方出任过大使。这篇演讲在其他场合说过许多次，但今晚他自己并没有受到鼓舞。他的思绪飘到了别处，过去这几个星期，他的思绪一直在同一处打转，在萝凯·樊科身上打转。他对萝凯着了迷，有时他希望忘了萝凯。他为了得到萝凯已花费太多心思。

他想到自己最近使出的手段。若非梅里克是密勤局局长，这个手段不可能成功。他必须做的第一件事就是除去哈利·霍勒这个家伙，把他弄出奥斯陆，弄到一个萝凯与任何人都联络不到的地方。

布兰豪格打电话给梅里克，说他在《每日新闻报》的眼线说业界传言，去年秋天美国总统来访时发生了"某些事情"。他们必须立刻采取应对措施，以免太迟，因此必须把哈利藏到一个媒体找不到的地方。梅里克不也正有同样的想法吗？

梅里克只是发出"嗯"和"啊"的声音。布兰豪格坚持必须把哈利藏起来，至少藏到传言被人淡忘为止。老实说，布兰豪格一度怀疑梅里克不相信自己的话，而他的怀疑并非没有道理。几天后，梅里克打电话给他，说哈利已经被送到前线一个被上帝遗忘的地方，那个地方位于瑞典。布兰豪格高兴得抓耳挠腮。如今再没有什么可以破坏他为自己和萝凯所做的安排了。

"我们的民主政体就好像是个美丽的、脸上带着微笑而有点天真的女孩。事实上，社会上善的力量之所以会凝聚，跟精英主义或权力游戏一点关系也没有，这只是我们唯一的保护，保护我们的女儿——民主政体——不会受到侵犯，政府不会被恶势力控制。因此，忠诚，这个几乎被遗忘的美德，对我们这些人来说就显得非常重要而且不可或缺。是的，这个责任……"

众人移师到客厅宽阔的扶手椅上，布兰豪格传下一盒古巴雪茄，这是派驻哈瓦那的挪威领事送他的礼物。"这雪茄是古巴女人在大腿上揉制而成的。"布兰豪格眨了眨眼，悄声对安妮的丈夫说，但安妮的丈夫似乎不明白他的意思，只露出冷淡僵硬的表情。安妮的丈夫叫什么名字来着？他的名字是……老天，难道忘了？托·埃里克！对了，她丈夫叫托·埃里克。

"埃里克，要不要再来点干邑？"

埃里克抿着嘴淡淡一笑，摇了摇头。也许他是个苦行主义者，一星期要慢跑五十公里，布兰豪格心想。这个男人很单薄，身材、脸庞、头发，无一不是。布兰豪格在发表演说时，曾看见埃里克跟妻子交换眼神，仿佛在提醒妻子某个笑话，而这个笑话跟他的演说不一定有关系。

"明智的决定，"布兰豪格酸不溜丢地说，"安全总比后悔好？"

"布兰豪格，有电话找你。"

"艾莎，我们有客人。"

"是《每日新闻报》的人打来的。"

"我去办公室接。"

电话是新闻组一名女记者打来的，布兰豪格没听过她的名字。女记者的声音听起来相当年轻，布兰豪格在心里想象她的长相。女记者询问了今晚发生的示威游行。这场示威游行发生在托马斯海特街的奥地利大使馆外，抗议约尔格·海德尔①和极右翼自由党赢得选举，入主奥地利政府。女记者只想请布兰豪格发表几句简短的意见，登在早报上。"布兰豪格先生，您认为这是检视挪威和奥地利外交关系的适当时机吗？"

他闭上双眼。他们是来试探他的，这些记者不时会来试探他的口风，但彼此都知道他们讨不到什么好处，他经验非常老到。他感觉到自己已经有点醉意。他的头轻飘飘的，眼睛在眼皮里跳舞，但要应付记者绰绰有余。

"这是政治判断，不是我这个外交公务员可以决定的。"他说。电话那头沉默片刻。他喜欢女记者的声音。她有一头金发，他感觉得到。

"不知道以您丰富的外交经验，能不能预测挪威政府会采取什么行动？"

非常简单，他知道该如何回答。

我不预测这种事。

这回答恰如其分。一个人在他这个位子上不必多久，就会觉得自己已经把全天下所有问题都回答完了。年轻记者通常会以为他们的问题是第一次被提出来，因为这个问题他们花了半个晚上才想出来。他短暂的停顿会让他们印象深刻，但同样的问题他已经回答过数十遍。

我不预测这种事。

他很惊讶自己还没把这句话说出口。女记者的声音有种磁性，让他很

---

① 约尔格·海德尔（Jörg Haider, 1950—2008），奥地利人，著名政治家，政治立场极为右派，是纳粹德国的支持者。他领导的极右翼自由党曾于1999年经选举进入奥地利执政府，引发欧盟国家对奥地利的紧张情势。不久该党退出奥地利联合政府，再度成为在野党。

乐意多帮点小忙。以您丰富的外交经验，她如此说。他想问她，打电话给伯恩特·布兰豪格的主意是她自己想出来的吗？

"身为外交部最资深的公务员，我必须确保我们跟奥地利之间保持良好的外交关系。"他说，"很明显，我们都注意到了其他国家对奥地利发生的事所做出的响应，然而跟一个国家保持良好的外交关系并不代表我们认同这个国家发生的任何事。"

"不对，我们跟几个军事政权都保持外交关系，"电话那头回应，"您认为奥地利政府为什么会引发暴力示威游行？"

"我认为应该跟奥地利近年的历史有关。"他应该就此打住。这话说到这里就应该打住。"奥地利同纳粹主义颇有渊源，毕竟大部分的历史学家都认同在'二战'期间，奥地利实际上是希特勒领导的纳粹德国的盟友。"

"奥地利不是跟挪威一样是被占领的吗？"

他忽然想到他完全不知道如今学校对"二战"历史是怎么说的，显然学校教得很少。"你说你叫什么名字？"他问道，也许他真的喝多了。女记者说出她的名字。

"这个嘛，娜塔莎，在你打电话给别人之前，我先帮你一点小忙。你听过德奥合并吗？这表示奥地利不是被占领的，跟一般对这个名词的解读有所出入。德军在一九三八年三月进驻奥地利，没有遭到任何抵抗，直到'二战'结束都维持这种状态。"

"就跟挪威一样喽？"

布兰豪格大感震惊。娜塔莎的口气如此确定，对自己的无知没有一丝羞愧。

"不，"布兰豪格缓缓说道，仿佛在跟一个头脑迟钝的小孩说话，"跟挪威不一样。挪威人一直在抵抗，挪威国王和挪威政府迁到了伦敦，随时准备回归，同时制作广播节目……鼓励家乡的同胞。"他听出自己的措辞有点不恰当，随即补充说，"挪威全体人民肩并肩抵御外来侵略，只有少数挪威叛国贼穿上党卫队制服，上战场替德军作战，这些人是社会的败类，无论哪个国家都必须承认这种败类的存在。但是在挪威，善的力量凝聚而起，强有力的人士领导反抗运动，率先为民主政体铺路。这些人对彼此忠诚相待，根据战后的分析，是他们救了挪威。民主的回报就是民主本身。娜塔莎，请删掉我刚刚说挪威国王的那一段。"

"所以您认为跟纳粹党一起作战的人是败类？"

她真正想问的是什么？布兰豪格决定结束这段对话。"我只是说，那些在'二战'期间背叛祖国的人，应该对法官从轻量刑感到高兴。我在许多国家出任过大使，那些国家的叛国贼会被一一枪决，而我不敢说挪威没有枪决叛国贼是否正确。回到你想要的评论，娜塔莎，外交部对示威行动与奥地利新国会成员都不予置评。我这里还有客人，恕我无法继续说下去，娜塔莎……"他说了几句客套话，挂上电话。

布兰豪格回到客厅，见众人正准备离去。"这么快就要走了？"他露出微笑，但并未出言挽留。他觉得累了。

他送客人到门口，跟警察总长安妮握手握得特别用力，嘴上说只要有地方能帮得上忙，请随时来找他。工作上一切顺利，但是……

他睡前想到的最后一件事是萝凯，以及萝凯那个被他发配到远方的心上人。他带着微笑沉沉睡去，第二天醒来却头痛欲裂。

71

二〇〇〇年五月九日。腓特烈斯塔市到哈尔登市。

火车上的座位空着大半，哈利在窗边找了个位置坐下。

坐在他正后方的少女拔出随身听耳机，哈利听见歌手的声音，但乐器声难以分辨。他们在悉尼合作的监视专家曾向哈利解释，人耳在声音细微时，会放大人声的频率。

在所有声音归于寂静之前，你最后听见的声音会是人的声音，哈利认为这让人颇感欣慰。

雨滴在车窗上画出一道道颤抖的水痕。哈利凝望窗外平坦潮湿的土地。铁路旁的电线在电线杆间升起又落下。

腓特烈斯塔站台上有一个土耳其禁卫军乐团正在演奏，列车员跟哈利解释，说他们正在排练五月十七日独立纪念日的演出。"每年这个时间的星期二他们都会在这里表演，"列车员说，"乐团团长认为在四周都是人的地方彩排更实际。"

哈利在行李袋中塞了几件衣服。密勤局为他在克利潘镇准备的公寓很简单，但家具齐全，包括电视机、收音机甚至还有几本书。

"《我的奋斗》①之类的。"梅里克咧嘴说。

哈利没打电话给萝凯，尽管他可以打，最后听听她的声音。

"下一站是哈尔登市。"伴随着噼啪声，广播里传出带鼻音的播报声。这段播报说到一半，就被尖锐、刺耳而不和谐的火车刹车声打断了。

---

① 希特勒于1925年出版的自传，被视为纳粹的政治灵魂，许多国家禁止出版发行。

一个音调称不上不和谐，他心想，一个音调称不上不和谐，除非跟别的音调混在一起。即使连爱伦这样有乐感的人，也需要听一会儿才能从几个音调中听出音乐。即使连爱伦也不能百分之百确定地指出，在某个时刻，音调是不和谐的。这是错的，这是谎言。

然而这个音调在他耳中十分尖锐，表现出令人气恼的不和谐。他要去克利潘监视一个可能的传真发送者，而这份传真至今激起的不过是几份报纸的头条新闻而已。他看过今天的每一份报纸，四天前恐吓信的新闻还炒得沸沸扬扬，今天却已被淡忘。《每日新闻报》今天的头条是痛恨挪威的滑雪运动员拉瑟·许斯和外交部副部长伯恩特·布兰豪格，如果报上引述的话正确无误，那么布兰豪格是说，叛国贼都应该判死刑。

另一个音调也不和谐。也许是源于他的希望。萝凯离开餐厅时的眼神，几乎明确表示她亲手斩断了自己的爱意，任由他如同自由落体般坠落，除此之外她还留下八百克朗的账单，亏她还夸下海口说她会买单。这说不通。又或者说得通？萝凯去过哈利家，眼睁睁看过他灌酒，聆听他含泪述说一个他认识不到两年的身故同事，仿佛她是哈利唯一有过亲密关系的人。可悲呀。人类不应该看见彼此赤裸的样子。可是当时她为什么不当机立断，斩断情丝？当时她为什么不对自己说，这个男人只会带给她难以应付的麻烦？

一如往常，只要私生活变成沉重的负担，他就会逃到工作里。这是某类男人的典型代表，他在什么地方读过类似的话。这可能是为什么他会把整个周末都花在构思阴谋论及其细节上的原因，一股脑把所有元素——马克林步枪走私案、爱伦命案、侯格林命案——全丢进一口大锅之中，搅拌一番，熬出一锅臭气熏天的汤。可悲！

他的眼睛扫过面前那份摊开在折叠式餐桌上的报纸，目光停留在外交部副部长的照片上，只觉得这张脸有点面熟。

他用手揉揉下巴。根据经验，他知道当案情陷入胶着时，大脑会倾向于自行联想。马克林步枪走私案的调查已告结束。梅里克说得很明白，他已宣布本案不成立。梅里克要他去写新纳粹党的报告，潜伏到瑞典一群不成气候的青少年之中。这真是……去他妈的！

"……站台在列车左侧。"

如果他跳车，最糟的结果是什么？只要外交部和密勤局仍担心去年的收费亭误伤事件会泄露出去，他就不可能被开除。至于萝凯……至于萝凯那边，他不清楚。

火车发出最后的呻吟，停了下来，车厢变得安静。走廊外传来门被摔上的声音。哈利坐在位置上不动，耳中更清楚地听见随身听播放的歌曲。这首歌他听过很多次，只是不记得在哪里听过。

72

二〇〇〇年五月九日。诺堡区，洲际饭店。

突如其来的剧痛令老人措手不及。他屏息蜷曲在地上，把拳头塞进嘴里，防止自己尖叫。他保持这个姿势，试着保持清醒，承受着一波波光亮与黑暗的袭击。他睁开又合上双眼。天空在他上方旋转，时间仿佛加快了脚步：云朵加速飘过天际，星星在蓝天闪耀，白昼转为黑夜，再转为白昼、黑夜、白昼，最后又转为黑夜。阵痛结束后，他闻到身体下方潮湿泥土的气味，意识到自己仍然活着。

他保持相同的姿势，直到呼吸恢复正常。汗水湿透了他的衬衫。他翻过身，趴在地上，再度向下俯瞰那栋房子。

那是一栋深色原木大宅。他从早上就趴在这里了，知道这时房子里只有妻子一个人在家。然而房子一楼二楼的灯全都亮着。她一发现黄昏降临，就走遍整间屋子，把灯全都打开。根据这个行为，他推测她应该怕黑。

他自己也怕，但不是怕黑，他从不怕黑，他怕的是时间的加速流逝，也怕那剧痛。那种剧痛对他来说是一种全新的体验，而他尚未学会如何控制它，也不知道自己能否控制它。而时间呢，他只能尽量不去想癌细胞正在分裂、分裂、分裂。

天际浮现一轮苍白明月。他看了看表：七点三十分。不久天色就会变得太暗，只能等到早上，如此一来他就得在这里露宿一晚。他看着自己做的防风小屋。防风小屋由两根 Y 形树枝构成，他把这两根树枝插入泥土，只留半米突出地面。两根树枝之间架着一根剥去树皮的松树枝。他又砍下三根长树枝，放在松树枝旁的地上。他在这个结构上方铺上一层厚厚的云杉小树枝，这样就有了屋顶可以避雨保暖，同时也能避免自己被意外走上小径的路人发现。他花了不到半小时就搭好了这个防风小屋。

他估计自己被行人或附近居民看见的可能性微乎其微。要从将近三百米外，在云杉密林的树干之间发现这个防风小屋，必须要有过人的眼力才行。为了安全起见，他在整片空地上铺满云杉小树枝，还在步枪枪管上缠了布条，以免午后低垂的太阳照射到钢质枪管，产生反射。

他又看了看表。那男人哪里去了？

布兰豪格转动手中酒杯，再次看表。她跑哪里去了？

他们约好七点三十分见面，现在都已经七点四十五分了。他把杯中的威士忌喝完，拿起酒瓶又斟了一些。这瓶约翰逊牌爱尔兰威士忌是客房服务人员送来的。爱尔兰也只出了这么一样好东西。他又斟了一些威士忌。今天是乌烟瘴气的一天，《每日新闻报》的头条让他的电话响个不停。虽然他接到了不少支持电话，最后还是打电话给《每日新闻报》的新闻主编，他大学时期的老友，说明他的话被错误引用了。他答应向对方提供外交部部长在欧洲金融委员会会议上捅出大娄子的内部消息，作为交换条件。主编请布兰豪格给他一点时间考虑。半小时后，主编回电，表示这个娜塔莎是新来的记者，她已经承认自己可能误解了布兰豪格的意思。报社方面不会发出免责声明，但也不会继续追踪这则报道。损害控制进行得很成功。

布兰豪格豪饮一口，让威士忌酒液在口中翻滚，浓烈但温醇的芬芳深入他的鼻腔。他环顾四周。他曾在这个房间度过多少个夜晚？有多少次他在这张稍软的特大号床上醒来，由于前晚多喝了几杯而略感头痛？有多少次他请身边的女伴——若女伴还躺在身边——搭电梯到一楼的早餐餐厅，再走楼梯到大厅，这样她看起来像是参加完早餐汇报离开，而不是从客房离开。这样做只是为了安全起见。

他又斟了一些酒。

萝凯就不一样了。他不会叫萝凯搭电梯到早餐餐厅。

门口传来轻轻的敲门声。他站起来，再看一眼金黄相间的特制床罩，心中微感恐惧，但他立刻把恐惧推到一旁，四步走到门前。他在玄关镜子中检视自己的仪容，用舌头扫过亮白的门牙，用手指蘸点唾液顺了顺眉毛，然后打开房门。

她倚在墙边，外套扣子没扣，里面是一件红色羊毛衫。是他要求她穿红色衣服前来的。她眼皮沉重，给了他一个扭曲的假笑。布兰豪格十分诧异，他从来没见过她这样子。她一定是喝了酒或吃了什么药。她冷淡地打量他几眼，用他几乎认不出来的声音，咕哝着说她差点找不到地方。他挽住她的手臂，但被她甩开了，他只好用手扶着她的背，引导她走进房间。她一进房间就在沙发上瘫坐下来。

"喝酒吗？"他问道。

"麻烦你。"她含糊不清地说，"要我马上脱光吗？"

布兰豪格替她斟了杯酒，并不答话。他知道她玩的是什么把戏。倘若她以为作践自己就可以坏了他的兴致，她可就大错特错了。他的确更喜欢她扮演成他在外交部的爱情俘虏，做个无法抗拒充满自信的男性魅力而爱上上司的天真女孩，然而最重要的是她屈服在他的欲望之下。他已经很老了，不再相信浪漫。现在他们之间唯一的隔阂是他们各自追求的东西：也许是权力，也许是事业，也许是孩子的监护权。

外交部副部长这个职位会令女人迷恋，这并不令他感到困扰，毕竟他自己也是一样。他可是伯恩特·布兰豪格，外交部的副部长。天哪，他努力了一辈子才坐上外交部副部长这个位子。就算萝凯想用药物麻痹自己，把自己搞得像妓女，也无法改变这个事实。

"抱歉，我非得到你不可。"他说着在她酒里放了两个冰块，"一旦你认识我，就会更理解我。不过让我先给你上第一课，让你知道我工作的动力是什么。"

他把杯子递给她。

"有些男人一辈子都在地上爬，为找到碎屑而满足。我们这样的男人站起来用两条腿走路，走到桌子旁边，正当地占有一席之地。我们是男人中的少数，因为我们的生活方式偶尔需要表现残暴，而残暴需要力量。我们必须从社会民主主义和平均主义的教育方式中挣脱出来。如果要在力量和在地上爬之间做选择，我宁愿打破短视的道德主义，道德主义无法在特定背景中定义个人行为。我内心深处相信，有一天你会因为这些而尊敬我。"

她不发一语，只是将手中那杯酒一饮而尽。

"哈利对你不构成威胁，"她说，"他跟我只是好朋友而已。"

"我想你在说谎，"他说，不情愿地在她递来的酒杯中又斟上酒，"而且我必须独自拥有你。请不要误会，当我开出条件，要你立刻跟哈利断绝联络，并不是出于嫉妒，而是基于纯粹原则。反正不管梅里克把他派到瑞典还是其他地方，他在那里待上几个星期也不会有什么伤害。"布兰豪格咯咯笑了几声。"你为什么那样看着我，萝凯？我又不是大卫王，而且哈利……对了，大卫王命令将军派到前线的那个人叫什么名字？"

"乌利亚。"她低声说。

"没错，乌利亚死了，对不对？"

"不然就没什么故事好讲了。"她对着酒杯说。

"不错，可是这里没有人会死。而且如果我没记错的话，大卫王和拔示巴后来过着幸福快乐的生活，不是吗？"布兰豪格在萝凯身旁的沙发上坐下，用手指抬起萝凯的下巴，"告诉我，萝凯，你怎么知道这么多《圣经》故事？"

"成长的教育环境好。"她说，撇开她的头，拉起衣服，从头上脱了下来。

布兰豪格看着她，吞了口唾液。她很有吸引力，里面穿的是白色内衣。他特别要求她穿白色内衣。白色内衣衬托出她肌肤的金黄色光辉，完全看不出她生过孩子。但事实上她生过孩子，还为孩子哺乳，这些在布兰豪格眼中都让她更具魅力。她完美无瑕。

"我们不赶时间。"他说，把手放在她膝盖上。她的脸并未露出任何情绪，但他感觉她在躲避。

"随便你怎样都行。"萝凯耸耸肩说。

"你想不想先看一封信？"他的头朝一个褐色信封侧了侧。信封躺在桌子中央，上面有俄罗斯大使的封印。那是俄罗斯大使卫丁米尔·亚力山德罗夫写给萝凯·樊科的一封短信，告知她先前俄罗斯当局请她代表欧雷克·樊科－高索夫出席监护权听证会的传票已经取消，由于法庭案件积压过多，这场听证会目前无限期延期。要拿到这封信并不简单。布兰豪格不得不提醒俄罗斯大使还欠自己几个人情，除此之外，布兰豪格答应俄罗斯大使做一些事，其中几件几乎达到外交部部长才能批准的层级。

"我相信你，"她说，"我们赶快把事情办完好吗？"

他扇了她一耳光。她没有眨眼，只是晃了几下脑袋，仿佛脑袋连接在布娃娃身上。布兰豪格揉揉手掌，若有所思地注视着萝凯。"萝凯，你不笨，"他说，"你应该知道这只是暂时的安排，再过六个月这件案子才会度过追诉期，只要我打一通电话，新的传票随时都可以寄来。"

萝凯怒视布兰豪格，布兰豪格终于在她死寂的眼神中看见一丝生命力。

"我想这个时候你应该道歉。"他说。

她的胸口上下起伏，鼻孔微微颤抖，眼眶慢慢湿润。

"怎么样？"他问。

"对不起。"她的声音细若蚊鸣。

"大声点。"

"对不起。"

布兰豪格眉开眼笑。"这样才对嘛，萝凯。"他替她擦去脸颊滑落的一滴泪，"好了，你只要了解我就好了。我希望我们能交个朋友，你明白吗，萝凯？"

她点点头。

"真的？"

她吸吸鼻涕，又点点头。

"太好了。"

他站起身来，解开皮带扣。

这天晚上特别寒冷，老人钻进了睡袋。虽然他躺在厚厚一层云杉树枝上，地面散发的寒气依然穿透他的身体。他的双脚冻到僵硬，不时还得左右翻身，以免上半身也失去知觉。

那栋大宅的窗户依然亮着灯，但现在外面一片漆黑，以至于他透过步枪瞄准器能看见的东西已经不多。但情况还不全于到绝望的地步。面对森林的车库入口那盏小灯是亮着的，只要那男人今晚回家就好。老人透过瞄准器向外望去。那盏小灯虽然没发出太大亮光，但车库门颜色很浅，足以让他清楚分辨那男人的身形。

老人翻过身，背朝下躺着。这里很安静，他听得见车子驶来的声音，前提是他没睡着。胃部发作的剧痛榨干了他的体力，但他不能睡。过去他执勤时从未睡着过。一次也没有。他感觉得到心头那股恨意，并用恨意温暖自己。这股恨意很不一样，它不像另一股恨意缓缓燃烧着稳定的火焰，一烧可以烧上许多年，烧去并清除杂念，创造出洞察力，让他看得更清楚。这股新的恨意燃烧得如此猛烈，让他不知道究竟是自己控制了仇恨，还是仇恨控制了自己。

他透过云杉林的间隙，望着上方的星空。四周寂静无声。那么静。那么冷。他就快死了。他们都会死。这样想很好，他试着把这个想法牢记在心里，然后闭上眼睛。

布兰豪格看着天花板的水晶吊灯，水晶映照着窗外的"蓝点"品牌广告牌。那么静。那么冷。

"你可以走了。"他说。

他没看她，只听见羽绒被掀开的声音，然后下陷的床铺回升。接着他听见穿上衣服的声音。她没说一句话。他触碰她时，她没说一句话。他命令她抚摸自己时，她也没说一句话。她躺在床上，四肢大张，眼神黑洞洞的。黑暗中带有恐惧与怨恨。那黑洞洞的眼神令他非常不舒服，以至于他没能……

起初他忽视她的眼神，等待感觉出现，心中想着他拥有过的其他女人，这一套向来都很管用。但感觉一直没上来。过了一会儿，他命令她停止抚摸，没有理由让她来羞辱自己。

她像个机器人般听从命令，让自己遵守诺言，不多也不少。欧雷克的监护权官司还有六个月才丧失时效，时间多的是。没必要太心急。还会有其他日子，其他夜晚。

他回到了原点，显然他不应该喝酒。酒令他麻木，令他对萝凯或他自己的抚触都没有反应。

他命令她进入浴缸，替两人倒了酒。热水，肥皂。他长篇大论地述说她有多美丽。她一言不发。那么静。那么冷。最后连热水也冷了。他替她擦干身体，又带她躺回床上。泡过澡后，她的肌肤变得有些粗糙干涩。她开始颤抖，他感觉到她终于开始有了回应。他的手往下移，再往下移。接着，他再度看见她的眼睛。又大又黑，一片死寂。她的眼睛死盯着天花板。魔法再度失效。他想打她耳光，把生命拍进那对死寂的眼睛里。他想用掌心掴她，看着她的肌肤发热、发红。

他听见她从桌上拿起那封信，打开包的扣环。

"下次我们少喝点酒。"他说，"你也是。"

她没回答。

"下个礼拜，萝凯，同样的地方，同样的时间。你不会忘记吧？"

"我怎么会忘记？"她说。房门关上，她已离去。

他站起身，给自己又调了一杯酒。约翰逊威士忌加水，最佳良方。他缓缓啜饮威士忌，又躺了下来。

再过不久就是午夜。他闭上眼睛，但睡意不来。他听见隔壁房间有人打开付费频道。听起来应该是付费频道，那些呻吟声栩栩如生。又听见警车的鸣叫声划破黑夜。可恶！他辗转反侧。这张软床已经睡得他背部僵硬。

他在这里老是睡不好，不只是床的问题。这间黄色套房永远是饭店客房，是个陌生的地方。

他跟妻子艾莎说他要去拉尔维克市开会。一如往常，艾莎问起时，他说记不起他们下榻旅馆的名字，不知道是不是里嘉饭店？如果会议很晚才结束，他会打个电话，他如此说道。但你也知道这些深夜晚餐是怎么回事，亲爱的。

艾莎没什么好抱怨的。布兰豪格给她的生活，以她的背景来说是难以奢求的。托布兰豪格的福，艾莎得以环游世界，前往世界上最美丽的城市，住在奢华的大使官邸，周围总有一群仆人侍候。她可以学习外国语言，认识新奇刺激的人。她这辈子要做什么事，不需要动一根手指头，也没工作过一天，若突然要她靠自己生活，她会不知所措。布兰豪格是她存在的基础，是她家庭的基础，总之，布兰豪格是她的全部。因此，布兰豪格并不在意艾莎可能会怎么想或不怎么想。

然而当下布兰豪格想的却是艾莎。他应该在家跟她躺在一起的，如此便有一具温暖熟悉的身体倚着他的背，有一只手臂环抱着他。是的，经过这些冷冰冰的对待，来点温暖总是好的。

他又看了看表。他可以说晚餐提早结束了，他决定开车回家。不仅如此，她还会很开心，她最讨厌夜里一个人待在那栋大房子里。

他躺在床上聆听隔壁房间传来的声音。然后他下床，迅速穿上衣服。

老人不再年老。他正在跳舞，跳的是华尔兹，她把脸颊倚在他脖子上。他们跳舞跳了很久，两人都汗流浃背。她的肌肤滚烫地烧灼着他。他感觉得到她在微笑。他希望就这样继续跳着舞，就这样抱着她，直到整栋房子烧成灰烬，直到时间凝止，直到他们睁开眼睛，发现已来到另一个国度。她轻声说了几句话，却被音乐声淹没。

"什么？"他说，弯下了头。她把嘴唇贴在他的耳际。

"你得醒来了。"她说。

他猛然睁开眼睛，对着黑夜眨了眨眼，跟着便看见他呼出的白色雾气矗立在他眼前。他没听见车子驶来的声音。他转过身，低低呻吟一声，努力把手臂从身体下方抽出来。吵醒他的是车库门开启的声音。他听见引擎加速声，正好看见那辆蓝色沃尔沃轿车被漆黑的车库吞没。他的右手臂麻了。再过几秒，那男人就会走出来，站在小灯之下，关上车库门，然后……到那时就太迟了。

老人焦急又笨拙地拉开睡袋拉链，抽出左臂。肾上腺素在他血管里奔驰，但睡意迟迟不肯退去，像一层脱脂棉蒙住所有声音，并让他视线模糊。他听见车库门关闭的声音。

他已从睡袋里抽出两只手臂。幸而今晚星光满天，有足够亮光让他迅速找到步枪，放定位置。快！快！他的脸颊抵上冰冷的步枪枪托。他眯起眼睛，透过瞄准镜向外看去。他眨了眨眼，竟然什么也看不见，他赶紧伸出颤抖的手指，拿下缠在瞄准镜上的防霜布条。有了！脸颊抵上枪托。现在呢？车库失焦了，一定是碰到测距仪了。他听见车库门发出砰的一声，关了起来。他转了转测距仪，下方那男人进入焦距。只见那男人身材高大，肩宽膀阔，身穿羊毛外套，背对他站立。老人眨了两下眼睛。那场梦仍如同薄雾般弥漫在他眼前。

他想等男人转过身，确定是那个人才开枪。他的手指勾在扳机上，小心翼翼地压着。如果他用的是自己受训操作多年的步枪会容易得多，他的身体已记住扳机的压力，所有的操作都已化为条件反射。他把注意力集中在呼吸上。杀一个人并不困难，只要受过训练就不难。一八六三年的盖茨堡之役在空旷野地上展开，相距五十米之处，两队由新兵组成的阵营站着向对方开枪射击，射击了好几轮，却没有一个人中枪。原因不在于他们枪法差，而在于他们瞄准的都是敌人头顶上方。他们只是尚未跨过杀人门槛而已，一旦你开过杀戒……

车库前的男人转过身，似乎直接往老人的方向望来。那就是他，毫无疑问。男子的上半身几乎填满瞄准镜。老人脑子里的迷雾开始散去。他屏住呼吸，缓缓地、冷静地增加扳机上的压力。第一发一定要命中，因为除了车库小灯的那一圈光晕，其他地方都是漆黑一片。时间停止。伯恩特·布兰豪格已与死人无异。老人的脑子异常清醒。

这也是为什么他心中刚感到某个环节出错不到千分之一秒，他就知道错在哪里。扳机扣不下去。老人扣得更用力些，扳机依然不动。是保险栓。老人知道为时已晚。他的大拇指找到保险栓，将保险栓扳开，再从瞄准镜望出去，却见那圈光晕中已空荡无人。布兰豪格已离开那圈光晕，走向大宅另一侧面对马路的前门。

老人眨了眨眼，心脏在肋骨内猛烈跳动，如同榔头般敲击胸腔。疼痛的肺部呼出一口气。他竟然睡着了。他又眨了眨眼，只见四周似乎弥漫着一层薄雾。他失败了。紧握的拳头朝地面猛捶一记。第一滴热泪滴上手背时，他才知道自己哭了。

73

二〇〇〇年五月十日。瑞典，克利潘镇。

哈利从睡梦中醒来。

过了一会儿，他才知道自己身在何方。他一走进这个公寓房间，立刻就发现这根本不是个可以睡觉的地方。卧室和外面繁忙的街道之间只隔着一道薄墙和一片玻璃窗。但街对面的超市晚上打烊后，整条街却似乎陷入一片死寂，路上没有一辆车经过，当地居民似乎全被黑夜吞噬。

哈利去超市买了一张大比萨回来，放进烤箱加热。他心想，坐在瑞典吃挪威生产的意大利食物，真是怪异。吃完比萨，他打开积满灰尘的电视。电视就放在角落一个啤酒箱上。电视显然有点故障，每个人脸上都发出诡异的绿光。他坐着看电视播放纪录片。一个小女孩替哥哥开了个人信箱，哥哥在二十世纪七十年代环游世界各国，她整个童年都在收哥哥寄来的信。哥哥从无家可归的巴黎街头、以色列的集体农场、穿越印度的火车、几乎要走投无路的哥本哈根寄信给她。纪录片制作得十分简单，播了几段短片，用的多半是静态照片，再配上旁白，是个奇怪、忧郁又哀伤的故事。哈利一定还梦见了这则故事，因为他醒来时，故事中的几个人物和地点还浮现在眼前。

唤醒他的声音来自挂在厨房椅子上的外套，四壁萧条的屋子里回荡着高音频的哔哔声。平板式电暖器已开到最强，但他裹在薄薄的羽绒被里依然冻得半死。他的脚踏上冰冷的油地毯，从外套口袋里拿出手机。

"你好？"

没有回应。

"你好？"

耳中只听见对方的呼吸声。

"妹妹，是你吗？"

谁有他的手机号码，而且会在三更半夜打电话给他？他唯一能想到的人只有妹妹。

"发生什么事了吗？是不是黑格怎么了？"

哈利决定把黑格留给妹妹照顾，心中多少有点犹豫，但妹妹看起来很开心，还答应一定好好照顾黑格。不过电话那头不是妹妹，妹妹不是这样呼吸的，而且妹妹会回答。

"你是谁？"

依然没有响应。

哈利正要按断电话，却听见细微的呜咽声，连呼吸声也开始颤抖，听起来对方似乎要哭了。哈利在沙发床上坐下，透过蓝色薄窗帘的缝隙，可以看见 ICA 超市的霓虹灯招牌。

沙发旁的咖啡桌上放着一包烟，哈利抽出一根香烟点燃，靠着椅背坐了下来。他深深吸了口烟，听见颤抖的呼吸声变成低低的啜泣声。"别哭。"他说。

一辆车从窗外马路上驶过。一定是沃尔沃汽车，哈利心想。他拉过羽绒被盖上双脚，开始凭记忆讲述一个小女孩和哥哥的故事。故事说完，她的啜泣声也停止了。他说晚安，挂了电话。

早上刚过八点，手机又响了起来，外面已天色大亮。哈利在羽绒被里的双脚之间找到手机。电话是梅里克打来的，口气听起来很紧张。"马上回奥斯陆，"梅里克说，"有人用了那支马克林步枪。"

第七部　黑披风

电话那头陷入沉默，只能听见他对着话筒喘气。然后，声音再度响起。

"我是来宣判的，对活人和死人宣判。"说到这里，电话挂了。

74

二〇〇〇年五月十日。国立医院。

哈利一眼就认出了布兰豪格。布兰豪格脸上挂着微笑，双眼圆睁，瞪着哈利。

"他为什么在微笑？"哈利问。

"我怎么知道？"克雷门森说，"脸部肌肉僵硬之后，就会出现各种怪异的表情。有些父母来了这里却认不出自己的小孩，因为容貌变化太大。"

解剖台设置在房间正中央。克雷门森拉开床单，好让他们看见尸体的其余部分。哈福森立刻转过身子。进来之前，哈利递了薄荷霜给哈福森，但哈福森拒绝涂抹。国立医院法医部四号解剖室的室内温度为十二摄氏度，因此这尸臭还算不上是最刺鼻的。哈福森忍不住呕吐了。

"我也这么觉得，"卡努·克雷门森说，"他的死状有点惨。"

哈利点了点头。克雷门森是个优秀的病理学家，也是个会为别人着想的人。他知道哈福森是新来的，不希望他难堪。比起大部分的尸体，布兰豪格的死状不算太惨。换句话说，比起泡在水中一星期的双胞胎、逃跑中以时速两百公里撞得车毁人亡的十八岁少年、身上只穿一件衬棉夹克自焚的毒虫，布兰豪格的死状真不算太惨。哈利见过无数尸体，若论及他的十大最惨尸体排行榜，布兰豪格连边都沾不上。不过有一点很清楚，对一个背部只被一发子弹贯穿的尸体来说，布兰豪格看起来相当可怕，他胸部的子弹出口大到可以让哈利塞进一个拳头。

"所以子弹是从背部进入的？"哈利说。

"就在肩胛骨中间，角度向下。子弹穿入时击碎脊柱，穿出时击碎胸骨。

你可以看见，这边有一部分胸骨不见了。他们在车座上找到了胸骨碎片。"

"车座上？"

"对，他刚打开车库门，可能正要去上班。子弹先从这个角度穿透他，再穿过前风挡玻璃和后风挡玻璃，最后射进车库后方的墙壁。"

"是哪种子弹？"哈福森问，似乎已回过神来。

"这就得去问弹道专家了，"克雷门森说，"不过这种子弹似乎是达姆弹和凿岩钻头的综合体。我只在一九九一年去克罗地亚出联合国任务的时候见过类似的子弹。"

"是新加坡子弹，"哈利说，"子弹已经在墙上找到了，嵌入墙壁半厘米。附近森林发现的弹壳跟我去年冬天在锡利扬市发现的一样，所以他们才会立刻跟我联系。克雷门森，还有什么可以告诉我们的吗？"

克雷门森能说的不多。他说解剖已经完成，根据法律规定，解剖时必须有克里波刑事调查部人员在场。死因十分明显，另有两点克雷门森觉得有必要提及：布兰豪格的血液中含有酒精成分，中指指甲内有阴道分泌物。

"他老婆的？"哈福森问道。

"刑事鉴识人员会去比对，"克雷门森说，透过眼镜看着年轻警员哈福森，"如果他们觉得有必要的话。现在也许没必要去问他老婆这种事，除非你们觉得跟案情有关。"

哈利摇摇头。

他们开车上松恩路，再转上佩德安格路，来到布兰豪格家。

"好丑的房子。"哈福森说。

两人按了门铃，等了好一会儿，一个四十多岁、脸上化着浓妆的女人才出来开门。

"请问你是艾莎·布兰豪格吗？"

"我是她妹妹，请问有什么事？"

哈利亮出警察证。

"还要问问题？"艾莎的妹妹明显抑制着怒意。哈利点点头，心里多少知道接下来她的反应。"真是的！她已经累坏了，这样又不能让她丈夫起死回生，你们……"

"很抱歉，可是我们考虑的不是她丈夫，"哈利礼貌地插嘴说，"她丈夫已经死了。我们考虑的是下一个被害人。我们希望没有人再经历她现在经历的事。"

艾莎的妹妹站在原地，一时语塞，不知该怎么继续往下说。哈利问进屋之前是否需要脱鞋，以化解她的窘境。

布兰豪格夫人看起来不像她妹妹口中说的那么累，她坐在沙发上，眼神空洞，但哈利发现靠垫下有个编织物凸了出来。倒也不是说丈夫刚遭人谋杀就不应该织毛衣，不过再仔细想想，哈利觉得这是很自然的反应。当周遭的世界开始崩塌时，一个人自然而然会想抓住一些熟悉的事物。

"我今天晚上会离开这里，"艾莎说，"去我妹妹家。"

"我知道警方在接到进一步通知之前，会派人来这里站岗，"哈利说，"以防……"

"以防他们也要杀我。"艾莎点头说。

"你也这样认为吗？"哈福森问道，"如果是的话，'他们'是谁？"

她耸耸肩，望向窗外射入的苍白日光。

"我知道克里波的人来过，也问过你这个问题。"哈利说，"不过我想请问你，昨天《每日新闻报》登出那则新闻之后，你先生有没有接到任何恐吓电话？"

"没有恐吓电话打到家里，"她说，"不过电话簿上只能找到我的名字，是布兰豪格要这样的。你们得去问外交部是不是有人给他打过恐吓电话。"

"我们问过了，"哈福森说，迅速跟哈利交换眼神，"我们正在追踪昨天他办公室接到的电话。"

哈福森问了几个问题，关于她丈夫是否有什么仇敌，但她所知不多，帮不上什么忙。

哈利坐了下来，聆听一会儿，突然蹦出一个想法，便问："昨天家里完全没人打来电话吗？"

"有，应该有，"艾莎说，"反正有几通电话。"

"谁打的？"

"我妹妹、布兰豪格，还有一个什么民意调查的，如果我没记错的话。"

"民意调查的人问了什么问题？"

"我不知道，他们说要找布兰豪格。他们不是都有名单吗，上面有年龄性别什么的……"

"他们说要找伯恩特·布兰豪格？"

"对……"

"民意调查不会指名道姓。你记得背景有噪声吗？"

"什么意思？"

"民意调查机构的电话拜访人员通常是在一间开阔的办公室工作，里面有很多人。"

"是有些声音，"她说，"可是……"

"可是？"

"可是不像你说的那种噪声。那种声音……不太一样。"

"你什么时候接到电话的？"

"大概中午的时候吧，我说他下午会回来。我忘了布兰豪格要去拉尔维克市跟出口协会的人吃饭。"

"既然伯恩特·布兰豪格这个名字没有登记在电话簿上，你有没有想过也许会有人打电话到每个姓布兰豪格的人家里，查出伯恩特·布兰豪格住在哪里，同时查出他什么时候会回家？"

"我不懂你的意思……"

"民意调查人员不会在工作日中午打电话到中年男人家里。"哈利转头望向哈福森："去问挪威电信，看能不能查出昨天打来的那个电话号码。"

"不好意思，布兰豪格夫人，"哈福森说，"我看见你们家门口装了亚斯康电信的 ISDN 新型电话，我家也装了一部，这种电话会记录最后十个来电的电话号码和来电时间。我可以去看看吗？"

哈利给了哈福森一个赞许的眼神。哈福森站起来，由艾莎的妹妹陪同前去门口。

"布兰豪格在有些方面很传统，"艾莎对哈利说，露出扭曲的微笑，"可是一有新潮的产品推出，他就喜欢买回家，比如说电话什么的。"

"你先生对于忠贞这件事有多传统，布兰豪格夫人？"

艾莎猛然抬起头来。

"我想等没有别人在场的时候再提这件事。"哈利说，"早些时候你跟克里波说的证词，他们已经派人去查过了，你先生昨天并没有去拉尔维克市跟出口协会的人开会。你知道外交部在洲际饭店有一个房间可以让他自由使用吗？"

"不知道。"

"这是密勤局上级今天早上跟我透露的，你先生昨天下午住进那个房间。我们不知道他是不是独自一人，不过当一个丈夫对老婆撒谎，又去开了房间，想想也知道大概是怎么回事。"

哈利仔细观察艾莎的表情变化，从暴怒到绝望到放弃再到……发笑。她的笑声听起来像低声啜泣。"我不该惊讶的，"她说，"如果你一定要知道，他在那方面也……非常新潮。不过我看不出这跟命案有什么关联。"

"这样就让一个打翻醋坛子的丈夫有了杀害他的动机。"

"那我不也有杀害他的动机？霍勒先生，你有没有想到这点？我们住在尼日利亚的时候，只要花两百挪威克朗就能雇到一个杀手。"她苦笑着说，"你不是说凶手的杀人动机来自《每日新闻报》的那则报道吗？"

"我们暂时不排除任何可能。"

"那些都是他工作中遇见的女人，"艾莎说，"当然，我不是每次都那么清楚，他只有一次被我逮个正着而已。后来我就看出了他的行为模式，知道他怎么去做这些事。可是要说到谋杀，"她摇摇头，"现在已经没有人会为这种事开枪杀人了吧？"

艾莎看着哈利，哈利不知如何回答。只听见哈福森低沉的声音从门口玻璃门另一边传来。哈利清清喉咙说："你知道他最近跟哪个女人发生过关系吗？"

艾莎摇摇头："去外交部问问看吧，你知道那是个奇怪的环境，一定有人很愿意向你提供一些线索。"她这几句话说起来毫无恨意，纯粹是提供建议。

哈福森走了进来，哈利和艾莎同时朝他看去。

"奇怪，"哈福森说，"布兰豪格夫人，你的确在十二点二十四分接过一通电话，可是不是昨天，而是前天。"

"哦，我的天哪，我一定是搞错了。"她说，"那么，呃，这通电话就跟命案没关系了？"

"可能吧，"哈福森说，"反正我还是问了查号台，那通电话是从施罗德酒吧的公用电话打来的。"

"酒吧？"艾莎说，"对了，这就可以解释为什么我听到的是那样的噪声。你们认为呢？"

"这通电话不一定跟你先生的命案有关，"哈利说着站了起来，"施罗德酒吧里怪人多的是。"

艾莎送他们到前门台阶。这天下午灰蒙蒙的，云层压得很低，从他们身后的山丘上空扫过。艾莎的双臂交抱在胸前，仿佛很冷的样子。"这里好阴暗，"她说，"你们有没有发现？"

哈利和哈福森穿过荒地走来，看见现场勘查组仍忙着在发现弹壳的营地附近进行地毯式搜索。

"嘿，你们两个！"他们弯下身子穿过黄色封锁线时，听见一个声音喊道。

"我们是警察。"哈利说。

"都一样！"那声音喊道，"等我们搜查完你们才能进来。"

对他们大喊的人是韦伯，他脚上是一双高筒橡胶靴，身上穿着滑稽的黄色雨衣。哈利和哈福森只得又弯下身子，回到封锁线外。

"嘿，韦伯。"哈利高喊。

"没时间。"韦伯回说，挥挥手想把他们打发走。

"一分钟就好。"

韦伯大踏步走来，一脸的不耐烦。

"有什么事？"他在二十米外大喊。

"他等了多久？"

"你说上面那家伙？不知道。"

"别这样，韦伯，猜个时间。"

"这件案子是谁负责的？是克里波还是你？"

"都有，我们还没协调好。"

"你是要骗我，说你会负责这件案子吗？"

哈利微微一笑，拿出香烟。"你以前有过猜得神准的纪录，韦伯。"

"少来这套，哈利。这小子是谁？"

哈福森来不及自我介绍，哈利已替他回答。"他叫哈福森。"

"听我说，哈福森，"韦伯说，毫不掩饰地对哈利做了个厌恶的表情，"抽烟是一种恶心的习惯，也强烈证明人类生在地球只为了一件事——享乐。上面那家伙在一个半满的汽水罐里留下了八个烟蒂，他抽的是泰迪牌香烟，没有过滤嘴。抽泰迪的人一天不会只抽两根就满足，除非烟抽完了。据我估计，他最多待了二十四小时。他从比较低的树干上砍了一些云杉树枝下来，下雨是打不到那些树枝的，可是营地铺着的云杉树枝上有雨滴。上次下雨是昨天下午三点左右。"

"所以说，他昨天在那里起码从下午三点躺到今天早上八点？"哈福森问。

"我想这位哈福森前途无量，"韦伯简洁地说，眼睛依然看着哈利，"特别是考虑到他在署里会碰上的竞争对手。真是后浪推前浪。你有没有看见警察学院现在都招收什么样的学生？就连教官训练学院都可以招到天才了，我们那个年代只能招收一些下三烂。"突然之间，韦伯似乎不赶时间了，他开始大发牢骚，说他在挪威警界只有灰暗的未来。

"附近居民有没有看见什么？"哈利趁韦伯停嘴换气，赶紧问道。

"我们派了四个人挨家挨户去问，他们都要晚一点才会回来，不过他们问不到什么的。"

"为什么？"

"我想那家伙没在这附近露过脸。早些时候我们拉了一只警犬来追踪他的足迹，追踪了大概一公里，沿着小路深入森林，可是到了森林里就追丢了。我猜他来回走的是同一条小路，松恩湖和莫里道湖之间有很多纵横交错的小路，那条小路是其中一条。这个地区为步行者盖了很多停车场，他可以把车子停在其中一个停车场。这些小路每天有好几千人走来走去，至少一半的人会背软式背包，你们明白了吧？"

"明白了。"

"接下来你们应该要问我有没有采集到指纹吧？"

"怎么样？"

"这还用问？"

"那个汽水罐呢？"

韦伯摇摇头："没有指纹。什么都没有。他在这里待了这么久，留下的线索竟然少得可怜。我们会继续搜查，不过我很确定我们最后能找到的线索只有鞋印和他衣服上的几根纤维。"

"还有弹壳。"

"弹壳是他故意留下来的。其他线索都被消灭了，而且消灭得太彻底了。"

"嗯。可能是警告。你认为呢？"

"我认为？我认为只有你们这些年轻小伙子受上天眷顾，脑细胞比较多，现在挪威警界都在推销这种形象。"

"是啦。谢谢你帮忙，韦伯。"

"阻止那个家伙，哈利。"

驾车回市中心的路上，哈福森说："这人有点絮叨。"

"韦伯有时会让人有点受不了，"哈利承认说，"可是他很老练。"

哈福森在仪表板上敲起无声的曲子。"现在呢？"他问道。

"洲际饭店。"

洲际饭店的清洁人员打扫完布兰豪格那间套房，换了床单枕套之后十五分钟，克里波的探员就打电话来查问。没有人注意到布兰豪格有访客，只知道他大约在午夜退房。

哈利站在柜台前，抽出最后一根烟。只见昨晚值班的前台男领班绞着双手，愁眉苦脸。

"今天快中午的时候我们才知道布兰豪格先生被人枪杀，"领班说，"不然我们就不会去动他的房间了。"

哈利点头表示明白，深深吸了口烟。那间套房不是犯罪现场，只不过有兴趣的话，也许可以找出枕头上是否留有金发，然后再联络这个在布兰豪格生前最后一个跟他说过话的人。

"呃，那就没事了吧？"领班微笑说，露出一丝快哭的迹象。

哈利并不答话。他注意到他和哈福森说的话越少，前台领班就越紧张，因此他什么也不说，只是在等待，看着手中的烟发出红光。

"呃……"前台领班说，手在西装外套翻领上来回摩挲。

哈利等待着。哈福森眼望地面。前台领班只撑了十五秒就失守了。

"当然有时候会有访客上去找他。"领班说。

"谁？"哈利问，眼睛依然看着香烟的红光。

"有女人，也有男人……"

"谁？"

"其实我也不知道是谁，外交部副部长在房间里跟谁共处又不关我的事。"

"谁？"

一阵静默。

"当然了，如果有女人走进这里，而且显然不是房客，我们会看她乘电梯到几楼，然后做记录。"

"你能认出她吗？"

"可以，"领班回答得毫不迟疑，"她很漂亮，而且喝得很醉。"

"妓女？"

"如果是妓女，那一定是高级妓女，不过高级妓女通常不会过量饮酒。呃，我对她们也不是很了解，这家饭店不是……"

"谢谢你。"哈利说。

南风送来温暖的天气。哈利、梅里克和警察总长开完会，走出警察总署。直觉告诉他，某件事情完结了，全新的季节即将来临。

警察总长和梅里克都认识布兰豪格，两人异口同声地强调他们跟布兰豪格只有公务上的往来，并无私交。显然，这两人私下已达成共识。会议一开始，梅里克就宣布，克利潘镇的卧底任务已经取消，语气十分确定。哈利注意到梅里克似乎松了口气。接着警察总长提出她的计划，哈利这才发现原来他在悉尼和曼谷立下的汗马功劳，警界高层都注意到了。

"典型的自由后卫。"警察总长如此称呼哈利，然后说明接下来他们要哈利扮演的角色。

一个全新的季节。暖风吹得哈利有点眩晕，于是他准许自己叫了辆出租车，毕竟他还背着一个沉重的大行李袋东奔西跑。他走进苏菲街的家，第一件事是查看答录机。答录机的红色小眼睛亮着，但没在闪烁，没有留言。

他请琳达把命案档案复印一份给他，利用接下来的晚间时光把侯格林命案和爱伦命案从头到尾看了一遍。他并不指望会有新发现，只是想刺激想象力。他不时朝电话望去，心想自己可以忍多久才打电话给她。电视新闻强力播送布兰豪格命案。午夜时分，他躺上床。凌晨一点，他下床，拔下电话线，把电话塞进冰箱。凌晨三点，他进入梦乡。

75

二〇〇〇年五月十一日。莫勒的办公室。

"怎么样？"莫勒说。哈利和哈福森才喝了一口咖啡，莫勒便如此问道。哈利做了个鬼脸，把他的想法说出来。

"我认为那则新闻和命案是注定没关系了。"

"为什么？"莫勒在椅子上伸个懒腰。

"根据韦伯的看法，凶手一大早就躲在森林里，《每日新闻报》上市几小时后他就在那里了。这不是临时起意的行动，而是经过详细策划的谋杀。凶手知道他要杀的人是布兰豪格已经有一段时间了。他去勘查过那个地区。他知道布兰豪格怎么回家、怎么出门。他找到一个最佳的射击位置，那个地方被人发现的概率最低。他知道如何到达和离开营地，这里包含着上百个小细节。"

"所以你认为他买马克林步枪就是为了这次作案？"

"可能是，也可能不是。"

"谢谢你，你的看法真有帮助。"莫勒语气尖酸。

"我只是指出有这种可能而已，因为从另一个角度来看有点不合情理。凶手为了杀一个名不见经传的政府官员——这个高官身边没有随从也没有安保人员——而走私了一把世界上最贵的狙击步枪，这似乎有点过头了。随便一个职业杀手都可以去布兰豪格家按电铃，举起手枪近距离射杀他。所以才说这有点像……像那个什么……"哈利的手画着圈圈。

"杀鸡用牛刀。"哈福森说。

"没错。"哈利说。

"嗯。"莫勒闭上眼睛，"在接下来的调查行动中，你认为自己该扮演什么角色，哈利？"

"有点像自由后卫，"哈利微笑道，"我是密勤局的人，做自己的工作，必要的时候可以从其他部门要求支持。我向梅里克报告，但梅里克可以取得命案所有数据。我可以问问题，但别人不能问我问题。大概是这样。"

"要不要再发给你杀人执照，"莫勒说，"然后再给你一辆车？"

"事实上这不是我自己出的主意，"哈利说，"梅里克跟警察总长讨论过这件事。"

"警察总长？"

"对。我想你今天应该会收到一封电子邮件。布兰豪格命案从现在开始已经成为最优先办理案件，警察总长不希望漏掉任何一条线索。这就像FBI的做法，各个调查小组有一定程度的重叠，以避免重大案件产生教条处理的问题。你应该读过这个吧？"

"没读过。"

"不同的调查方式和调查角度可能会有不同的发现，所以就算重复进行几个相同的工作，就算同一项调查工作被不同小组进行很多次，都没有关系，有发现、有进展最重要。"

"谢谢你的说明，"莫勒说，"可是这跟我有什么关系？你现在为什么坐在这里？"

"因为就像我刚刚说的，有必要的话，我可以从其他……"

"部门要求支持。我听见了。你就直说吧，哈利。"

哈利把头往哈福森的方向侧了侧，哈福森羞怯地对莫勒笑了笑。莫勒发出一声呻吟。

"拜托，哈利！你知道犯罪特警队人力严重短缺，已经捉襟见肘了。"

"我保证会把他完好无缺地还给你。"

"我不答应！"

哈利不发一语，只是等待着，十指交缠，看着书架上方墙壁挂的画，那是一幅挪威画家吉特尔森的《索里亚莫里亚城堡》的廉价复制品。

"他什么时候回来？"莫勒问。

"等破了案就回来。"

"等……这种话是队长对警监说的，哈利，不是颠倒过来。"

哈利耸耸肩："抱歉，老大。"

76

二〇〇〇年五月十一日。伊斯凡路。

她接起电话，心脏像高速缝纫机那般剧烈跳动。"嘿，辛娜，"那声音说，"是我。"

她立刻感觉泪水滑下脸颊。"别再打来了，"她低声说，"求求你。"

"至死不渝。这是你亲口说的，辛娜。"

"我要叫我丈夫来听电话了。"

那声音咯咯地笑了起来。"不过他不在家，对不对？"

她握着话筒，握得那么紧，手都疼了。他怎么知道尤尔不在家？他怎么只在尤尔出门时才打电话来？

她脑中冒出的下一个念头令她喉咙紧缩。她无法呼吸，开始眩晕。他打电话的地方是不是可以看见她家？可以看见尤尔出门？不对，不对，不对。她集中意志，强迫自己打起精神，把注意力放在呼吸上。别呼吸得这么快，深呼吸。冷静下来，她对自己说。她总是对用担架抬进来的伤兵说这句话，因为伤兵会哭闹、会惊慌失措、会呼吸过于急促。她抑制住自己的恐惧，从背景噪声判断对方是在一个人多的地方打电话，而她家位于住宅区。

"你穿护士装好漂亮，辛娜，"那声音说，"那么白，那么耀眼，那么纯净。白得像欧拉夫·林维的那件白外套。你还记得他吗？你是那么纯净，我以为你永远不会背叛我们，你不是那种人。我以为你跟林维连长一样。我看见你抚摸他的头发，辛娜。那是一个月光皎洁的晚上。你跟他在一起，你们看起来就像天使一样，从天堂来的天使。可是我错了。有些天使不是从天堂来的，辛娜，你知道吗？"

她不答话，脑中思绪如同巨大旋涡般翻搅。他说的某句话触动了些什么，令她百感交集。那个声音，现在她听出来了。他在扭曲他的声音。

"不对。"她逼自己回答。

"不对？你应该知道的。我就跟天使一样。"

"丹尼尔已经死了。"她说。

电话那头陷入沉默，只能听见他对着话筒喘气。然后，声音再度响起。"我是来宣判的，对活人和死人宣判。"说到这里，电话挂了。

辛娜闭上双眼。她站起身，走进卧室，站在百叶窗前，看着自己的身影映在窗中。她全身颤抖，有如发了高烧。

77

二〇〇〇年五月十一日。哈利的老办公室。

　　哈利只花了二十分钟就搬回他的老办公室，他需要搬回去的物品只用一个 7-11 的袋子就装完了。回到老办公室，他做的第一件事是从《每日新闻报》剪下布兰豪格的照片，钉在公告栏上，旁边是爱伦、斯韦勒和侯格林的照片。他派哈福森前往外交部调查，看能不能查出那一晚去洲际饭店的女人是谁。四个人。四条命。四则故事。他在自己那把坏办公椅上坐下，看着这四个人，他们的眼神只是空洞地穿过他。

　　他打电话给妹妹。妹妹极力想留住黑格，至少再留一阵子。她们成了很好的朋友，妹妹说。哈利答应了她，只要她记得喂它就好。

　　"黑格是母的。"妹妹说。

　　"是吗，你怎么知道？"

　　"亨里克跟我检查过了。"

　　哈利想问他们到底是怎么检查的，但想想还是别问的好。

　　"你有没有跟爸爸通过电话？"

　　妹妹说他们通过电话。她问哈利是不是会再跟那个女人见面。

　　"哪个女人？"

　　"就是你说跟你一起去散步的那个啊，还有一个小男孩。"

　　"哦，她呀，不会了吧。"

　　"真傻。"

　　"傻？妹妹，你又没见过她。"

　　"我觉得你傻是因为你爱上她了。"

妹妹偶尔会说出一些让哈利不知该如何回答的话。两人约好找一天一起去看电影。哈利问，这是不是代表亨里克也会一起去？妹妹说当然了，当你有个伴侣就是这样啊。

哈利挂上电话，陷入沉思。他跟萝凯从来没在警署走廊上遇见过，但他知道萝凯的办公室在哪里。他做出决定，站了起来。他必须立刻去找她，一秒钟也不能再等。

哈利一踏进密勤局的门，琳达就献上微笑。

"这么快就回来啦，帅哥？"

"我只是来找一下萝凯。"

"'只是'？真的是这样吗，哈利？我看见你们两个在派对上的样子了。"

哈利觉得琳达那调皮的微笑令他耳朵发热，不禁略感气恼，同时听见自己发出的几声干笑不怎么成功。

"不过你可能要白跑一趟了，哈利。萝凯今天没上班，她请病假。等一下……"她接起电话说，"密勤局，你好。"

哈利正要走出门，琳达叫住了他："是找你的。你要在这里接吗？"琳达把电话拿给他。

"请问是哈利·霍勒吗？"电话里传来一个女子的声音，听起来似乎上气不接下气，或者十分恐惧。

"我是。"

"我是辛娜·尤尔。你得帮帮我，霍勒警监。他要杀我。"

哈利听见电话那头传来犬吠。

"谁要杀你，尤尔太太？"

"他正在来这里的路上。我知道是他。他……他……"

"请保持冷静，尤尔太太，你在说什么？"

"他改变了声音，可是这次被我认出来了。他知道我在战地医院抚摸过欧拉夫·林维的头发。我是在那个时候知道的。我的老天，我该怎么办？"

"你一个人在家吗？"

"对，"她说，"只有一个人，家里就只有我一个人。你明白了吗？"

背景的犬吠声陷入疯狂状态。

"你能不能跑到邻居家，在那里等我们，尤尔太太？是谁……"

"他会找到我的！我到哪里他都找得到我。"

辛娜已陷入疯狂。哈利把手捂在话筒上，请琳达通知中央总机，派遣最近的巡逻车前往白克区伊斯凡路的尤尔家。哈利继续跟辛娜说话，暗自希望辛娜听不出自己的紧张。

"如果你不出去，就把门都锁上，尤尔太太。是谁……"

"你不懂，"辛娜说，"他……他……"接着便传来嘟嘟声。电话断了。

"妈的！抱歉，琳达。跟总机说是紧急事件，赶快派车，还有请他们小心，那里可能有一个携带枪支的侵入者。"

哈利打电话给查号台，查出尤尔家的电话号码，拨了回去。依然占线。哈利把电话扔给琳达。"如果梅里克找我，就说我去了伊凡·尤尔家。"

78

二〇〇〇年五月十一日。伊斯凡路。

哈利驾车刚转上伊斯凡路，就看见尤尔家门口停着一辆警车。这条安静的街道两旁矗立着木造房屋，地上可见冰雪融化形成的水洼，警车的蓝色灯光缓缓转动，两个小孩骑着自行车好奇地观望——简直就是斯韦勒屋外场景的翻版。哈利在心中祈祷同样的事不会再度发生。

他停下那辆雅士，下了车，缓缓走向屋子。刚把正门从身后关上，就听见一个人走下楼梯。"韦伯，"哈利惊讶地说，"又碰见你了。"

"真巧啊。"

"我不知道你有巡逻勤务。"

"我没有巡逻勤务。布兰豪格家就在附近，我们一上车就听见无线电呼叫。"

"发生了什么事？"

"我跟你一样找不到头绪。家里没人，可门是开着的。"

"屋子里你都查过了吗？"

"地下室到阁楼都查过了。"

"奇怪了。狗也不在，没看见那只狗。"

"没看见人也没看见狗。不过好像有人进过地下室，门上的窗户被打破了。"

"了解。"哈利往伊斯凡路上看去，只见两栋屋子之间设有一座网球场。

"她可能到邻居家了，"哈利说，"是我叫她去邻居家的。"

韦伯跟在哈利后头来到门口，却见一名年轻警员站在那里，看着电话桌上方的一面镜子。

"嘿，莫恩，你有没有看见任何有智慧的东西啊？"韦伯语带嘲讽问道。

莫恩转过身来，对哈利微微点了个头。"呃，"莫恩说，"我不知道这是智慧还是诡异。"莫恩朝镜子指了指。哈利和韦伯走上前去。

"该死。"韦伯说。

那几个红字似乎是用口红写上去的：神是我的审判者。

哈利嘴里一阵酸苦。

这时前门的玻璃发出咔咔声，像是要被拆下来似的。

"你们在这里干吗？"一个声音传来，他们一转头看见一个身影逆光站在前方，"布雷呢？"

是尤尔回来了。

哈利和尤尔坐在厨房餐桌前，尤尔显然忧心如焚。莫恩去附近巡查，寻找辛娜，同时询问是否有人看见她。韦伯赶着去处理布兰豪格命案，已驾驶巡逻车离去。哈利则答应莫恩会载他一程。

"以往她要出门总会跟我说，"尤尔说，"现在也是。"

"门口镜子上那几个字是她的笔迹吗？"

"不是，"他说，"我觉得不是。"

"那是她的口红吗？"

尤尔看着哈利，并不答话。

"她打电话给我的时候非常害怕，"哈利说，"一直说有人要杀她。你知道有什么人想杀她吗？"

"杀她？"

"她是这么说的。"

"可是没有人想杀辛娜。"

"没有吗？"

"老兄，你是不是疯了？"

"这样的话，你应该可以谅解我接下来的问题。请问你太太的精神状态是否稳定？会不会歇斯底里？"

尤尔摇摇头，哈利不确定尤尔有没有听清楚他的问题。

"好吧。"哈利站起来，"你得用力想一想有什么线索可以帮上我们，还有，你得打电话给你所有的亲朋好友，问问看辛娜是不是躲到谁家去了。我已经叫莫恩去搜查了，我跟他会去搜查附近这一带。现在我们暂时没有其他办法。"

哈利在身后把正门关上，看见莫恩走来，对他摇摇头。

"没有人看见有车子开来？"哈利问。

"这种时间会在家的只有领养老金的老人和带小孩的母亲。"

"老人会注意一些事情的。"

"显然这次没有，可能没什么好注意的。"

没什么好注意的。不知道为什么，莫恩这句话在哈利的脑子里回荡。骑自行车的小孩已不见踪影。哈利叹了口气。

"我们走吧。"

79

二〇〇〇年五月十一日。警察总署。

哈利走进办公室时，哈福森正在打电话。哈福森把食指放在嘴唇上，表示他正在跟人打电话。哈利猜想哈福森可能还在追查洲际饭店那个女人，这意味着他在外交部没有斩获。办公室里除了哈福森桌上那一沓命案笔记之外不见任何纸张。除了马克林步枪走私案，其他数据都被清走了。

"不用了，"哈福森说，"如果你听说了什么事，再跟我说，好吗？"他挂上电话。

"你有没有联络奥纳医生？"哈利重重地坐在椅子上。

哈福森点点头，举起两根手指。两点。哈利看了看表。再过二十分钟奥纳医生就到了。

"找一张爱德华·莫斯肯的照片给我。"哈利说，拿起电话，拨打辛德的号码。两人约好三点碰面。接着哈利向哈福森讲述了辛娜失踪的事。

"你觉得这件事跟布兰豪格命案有关系吗？"哈福森问。

"我不知道，不过我们更需要跟奥纳医生谈一谈了。"

"为什么？"

"因为这越来越像是个精神失常的人干的，所以我们需要专家。"

奥纳医生从许多方面来说都是巨人。他体重超重，身高将近两米，而且是公认的业内最优秀的心理医师。奥纳的专业领域不是变态心理学，但他很聪明，曾协助哈利侦办其他案件。

奥纳有一张和善坦率的脸，哈利总觉得他太有人性、太脆弱、太健康，他在人类心理的战场上执业，竟然没有受到伤害。哈利拿这个问题问他时，他说自己当然会受到影响，不过话又说回来，有谁不会受到影响呢？

奥纳正仔细聆听哈利讲述侯格林割喉案、爱伦命案和布兰豪格枪杀案。哈利告诉奥纳，尤尔认为他们的目标应该是一个上过苏德前线的老兵，而这个推测现在可能更加可靠，因为布兰豪格是在《每日新闻报》刊登那篇报道之后被杀害的。哈利也把辛娜的失踪告诉了奥纳。

奥纳听完，坐在椅子上陷入沉思，时而点头，时而摇头，中间还不时发出嘀咕声。"很遗憾，我可能没办法帮上太多忙，"奥纳医生良久才说，"不过我可以说说镜子上的那句话。那句话有点像连环杀手常用的名片，通常连环杀手杀过几个人、越来越有安全感之后，就想提高赌注，给警方留下名片，作为挑衅。"

"凶手是不是个心理有病的人？"

"有病是个相对的概念。我们每个人都有病。问题在于我们还剩下多少机能，能不能做出符合社会规范和期待的举止。没有什么行为本身是疾病的症状，必须审视这些行为发生的背景才能判定。比方说，我们的中脑具有一种控制冲动的机能，能防止我们杀害同类。这只是一种进化而来的机能，让我们具备保护同类的本能。但如果你长期受训战胜这种本能，这种抑制力就会变弱，军人就是这样。如果你我突然开始杀人，我们很可能就会生病。可是对于职业杀手或……警察来说，就未必了。"

"所以说，如果我们现在说的是一个军人，他曾经上过战场，而且心智健全，那么他杀人的压力就比其他心智健全的人低得多，是这样吗？"

"是，也不是。军人经过训练，可以在战争状态下杀人，而为了阻止抑制杀人的机能，他必须在同样的背景下才能杀人。"

"所以他必须觉得自己是在打仗？"

"简单来说是这样。不过如果真的是这样，他的确可以继续杀人，而且从医学的角度来看也不会认为他有病，至少不会比一般军人更有病。接下来就要说到对现实的观感的差异了，一说到这里，就像在薄冰上溜冰一样。"

"怎么说？"哈福森问。

"谁有资格断定什么是真的或真实存在的？什么是道德的或不道德的？心理学家吗？法院吗？政客吗？"

"对，"哈利说，"可是有人会认为自己可以断定。"

"一点也没错，"奥纳医生说，"如果你觉得那些握有权力的人以高压手段或不公平的方式审判你，那么在你眼中，这些人就失去了道德权威。举例来说，如果你因为加入一个完全合法的政党而被判刑，你会去找另一个法官，向所谓更高的权威提出上诉。"

"'神是我的审判者。'"哈利说。

奥纳医生点点头。

"奥纳，你认为这句话是什么意思？"

"这句话可能代表他想解释自己的行为。无论如何，他都觉得需要被了解。你知道，绝大多数的人都希望自己能被了解。"

去见辛德的路上，哈利顺道去了趟施罗德酒吧。今天早上客人不多，玛雅坐在电视机下方的一张桌子前，嘴里叼着烟，正在看报。哈利拿出一张爱德华的照片给玛雅看。这张照片是哈福森在极短的时间内设法弄到的，可能是从爱德华两年前申请核发的国际驾照上拿下来的。

"嗯，我想我应该见过这张丑脸，"玛雅说，"不过我怎么可能记得时间和地点？他应该来过几次，所以我才见过他，他不是常客。"

"会不会有别人跟他说过话？"

"你这个问题很难回答，哈利。"

"星期一中午十二点半，有人在这里打过公共电话，我不奢望你会记得，不过有没有可能是这个人？"

玛雅耸耸肩："当然有可能。不过也可能是圣诞老人打的。就是这样，哈利。"

　　前往威博街的路上，哈利打电话给哈福森，请他去找爱德华。

　　"我要逮捕他吗？"

　　"不用不用，跟他要布兰豪格命案和今天辛娜失踪案的不在场证明就好。"

　　辛德开门迎接哈利，只见他面如死灰。"昨天有个朋友拿了一瓶威士忌来找我，"辛德做了个鬼脸解释说，"我的身体已经没办法负担这种东西了，要是能回到六十岁就好了……"辛德笑了几声，走进厨房从炉子上拿起发出汽笛声的咖啡壶。

　　"我在报上看过外交部那个人的命案新闻了，"辛德在厨房里高声说，"报上说警方不排除这起命案跟他先前评论上过前线的挪威军人那番话有关。《世界之路报》说这起命案是新纳粹党在幕后操纵，你相信这种说法吗？"

　　"《世界之路报》可能相信吧。我们什么都不相信，也不排除任何可能。你的书进展如何了？"

　　"现在写得有点慢。不过我会把它完成，这本书会让一些盲目的人清醒过来。反正我这么告诉自己，用来激励自己，尤其像今天这种状态的时候。"

　　辛德把咖啡壶放在两人中间的桌子上，在扶手椅上瘫坐下来。他在咖啡壶上绑了冷布条，说是在前线学来的小技巧，并露出狡黠的微笑，显然希望哈利问他这个小技巧的作用，但哈利没有时间。

　　"尤尔的老婆不见了。"他说。

　　"我的天，离家出走吗？"

　　"我想应该不是。你认识她吗？"

　　"我从来没见过她，可是我知道尤尔娶她的时候引起了轩然大波，好像因为她是前线的护士。发生了什么事？"

　　哈利讲述了辛娜的那通电话和她失踪的始末。

　　"我们现在也只知道这么多。本来我希望你认识她，可以给我们一点线索。"

"抱歉，不过……"辛德顿了顿，啜饮一口咖啡，似乎在思索些什么，"你说镜子上写了什么？"

"'神是我的审判者。'"哈利说。

"嗯。"

"你在想什么？"

"老实说我自己也不确定。"辛德揉了揉没刮胡子的下巴。

"说说看吧。"

"你说这个人想解释自己的行为，想被了解。"

"对啊。"

辛德走到书架前，拿下一本厚书，翻了起来。"果然没错，"他说，"跟我想的一样。"他把那本书递给哈利。哈利接过书，是一本《圣经》辞典。

"你看丹尼尔那一项。"

哈利的目光在书页上浏览，找到丹尼尔的名字，上面写道："丹尼尔，希伯来文，意为'神是我的审判者'。"

哈利抬眼望向辛德，辛德拿起咖啡壶倒了些咖啡。"看来你在追查的是鬼魂，霍勒警监。"

80

二〇〇〇年五月十一日。乌朗宁堡区，公园路。

尤汉·孔恩在办公室会见哈利。孔恩身后的书架摆满褐色书皮装订的厚厚的法律书籍，跟他的娃娃脸形成奇怪的反差。

"又见面了。"孔恩做了个手势请哈利坐下。

"你记性真好。"哈利说。

"我记性一向很好。斯韦勒·奥尔森那件案子你赢的可能性很大，可惜法院没把规则手册写清楚。"

"我来不是为了这件事，"哈利说，"我想问你几个问题。"

"问问又不花钱。"孔恩五指指尖相触。他让哈利联想到一个扮演大人的童星。

"目前我正在追查一把非法走私的步枪，我有理由相信斯韦勒可能涉及这起走私案。既然你的当事人已经死了，你就不用再受客户保密条款的约束，可以提供资料帮助我们厘清布兰豪格命案了。我们确定布兰豪格就是被这把步枪射杀的。"

孔恩没好气地笑了笑。"警察先生，我更想自己决定客户保密条款的界限在哪里，你不能自作主张说当事人死了客户保密条款就自动失效。而且你显然没考虑到，我可能会把你来这里跟我要数据视为厚颜无耻的行为，别忘了射杀我的客户的就是你们警察。"

"我只是试着把情绪放在一边，拿出专业态度而已。"哈利说。

"那就请你试得再用力一点，警察先生！"孔恩拉高嗓音，声音变得尖细刺耳，"你这样很不专业，就像在一个人家里杀他一样不专业。"

"那是自卫行为。"哈利说。

"那是钻技术漏洞。"孔恩说，"他是老警察，应该知道斯韦勒情绪不稳定，不应该那样冲进他家。那个警察应该被起诉。"

哈利无法放过这个回嘴的机会："我同意你的说法，罪犯因为有人钻技术漏洞而无罪释放，总是一件悲哀的事情。"

孔恩的眼睛眨了两下，才明白哈利话中有话。"法律技术是另一码事，警察先生。"他说，"在法院宣誓看起来是小事，可是如果没有法律保障……"

"我的警阶是警监。"哈利集中精神，缓慢柔和地说道，"你口中的法律保障害我的同事爱伦·盖登丢了性命，既然你对自己的表现这么引以为傲，那你要不要想想你引以为傲的表现害死了爱伦。她才二十八岁，是奥斯陆警方最具调查能力的人才。她的头骨被打碎，全身是血，死状非常凄惨。"

哈利站起来，朝孔恩的办公桌俯下身子，一米九的身高越过整个办公桌。哈利可以看见孔恩的喉结在有如秃鹰般细长的脖子中上下抖动。他停顿了漫长的两秒钟，让自己好好品尝这位年轻律师惊恐的眼神，然后丢了一张名片在桌上。

"等你决定了客户保密条款的界限在哪里，打电话给我。"他说。

哈利刚要走出门，孔恩开口说话。哈利停下脚步。

"他死前给我打过电话。"

哈利转过身来。孔恩叹了口气。"斯韦勒很怕一个人。他老是在害怕什么，他很寂寞，而且充满恐惧。"

"谁不是呢？"哈利咕哝一句，然后说，"他有没有说他怕谁？"

"王子。斯韦勒这样称呼那个人，他叫他王子。"

"斯韦勒有没有说他为什么害怕？"

"没有，斯韦勒只说这个王子是某种上级，命令他犯案，所以他想知道遵守命令会面临什么样的判罚。可怜的白痴。"

"什么样的命令？"

"他没说。"

"他还说了什么？"

孔恩摇摇头。

"如果你想到其他的事，随时打电话给我。"

"还有一件事，警监先生，如果你认为我让一个人无罪释放，而这个人又杀了你的同事，仅仅这样就会让我失眠的话，你就错了。"

哈利已经离去。

81

二〇〇〇年五月十一日。赫伯特比萨屋。

哈利打电话给哈福森，请哈福森前往赫伯特比萨屋跟他会合。赫伯特比萨屋几乎没什么客人，他们选了一张靠窗的桌子坐下。店内角落坐着一名男子，身穿军用长雨衣，唇上留着一撮小胡须，小胡须的样式早已随希特勒死去而不再引领潮流。他脚上穿一双靴子，双脚搁在椅子上。他的神态看起来像是在刷新无聊到死的世界纪录。

哈福森找到了爱德华，但不是在德拉门市找到的。

"我去按他家门铃，没人应门，我就去翻电话簿，查他的手机号码，结果他人在奥斯陆。他在罗德拉卡区特罗姆瑟街有一所房子。他去毕雅卡的时候都会住那里。"

"毕雅卡？"

"毕雅卡赛马场。他每周五和周六都会去那里。他说他会去下几个注，玩一玩。他还拥有四分之一匹马，我就是在跑道后面的马厩跟他见面的。"

"他还说了什么？"

"他说他在奥斯陆的时候，早上有时候会去施罗德酒吧。他不知道布兰豪格是谁，也绝对没有打电话到布兰豪格家。他知道谁是辛娜·尤尔，他在东线时就知道辛娜这个人了。"

"不在场证明呢？"

哈福森点了夏威夷热带比萨，馅料是意大利香肠和菠萝。

"爱德华说他除了去毕雅卡赛马场，整整一周都一个人待在特罗姆瑟街的房子里，布兰豪格被杀的那天早上和今天早上，他都在特罗姆瑟街。"

"知道了。你觉得他回答问题时表现怎样？"

"什么意思？"

"你听他说话的时候，相信他吗？"

"相信，不，这个嘛，相信，嗯……"

"信任你的直觉，哈福森，别担心。说出你的感觉，我不会用你说过的话来为难你。"

哈福森垂眼望着桌面，手里玩着菜单。

"如果爱德华在说谎，那他一定是个非常冷酷的人，我只能这样说。"

哈利叹了口气。"你能不能找人去监视爱德华？我要两个人不分日夜地在他那所房子外面盯梢。"

哈福森点点头，用手机拨打电话。哈利听见手机里传来莫勒的声音，同时偷偷朝角落里那个新纳粹分子望去。管他们是叫新纳粹党、民族社会主义者，还是国家民主主义者。哈利刚刚收到大学寄来的一篇社会学论文，文中称挪威共有五十七名新纳粹分子。

比萨送上桌。哈福森以询问的眼光看着哈利。

"你吃，"哈利说，"我不是很爱吃比萨。"

一个穿绿色战训服的矮小男子走进店里，走近角落那个穿长雨衣的男子，两人几乎头碰头，伸长脖子看着哈利和哈福森。

"还有一件事，"哈利说，"密勤局的琳达跟我说科隆市有一个党卫队数据库，里面虽然有一部分数据在七十年代被火烧毁，但有些加入德军的挪威军人的数据被保存了下来，比如指挥命令、军事勋章、军阶之类的。我要你打电话去问他们有没有丹尼尔·盖德松和盖布兰·约翰森的资料。"

"是，长官。"哈福森说，满嘴都是比萨，"等我吃完就去办。"

"你吃，我去跟那两个小朋友聊聊天。"哈利站了起来。

哈利在工作上尽量不利用自己的高大身材占便宜，但那小胡子虽伸长脖子盯着哈利，哈利仍在他冰冷的眼神中看见了跟孔恩一样的恐惧，只不过小胡子训练有素，懂得掩饰。哈利拽过小胡子搁脚的椅子，小胡子还来不及反应，双脚已砰的一声落到地面。

"抱歉，"哈利说，"我以为这把椅子没人坐。"

"去他妈的条子。"小胡子说。穿战训服的小光头转头朝周围看了看。

"对，"哈利说，"或者叫狗，叫猪，或条子大爷。这样叫可能还是不够力，要不要叫 Les Flics[①]？这样够不够国际化？"

"我们惹到你了吗？"小胡子问。

"对，你们惹到我了，"哈利说，"你们惹我很久了。代问王子好，告诉他哈利·霍勒要回敬他。哈利要向王子下战书，听见没有？"

小光头眨眨眼，嘴巴微张，听得一愣一愣。接着小胡子张嘴露牙，捧腹大笑，笑到连口水都滴了出来。

"你是在说现在的挪威王子哈肯·马格努斯吗？"小胡子问。小光头终于搞懂这个笑话，跟着小胡子一起笑了起来。

"原来如此，"哈利说，"你们只是小角色，连王子是谁都不知道。把这些话传给你们上面的人吧。好好享受比萨，小朋友。"

哈利走了回去，可以感觉到小胡子和小光头的目光从背后射来。

"快吃，"哈利对哈福森说，哈福森正忙着啃食一片巨大的比萨，比萨从他口里满溢出来，"在我还没出更多丑时，我们赶快离开这里。"

---

① "警察"的法语。

82

二〇〇〇年五月十一日。霍尔门科伦区。

这是入春以来最温暖的一个晚上。哈利驾车行驶,车窗敞开,温柔的微风抚过他的脸庞和头发。来到霍尔门科伦区最高处,可以看见奥斯陆峡湾以及散布周围的有如棕绿色贝壳的小岛。游遍春光的帆船扬着白帆正往陆地移动,准备迎接夜晚。几个离校的学生站在路旁小便,旁边是一辆红色巴士,车顶架着喇叭,正发出隆隆的音乐声:"来做……我的……情人……"

一个老妇人身穿运动裤和收腰防寒外套,脸上带着疲倦又幸福的神情,缓缓走在路上。

哈利把车停在屋子下边,没有开上车道。他也不知道自己为什么这样做,也许把车停在这里相对不具侵略性。实际上于事无补,因为他没事先预约,也没受到邀请。

他走上车道,走到一半手机响了起来,是哈福森从叛国贼数据库打来的。

"什么都没发现,"哈福森说,"如果丹尼尔真的还活着,那他战后一定没被判刑。"

"辛娜呢?"

"她被判刑两年。"

"可是她没进监狱。还有什么有用的数据?"

"什么都没有,他们已经准备把我撵走好下班了。"

"回家睡觉吧,也许明天我们会有收获。"

哈利走到台阶下,正要一口气跳上台阶,前门打开了。哈利站在原地不动。只见萝凯身穿套头羊毛衫和蓝色牛仔裤,头发凌乱,脸色极为苍白。

他在萝凯的眼神中搜寻很高兴再见到自己的迹象，但并未找到。不过也没看见她表现得不冷不热、恭谦有礼，这才是哈利最害怕的。萝凯的眼神空洞，看不出那代表什么意思。

"我听见外面有人说话。"她说，"进来吧。"

欧雷克穿着睡衣正在客厅看电视。

"嘿，手下败将，"哈利说，"你不是应该在练习打俄罗斯方块吗？"

欧雷克哼了一声，眼睛仍盯着电视。

"我老是忘记小孩听不懂讽刺。"哈利对萝凯说。

"你到哪里去了？"欧雷克问。

"到哪里去？"哈利有点不明白欧雷克为何用质问的口气对自己说话，"什么意思？"

欧雷克耸耸肩。

"喝咖啡吗？"萝凯问。哈利点点头。欧雷克和哈利一起坐在椅子上，一言不发，观看非洲卡拉哈里沙漠的角马大迁徙。萝凯则在厨房里泡咖啡。泡咖啡和大迁徙同样需要时间。

"五十六万分。"欧雷克终于开口。

"你骗人。"哈利说。

"我打破你的最高纪录了！"

"拿给我看。"

欧雷克跳下椅了，离开客厅，萝凯正好端咖啡进来，在哈利对面坐下。哈利找到遥控器，把角马的隆隆蹄声调低。萝凯先打破了沉默："今年的独立纪念日你有什么计划？"

"工作。不过如果你在暗示你想约我的话，那我就算偷天换日也要……"

萝凯笑了几声，挥挥手表示不是这个意思。"抱歉，我只是找话说而已。我们聊聊别的事吧。"

"你生病了吗？"哈利问。

"说来话长。"

"你有很多事都说来话长。"

"你怎么从瑞典回来了？"她问道。

"因为布兰豪格。真不可思议，因为他，我现在坐在这里。"

"是啊，人生总会碰上许多奇怪的巧合。"萝凯说。

"反正怪到连想都想不到。"

"你想不到的还多着呢，哈利。"

"什么意思？"

她叹了口气，搅拌着她那杯咖啡。

"怎么了？"哈利问，"你家今天晚上都说暗语啊？"

她想笑，最后却吸了吸鼻涕。春天的风寒，哈利心想。

"我……那个……"她试着起头，试了几次，却始终说不出一个完整的句子。她的勺子在杯子里旋转着。哈利越过她的肩膀，看见一只角马被鳄鱼冷酷无情地慢慢拖入河中。"这段时间我过得很不好，"她说，"我一直在想你。"

她转头望向哈利，哈利这才看见她在流泪。眼泪滑过她的面颊，在下巴聚合。她并未阻止眼泪落下。

"呃……"哈利开口说话，只说了一个字，两人已在彼此怀中。他们彼此紧抱，仿佛对方是救命稻草。哈利全身颤抖。够了，哈利心想，这样就够了，能这样抱着她就足够了。

"妈妈！"楼上传来大喊，"我的 Game Boy 在哪儿？"

"在梳妆台的抽屉里，"萝凯喊道，声音颤抖，"从最上面的抽屉开始找。"

"吻我。"她轻声对哈利说。

"可是欧雷克会……"

"不在梳妆台。"

欧雷克终于在玩具箱里找到 Game Boy，拿着下楼，并未发现客厅气氛的改变，只是在看见哈利见了最新纪录"嗯"个不停之后，得意地哈哈大笑。正当哈利为了打破纪录开始奋战时，却听欧雷克问："你们的脸怎么了？"

哈利望向萝凯，萝凯只能尽量绷着脸，不露出任何表情。

"那是因为我们太喜欢彼此了。"哈利说着把右边三排方块连成一排，"你的纪录快要不保了，手下败将。"

欧雷克大笑，用手掌拍打哈利的肩膀。

"不可能，你才是我的手下败将。"

83

二〇〇〇年五月十二日。哈利家。

哈利心中一点也没有手下败将的感觉。午夜过后不久，他打开家门，看见答录机上的小红灯正在闪烁。他已经抱欧雷克上床，也喝了咖啡。萝凯说等她没这么疲惫时，会给他讲一个很长的故事。哈利说她需要放个假，她也这么觉得。

"我们可以一起去度假，三个人一起去，"他说，"等案子结束以后。"

她轻抚他的头发。"这可不是随便的事，哈利·霍勒。"

"谁随便了？"

"我现在没办法谈这些。回家吧，哈利·霍勒。"

两人在门口又吻了一会儿，现在哈利仍能感觉到她的唇。

他没开灯，脚上只穿袜子蹑手蹑脚地走进客厅，按下答录机的"播放"键。忽然，辛德的声音充满整个黑暗的空间："我是辛德。我一直在想，如果丹尼尔不是鬼魂，那么世界上只有一个人能解开谜团，那就是新年前一天丹尼尔被射杀时，跟丹尼尔一起执勤的盖布兰。你必须找到盖布兰，霍勒警监。"

接着是挂上话筒的声音，然后是"哔"一声。哈利心想接下来应该是留言播毕的咔嗒声，却听见下一则留言响起："我是哈福森。现在是十一点三十分。我刚刚接到一通电话，是负责监视爱德华住处的警员打来的，他说他们迟迟等不到爱德华回家，所以打电话去德拉门市，看爱德华会不会接电话，结果电话没人接。其中一个警员开车去毕雅卡赛马场查看，但大门深锁，灯也都关了。我请他们继续守在那里，还通过警用无线电请巡逻警察注意爱德华的车。只是跟你汇报一下。明天见。"

接着又是"哔"一声。一则新留言。哈利的答录机里还有新的留言记录。

"又是我，哈福森。我老年痴呆了，忘了跟你说另一件事，看来我们终于有点收获了。科隆市的党卫队数据库虽然没有丹尼尔和盖布兰的数据，但他们叫我打电话去柏林的国防军数据库问问。我打电话过去，结果碰上一个脾气暴躁的老头，那老头说很少有挪威军人被收编为正规德国国防军，所以我跟他解释了原因，他说他会查查看。过了不久，他回电话说，果然找不到丹尼尔·盖德松的资料，不过找到了另一个挪威人盖布兰·约翰森的文件。文件上说盖布兰在一九四四年从党卫队被调到国防军，还有一条记录说原始文件已经在一九四四年夏天寄到奥斯陆。柏林那老头说这表示盖布兰被派到了奥斯陆。那老头还找到一些信件，是签发盖布兰诊断证明书的医生写的，发信地址是维也纳。"

哈利在房间里唯一一把椅子上坐下。

"医生的名字叫克里斯多夫·布洛海德，在鲁道夫二世医院服务。我问过维也纳警方，他们说这家医院现在仍提供完整的医疗服务，还给了我二十多个人的姓名、电话，说这些人在'二战'时期曾在这家医院工作，现在依然健在。"

日耳曼人真是保存档案的高手，哈利心想。

"所以我就开始打电话。我的德语烂得要命！"哈福森大笑，电话话筒发出噼啪声。"我打了八个人的电话，找到一个记得盖布兰的护士。这个护士现在已经是七十五岁的老太太了。她说，盖布兰这个人她记得很清楚。明天早上我会把她的电话和地址给你。对了，她姓迈尔，全名是海伦娜·迈尔。"

接着便陷入夹杂着噼啪声的寂静，然后是"哔"一声，录音带发出咔嗒声，停止转动。

哈利梦见了萝凯，梦见她的脸紧贴着他的脖子，梦见她强有力的双手，梦见俄罗斯方块掉落、掉落……但半夜唤醒哈利的却是辛德的声音。哈利睁开眼睛，看见黑暗中似乎浮现一个人的身影。"你必须找到盖布兰。"

84

二〇〇〇年五月十二日。阿克什胡斯堡垒。

凌晨两点三十分，老人把车停在一间低矮的仓库旁，仓库位于一条名为阿克什胡斯滩的街上。多年以前，这条街曾是奥斯陆的大街，但费里内隧道开通之后，街道的一端便被封闭，只有在码头工作的人会在白天到这里，还有嫖客会带妓女来这条不太会受到打扰的街上"走一走"。阿克什胡斯滩街和大海隔着几间仓库，路的另一侧是阿克什胡斯堡垒的西墙。任何人只要在阿克尔港随便找一个位置，举起一把质量优良的步枪，透过步枪瞄准镜观察，就能看见老人此时看到的景象：一个身穿灰外套的男子背影。他的臀部每向前冲撞一次，灰外套就抖动一次。一张浓妆艳抹、喝得烂醉的女子脸庞，女子倚着堡垒西墙，在大炮正下方承受着男子的撞击。

阿克什胡斯堡垒是"二战"时期德国国防军的监狱。堡垒内部区域夜间对外关闭，即便他能进去，在刑场空地上被发现的概率依然很高。没有人知道究竟有多少人曾在这里被枪决，但刑场上立有一块纪念碑，纪念牺牲生命的挪威反抗军。老人知道在这里被枪决的人当中，至少有一个人是罪有应得的罪犯，无论从哪个角度来看，他都理应被枪决。这里就是吉斯林和其他因战争罪被判死刑之人被处决的地方。当年囚禁吉斯林的地方是火药塔，老人心想，不知道火药塔是否给了作家延斯·比约尔内博写作的灵感。

比约尔内博曾在书中异常详细地描述了几个世纪以来的无数种死刑方式。他描写的行刑队的枪决方式，是否正是吉斯林这个叛国贼在一九四五年十月那天被带上刑场、身体被子弹钻入的场景？是否正如比约尔内博所写，行刑队把吉斯林的头罩了起来，在他心脏部位绑了一块正方形的布作为标记？行刑队是不是接到四次射击命令，最后把子弹全部射光？那些受过训练的行刑队员是不是枪法拙劣，使得手拿听诊器的医生不得不宣布吉斯林还活着，必须再次执行枪决？最后行刑队是不是开了四五轮枪，才让吉斯林因为身上多处中弹流血过多而死？

老人把这段叙述从书上剪了下来。

灰衣男子已办完事，正走下斜坡，往停车处走去。女子仍站在墙边，她把裙子拉回原位。她点燃一根烟，吸了一口，烟在黑暗中亮起红光。老人等待着。女子用鞋跟将烟踩灭，踏上堡垒周围的泥泞道路，返回她在挪威银行附近街道上的"公司"。

老人转头往后座看去，只见一个嘴巴被塞住的女子正看着他。她被乙醚迷昏，醒来之后就一直用那种惊恐的眼神看着老人。老人看见她的嘴巴在布团后面抽动。

"别害怕，辛娜。"老人说着把一样东西绑在她外套上。她低头想去看是什么，却被老人扳起头来。

"我们去散散步，"老人说，"就像以前一样。"

他下了车，打开后门，把辛娜拉出来，推到自己身前。辛娜绊了一跤，跌在碎石路旁的草地上。老人拉住绑着她双手的绳子，从后面拉起她，让她站起来，把她带到强光灯前站好，让强光刺入她的双眼。

"站着别动。我忘了带酒，"老人说，"利培罗红酒。你还记得吧？不要动，不然我就……"

辛娜被强光灯照得几乎失明，老人把刀子举到她面前，好让她看见。尽管强光刺眼，辛娜的瞳孔仍放得极大，使得她的眼睛几乎整个变成黑色。老人往下走到车子旁，查看四周。视线所及看不到人影。他竖耳聆听，只听见寻常都市里的嗡嗡噪声。接着他打开行李箱，把黑色垃圾袋推到一旁，感觉到袋里那具狗尸已开始变硬。马克林步枪的精钢材质在行李箱内闪着深沉的亮光。他拿出步枪，坐上驾驶座，把车窗开到一半，再把枪靠在车窗上。他抬起头，看见辛娜巨大的黑影在十六世纪黄褐色的墙面上舞动。黑影如此巨大，对岸的奈索登市沿岸地区肯定一览无遗。太美了。

他用右手发动车子，踩了踩空挡油门，最后一次环视四周，然后从瞄准镜望出去。距离只有五十米，辛娜的外套填满瞄准镜的整个圆形区域。他稍微朝右瞄准，黑色十字线对准了他要找的东西——一张白纸。他呼出肺里的空气，食指扣上扳机。

"欢迎归队。"他轻声说。

第八部 启示录

　　他转过身，来到门边正要离去，突然全身僵硬，呆立原地。

　　这并不是他第一次看见她的照片时觉得似曾相识的原因。毫无疑问，照片中的女子跟他在比阿特丽丝的房间里见到的那张照片，是同一个人。

85

二〇〇〇年五月十四日。维也纳。

哈利坐上奥地利航空公司的飞机座椅，享受颈背和前臂接触冰凉皮面的触感，只享受了三秒，便继续苦苦思索。

飞机下方的田园风光黄绿交杂，多瑙河在太阳照耀下闪闪发光，犹如渗出体液的褐色伤口。空姐播报飞机即将在施维萨市降落，哈利开始做降落的准备。

他向来不怎么热衷于乘飞机，近几年更是极度恐惧。爱伦曾问他究竟害怕什么。"坠机啊，死亡啊，不然还有什么？"他答道。爱伦告诉他，乘飞机的死亡概率是三千万分之一。他感谢她提供这个信息，并说自己不再害怕。

哈利深深地吸气和呼气，耳中听着引擎变换的声音。为什么人会越老越怕死？不是应该反过来才对吗？辛娜已活到七十九岁。据推测，她吓得魂都飞了。阿克什胡斯堡垒的一名警卫发现了她。他们接到阿克尔港一个失眠的百万富翁打来电话，通知他们说南侧墙面有一盏强光灯坏了，值班警卫便派了一名年轻警卫前去查看。两小时后，哈利讯问这位年轻警卫，年轻警卫跟哈利说他走近强光灯时，看见一个女人动也不动地倒在强光灯上，挡住了光线。起初他以为那女人是个毒虫，再走得更靠近些，看见白发和款式过时的服装，才知道原来是个老妇人。年轻警卫心想她可能生病了，接着便发现她的双手被反绑在身后。直到他走到老妇人身旁，才看见老妇人的外套上有个大洞。

"我可以看见她的脊椎骨被打碎了，"年轻警卫对哈利说，"靠，我能看见她的脊椎骨。"

然后，年轻警卫跟哈利说，他靠在岩石墙面上吐了起来。后来等警方移走尸体，强光再度打上墙面，他才知道自己手上那黏糊糊的液体是什么。他还把手摊开给哈利看，仿佛很重要似的。

现场勘查组抵达现场。韦伯朝哈利走来，一边用惺忪的睡眼查看辛娜。韦伯说，神不是什么审判者，根本就是地上那家伙自己当起了审判者。

唯一的目击证人是一名仓库夜间守卫。守卫在两点四十五分看见一辆车从阿克什胡斯滩街驶来，往东驶去，亮着大灯，十分刺眼，因此没能看清车型和颜色。

机长似乎正在加速。哈利想象飞机突然拉高，只因机长赫然看见阿尔卑斯山出现在驾驶舱正前方。接着，这架奥地利航空的班机机翼下方的空气似乎突然消失了，哈利觉得自己的胃几乎要从嘴里蹦出来。他大声呻吟，这时飞机又像颗橡皮球般弹了起来。机长通过机上广播用德语说了一段话，再用英语说明飞机遇上了气流。

奥纳医生曾指出，一个人若感觉不到恐惧，就无法活下去。哈利紧抓座椅扶手，试着在这句话里寻求安慰。

事实上促使哈利尽快搭上下一班飞机飞往维也纳的人，就是奥纳医生。哈利刚把所有发生的案件摊上台面，奥纳医生立刻让他分秒必争。

"如果我们面对的是一个连环杀手，那么他就快失去控制了。"奥纳医生说，"典型的连环杀手会在杀戮中寻求性发泄，但他每一次都遭遇挫折，这种挫折会提高他的杀人频率。可是这个凶手不同，他的杀人动机显然不是性。他可能有一个变态的计划必须完成，到目前为止他都非常谨慎，行为也很理性。这几起命案的发生时间非常接近，凶手又费尽心思表现他杀人行为的象征意义，就像阿克什胡斯堡垒发生的这起命案，这些都显示他如果不是觉得自己所向无敌，就是快要失去控制了，而且可能逐渐发展成精神病。"

"不然就是一切仍在他的掌控之中。"哈福森说，"他还没失手过。

我们仍然一点头绪也没有。"

说得真对。哈福森说得对极了。他们一点头绪也没有。

爱德华交代了他的行踪，他在德拉门市的家里接起了电话。负责监视的警员完全找不到爱德华，因此哈福森早上打电话去德拉门市询问。他们自然无法得知爱德华说的是真是假。爱德华说毕雅卡赛马场十点半关闭之后，他就开车返回德拉门市，十一点半抵达。又或者他是在凌晨两点半才抵达德拉门市，因此有时间射杀辛娜。

哈利请哈福森打电话给爱德华的左邻右舍，问问看是否有人听见或看见爱德华开车回家，只不过哈利对能问到的情况也不抱多大希望。哈利请莫勒去问检察官，看能不能申请到搜查证，让他们搜查爱德华的两套房子。哈利心中很明白，他们的证据极为薄弱，果不其然，检察官回答说他至少得看见类似间接证据的东西，才能签发搜查证。

毫无头绪可言。该是开始感到惊慌的时候了。

哈利闭上双眼。连尤尔的面容都在他的视网膜上留下烙印。灰暗，封闭。尤尔瘫坐在伊斯凡路那间屋子的扶手椅上，手中握着遛狗绳。

轮胎触地。哈利确定自己是那个空难概率中的幸运儿之一。

维也纳警察长官十分贴心，特别为哈利指派一名警员，充当哈利的司机、向导和翻译。这名警员站在候机大厅，一身黑色西装，脸上戴一副太阳镜，脖子粗得像公牛，手中拿一张 A4 白纸，上面用签字笔写着"霍勒先生"。

牛脖子警员自我介绍说他叫弗里茨（总有人叫弗里茨，哈利心想），然后领着哈利坐上一辆深蓝色宝马。不久之后，那辆宝马已在高速公路上飞驰，朝西北方疾驰而去，经过冒着白烟的工厂烟囱，也超越了无数守法驾驶的车辆。那些车一见宝马加速，便纷纷避到右侧车道。

"你住的饭店是间谍饭店。"弗里茨说。

"间谍饭店？"

"也就是古典的老帝国饭店。在冷战时期，很多俄罗斯和西方的特务都选在这家饭店投敌。你的老大一定有大把经费可以花。"

车子来到坎纳环岛，弗里茨伸手一指。"越过右边的屋顶就可以看见圣斯蒂芬大教堂的尖塔，"他说，"很美，对不对？饭店到了，我在车上等你办完入住手续。"

哈利望着帝国饭店的大厅，眼神中充满赞叹。前台接待员对他微笑："我们花了四千万先令重新整修，让它恢复战前的旧貌。这家饭店在一九四四年几乎全被炸毁，之后重建，几年前又都损坏得差不多了。"

哈利踏出二楼电梯，觉得脚下地毯又厚又软，仿佛走在富有弹性的泥炭土上。客房不算大，但有一张宽敞的四柱大床，看起来少说也有一百年历史。他打开窗户，便闻到对街蛋糕店飘来的烘焙香味。

"海伦娜·迈尔住在拉萨列巷。"哈利回到车上后，弗里茨告诉他。一辆车变换车道未打转向灯，弗里茨按下喇叭。

"她是个寡妇，两个小孩都已长大成人。战后她的职业是教师，一直教到退休。"

"你跟她谈过吗？"

"还没，我看过她的档案。"

他们依照地址找到拉萨列巷的一栋房子，这栋房子一定优雅一时，如今宽敞楼梯旁的墙壁油漆已斑驳剥落，他们缓慢脚步的回声跟滴水声相互应和。

她站在三楼的家门口，眨着一双灵活的褐色眼睛说，抱歉让他们爬这么多楼梯。

她家有点装饰过度，摆满人生各阶段搜集来的小摆饰。

"请坐，"她转头对哈利说，"我只会说德语，不过你可以说英语，我大概都听得懂。"

她端出一个托盘，上面摆了咖啡和点心。"苹果派。"她指着点心说。

"好吃。"弗里茨说，随即拿了一块。

"所以你认识盖布兰·约翰森。"哈利说。

"对，我认识。我们都叫他乌利亚，是他坚持要我们这样叫的。起初我们还以为他因为受伤而神志不清。"

"他受了什么伤？"

"他头部受伤，当然脚也有伤。布洛海德医生差点给他截肢。"

"但是他恢复了，一九四四年被送回奥斯陆，是不是？"

"对，差不多是这样。"

"差不多是什么意思？"

"呃，他失踪了，不是吗？他不会又在奥斯陆出现了吧？"

"据我所知没有。告诉我，你跟盖布兰这个人有多熟？"

"挺熟的。他个性外向，是个讲故事的高手，所有的护士都一个接一个爱上了他。"

"你也是吗？"

她发出欢快如鸟儿鸣叫的笑声："我也是。可是他不喜欢我。"

"是吗？"

"那时候我很漂亮，我可以跟你这么说，可是这不是重点，重点是乌利亚喜欢的另有其人。"

"真的？"

"对，她的名字也叫海伦娜。"

"哪个海伦娜？"

这位也叫海伦娜的老妇人蹙起眉头。

"海伦娜·蓝恩，应该没错。就是他们之间的爱情导致了那场悲剧。"

"什么悲剧？"

她惊讶地望着哈利，又望向弗里茨，再转过头来看着哈利。"你们不是因为那场悲剧才来的吗？"她说，"就是那起命案啊。"

86

二〇〇〇年五月十四日。皇家庭园。

这天是周日，人们走路的速度比平常慢，老人穿过皇家庭园时，脚步可以跟上其他人。他在警卫室旁停下脚步。每棵树都长出了嫩绿色的树叶，这是他最喜爱的颜色。

只有一棵树除外。庭园中央的那棵高大橡树将不会再像现在这么绿，这时就已经可以看出不同了。那棵橡树已从冬季的蛰伏中醒来，输送生命力的树汁已开始循环，将毒素散布到每一根末梢纤维中。如今毒素已到达每一片树叶，带来丰沃的成长，但再过几天，毒素就会开始令叶子枯萎发黄，然后掉落，最后，整棵橡树将迈入死亡。

但他们还不知道。他们显然一无所知。布兰豪格不在他原本的计划里，老人知道布兰豪格命案让警方困惑不已。《每日新闻报》登出布兰豪格那番话的报道纯粹是个诡异的巧合，他看见那则新闻时哈哈大笑。我的天，他甚至同意布兰豪格说的话。战败者都该被吊死，这是战争的法则。

那么他留给警方的其他线索呢？警方还未能将大背叛跟阿克什胡斯堡垒的处决联系起来。也许要等到下次堡垒上的大炮发射，他们才能瞧出端倪。

他环顾四周，寻找长椅。阵痛发作的间隔越来越短了。他不用去布维医生那里就知道癌细胞已扩散到全身，他清楚自己的身体。他的死期不远了。

他倚在一棵树旁，那棵树是皇家白桦，"占领"的象征。政府和国王远赴英国。"德国轰炸机大军压境。"诺达尔·格里格的这句诗令他作呕。这句诗把国王的背叛描述成光荣的撤退，仿佛在人民最需要的时候逃离是一种道德的行为。国王在伦敦的安全环境中成为另一个流亡海外的贵族，他在娱乐众人的晚宴上对支持他的上流社会妇女发表动人的演说，这些妇女全都怀抱希望，希望有一天她们的小小王国会迎接她们回归。战争结束后，王储搭乘的船只停在码头外，船上举办欢迎会，那些尖叫到破了嗓子的人之所以那么卖力，只不过是为了掩盖他们自己和国土内心的羞愧。老人朝太阳抬起头，闭上眼睛。

口令呼喊，军靴踏步，AG-3 步枪枪托击打碎石路面。交接。警卫换班。

87

二〇〇〇年五月十四日。维也纳。

"你们不知道？"海伦娜·迈尔老太太问。

她摇摇头。弗里茨已打电话请人去搜索归档的旧命案了。

"档案我们一定找得到。"弗里茨轻声说。哈利心中没有一丝怀疑。

"警方非常确定是盖布兰杀了他的医生？"哈利问，转头望向迈尔老太太。

"对。克里斯多夫·布洛海德一个人住在医院房间里。警方说盖布兰打破外门的玻璃，布洛海德躺在床上，在睡梦中被杀死。"

"怎么杀的？"

迈尔老太太在喉咙前面夸张地画了一条横线。

"后来我曾亲眼看见他的尸体，"她说，"你几乎会以为是布洛海德医生自己下的手，那一刀划得好整齐。"

"嗯。警方为什么这么确定是盖布兰下的手？"

她呵呵一笑："这我可以告诉你，因为盖布兰问警卫，布洛海德住在哪一个房间。警卫看见他把车停在外面，从正门走进去。他出来的时候是跑着的，冲上车发动引擎，全速开往维也纳。第二天他就失踪了，没有人知道他去了哪里，只知道根据记录他应该去奥斯陆报到。挪威警方在奥斯陆等着他回去，但他再也没出现。"

"除了警卫的证词之外，你记得警方还有其他证据吗？"

"我当然记得，这件命案我们讨论了好几年呢！玻璃门上的血迹符合他的血型。警方在布洛海德医生的卧室里发现的指纹，跟乌利亚在医院的病床和床头柜上的指纹一样。再说，他有杀人动机……"

"真的？"

"对，盖布兰和海伦娜彼此相爱，但海伦娜必须嫁给布洛海德医生。"

"他们订婚了？"

"不是不是。布洛海德医生爱死海伦娜了，没有一个人不知道。海伦娜来自一个富裕的家庭，但后来她父亲入狱，家道中落，跟布洛海德医生结婚是她和她母亲重振家业的办法。你也知道这是怎么回事，女孩子对家里总是有点责任，至少那个时候她觉得自己有责任。"

"你知道海伦娜·蓝恩住在哪里吗？"

"苹果派你都还没碰呢，亲爱的。"迈尔老太太高声说。

哈利咬了一口苹果派，嚼了几下，对迈尔老太太点头表示好吃。

"这我就不知道了，"她说，"后来警方得知案发当晚海伦娜曾经跟盖布兰在一起，就去调查海伦娜，可是没有任何发现。后来她离开了鲁道夫二世医院，搬到了维也纳，在那里开始自己做生意。她是个坚强又有生意头脑的女人。我有时候会在这里的街上看见她，可是五十年代中期她把生意卖了，之后我就没再听说过她的消息。有人说她离开了奥地利。不过我知道你们可以去问谁，如果她还活着的话，这我得先提醒你们。你们可以去找比阿特丽丝·霍夫曼，她是蓝恩家的管家。命案发生之后，蓝恩家没办法再雇用她，所以她在鲁道夫二世医院工作过一段时间。"

弗里茨又立刻拨打手机。

一只苍蝇在窗边躁动地嗡嗡飞舞。它依据自己的微小视野向前飞行，却频频撞到窗户，不明所以。哈利站了起来。

"苹果派……"

"下次吧，迈尔太太，现在我们没时间吃。"

"为什么？"她问道，"这已经是半个多世纪以前的事了，还能跑到哪里去？"

"这个嘛……"哈利说，望着那只黑头苍蝇在阳光照耀下的雪纺窗帘内飞舞。

　　前往警局的路上，弗里茨接了一通电话，突然来了个违规大转弯，使得后方车辆纷纷大鸣喇叭。

　　"比阿特丽丝还活着，"他说，加速闯过黄灯，"她住在麦雷巴路的养老院，就在维也纳森林里。"

　　那辆宝马的涡轮引擎欢快地发出尖细的运转声。车窗外的公寓逐渐变成半木质屋舍和葡萄园，最后化为翁郁葱茏的森林。午后阳光在树叶上嬉戏，营造出梦幻般的氛围。车子开上林荫大道，两旁是一排又一排的山毛榉和栗树。

　　一名护士领着他们走进一座大庭院。

　　比阿特丽丝坐在一把长椅上，全身笼罩在一棵节瘤累累的橡树偌大的树荫下。她戴着一顶大草帽，帽子下是一张爬满皱纹的瘦小脸庞。弗里茨用德语跟她说明来意。比阿特丽丝歪着头，脸上带着微笑。

　　"我已经九十岁了，"她用颤抖的声音说，"可是每次想到海伦娜小姐，还是忍不住掉眼泪。"

　　"她还活着吗？"哈利用小学程度的德语问，"你知道她在哪里吗？"

　　"他说什么？"比阿特丽丝把手放在耳后问道。弗里茨转述了一遍。

　　"我知道，"她说，"我知道海伦娜在哪里，她就坐在那里。"

　　比阿特丽丝伸手指向树梢。

　　这下可好，哈利心想，痴呆了。但比阿特丽丝话还没说完："她跟圣彼得在一起。蓝恩一家人是虔诚的天主教徒，但海伦娜是他们家的天使。就像我刚刚说的，每次想到她，我都会掉眼泪。"

　　"你还记得盖布兰·约翰森吗？"哈利问。

　　"乌利亚，"比阿特丽丝说，"我只见过他一次，是个英俊潇洒的年轻人，可惜他病了。谁会相信这样一个有礼貌的好青年会杀人？他们的感情因为这件事而画下句点，海伦娜的爱情也跟着葬送了。她一直忘不了他，可怜哪。警察一直没找到乌利亚。海伦娜虽然没被起诉，可是安德烈·布洛海德指示医院把她扫地出门。后来她搬去维也纳，给大主教做义工，一直做到蓝恩家陷入严重的经济困境，逼得她不得不去找一份有收入的工作。于是她开始做起针线活，不到两年手底下已经有十四个全职女工为她干活。后来她父亲出狱，可是因为跟犹太银行家闹过丑闻，他一直找不到工作。蓝恩家没了钱也没了地位，蓝恩太太受到的打击最大，一病不起，终于在一九五三年去世，蓝恩先生也在那一年秋天出车祸去世。海伦娜在一九五五年卖掉生意，离开奥地利，没有跟任何人说过原因。我还记得那一天，那天是五月十五日，奥地利的解放日。"

弗里茨见到哈利脸上不解的神情，便加以解释："奥地利有点不一样，我们不庆祝希特勒投降的那一天，而是庆祝同盟军离开奥地利的那一天。"

比阿特丽丝接着述说她是如何接到海伦娜的死讯的。"我们有二十多年都没她的消息，有一天，我突然接到一封她从巴黎寄来的信，信中写道她跟丈夫和女儿去巴黎度假，还说那是她人生的最后一趟旅行。她没说她在哪里落脚，嫁给了谁，也没说她得了什么病。她只说自己时日无多，希望我能在圣斯蒂芬大教堂为她点一根蜡烛。海伦娜是个很不寻常的人，她七岁的时候就跑到厨房，用认真的眼神望着我说：'上帝创造人类，是希望人类去爱。'"比阿特丽丝老太太那布满皱纹的脸颊滑落一滴眼泪。

"我永远忘不了这句话。才七岁。我想她在那个时候就决定了如何经营她的生活。虽然后来她过得很不顺遂，磨难又多又艰难，但我认为她的内心深处一直都相信——上帝创造人类，是希望人类去爱。她就是这样的一个人。"

"那封信你还留着吗？"哈利问道。

比阿特丽丝拭去眼泪，点了点头。

"我放在房间里。不过先让我在这里坐一会儿，追忆一下往事，我们再去拿好吗？对了，今天晚上是今年第一个炎热的夜晚。"

三人沉默无语地坐着，聆听树枝窸窣、鸟儿鸣叫。太阳缓缓落在苏菲奈普山后方。三人皆在心中追思逝去的故人。昆虫在树下的光影中跳跃舞蹈。哈利心中想的是爱伦。忽然，他看见一只鸟，那一定是鹟鸟，他可以对天发誓，他在鸟类图鉴里看过这种鸟。

"我们走吧。"比阿特丽丝说。

她的房间很小，十分朴素，但是明亮舒活。一张床倚着后墙，墙上挂满大小不一的照片。比阿特丽丝正在翻看一个大衣柜的抽屉里的一沓纸。

"我收东西有一套规则的，一定会找到。"她说。那是当然，哈利心想。

就在这时，哈利的目光被一个银色相框里的照片吸引过去。

"找到了。"比阿特丽丝说。

哈利没有回答。他只是凝视着那张照片，并未回应，直到比阿特丽丝的声音又在身后响起："这张照片是海伦娜在医院工作的时候拍的，很漂亮，对不对？"

"对，很漂亮，"哈利说，"我只是觉得奇怪，她看起来似曾相识。"

"没什么好奇怪的，"比阿特丽丝说，"两千多年来，人们一直把天使画在圣像上。"

这天晚上确实炎热。又热又闷。哈利在四柱大床上辗转反侧，把毛毯丢到地上，又把床单从床上扯了起来，只为停止脑中的思绪，好好睡觉。他一度想喝点酒柜里的酒，接着才想起他已把酒柜的钥匙拔出来，交给前台接待员了。他听见外面走廊传来说话声。有人握住他房门的门把，他从床上弹了起来，但没有人进来。接着说话声在房内响起，他们的气息灼热地贴上他的肌肤，衣服噼噼啪啪地被扯开。他睁开双眼，看见的却是闪烁的亮光。他知道打雷了。

隆隆雷声听起来仿佛远方的爆炸声，一会儿从这头传来，一会儿从那头传来。他倒头继续睡，并吻了吻她，脱去她的白色睡衣。她的肌肤白皙冰冷，因为冒汗和恐惧摸起来不算平滑。他把她抱在怀里很久很久，直到她温暖起来，直到她在他怀里活过来，犹如高速播放的春季影片，一朵花瞬间绽放。

他继续吻她，吻她的颈，吻她的臂弯，吻她的腹。他吻得并不粗暴，甚至不带挑逗，半是安慰她，半是因为昏睡，仿佛他随时可能消失。她犹豫地跟上来，只因她认为他们要去的地方是安全的。他继续带领她，直到他们来到一个连他自己都不认识的地方。他转过身，已然太迟，她投入他怀中，咒骂他，央求他，用她强有力的双手撕扯他，直到他的肌肤渗出鲜血。

他在自己的喘息声中醒来，翻了个身，确定床上只有自己。后来一切都融为一个大旋涡，里面有雷电，有睡梦。午夜时分，他在淅淅沥沥的雨声中醒来。他走到窗边往下望，只见雨水在人行道旁形成湍急的小溪，一顶无主的帽子从小溪上漂过。

哈利被清晨的电话唤醒时，外面天已大亮，街道也干了。他看了看摆在床头柜上的表。飞往奥斯陆的航班两小时后起飞。

88

二〇〇〇年五月十五日。特雷塞街。

奥纳医生的办公室是黄色调的，墙边摆满书架，书架上塞满专业书籍和挪威画家谢尔·艾于克鲁斯特的卡通人物图。

"哈利，请坐。"奥纳医生说，"坐椅子还是沙发？"

这是奥纳医生的标准开场白。哈利微微扬起左唇角，回以"真好笑，可是以前听过"的标准微笑。哈利在加勒穆恩机场打电话给奥纳医生，奥纳医生表示哈利可以过来，只是他没有太多时间，他得去哈马尔镇参加一场研讨会，而且负责致开幕词。

"研讨会的主题是'酗酒诊断的相关问题'，"奥纳医生说，"你放心，我不会把你的名字说出去。"

"所以你才盛装打扮？"哈利问。

"衣服是人类传达的一种强烈信息，"奥纳医生说，摸摸西装翻领，"粗呢面料象征着刚毅和自信。"

"那领结呢？"哈利问，拿出笔记本和笔。

"知识分子的轻浮和自大，也可以说是庄重中带有一点自嘲，应该足以让我那些平庸的同行留下好印象。"

奥纳医生得意扬扬地靠上椅背，双手交叠在鼓起的肚子上。

"告诉我一些关于人格分裂的事，"哈利说，"或者精神分裂。"

"要五分钟之内说完？"奥纳医生呻吟一声。

"大概说一下就好。"

"首先，你把人格分裂和精神分裂摆在一起，这就是一种误解。不知道为什么，这种误解经常激起大家的想象。精神分裂这个名称代表的是一大群迥然不同的精神障碍者，跟人格分裂一点关系也没有。精神分裂（Schizophrenia）中的 Schizo 在希腊语中是分裂的意思，但创造这个名词的尤金·布鲁勒医生指的是精神分裂患者脑中的心理机能是分裂的。如果……"

哈利指指手表。

"对了，"奥纳医生说，"你说的人格分裂简称 MPD，也就是多重人格障碍，它指一个人同时存在两个或多个人格，这些人格轮流出现，控制患者的行为，就像《化身博士》里的杰克医生和海德先生。"

"所以这种病真的存在？"

"当然存在，可是很罕见，不像好莱坞电影动不动就拿这个当题材。我做心理医生二十五年了，都无缘遇见一个多重人格障碍患者，但我还是对这种精神障碍有些了解。"

"比如说？"

"比如说，多重人格障碍总是跟丧失记忆有关系。换句话说，多重人格障碍患者可能一觉醒来却宿醉得莫名其妙，因为不知道他的另一个人格是酒鬼。呃，事实上有可能一个人格是酒鬼，另一个却滴酒不沾。"

"你不是说真的吧？"

"当然是真的。"

"可是酗酒也是一种生理疾病。"

"没错，这就是多重人格障碍如此引人注意的原因。我手上有一个多重人格障碍患者的报告，这名患者的一个人格是大烟鬼，另一个却从来不抽烟，他们去给那个大烟鬼人格量血压，结果发现比另一个人格的血压高百分之二十。根据报告，女性多重人格障碍患者可能一个月来多次月经，因为每个人格都有自己的月经周期。"

"所以这种人可以改变自己的身体？"

"在某种程度上是的。《化身博士》的故事其实就跟多重人格障碍相去不远。欧瑟森医生发表过一个著名的案例，这个多重人格障碍患者的一个人格是异性恋，另一个人格是同性恋。"

"那不同的人格会不会有不同的声音？"

"会，事实上声音是人格变换时最容易察觉的地方。"

"那声音有没有可能变得极为不同，即使跟患者非常熟的人也听不出来吗？比如说在电话里？"

"如果这个人对患者的另一个人格一无所知的话，就有可能。一些跟多重人格障碍患者只是点头之交的人，一旦患者改变了行为举止和肢体语言，他们就算跟患者坐在同一个房间也认不出来。"

"罹患多重人格障碍的患者能不能隐藏这件事，不让他们最亲近的人知道？"

"可以。各个人格的出现频率依患者而定，有些患者在某种程度上可以控制人格的变换。"

"那这些人格必须知道彼此的存在喽？"

"对，是这样，不过这也很罕见。就像《化身博士》里描述的那样，不同的人格之间会产生激烈的冲突，因为他们有不同的目标、不同的道德认知、不同的同情心，对周围人的接受度也不同，诸如此类。"

"那笔迹呢？他们也可以把笔迹乱搞一通？"

"不是乱搞一通，哈利。你自己不也经常变来变去？你累了一天下班回家，身上就已经产生很多细微的变化：你的声音、肢体语言等都改变了。还真巧，你提到笔迹，我这里刚好有一本书，里面有一个多重人格障碍患者的信件照片，这个患者有十七种完全不一样的笔迹。哪天时间充裕，我再把这本书找出来。"

哈利在笔记本上写下重点。"不同的月经周期，不同的笔迹，简直疯了。"他咕哝着说。

"哈利，注意你的用词。好了，希望对你有帮助，我得走了。"

奥纳医生打电话叫了辆出租车。两人一起走上街，站在人行道上，奥纳医生问哈利五月十七日独立纪念日那天有没有事。"我老婆跟我想请几个朋友来家里吃饭，欢迎你来。"

"谢谢你的邀请，可是那天新纳粹党打算把庆祝圣日的穆斯林'干掉'，上面命令我去格兰区的清真寺指挥监视任务。"哈利说，心中对这意外的邀请感到十分高兴，同时又觉得害羞，"你知道，上面老是要我们这些单身汉在家庭聚会日去做这些工作。"

"可以来一下啊，那天来的朋友大部分也都有别的事。"

"谢啦，我看情况再打电话给你。对了，你的朋友都是些什么样的人？"

奥纳医生检查自己的领结，看有没有歪。"他们都跟你差不多啊，"他说，"不过我老婆认识了几个有头有脸的人物。"

这时，出租车靠在人行道旁停下。哈利替奥纳医生开门，好让他挤进去。正要关门时，哈利突然想到一件事。"多重人格障碍的病因是什么？"

奥纳医生在座椅上坐下，抬头望着哈利："你到底想知道什么，哈利？"

"我也不太确定，不过可能很重要。"

"好吧。多重人格障碍患者在童年时期通常受过虐待，但也可能是长大成人后经历过巨大创伤，因此创造出另一个人格来逃避问题。"

"如果是成年男性，什么样的创伤会导致多重人格障碍？"

"这你就得发挥想象力了。他可能经历天灾、痛失挚爱、成为暴力的受害者，或者长时间活在恐惧中。"

"比如说在战场上作战？"

"对，战争当然有可能触发多重人格障碍。"

"或者游击战。"

最后这句话是哈利自言自语，这时出租车已载着奥纳医生驶上特雷塞街。

"苏格兰人。"哈福森说。

"你要在'苏格兰人'酒吧过独立纪念日？"哈利做了个鬼脸，把包放在衣帽架后方。

哈福森耸耸肩："不然你有更好的建议吗？"

"如果一定要去酒吧的话，找一家比苏格兰人酒吧更有格调的吧。有一个更好的选择，你可以跟那些当爸爸的警员换班，为儿童游行做保护工作。薪资双倍，又不会宿醉。"

"我再考虑考虑。"

哈利在办公椅上重重坐下。

"你不早点把它拿去修一修吗？那声音听起来肯定是坏了。"

"修不好的。"哈利生气地说。

"抱歉。你在维也纳有什么发现？"

"我等一下说，你先说。"

"我查过辛娜失踪那段时间尤尔的不在场证明，他说他去市中心散步，还去了伍立弗路的布兰里咖啡馆，可是他在咖啡馆里没遇到认识的人，无法证实他的说法。布兰里咖啡馆的店员说他们太忙，无法证明或反驳什么。"

"布兰里咖啡馆就在施罗德酒吧对面。"哈利说。

"所以呢？"

"我只是说明这个事实而已。韦伯怎么说？"

"他们什么都没发现。韦伯说如果辛娜是被仓库守卫看见的那辆车载到堡垒的，那他们应该能在她衣服上发现后座的纤维，靴子上应该会发现土壤或油渍之类的。"

"他在车里铺了垃圾袋。"哈利说。

"韦伯也这样说。"

"你们查过她外套上发现的干草了吗？"

"查过了，有可能来自爱德华的马厩，也可能来自其他一百万个地方。"

"是干草，又不是麦秆。"

"干草又没有什么特殊之处，哈利，它只是……干草。"

"可恶。"哈利暴躁地朝四周看了看。

"维也纳有什么发现？"

"比干草多得多了。你懂咖啡吗，哈福森？"

"嗯？"

"爱伦以前都会泡很好喝的咖啡，她是在格兰区一家店里头的，说不定你……"

"不要！"哈福森说，"我才不帮你泡咖啡。"

"答应我你会试试看，"哈利说，站了起来，"我出去一两小时。"

"维也纳就只有这些？干草？连风里的麦秆也没有？"

哈利摇摇头："抱歉，那也是条死胡同。你慢慢就会习惯了。"

某些事发生了。哈利走在格兰斯莱达街上，试着确认究竟发生了什么事。街上行人有些不一样。他去维也纳的这段时间发生了某件事。等到走上卡尔约翰街，他终于知道发生了什么。原来是夏天来了。这是多年来哈利头一次注意到柏油路的气味，注意到身边经过的行人，注意到葛森路的花店。他穿过皇家庭园时，新割青草的气味如此浓烈，使他露出微笑。一对身穿皇宫工作服的男女正瞧着一棵树的顶端，彼此交谈，还摇了摇头。女子解开连身工作服的上身纽扣，系在腰间。哈利注意到女子抬头往树上看、伸手往上指的时候，她的男同事偷眼朝她的紧身 T 恤瞄去。

哈利来到黑德哈路，只见时尚的和不怎么时尚的流行服饰店都在大力促销，要人们打扮得漂漂亮亮，好庆祝独立纪念日，就连报摊也卖起了缎带和国旗。哈利听见远处有乐队正加紧练习传统进行曲，乐音回荡不已。天气预报说会下雨，但天气温暖晴朗。

哈利按下辛德的门铃，身上冒着汗。

辛德身上似乎看不到一点庆祝这个法定假日的气氛。"太烦了，国旗太多了，怪不得希特勒觉得跟挪威人比较亲近。挪威人都是民族主义者，我们只是不敢承认而已。"他斟上咖啡。

"盖布兰后来被送到维也纳的军医院，"哈利说，"他要回挪威的前一天晚上杀了一个医生，之后就再也没人见过他。"

"真没想到，"辛德说，大声啜饮滚烫的咖啡，"不过我一直觉得那家伙哪里怪怪的。"

"你能跟我说说有关尤尔的事吗？"

"一定要说的话可多着呢。"

"嗯，你一定要说。"

辛德扬起浓密的眉毛："你确定你没有找错对象吧，哈利？"

"现在我什么都不确定。"

辛德小心翼翼地把咖啡吹凉："好吧。既然一定要说，我就说了。尤尔跟我的关系在很多方面就跟盖布兰和丹尼尔一样。我是尤尔的代理父亲，可能是因为他没有父母的关系吧。"

哈利的咖啡杯正要凑到嘴边，顿时停在半空中。

"没有多少人知道这件事，因为尤尔这一路走来已经习惯编造很多故事。他编出的童年里有很多人物、细节、地点和日期，比一般人记得的童年都详细。正式版本是他从小生长在尤尔家族位于格里尼区的农庄里，但事实上他在挪威各地换过好几对养父母，住过很多中途之家，到了十二岁才落脚在膝下无子的尤尔家族里。"

"你怎么知道这不是谎言？"

"这件事说起来也有点奇怪，有天晚上尤尔跟我在赫尔斯都华镇北边一座森林的营地外面站岗，那天他很怪。当时尤尔跟我不是特别亲近，他却突然跟我说起他小时候如何遭受虐待，都没有人要他，让我感到非常惊讶。他跟我说了一些身世，有些光是听着都让人觉得痛苦。那些照顾他的大人本来应该……"辛德耸耸肩，"我们去散散步吧，"他说，"听说外面天气很好。"

两人踏上威博街，走进史登斯公园，只见有人穿上了夏天第一件比基尼，另外有个像毒虫的人晃出他的窝，爬上山顶，脸上的表情仿佛刚刚发现了地球。

"我不知道是什么促使他讲出这些话的，不过那天晚上他好像变了个人，"辛德说，"非常奇怪，但最怪的莫过于第二天他却表现得像是从来没跟我讲过那些话一样。"

"你说你们不是很亲近，可是你却跟他说了你在东线的一些经历？"

"对啊，因为在森林里也没什么事好做，我们多半都只是走来走去，监视德军而已。在那些等待的日子里，我们可讲了不少长长的故事。"

"你说过丹尼尔的故事吗？"

辛德望着哈利："你发现尤尔对丹尼尔着迷了？"

"现阶段我都只是猜想而已。"哈利说。

"对，我经常提到丹尼尔，"辛德说，"他就像一个传奇，很少能遇见一个人拥有那么自由、强壮、快乐的灵魂。尤尔非常喜欢听丹尼尔的故事，同一个故事我得讲好几遍给他听，尤其是丹尼尔单枪匹马进入无人地带埋葬苏联狙击手的故事。"

"他知道丹尼尔在'二战'期间去过森汉姆吗？"

"当然知道，他记得关于丹尼尔的所有细节，有些我都忘了，还要他来提醒。不知道为什么，他似乎完全认同丹尼尔，只不过他们两个根本就不是一类人。有一次尤尔喝醉了，还要我叫他乌利亚，就跟丹尼尔一样。如果你问我，我会说，战争结束后他看上年轻的辛娜·奥萨克绝对不是巧合。"

"哦？"

"他一发现丹尼尔的未婚妻要受审，就跑去法院坐了一整天，只为了看她，好像他早已经决定了要娶她一样。"

"因为她曾经是丹尼尔的女人？"

"你确定这很重要吗？"辛德问，快步走在通往山坡的小径上，哈利得加快脚步才能跟上。

"非常重要。"

"这话我不知道该不该说，不过我个人觉得尤尔爱'丹尼尔神话'胜过爱辛娜。我确定他对丹尼尔的钦佩是他战后不继续学医而去研究历史的主要原因。所以他自然专注于研究德军占领时期的挪威以及东部战线挪威军团的历史。"

两人来到山顶。哈利擦去汗水，辛德却脸不红气不喘。

"尤尔能快速成为历史学家的一个原因，是他参加过反抗军，政府当局认为他是为战后挪威撰写历史的完美工具，希望他不去提及挪威和德军的广泛合作，而大肆强调少得可怜的反抗行动。比如说，尤尔在他的历史书里光是'布吕歇尔'号重型巡洋舰在四月九日被击沉的这一段就写了五页，却绝口不提战后遭到起诉的挪威人有将近十万。这个策略奏效了，挪威国民并肩对抗纳粹主义的神话到今天仍广为流传。"

"你的书会不会提到这件事，樊科先生？"

"我只是陈述事实而已。尤尔知道他在写什么，可是他写的就算不是谎言，也是对事实的歪曲。我曾经跟他讨论过这件事，他给的理由是这样做能让人民团结起来。他唯一无法做到的，是把国王逃离挪威投奔自由这件事描述成英雄事迹。他不是唯一一个在一九四〇年觉得被遗弃的反抗军成员，可是我从来没碰到过一个人像他那样言论偏颇，连上过前线的老兵都没有他那么偏颇。还记得他一辈子都被他所爱和所信任的人抛弃吗？我想他极度痛恨逃到伦敦的每一个人，真的。"

两人在长椅上坐下，俯瞰法格博教堂，只见彼斯德拉街的屋顶往城里延伸，奥斯陆峡湾在远处闪闪发亮。

"真美，"辛德说，"美到有时会让人觉得值得为它去死。"

哈利试着将这些信息全部吸收，理出头绪，但仍缺少一个小细节。

"'二战'爆发前，尤尔在德国学医，你知道他在哪里念书吗？"

"不知道。"辛德说。

"你知道他专攻哪一方面吗？"

"知道，他说他梦想追随养父和祖父的脚步，他们都非常有名。"

"他们是……？"

"你没听说过尤尔顾问医生？他们是外科医生。"

89

二〇〇〇年五月十六日。格兰区。

莫勒、哈福森和哈利并肩走在莫兹菲特街上，这里是"小卡拉奇①"的深处，四周的气味、服装和路人，都让人几乎忘了自己身处挪威，口中的烤肉串也让人几乎忘了挪威烤香肠的滋味。迎面一个小男孩蹦蹦跳跳地走来，身穿巴基斯坦庆典服装，金色夹克的翻领上别着独立纪念日缎带。男孩脸上有个奇怪的狮子鼻，手中握着挪威国旗。哈利在报上读到今天穆斯林父母为孩子举办独立纪念日派对，好让他们明天能专心庆祝圣日。

"万岁！"小男孩给了他们一个灿烂的笑容，踏着轻盈的脚步走过。

"尤尔可不是无名之辈，"莫勒说，"他称得上是挪威重量级的历史权威。如果你说的是真的，报纸一定会大肆报道。更别说如果我们错了，如果哈利你错了，会有什么下场。"

"我只是请你准许我带尤尔回署里接受讯问，同时安排心理医生在场。我还需要一张尤尔家的搜查证。"

"我只是请你至少给我一个证据或一个证人，"莫勒的手势做个不停，"尤尔的知名度很高，而且命案现场附近没有人看见过他，一个人也没有。布兰豪格夫人接到的那通从本地酒吧打去的电话有什么发现没有？"

"我拿尤尔的照片去给在施罗德酒吧工作的女人看了。"哈福森说。

"她叫玛雅。"哈利插嘴说。

"她不记得见过尤尔。"哈福森说。

---

① 卡拉奇是巴基斯坦的一座城市。

“我说的就是这个。”莫勒呻吟一声，抹去嘴边的酱汁。

“对，可是我把尤尔的照片拿给坐在酒吧里的几个客人看，”哈福森说，瞥了哈利一眼，“有个穿外套的老人说我们可以逮捕这个人。”

“穿外套？”哈利说，“那是莫西干人康拉德·奥斯奈，他是一号人物，但恐怕不是可靠的证人。反正尤尔跟我们说他去了施罗德酒吧对面的布兰里咖啡馆，布兰里咖啡馆没有公共电话，所以如果他要打电话，一定会去对面的施罗德酒吧。”

莫勒做了个鬼脸，一脸狐疑地看着手中的烤肉串。他只是跟着哈利和哈福森买了一根奥图曼式布雷克烤肉串来吃，心中多少有点不愿意。哈利对这种烤肉串的形容是“当土耳其遇见波斯尼亚遇见巴基斯坦遇见格兰斯莱达”。

“还有，你真的相信那个什么人格分裂吗，哈利？”

“我跟你一样觉得不可思议，可是奥纳医生说有可能，他也愿意提供协助。”

“所以你认为奥纳医生可以催眠尤尔，把他身体里的丹尼尔诱导出来，让他自白？”

“我们还不确定尤尔是不是知道丹尼尔做了什么，所以能跟他谈谈是非常重要的。”哈利说，“奥纳医生说多重人格障碍患者非常容易被催眠，因为他们一天到晚催眠自己，也就是自我催眠。”

“太好了，”莫勒转了转眼珠，“那搜查证怎么办？”

“就像你自己说的，我们没有证据也没有证人，法官也不一定会采信那些心理分析，不过只要我们找到马克林步枪，那就大功告成，不需要其他东西了。”

“嗯。”莫勒在人行道上停下脚步，“动机呢？”

哈利以询问的神情看着莫勒。

“根据我的经验，即使是心理状态混乱的人，在他们的疯狂行为中通常也可以找到动机，可是我却看不到尤尔的动机。”

　　"不是尤尔的动机，老大，"哈利说，"是丹尼尔的。辛娜投靠敌军可能让丹尼尔产生了报复的动机。他在镜子上写的'神是我的审判者'这句话，可能表示他把这些谋杀行为视为一场个人圣战，他握有正当理由，无视其他人的谴责。"

　　"那其他命案呢？布兰豪格命案？还有侯格林命案？如果真的跟你判断的一样，凶手都是同一个人。"

　　"我不知道杀人动机是什么，但我们知道布兰豪格是被马克林步枪射杀的，而侯格林认识丹尼尔。根据验尸报告，侯格林的喉咙被划的那一刀如外科手术般精准，而尤尔曾经学医，他的目标是当上外科医生。也许侯格林发现尤尔假装自己是丹尼尔，才被杀的。"

　　哈福森清清喉咙。

　　"干吗？"哈利乖戾地说。他跟哈福森已颇为熟识，知道哈福森准备提出异议，而且这个异议有充分根据。

　　"根据你告诉我们的多重人格障碍症状，杀害侯格林的应该是尤尔，丹尼尔又不是外科医生。"

　　哈利吞下最后一口烤肉，用餐巾纸擦擦嘴，然后环顾四周寻找垃圾桶。"好吧，"他说，"我是可以说我们应该等所有问题都有了解答之后再行动，我也知道检察官会考虑我们握有的证据十分薄弱，可是我们都不能忽视这个嫌疑人再开杀戒的可能。老大，如果我们起诉尤尔，你害怕媒体失控，但你想想看，如果他再犯下一起命案，那媒体是不是会吵翻天，再骂我们一直在怀疑某人却什么也没做，让他……"

　　"好好好，这些我都知道，"莫勒说，"所以说你认为他还会再作案？"

　　"这件案子我有很多地方都不确定，"哈利说，"不过有件事我百分之百确定，那就是凶手还没完成他的计划。"

　　"你为什么这么确定？"

　　哈利拍拍肚皮，露出嘲讽的笑容。"因为这里有人发莫尔斯电码给我，老大。凶手买了全世界最贵最精良的狙击步枪是有原因的。丹尼尔之所以成为传奇，其中一个原因是他枪法神准。我有种感觉，他决心要把这场圣战推向一个合乎逻辑的结尾，而这个结尾将获得至高无上的荣耀，可以让丹尼尔传奇永垂不朽。"

夏日暑气突然消失片刻，最后一阵冬季冷风吹过莫兹菲特街，将尘埃与纸屑吹得直打转。莫勒闭上双眼，打个冷战，将外套拉得紧了些。卑尔根，他心想，卑尔根。"我去想想办法，"他说，"你们先做好准备。"

90

二〇〇〇年五月十六日。警察总署。

哈利和哈福森做好了准备，跃跃欲试，以至于哈利的电话一响，两个人都跳了起来。哈利抓起电话说："我是霍勒！"

"你说话何必要喊，"萝凯说，"电话不就是因为这样才发明的吗？那天你说独立纪念日什么来着？"

"什么？"哈利花了好几秒才回过神来，"我说我要工作？"

"还有呢？"萝凯说，"你说你就算偷天换日……"

"真的吗？"哈利觉得腹部涌出一种奇怪、温暖的感觉，"如果我找人来代我的班，你愿意跟我一起过节吗？"

萝凯咯咯一笑。

"你的口气好多了。我可得先声明，你不是我的首选，我爸爸决定今年要自己过独立纪念日，所以，没错，我们希望你跟我们一起过节。"

"欧雷克怎么说？"

"是他提议的。"

"是吗，这小子真聪明。"

哈利喜悦无比，以至于难以用正常音调说话，就算哈福森坐在办公桌对面，两耳之间有着一道大大的弧线，他也觉得无所谓。

"那就这么说定了？"萝凯的声音挠动着他的耳朵。

"好，只要我能找到人代班的话。我等会儿再打给你。"

"OK，你晚上也可以过来吃点东西，如果你有时间而且想过来的话。"

萝凯不假思索地脱口而出，让哈利想到她在打电话之前就已经准备好这么说了。他心中的笑声如泡泡般不断冒出，头脑感觉轻飘飘的，仿佛吃了迷幻药。他正要说"好"，突然想起萝凯在餐厅里说过的话：我知道不会只有一次。萝凯说的"吃点东西"其实另有所指。

如果你有时间而且想过来的话。

他如果感到惊慌，现在正是时候。

插拨灯闪了起来，打断了他的思绪。

"我有另外一通电话打进来，一定得接。萝凯，你先等我一下，好不好？"

"没问题。"

哈利按下方形按键，是莫勒打来的。

"逮捕令已经下来了，搜查证也快了。汤姆那边准备了两辆车和四个武装警员。哈利，我向耶稣祈祷说希望你肚子里那个发莫尔斯电码的家伙手稳当些，没有发错电码。"

"他只是发了几个代码，从来没发过一整句话。"哈利说，对哈福森打个手势，示意他穿上夹克。"先走啦。"哈利用力挂上电话。

等到他们整装待发，站在电梯里，哈利才猛然记起萝凯还在另一条电话线上，等候他的回答。眼下他已没有心思去琢磨那句话究竟是什么意思。

91

二〇〇〇年五月十六日。伊斯凡路。

警车驶入这个屋舍相隔甚远的安静住宅区时，夏季的第一天开始凉快下来。哈利浑身不自在，不只是因为他穿了防弹背心，身上一直冒汗，也因为这里实在太安静了。他凝视精心修剪的篱笆后方的窗帘，但窗帘并未晃动。他感觉自己像个西部牛仔，骑在马上准备突袭。

起初哈利拒绝穿防弹背心，但负责行动的汤姆下了简短的最后通牒：要么穿上防弹背心，要么待在家里。哈利解释了马克林步枪的子弹会像刀子切牛油那般穿过防弹背心，汤姆不在乎地耸耸肩。

他们分别坐进两辆警车。汤姆搭乘的第二辆警车驶上松恩路，开进伍立弗哈比住宅区，从另一个方向前往伊斯凡路。哈利听见汤姆的声音伴随着杂音从无线电对讲机传出，语调冷静而自信。汤姆询问各自所在位置，再次叙述行动程序和紧急预案，要求每一位警员复述各自的任务。

"如果他是行家，可能会在栅栏门上连接警铃，所以我们翻栅栏过去，不要开门进去。"

连哈利都不得不承认汤姆的工作效率极高，车内其他人显然都很尊敬汤姆。哈利指了指那栋红色屋子。"就是那栋。"

"阿尔法，"前座女警对着对讲机说，"我们没看见你们。"

汤姆说："我们就在转角，远离房子的视线范围，等你们看见我们。完毕。"

"太迟了，我们已经到了。完毕。"

"好，先不要下车，我们过去。完毕，结束通话。"

接着他们看见第二辆警车的车头从转角冒了出来。他们再朝红色屋子前进最后五十米，然后停车，挡住车库出入口。第二辆警车则停在院子栅栏门前。

众人陆续下车。哈利听见一只网球被网线松掉的球拍击出的低沉回音。太阳正朝伍拉森车站的方向移动。他闻到一扇窗户飘出煎猪排的香味。

好戏上场。两名警察手持蓄势待发的 MP5 冲锋枪，翻过栅栏，一左一右绕着屋外奔跑。

与哈利同车的女警留在车上。她的任务是用无线电对讲机和中央总机保持联络，以及阻止围观民众靠近。汤姆和最后一名警察等刚才那两名警察就位并用胸部口袋内的无线电回话后，才高举制式手枪，翻越栅栏门。哈利和哈福森站在警车后方，观看整个行动。

"香烟？"哈利问那女警。

"我不抽，谢谢。"她微笑着说。

"我只是问你有没有烟。"

她收起笑容。典型的不吸烟者，哈利心想。

汤姆和那名警察奔上台阶，在大门两侧各就各位。这时哈利的手机响起。哈利看见那女警的眼珠转了转。典型的外行人，她可能这样想。

哈利只是查看一下来电显示是否为萝凯的号码，正要关机，却发现那号码很眼熟，但不是萝凯的。汤姆举起手，正要下达命令，这时哈利想起电话是谁打来的。他从女警手中抢过无线电对讲机，女警吃惊地张大嘴。

"阿尔法！停止动作。嫌疑人正打电话给我，听见没有？"

哈利往台阶望去，只见汤姆对他点点头。哈利按下接听键，把手机靠上耳边。

"我是哈利。"

"嘿，"不是尤尔的声音，哈利十分惊讶，"我是辛德，抱歉打扰你。我在尤尔家里，我想你应该来一下。"

"为什么？你在他家干吗？"

"我可能做了一件蠢事。一小时前他打电话给我，要我马上过来，说他生命有危险。我开车过来，发现门是开着的，却不见他的踪影。现在我担心他可能把自己锁在了卧室里。"

"你为什么会这样想？"

"卧室的门是锁着的，我想从钥匙孔往里面看，可钥匙从里面插在门锁上。"

"好，"哈利说，绕过警车，朝栅栏门走去，"你仔细听好，站在原地不要动，如果你手里有任何东西，立刻放下，我们马上就到。"

哈利走上台阶，汤姆和另一名警察惊讶地跟在后头。他按下门把手，推门而入。

辛德站在门口，手里握着话筒，目瞪口呆地看着他们。"我的老天，"他看见汤姆手里握着左轮手枪说，"这也太快了吧……"

"卧室在哪里？"哈利问。

辛德指了指楼梯。

"带我们上去。"哈利说。

辛德领着三名警察往屋里走。"这里。"

哈利转动门把手，确实上了锁。只见门锁上插着一把钥匙，他试着旋转钥匙，却转不动。

"我刚刚来不及告诉你，我拿了其他卧室的钥匙想开门，"辛德说，"有时候钥匙是一样的。"

哈利拔出钥匙，把眼睛凑上钥匙孔，只见房内有一张床和一个床头柜，床上映出一道光影。汤姆低声用对讲机交谈。哈利感觉汗水又开始在防弹背心内渗出并往下流。他一见那光影的形状便心生不祥之感。

"你不是说里面插着一把钥匙吗？"

"对啊，"辛德说，"我插进这把钥匙，里面那把钥匙就被推出去了。"

"那我们要怎么进去？"哈利问。

"马上就来了。"汤姆说，这时他们听见靴子踏上楼梯的沉重脚步声。刚才绕到屋后就位的一名警察走了上来，手中拿着一根红色撬棒。

"这边。"汤姆指了指。

木板碎片四处纷飞。房门弹开了。

哈利迈开大步，踏进房内，耳中听见汤姆让辛德留在外面。

哈利注意到的第一样东西是遛狗绳。尤尔用遛狗绳上吊，身上穿着领口敞开的白衬衫、黑裤子、方格花纹袜。他身后是一把椅子，椅子倒在衣柜前方，鞋子整整齐齐摆在椅子下方。哈利抬头朝天花板看去，看见遛狗绳绑在天花板吊钩上。哈利极力克制自己，却还是忍不住朝尤尔的脸部望去。尤尔的一只眼睛看着房间，另一只眼睛看着哈利，分别看向两个方向。像是一个双头巨兽，一颗头各长一只眼睛，哈利心想。他走到朝东的窗户前，看见有孩子骑自行车沿伊斯凡路而来。警车到来的消息在这种地区总是散播得十分迅速，孩子就是被这个消息吸引来的。

哈利闭上眼睛思考。第一印象很重要，现场闪过脑际的第一个想法总是最正确的。这是爱伦教他的。他的教官则教他，进入犯罪现场后，要把注意力放在第一样最有感觉的事物上。这就是哈利不必转身也知道钥匙就落在身后的地板上的原因。他知道他们在房间里找不到什么指纹，也没有人闯进过这栋屋子。原因很简单，杀人者和被害人都吊在天花板上。双头巨兽分裂了。

"打电话给韦伯。"哈利对哈福森说。哈福森已来到屋内，站在房间门口，凝望天花板上吊着的尸体。

"明天的节日他可能有别的打算，不过可以安慰他说，这件案子已经告一段落了。尤尔发现了凶手是谁，并且以生命为代价。"

"凶手是谁？"汤姆问。

"要用过去时。凶手已经死了。凶手自称丹尼尔·盖德松，住在尤尔的脑子里。"

哈利一边往屋外走，一边跟哈福森说，请韦伯找到马克林步枪之后跟他联络。

哈利站在门前台阶上，观察这个地区。没想到这么多邻居突然都在院子里干活，而且个个都踮起脚越过篱笆往这边看。汤姆也走了出来，站在哈利身旁。

"我不懂你刚刚在里面说的话，"汤姆说，"你的意思是说，这家伙畏罪自杀吗？"

哈利摇摇头："不是，我说的就是那个意思。他们杀了彼此。尤尔杀了丹尼尔好阻止他。丹尼尔杀了尤尔，避免自己被揭发。他们的利益第一次有了交集。"

汤姆点点头，似乎仍摸不着半点头脑。

"那个老家伙有点眼熟，"他说，"我是说活着的那个。"

"他是萝凯的父亲，你……"

"哦，楼上密勤局的那个骚货，原来是她的父亲。"

"你有烟吗？"哈利问。

"我不抽烟。"汤姆说，"接下来的事归你管了，哈利，我要走了，如果你还需要帮忙，现在就说。"

哈利摇摇头，汤姆往栅栏门走去。

"哦，对了，"哈利说，"如果你明天没什么特别的事，我需要一个资深警官代我的班。"

汤姆笑了几声，继续往前走。

"你只要在格兰区清真寺举行礼拜的时候执行监视任务就可以了，"哈利高声说，"这种任务你很在行，只要不让光头党痛扁庆祝圣日的穆斯林就好。"

汤姆走到栅栏门前，突然停步。"你负责这个任务？"他转过头来说。

"没什么大不了，"哈利说，"只是两辆车、四个人而已。"

"多久？"

"八点到三点。"

　　"你知道吗？"汤姆说，"我突然想到我欠你个人情。正好，我帮你代班。"
他向哈利敬个礼，坐上警车，发动引擎，离开现场。

　　欠我什么人情啊？哈利沉思，耳中听见网球场传来懒洋洋的击球声。
下一刻他已把这件事抛在脑后，因为手机响起，这次的来电显示正是萝凯
的号码。

92

二〇〇〇年五月十六日。霍尔门科伦路。

"这是给我的吗？"萝凯拍手说道，接过一束雏菊。

"我没办法去花店，只好在你家院子里摘。"哈利踏进门内，"嗯，是椰奶的味道，泰国菜？"

"对。恭喜你买了新西装。"

"这么明显？"

萝凯呵呵一笑，摸摸西装翻领。"高品质羊毛。"

"超级一一〇。"

哈利根本不知道超级一一〇是什么意思。他只是兴高采烈地走进黑德哈路一家正要打烊的时装店，请售货员替他找来唯一一套适合他身高的西装。当然了，七千克朗远远超过他的预算，但如果不花这笔钱，他只能再穿那套滑稽万分的老西装，因此他闭上双眼，把信用卡放上刷卡机，试着忘记这笔钱。

两人走进餐厅，桌上摆着两人份的餐具。

"欧雷克在睡觉。"哈利还没问，萝凯便说道。接着是一阵沉默。"我不是那个意思……"她开口说。

"不是吗？"哈利微笑着说。他从未见过萝凯脸红。他把她拉进怀中，呼吸刚洗过头发的芳香，感觉她微微的颤抖。

"我的菜……"她轻声说。

哈利放开她，见她消失在厨房里。面向院子的窗户开着，今天才出现的白色蝴蝶在落日余晖中翻飞得有如五彩碎纸，屋内能闻到软肥皂和潮湿木地板的气味。哈利闭上双眼。他知道他需要很多个这样的日子，才能完全忘却尤尔吊在遛狗绳上的景象，但那景象已开始退去。韦伯和他的弟兄没找到马克林步枪，但找到了尤尔的狗，布雷的喉咙被划开，套着垃圾袋冰在冷冻库里。他们在工具箱里还发现了三把刀，刀上都有血迹。哈利猜想其中一把必沾有侯格林的血。

　　厨房传来萝凯的呼唤，叫他帮忙拿几样东西。那景象已开始退去。

93

二〇〇〇年五月十七日。霍尔门科伦路。

土耳其禁卫军音乐随风飘来又散去。哈利睁开眼睛，眼前白晃晃一片。白色日光从飘动的白色窗帘缝隙透入，微光闪烁犹如莫尔斯电码。白色墙壁，白色天花板，白色寝具轻柔冰凉地贴着他温热的肌肤。他翻过身，看见枕头上仍留有她躺过的痕迹，但床上只有他一人。他看了看表，八点零五分。萝凯已经带欧雷克前往阿克什胡斯堡垒游行场，那里是儿童游行的出发地点。他们约好十一点在皇宫警卫室前碰面。

他闭上眼睛，重温昨夜时光，然后下床，拖着脚走进浴室。浴室也是白色的：白色瓷砖，白色瓷器。他用冷水冲个澡，不知不觉唱起 The The 乐队的一首老歌。

"……完美的一天！"

萝凯为他挂上了一条浴巾，也是白色的。他用厚厚的棉织浴巾擦身体，让血液循环畅通起来，同时在镜中端详自己的脸。现在他很开心，对不对？现在他很开心。他对镜中那张脸微笑。那张脸也对他微笑。艾克曼和弗里森。如果你对世界微笑，世界也会……

他放声大笑，将浴巾围上腰际，踩着湿润的双脚，慢慢穿过走廊，走进卧室。他花了几秒钟才发现自己走错了卧室，因为这间卧室的摆设也全都是白色的：白色墙壁，白色天花板，一张摆着家庭照片的梳妆台，一张铺得整整齐齐的双人床，上面盖着老式针织床罩。

他转过身，来到门边正要离去，突然全身僵硬，呆立原地。他脑中仿佛有个部分命令他继续往前走，忘记他看见的一切；另一个部分则要他回去查看刚刚看见的是否真如他想的那样，或者，说得更精确一点，真如他担心的那样。这正是他所害怕的，至于为什么，他并不知道。他只知道当一切都是完美的，一切都好到不能再好，你不会希望改变出现，一丝改变都不希望。但已经太迟了。当然已经太迟了。

他吸了口气，转过身，再走进房间。

那张黑白照片装在简单的金色相框里。照片中的女子有一张鹅蛋脸，身材高挑，颧骨高耸，充满笑意的双眼十分平静，看着相机上方高一点的位置，应该是看着拍照的人。她看起来相当强健，穿一件朴素短衫，短衫前是一条银色十字架项链。

两千多年来人们一直把天使画在圣像上。

这并不是他第一次看见她的照片时觉得似曾相识的原因。毫无疑问，照片中的女子跟他在比阿特丽丝的房间里见到的那张照片，是同一个人。

第九部　审判日

哈利感觉心脏猛烈跳动。他转过身，差点撞倒一个乐队指挥。

他朝皇宫奔去，直奔到露台和那棵枯树这两点所连成的一条直线，才停下脚步。……原来如此，就这么简单。只要击发一枚子弹。独立纪念日这天没有人会注意到一声枪响。

94

二〇〇〇年五月十七日。奥斯陆。

我写下这些回忆，是希望发现这本回忆录的人知道一些我做此决定的原因。我生命中的抉择通常与两个或好几个恶魔有关，而我必须在那个基础上接受审判。但我从不逃避任何抉择，这一点也必须摊在审判台上。我从不逃避自己的道德责任。我宁可冒着抉择错误的风险，也不愿意和沉默的大众一样过着懦弱的生活，在人群里寻求安全感，让别人来替自己做决定。我做出这最后的决定，好让自己做好准备，去会见上帝和我的海伦娜。

"靠！"

一群身穿西装和民族服装的人拥上麦佑斯登区十字路口的徒步区，哈利踩下刹车。整座城市似乎蠢蠢欲动，信号灯似乎永远不会再切换成绿灯。过了不久，他终于可以松开离合器，加速前进。他在威博街并排停车，找到辛德家的门铃，按了下去。一个蹒跚学步的小孩穿着真皮鞋子啪嗒啪嗒地大声走过，手中的玩具喇叭发出刺耳的嘟嘟声，吓得哈利跳了起来。

辛德并未应门。哈利回到车上，拿出一根撬棒。他没把撬棒放在后备厢，因为那里的锁有时会打不开。他回到公寓门口，伸出两只手臂同时按住两排门铃。过了几秒就听见嘈杂声和呼喊声，应该是公寓居民手中拿着熨斗或鞋油急着应门的声音。他说他是警察。一定有人相信了，因为有人气呼呼地按开门锁，让他长驱而入。他冲上楼梯，一次跨上四个阶梯，来到三楼，这时他的心脏跳得比十五分钟前他看见那张照片时还要猛烈。

　　我独自扛起的这项任务已经搭上了几条无辜性命，当然这是必须承担的风险。战争向来如此。审判我吧，我只是个士兵，没有太多选择。这是我的愿望。如果你严厉地审判我，请记住你也无法避免犯错，对你我来说，永远都是如此。到了最后，审判者只有一个，那就是神。这是我的回忆录。

　　哈利用拳头敲打了两次辛德住处的门，大喊辛德的名字。他并未听见响应，便挥起撬棒嵌入门锁缝隙，用力扳动。扳到第三次，门板发出轰然巨响。他跨过门槛。屋内又黑又静，弥漫着一种怪异的氛围，一如他刚才离开的那间卧室。那是一种空虚和彻底被遗弃的氛围。他一踏进客厅，便明白为何会有这种氛围。这间屋子已经被遗弃了。原本堆叠满地的纸张、塞满歪斜书架的书本、半满的咖啡杯都已不见。家具都被推到角落，盖上白布。一道阳光穿过窗户，落在一沓用绳子扎起的稿纸上，稿纸就躺在清空的客厅地板中央。

　　在你阅读本文时，希望我已死去。希望我们都已死去。

　　哈利在那沓稿纸旁蹲下身来。第一张稿纸上打印着："大背叛：一个士兵的回忆录"。
　　哈利解开绳子。
　　下一页写着：我写下这些回忆，是希望发现这本回忆录的人知道一些我做此决定的原因。哈利翻了翻那沓原稿，只见数百页稿纸上铺满密密麻麻的文字。他看了看表：八点三十分。他在笔记本里找到弗里茨的电话，拿出手机。弗里茨接起电话，他刚执完夜勤，正在回家路上。哈利和弗里茨讲了几分钟电话，又拨到查号台，查询电话号码并请查号台人员接通。
　　"我是韦伯。"

"我是哈利，独立纪念日快乐。今天不都这样问候别人吗？"

"妈的，你要干吗？"

"呃，你今天应该有一些安排……"

"对，我打算锁上门窗，在家看报纸。有话快说。"

"我需要采集一些指纹。"

"很好，什么时候？"

"现在。你得把你的工具箱带来，我们必须从这里把指纹传送出去。我还需要一把史密斯威森手枪。"

哈利给了韦伯这里的地址，然后拿起那沓原稿，在一张盖了白布的椅子上坐下来，开始阅读。

95

二〇〇〇年五月十七日。奥斯陆。

一九四二年十二月十二日，列宁格勒。

火焰照亮灰沉沉的夜空，仿佛肮脏的帆布顶棚覆盖在单调荒芜的土地上。光秃秃的野地将我们包围。苏联军队可能发动了攻击，也可能只是佯攻，我们无从得知，通常我们要等到仗打完才能知道准确战情。丹尼尔再度证明了他神枪手的实力。倘若他过去不是传奇人物，那么今天他也挣得了永垂不朽的名声。他在半公里的距离外射杀了一个苏联狙击手，然后进入无人地带为那个狙击手举行基督教葬礼。我从没听说有人做过这种事。他还带了一顶苏联军帽回来，以做纪念。然后他和往常一样慷慨激昂，唱了一首歌娱乐大家（几个出于嫉妒而不捧场的扫兴家伙除外）。能有这么一个英勇果敢的朋友，我深感荣幸。虽然这场战争有时看起来似乎永远没有尽头，而且我们的祖国牺牲极大，但丹尼尔这样的人给了大家希望，我们将会阻止布尔什维克，返回安全、自由的挪威。

哈利看了看表，继续往下读。

一九四二年新年前夜，列宁格勒。

……我看见辛德眼中的恐惧，不得不说几句安慰的话，让他在站岗时放松一点。机枪哨那里只有我们两个人，其他人都回碉堡去了，丹尼尔的尸体直挺挺地躺在弹药箱上。我从弹带上又刮了一些丹尼尔的血下来。月亮放出光芒，天上飘着雪，这是个美丽的夜晚，我想我该来收拾丹尼尔的遗骸，让他再度完整如初，可以站起来领导我们。辛德不懂这些。他是个跟班、投机主义者、告密者，看谁可能赢他就跟谁。这一天所有的事物在我、在我们、在丹尼尔眼中看起来都最为黑暗。辛德也会出卖我们。我迅速后退一步，来到他身后，抓住他的额头，挥出刺刀。动作必须非常灵巧熟练，才能划出够深、够干净的一刀。那刀一划下去，我就知道已经得手，立刻放开了他。他慢慢转过身，用他那猪猡般的小眼睛看着我，他似乎想大叫，但刺刀割断了气管，只听见伤口裂缝发出嘶嘶声，那里有鲜血涌出。他双手抓住喉咙，想阻止生命流失，但只是让鲜血从手指之间细细地喷射出来。我摔在地上，在雪地里急忙往后爬，以免鲜血喷上我的制服。如果他们要调查辛德的"叛逃案"，我制服上的鲜血可就说不清了。

等他不动了之后，我把他背部朝下翻过来，拖到弹药箱上。幸好他跟丹尼尔的身材相近。我找出辛德的身份证明文件（我们不论日夜都把身份证明文件带在身上，万一被拦下来，身上却没有证件证明我们的身份和军令——步兵团、北部战线、日期、钢印等，就可能被当作逃兵当场枪决）。我卷起辛德的身份证明文件，塞进我挂在弹带上的水壶。然后我把包在丹尼尔头上的麻布袋拿下来，包到辛德头上。最后，我把丹尼尔背在身上，搬进无人地带，把他埋在雪里，就如同丹尼尔埋葬苏联士兵乌利亚那样。我留下丹尼尔的苏联军帽，唱了一首赞美歌《主是我们的坚固堡垒》，还唱了《加入火焰周围的人群》。

一九四三年一月三日，列宁格勒。

今年冬天是暖冬。一切都按照计划进行。一月一日早晨，运尸兵接到命令，来把弹药箱上的尸体运走。当然了，他们认为他们用雪橇拖去北区总队的是丹尼尔的尸体。现在只要一想到这件事，我还是会大笑。不知道他们把尸体扔进墓地前，会不会把他头上的麻布袋拿下来，反正无所谓，运尸兵也不认识谁是丹尼尔、谁是辛德。

我唯一担心的是爱德华似乎怀疑辛德没有叛逃，而是被我杀了。不过他也拿我没办法。辛德的尸体已经跟数百具尸体躺在一起，被火焚烧得认不出来了（愿他的灵魂永远被火焚烧）。

但昨天晚上站岗时，我必须实施更为大胆的计划。我逐渐发现不能把丹尼尔的尸体留在雪地里。今年冬天这么暖，丹尼尔的尸体随时有可能暴露出来，那么尸体被调包的事便会曝光。我晚上开始梦见春天冰雪融化后，狐狸和臭鼬啃食丹尼尔尸体的景象，于是我决定把他挖出来，埋进墓地。毕竟那是块神圣的土地。

当然了，比起苏联人，我更担心我们自己的哨兵，所幸坐在机枪掩体里的是辛德那个脑袋迟钝的同伴侯格林。此外，今晚乌云密布，更重要的是，我感觉到丹尼尔跟我在一起，是的，他跟我在一起。我好不容易才把他搬上弹药箱，正要在他头上套上麻布袋，他竟然微笑了。我知道缺乏睡眠和饥饿会让人产生幻觉，但他僵死的脸庞就在我眼前改变了形状。最奇妙的是那并不让我害怕，我反而觉得很开心、很有安全感。然后我偷偷溜回碉堡，像个孩子般甜甜睡去。

一小时后，爱德华把我叫醒，我觉得先前的一切仿佛一场梦。我自认为看见丹尼尔的尸体再次出现时，脸上的惊讶表情相当自然。但这并不足以让爱德华信服。他确定那是辛德的尸体，也确定是我杀了辛德，并把辛德的尸体放上弹药箱，希望运尸兵以为他们上次忘了把尸体收走，而再来收一次。侯格林把麻布袋拿下来，让爱德华看见那的确是丹尼尔的尸体。他们两个人当场看得目瞪口呆。我尽力忍着才没笑出来，不然就泄露了我跟丹尼尔的秘密。

一九四四年一月十七日，列宁格勒，北区总队，战地医院。

苏联战斗机扔下的那颗手榴弹打中了侯格林的钢盔，钢盔在雪地上旋转。我们仓皇躲避。我距离手榴弹最近，心想这下我们三个人（爱德华、侯格林和我）全都难逃一死。奇怪的是，我的最后一个念头竟然是觉得命运太捉弄人，我才刚刚救了爱德华，没让他丧生在侯格林那可怜家伙的枪口下，结果却只是延长他短短两分钟的生命而已。幸好苏联手榴弹粗制滥造，我们三个人幸运地逃过一劫。我一只脚受伤，一枚碎片穿透钢盔插入额头。

也是机缘巧合，我被送到丹尼尔的未婚妻辛娜·奥萨克护士负责的病房。起初她没认出我，但那天下午她走过来跟我说挪威语。她非常美丽，我清楚地意识到为什么我想娶她。

欧拉夫·林维连长也在同一间病房，他那件白色真皮外套就挂在床边挂钩上。不知道为什么，他那件外套一定要挂在床边，可能是为了伤一复原就能立刻走出病房，重返战场。战场上十分需要他这样的人才，我听得见苏联大炮节节进逼。一天晚上，林维连长尖声大叫，可能是做噩梦了，辛娜护士进来给他打了一针，可能是吗啡。林维连长再度睡去，我看见辛娜抚摸他的头发。她好美，我想呼唤她到我床边来，告诉她我是谁，但我不想吓到她。

今天他们跟我说，我要被送往西部，因为药品送不过来。没有人跟我说我的病情如何，但我的脚很疼。苏联人越来越接近了，我知道这是我活下去的唯一希望。

一九四四年五月二十九日，维也纳森林。

她是我这辈子见过的最美丽、最聪明的女人。你可以同时爱上两个女人吗？是的，你可以。

盖布兰已经变了，所以我用了丹尼尔的昵称"乌利亚"。海伦娜更喜欢乌利亚这个名字，她觉得盖布兰是个奇怪的名字。

其他人睡觉时，我写诗，但我没有太多写诗的天分。她一出现在门口，我的心就猛烈跳动。丹尼尔说如果你想赢得女人的心，就必须保持冷静，呃，几乎是冷漠。就好像捕捉苍蝇一样：你必须静静坐着，最好是看着另一个方向。等苍蝇开始信任你，停在你面前的桌子上，爬得越来越近，最后几乎是求你捉住它时，你就必须快如闪电地出手，坚定而没有一丝疑惑。"没有一丝疑惑"最为重要。最重要的不是速度，而是信念。你只有一次机会，必须做好万全准备，丹尼尔说。

一九四四年六月二十七日，维也纳。

……我从心爱的海伦娜的臂弯中离开。空袭已结束很长一段时间，但午夜的街道仍空荡无人。我回到"三个骑兵"餐厅，我们的车就停在餐厅旁边。车子的后风挡玻璃碎了，一块砖头在车顶砸出个大洞，所幸除此之外，车子并无其他损伤。我坐上车，以最快的速度开回医院。

我知道要再为海伦娜和自己做些什么都已经太迟了。我们两个人只是被卷进一个由无数事件组成的大旋涡，而且无能为力。她畏惧父母，注定要嫁给这个克里斯多夫·布洛海德医生，这个人渣自私无比（却口口声声说那是爱！），不断侮蔑爱的本质。难道他看不出驱动他的爱和驱动海伦娜的爱是完全相反的吗？如今我得牺牲我跟海伦娜共度一生的梦想，以换取海伦娜的人生，就算不是快乐的人生，至少也是有尊严的人生，让她不会被布洛海德逼着去过堕落的人生。

这些思绪在我脑海中激荡不已。我高速行驶在像人生一样曲折迂回的道路上，丹尼尔指挥着我的手和脚。

……发现我坐在他床边，他难以置信地看着我。

"你在这里干吗？"他问。

"克里斯多夫·布洛海德，你是个叛徒，"我轻声说，"我判处你死刑，你准备好了吗？"

我认为他还没准备好。人们面对死亡永远准备不足，总认为自己会长生不老。我希望他能亲眼看见自己的鲜血喷上天花板，我希望他听见自己的鲜血洒落在床单上的声音，不过我最希望的是他知道自己就要死了。

我在衣柜里发现一套西装、一双鞋子、一件衬衫，我把这些衣服鞋子卷起来夹在手臂下，跑回车上，发动引擎……

……仍在睡梦之中。突然下了场大雨，我全身湿透，又湿又冷。我钻进被窝，躺在她身边。她温暖得像烤箱。我贴上她，她在睡梦中呻吟了一声。我试着紧贴她的每一寸肌肤，试着骗自己说我们将永远如此相拥，试着不去看时钟。距离火车出发只剩两小时。再过两小时，我就会成为全奥地利通缉的杀人犯。他们不知道我什么时候会离开，不知道我会走哪一条路线，但他们知道我的目的地，只要我一回到奥斯陆，他们就会将我逮捕。我紧紧拥抱她，希望这个拥抱能让我留存一生。

哈利听见门铃响起。门铃是不是响了一阵子了？他找到对讲机，按开大门让韦伯进来。

"除了电视体育节目，我最痛恨的就是这个，"韦伯气冲冲地踏进门，把一个行李箱大小的登机箱重重放在地上，"独立纪念日，整个挪威都疯了，道路封闭，开车还得绕过市中心才能抵达目的地，我的妈呀！我们要从哪里开始？"

"厨房的咖啡壶上应该可以采到清楚的指纹，"哈利说，"我跟维也纳一个警察联络过了，他已经忙着去找一九四四年的指纹。你把扫描仪和电脑都带来了吧？"

韦伯拍拍那个登机箱。

"太好了。指纹扫描完，就把电脑连上我的手机，用电子邮件把指纹发给联系人清单中的'弗里茨，维也纳'。弗里茨会坐在电脑前，等我们把指纹发过去，就立刻进行比对。"

"这是怎么回事？"

"密勤局的事，"哈利说，"只有需要知道的人员才能知道。"

"是吗？"韦伯咬着下唇，用搜寻的眼光看着哈利。哈利直视韦伯的双眼，等待着。"你知道吗，哈利？"最后韦伯说，"很高兴看见挪威还有人如此专业。"

96

二〇〇〇年五月十七日。奥斯陆。

一九四四年六月三十日，汉堡。

给海伦娜写完信，我打开水壶，摊开辛德的身份证明文件，把信装了进去。我取出刺刀，在水壶上刻下海伦娜的姓名、地址，然后走入黑夜。我一走出门就感受到热浪袭来。热风撕扯我的制服，头上的天空犹如污秽的黄色拱顶，耳中除了远处的火焰怒吼声，只能听见玻璃碎裂声和那些无处可逃之人的尖叫声。传说中的地狱大概就是这个样子吧。轰炸已经停止。我沿着已称不上是街道的街道行走，它只是一条穿过空旷地区的柏油路，两旁尽是一堆堆的废墟。"街道"上仍矗立着的只有一棵烧得焦黑的树，伸出女巫手指般的树枝指向天际，还有一座被火焰吞噬的房子。尖叫声就是从那个方向传来的。我走近房子，只觉得每吸一口气，肺脏都像要被烤焦似的。我转身朝港口的方向走去。而她，那个小女孩，就在那里。我经过她身旁，她睁着极度恐惧的黑色眼眸，拉住我的夹克，叫得极为惨烈，几乎要把心脏喊出来了。

"妈妈！妈妈！"

我爱莫能助，只能继续往前走。我已看见一副人骨站在顶楼刺眼的火焰中，一只脚卡在窗台边缘。但那小女孩继续跟着我，尖叫着求我救她妈妈。我试着走快一些，但她细细的手臂抓着我，一直不肯放手，我只能拖着她往下方那片火海走去。我们继续向前走，形成一支奇怪的队伍，两个人像是铸在一起，一同踏上灭亡之路。

我哭了，是的，我哭了，泪水一渗出来就蒸发得无影无踪。我不知道是谁停下了脚步，但我把她抱了起来，转个方向，回到旅店，上楼走进房间，用毛毯把她包起来。然后，我拿下另一张床的床垫，放在她床边的地上，躺了下来。

我一直未能知道她的名字，也不知道后来她怎么样了，因为入夜后她就不见踪影。但我知道她救了我一命。因为她，我选择了希望。

我在垂死的城市中醒来。城里有几处仍冒着火光，港口建筑物已被夷为平地，运送粮食和疏散受伤民众的船只停泊在奥贝斯德湖，无法停靠码头。

到了晚上，码头人员才清出一块地方让船只载卸人员和货物。我赶了过去，找过一艘船又一艘船，终于找到一艘开往挪威的船。那艘船叫"安纳"号，运载水泥前往特隆赫姆市。这个目的地正好适合我，我想通缉令应该不会发送到那里去。德国人做事一向有条不紊，但码头乱成一片，指挥命令更是令人无所适从，这样形容已经很客气了。我领子上的党卫军徽章似乎替我塑造出一种形象，让我轻易就上了船。我拿出派遣命令给船长看，并向他说明文件的意思是指我必须挑选最直接的路径返回奥斯陆。在现在这种局势之下，我必须搭乘"安纳"号前往特隆赫姆市，然后再搭火车返回奥斯陆。

搭船返回挪威的旅程花了三天。我走下船，拿出证明文件，被放行。然后，我搭上开往奥斯陆的火车。火车之旅花了四天。下火车之前，我走进厕所，换上从布洛海德那里拿来的衣服，准备迎接第一个挑战。我走上卡尔约翰街，天气十分温暖，天空飘着毛毛细雨。两个少女互相挽着手臂迎面走来，经过我身旁，咯咯大笑。汉堡的人间地狱似乎已远在几光年之外。我的心充满喜悦。我回到了亲爱的祖国。我重生了。

洲际饭店的前台接待员戴着眼镜，仔细查看我的身份证明文件。

"欢迎光临洲际饭店，樊科先生。"

在鹅黄色的饭店客房里，我躺在床上，凝望天花板，聆听外面的城市声响，试着念出我的新名字——辛德·樊科。这名字很陌生，但我明白，这也许行得通。

一九四四年七月十二日，诺玛迦区。

……男人叫伊凡·尤尔。他似乎觉得我讲的故事难以置信，就跟其他大后方的男人一样。他们当然会觉得难以置信。我如果说出实情，说我曾经在东线作战而现在是命案通缉犯，只会比当逃兵后经由瑞典回到挪威更让人吃惊。他们通过情报网络核对我的资料，收到这个名叫辛德·樊科的士兵据报已经失踪，可能已叛逃至苏联阵营的确认。德国人的系统真是井井有条！

我的挪威语十分标准，这可能跟我在美国长大有关系，但是并没有人注意到这个叫辛德的农村小子竟然这么快就摆脱了居德布兰方言。我来自挪威一个小地方，就算是我年轻时（年轻时！我的天，不过才三年，却恍如隔世）的熟人遇见我，肯定也已经认不出我了。我感觉自己已经完全变了个人。

我很担心认识辛德的人会出现。幸好他的家乡比我的家乡更偏远，不过仍然有亲人可以指认他。

我今天走来走去思考这件事该如何处理，没想到他们竟然下了一道命令给我，要我去杀了我（辛德）那个加入国家集会党的哥哥，让人惊喜万分。这道命令是为了测试我是真的想加入反抗军还是来当间谍的。丹尼尔跟我几乎爆出笑声，仿佛这是我们自己想出来的解决之道。他们竟然要我去杀了那些可能掀我底牌的人！我清楚地知道这群伪士兵的领导人认为弑兄命令太过火，他们躲在安全的森林里对战争的残酷一无所知。我决定在他们改变心意之前，完成下达的命令。入夜之后，我就去城里，拿出我的枪。我把枪和制服藏在火车站的行李寄存处，然后搭上我来奥斯陆的同一班夜车。我知道辛德家的农庄附近的村庄，所以我只要问……

一九四五年五月十三日，奥斯陆。

又是奇怪的一天。整个挪威都因为获得解放而欢欣无比。今天奥拉夫王储和政府代表团抵达奥斯陆。我不想大费周章跑去港口观看，但我听说奥斯陆有一半的民众都挤到了港口。今天我穿着便服走上卡尔约翰街，尽管我的"士兵朋友"都不了解我为何不想穿上反抗军制服，趾高气扬地走在街上，接受英雄式的欢迎。在这种时刻，反抗军制服对年轻女人应该非常有吸引力。女人和制服——如果我没记错，女人在一九四〇年也很喜欢追逐党卫军的绿色制服。

我走到皇宫，想去看看王储是否会站上露台说几句话。皇宫外也聚集了很多民众。我到皇宫的时候，警卫正在换班。换班仪式是一场依循德国标准的可悲演出，但人们照样欢呼喝彩。

我希望王储会在这些所谓善良的挪威人头上泼一桶冷水，这些人就跟被动的观众一样坐在旁边观看了五年，没有替任何一方抬起过一根手指，现在却高声呐喊要向叛国贼讨回公道。事实上，我认为奥拉夫王储能了解我们，假如传言属实，奥拉夫王储并未和国王及政府官员一同逃往英国，而是留下来和挪威人在一起，分担挪威人的命运，并且在投降期间展现出骨气。但当时的政府官员反对王储留下，他们知道这样会让自己和国王陷于尴尬的境地：竟然把王储独自留在挪威，自己逃之夭夭。

是的，我希望年轻的王储（他知道军服怎么穿，跟那些"后期圣徒"截然不同）能对全国上下说明，那些上东线作战的士兵对挪威有什么贡献，尤其他曾亲眼看见东方的布尔什维克派对挪威有多么危险（现在仍很危险）。一九四二年，我们正准备被分派到东线时，据说王储曾和罗斯福总统谈过话，并对苏联觊觎挪威的计划表示关切。

有些人手摇国旗，有些人唱歌，我从来没见过树木如此翠绿。王储今天并未站上露台，我只能耐心等待。

"他们刚刚从维也纳打来电话，说指纹比对符合。"韦伯站在通往客厅的走廊上说。

"好。"哈利说，心不在焉地点点头，沉浸在阅读中。

"有人在垃圾桶旁吐了，"韦伯说，"这个人病得很重，吐出来的血比呕吐物还多。"

哈利舔了舔拇指，翻到下一页。"哦。"

一阵静默。

"还需要我帮什么忙吗……"

"谢谢你，韦伯，没别的事了。"

韦伯把头侧向一边，并未离去。"我要不要发出警报？"最后他说。

哈利抬起头，心不在焉地看了韦伯一眼。"为什么？"

"该死，我要是知道就好了，"韦伯说，"只有需要知道的人员才能知道，不是吗？"

哈利微微一笑，也许是老警员韦伯的话引他笑了。"是这样，没错。"

韦伯又等了一会儿，哈利没再接话。

"好吧，哈利，你说了算。史密斯威森我带来了，里面装了子弹，我还多带了一个弹匣。接着！"

哈利及时抬头，接住了韦伯抛向他的黑色枪套。他拿出史密斯威森左轮手枪，手枪上了油，刚擦亮的磨砂精钢材质闪着亮光。这当然是韦伯自己的佩枪。

"谢谢你帮忙，韦伯。"哈利说。

"保重。"

"我尽量。祝你……有愉快的一天。"

韦伯听了这句祝福，哼了一声，踏着沉重的步伐走了出去。哈利再度全神贯注，阅读文稿。

一九四五年八月二十七日，奥斯陆。

背叛！背叛！背叛！我藏在最后一排，震惊地坐在那里，看着我的女人被带进来，坐在被告席上。她给了尤尔一个简短模糊的微笑。这样一个小小的微笑足以告诉我一切，但我只是坐在那里，像是被钉在椅子上似的，什么都没法做，只能聆听，观看，痛苦着。虚伪的骗子！尤尔知道辛娜·奥萨克是谁，是我亲口告诉他的。也不能怪他，他认为丹尼尔已经死了。但她，她曾对死者发誓保持忠贞。是的，我要再说一次：背叛！王储仍未发表只言片语。他们已开始在阿克什胡斯堡垒枪决那些曾为挪威冒生命危险上战场的人。枪声在城市上空回荡一会儿，然后消失了，四周就和往常一样安静，仿佛什么都不曾发生。

　　上星期有人告诉我，我的案子被驳回了。我的英勇行为大于我犯下的罪行。我读完那封信，笑到眼泪都出来了。他们认为处决四个毫无反抗能力的居德布兰农夫是英勇行为，甚至大于我在列宁格勒捍卫祖国的罪行！我举起一把椅子就往墙上砸。房东太太上楼来问，我只好道歉。这些鬼东西真的会把人逼疯！

　　夜里，我梦见海伦娜。只梦见海伦娜一个人。我必须试着把她忘记。王储仍未发表只言片语。实在令人无法忍受。我想……

97

二〇〇〇年五月十七日。奥斯陆。

哈利又看了看表，翻过几页稿纸，目光落在一个熟悉的名称上。

一九四八年九月二十三日，施罗德酒吧。

……一桩前景看好的生意。但我一直害怕的事，今天终于发生了。

看报纸的时候，我注意到有人站在桌子旁边看我。我一抬头，血液在血管里瞬间冻结成冰。看得出来，他过得不是很好，身上的衣服又旧又破，也不再像我记忆中那样挺拔。但我仍一眼就认出了他，我们过去的排长独眼爱德华。

"盖布兰·约翰森。"爱德华说，"你不是死了吗？听说你死在汉堡。"

我不知道该怎么说或怎么做，我只知道在我面前坐下的这个人，可能让我以叛国罪与谋杀罪被判刑。

我觉得口干舌燥，过了一会儿才有办法说话。我说，对，我还活着。为了节省时间，我告诉他我头部受伤，一只脚严重受创，被送进维也纳的军医院。那他呢？他说他被遣返回国，被送到辛桑学校的战地医院。真巧，我原本也是被派去那里。他跟其他人一样被判处三年监禁，服刑两年半出狱。

我们东拉西扯，闲聊了一会儿。我开始放松下来，为他点了啤酒，谈了些我正在经营的建材生意。我告诉他，我们这种人最好自己创业，没有一家公司愿意雇用一个上过东线的士兵，尤其是在"二战"时期跟德国人合作过的公司。

"那你呢？"他问道。

我跟他解释说，加入"正确的一方"并没有帮我太大的忙，我仍然被视为曾经穿过德军制服的人。

爱德华一直坐在那里，微笑着，最后他终于忍不住了。他说他找我找了很久，但所有的线索到了汉堡就断了。就在他几乎要放弃的时候，却在报上看见一篇关于反抗军成员的报道，其中竟然有辛德·樊科这个名字。他重新燃起希望，查出辛德工作的地方并打电话过去，接电话的人跟他说我可能会在施罗德酒吧。

我紧张起来，心想，来了来了。但接下来，他说的话却完全出乎我的意料。

"你那个时候阻挡侯格林对我开枪，我一直没好好谢过你。盖布兰，你救了我一命。"

我耸耸肩表示没什么，张嘴凝视着他。这是我能做到的最好的回应。

爱德华说我救他的行为显示我是个品行端正的人，因为我有充分的理由希望他死。假如辛德的尸体被人发现，爱德华就可以做证说我可能是凶手。我只是点点头。然后他看着我，问我是否怕他。我觉得我没什么好损失的，便将我的故事一五一十说给他听。

说完，我又点了两杯啤酒。他跟我讲述了他的处境。他的妻子在他坐牢时，找了另一个可以照顾她和孩子的男人。他可以理解这些事。或许这样对小爱德华来说是最好的安排，不必被一个叛国贼老爸抚养长大。看来爱德华已经认命了。他说他想从事运输业，但去应征的驾驶工作却全数落空。

"可以自己买一辆卡车啊，"我说，"你也应该自己创业。"

"我没有那么多钱。"他迅速瞥了我一眼，我已隐约察觉到这段谈话的走向，"银行对前东线士兵也不是很好，他们认为我们都是骗子。"

"我有点存款，"我说，"可以借你。"

他拒绝接受，但我说，借你就是借你。"当然是要收利息的。"我又说。只见他笑逐颜开，但脸色随即又严肃起来，说要等到事业稳定可能得花很多时间。于是我跟他保证，利率不会太高，只是象征性的而已。我又叫了一轮啤酒。最后，我们两个人醉醺醺地走出施罗德酒吧，握了握手。就这么一言为定。

一九五〇年八月三日，奥斯陆。

……信箱里有一封维也纳寄来的信。我把信放在厨房餐桌上，凝视着它。信封背面写着她的姓名和地址。五月的时候，我写了一封信寄到鲁道夫二世医院，希望有人知道海伦娜的下落，并把信转寄给她。为了避免有人拆开信偷看内容，我没写下任何可能危及我和她的事，当然也没用真名。我一点也不奢望寄出去会有回应。我甚至不知道自己内心深处是不是真的希望得到回应，除非这个回应是我要的。已婚，当了妈妈并有个小孩。不，这不是我要的。即便我曾如此祝福她，也希望她得到这样的幸福。

我的天，我们曾是那样年轻。那时的她才十九岁。如今我手中拿着她写来的信，一切突然显得那么不真实，仿佛信封上娟秀工整的字迹不是六年来我每晚梦见的那个海伦娜写的。我用颤抖的手打开信封，逼自己准备好接受最坏的打击。信封里是一封长信。现在距离我第一遍读信不过才几小时，但信里的字字句句我都已刻在心中。

亲爱的乌利亚：

我爱你。我清楚地知道我这一生都将爱着你，但奇怪的是，我感觉自己似乎已经爱了你一辈子。收到你的信，我开心得流下眼泪。那……

哈利拿着文稿走进厨房，在料理台上方的橱柜里找到咖啡，摆上咖啡壶加热，继续阅读。尽管历经艰辛与苦痛，他们仍在巴黎一家旅馆重聚。

从这里开始，盖布兰越来越少写到丹尼尔，最后丹尼尔似乎完全消失了。

接下来盖布兰写的是一对深爱彼此的恋人，因为布洛海德命案而时常感受到被人追捕的紧迫感。他们在哥本哈根、阿姆斯特丹和汉堡隐秘地约会。海伦娜知道盖布兰的新身份，但她是否知道盖布兰曾在东线杀了辛德，又在辛德的家乡农庄杀了他的四个亲人？看起来她似乎并不知情。

他们是在盟军退出奥地利之后订婚的。一九五五年，海伦娜离开祖国。她认为奥地利一定会"被战争罪犯、反犹太分子和狂热分子接管，因为他们尚未从错误中吸取教训"。他们在奥斯陆定居。盖布兰使用辛德·樊科这个名字继续经营他的小生意。同年，他们结婚，举行了低调的私人婚礼，地点就在他们刚买的独栋大宅的院子里，由天主教神父证婚。大宅位于霍尔门科伦路，是用海伦娜卖掉她在维也纳的缝纫生意的钱买的。他们过得幸福快乐，盖布兰写道。

哈利听见嘶嘶声，这才发现咖啡壶里的水已经滚到溢了出来。

98

二〇〇〇年五月十七日。奥斯陆。

一九五六年，国立医院。

海伦娜大量失血，一度生命垂危，所幸他们及时处置。我们失去了孩子。海伦娜极为伤心，我只能不断地说，她还年轻，我们还有很多机会。医生却不那么乐观，说她的子宫……

一九六七年三月十二日，国立医院。

是个女儿。海伦娜给她取名为萝凯。我哭了又哭，海伦娜抚摸我的脸颊，说上帝的道路是……

哈利回到客厅，把手放在眼睛上。为什么他在比阿特丽丝的房间里见到海伦娜的照片时，没有立即联想到呢？一个是母亲，一个是女儿。他的心思一定是在别处。也许这正是问题所在——他的心思跑到了别处。他不管在哪里都看得见萝凯的脸庞：在街上路过女子的脸上、在转来转去的十个电视频道里、在酒吧柜台的后方。他为什么会特别注意到墙上那个美丽女子的照片？

他是不是该打电话给爱德华，确认化名为辛德·樊科的盖布兰·约翰森写的这些内容是不是真的？需要确认吗？现在不是时候。

他把稿子往后翻，翻到一九九九年十月五日那一页，后面已没剩多少页了。哈利觉得手心冒汗，心中浮现出一丝如同萝凯的父亲收到海伦娜的来信时，描述的那种不愿意面对却无可避免的心情。

一九九九年十月五日，奥斯陆。

我快死了。在经历过波涛汹涌的一生之后，却发现自己跟大多数人一样即将被一种常见的疾病夺走生命，这种感觉十分奇怪。我该如何告诉萝凯和欧雷克？我走在卡尔约翰街上，感到生命多么可亲，自从海伦娜死后，我一直觉得生命失去了意义，如今我突然对生命产生渴望。倒不是我不盼望跟你团聚，海伦娜，而是因为我忽视自己来到这个世界的目的已经很久了，如今我的时间所剩无多。我踏上一九四五年五月十三日我曾踏上的那条碎石径。王储依然没有站上露台，说他能够理解我们，他只理解其他有需要的人。我想，他永远都不会站出来说这些话了。我想，他出卖了我们。

后来我倚在树旁睡着了，做了一个又长又怪、有如天启般的梦。当我醒来，我的老伙伴也醒了。丹尼尔回来了。我知道他想做什么。

哈利用力将挡扳到倒挡、一挡，然后是二挡，福特雅士呻吟一声，接着，他把油门踩到底，雅士发出受伤野兽般的吼声。一个身穿艾斯特丹庆典服装的男子正要穿越威博街和玻克塔路的交叉口，就在千钧一发之际，他跳到一旁，让穿着长袜的脚避免被雅士几乎已无胎纹的轮胎碾过。黑德哈路挤满开往市中心的车辆，于是哈利开上左边车道，猛按喇叭，希望对面来车能识相地闪到一旁。他好不容易绕过罗列咖啡馆外侧，眼前突然冒出一道浅蓝色墙壁，填满他的视线。是有轨电车！

这时要停车已然太迟，哈利猛打方向盘，微踩刹车，让车尾摆正，颠簸着冲过铺路石，直到雅士右侧撞上电车左侧。只听见尖锐的砰的一声，雅士左侧后视镜已然不见，接着是门把刮擦电车车体的声音，又长又刺耳。

"妈的！"

接着，雅士脱离电车，方向盘自行旋转，让轮胎离开电车轨道，抓上柏油路面，驱使他迎向下一个红绿灯。

绿灯，绿灯，黄灯。

他踩下油门全速冲刺，一只手仍紧按喇叭不放，希望这微不足道的喇叭声能在独立纪念日上午十点十五分的奥斯陆市中心吸引一点注意。接着他发出尖叫，奋力踩下刹车，雅士拼老命抓住地球表面。空磁带盒、香烟盒和哈利全都往前飞。他的头撞上风挡玻璃。雅士停了下来。一群欢欣鼓舞的小朋友挥舞国旗拥上斑马线过马路，就在哈利的正前方。哈利揉揉额头。皇家庭园就在前方，通往皇宫的路黑压压的全都是人。他听见旁边的敞篷车传来熟悉的广播声，是每年大同小异的实况转播。

"现在皇室成员站在露台上，对一排小朋友和聚集在皇宫广场的民众挥手，民众发出欢呼，刚从美国回来的王储最受欢迎，他当然是……"

哈利松开离合器，踩下油门，把雅士开上碎石径前的人行道。

99

一九九九年十月十六日，奥斯陆。

我再度开始大笑。当然，是丹尼尔在笑。我没说丹尼尔苏醒之后做的第一件事，就是打电话给辛娜。我们用的是施罗德酒吧的公共电话。那通电话真是滑稽得令人心碎，我眼泪都掉了下来。

今天晚上得做更多的计划。问题仍是如何拿到我需要的武器。

一九九九年十一月十五日，奥斯陆。

……问题似乎终于得到解决。侯格林·戴尔出现了。他穷困潦倒，一点也不让人意外。我很希望他认不出我。他显然听说过我在汉堡遭到炸弹炸丧生的传言，因为他以为我是鬼。他怀疑我设下了一场骗局，并跟我要封口费，但我所认识的侯格林就算得到全世界的金钱也无法保守秘密。我只好让他没有机会再跟别人说话。我一点也不觉得高兴，但我必须坦白，看见自己宝刀未老，心中多少有点满意。

二〇〇〇年五月十七日。奥斯陆。

二〇〇〇年二月八日，奥斯陆。

五十多年来，爱德华和我每年都在施罗德酒吧见面六次，时间是每隔两个月的第一个星期二早上。我依然称之为军务会议，就像施罗德酒吧还在青年广场时那样。我经常纳闷，究竟是什么把我跟爱德华联系在一起，因为我们两人是那么不同。也许只是因为我们有相似的命运吧，我们经历过相似的事件。我们都上过东线，我们都失去了妻子，我们的孩子都在成长当中。可能是这样吧，我也不知道。最重要的是爱德华对我完全忠诚。当然，他永远不会忘记战后我帮过他。后来几年，我也帮了他不少忙。比如说，他在二十世纪六十年代末酗酒，疯狂赌马，差点赔掉整个卡车货运生意，最后是我替他还清了赌债。

我记忆中那个列宁格勒的优秀军人已经走样了。近几年，爱德华向现实妥协了，认清人生跟他想象中不同，只能尽力好好生活。他把全部心思放在马匹上，不再酗酒和抽烟，他只会跟我说一些赛马的小道消息，这样他就满足了。

说到小道消息，他还给了我另一个小道消息，就是伊凡·尤尔在打听丹尼尔是否还活着。那天晚上我打电话给尤尔，问他是不是老年痴呆了。尤尔跟我说，前几天他拿起卧室的分机，竟然听见一个男人自称是丹尼尔，把他老婆吓得半死。那人跟辛娜说，下星期二会再打电话来。尤尔听出背景酒吧的声音，决定每星期二都去奥斯陆那家酒吧，打算逮到那个打电话的人渣。他知道警察不会管这种鸡毛蒜皮的小事，也没对辛娜说他打算阻止那个人渣再打电话。我必须咬着手背才不至于大声笑出来，然后，我祝他好运，这个老白痴。

搬来麦佑斯登区后，我很少见到萝凯，但我们会通电话。我们似乎都已厌倦了开战。我已经放弃跟她解释，她嫁给那个俄罗斯人时，我和她妈妈受到了多大的冲击——她那个俄罗斯老公来自一个传统的布尔什维克家族。

"我知道你认为那是背叛，"她说，"可是那已经是很久以前的事了，别再提了。"

那不是很久以前的事。再没有什么事是很久以前的了。

欧雷克问我身体好不好。他是个好孩子。我只希望他不会变得固执和倔强，跟他妈妈一样。萝凯的脾气是从海伦娜那里遗传来的，她们是那么像，以至于我写到这里时眼眶涌出了泪水。

下星期我会跟爱德华借农舍来用，去那里测试步枪。丹尼尔会很开心。

雅士的轮胎撞上路边石，冲击力扩散到整个车体，车子粗鲁地弹到空中，又猛地落在草地上。小径上人太多了，所以哈利把车开上草坪。雅士在湖水和四个年轻人之间蹒跚前进。那四个年轻人在公园里铺上毯子，正准备享用早餐。哈利在后视镜中看见蓝色闪光。群众已聚集在警卫室周围，因此哈利把车停住，跳下车，朝皇宫广场周围的路障奔去。

"警察！"哈利大吼，推开人群前进。那些一大清早就来占位子选好视野的人很不愿意让开。哈利翻越路障，一名警卫想阻止他，他从口袋里亮出警察证，然后踏上开阔的广场，脚下碎石不断咯吱作响。他转过身，背对儿童队伍、石兰德幼儿园和瓦勒伦加青年乐团，这时乐团正在皇宫露台下方排成纵队行进，一边演奏《我只是个舞男》，走音走得十分厉害，难以入耳。皇室成员则在乐团上方挥手。哈利凝望一整片光亮微笑的面孔和红白蓝三色国旗，眼睛扫视一排排民众，当中有老人，拍照的叔叔、伯伯，肩上背着幼儿的父亲，唯独不见辛德，也不见盖布兰或丹尼尔的踪影。

"该死！"

他破口大骂，只因惊慌不已，没有其他意思。

这时，他在路障前方看见一张熟悉的面孔，那人身穿便服，手中拿着无线电对讲机，脸上戴着反光太阳镜。到底他还是听从了哈利的建议，没去苏格兰人酒吧，而来支持警察爸爸。

"哈福森！"

102

二〇〇〇年五月十六日。奥斯陆。

二〇〇〇年五月十六日，奥斯陆。

辛娜死了。三天前，她因为成为叛徒而被枪决，子弹穿过她那颗不忠诚的心。击发那枚子弹之后，丹尼尔离开了我，我们在一起那么久了，他的离开依然让我动摇。他留给我的是孤单和困惑。我容许怀疑悄悄产生，度过了一个糟糕的夜晚。癌症只不过让情况更糟而已。我吞下三颗药。布维医生说服用剂量是一颗，但疼痛实在令人难以忍受。最后我终于睡着，第二天醒来，丹尼尔也神采奕奕地回来了。枪决辛娜是倒数第二个阶段，现在我们要勇敢地继续向前迈进。

加入火焰周围的人群，凝视金黄耀眼的火炬。

鞭策士兵瞄准得再高一些，让他们的生命起立宣誓战斗。

日子近了，向大背叛者复仇的日子接近了。我无所畏惧。

最重要的是那场背叛必须让大众知道。如果这本回忆录落入错误的人手中，很可能会被销毁或因为担心大众的反应而被封存。为了安全起见，我留下一些必要线索给密勤局的一个年轻警察。他究竟有多聪明仍有待观察，但直觉告诉我，他起码是个正直的人。

最近这几天十分戏剧化。

从我决定跟辛娜清算旧账那天开始，事情的演变就极具戏剧性。我打电话给辛娜，说我要过去找她，才走出施罗德酒吧，就在对街咖啡馆的落地玻璃窗内看见尤尔的脸。我假装没看见他，继续往前走，但我想他会自行推断，把事情想通。

昨天那个警察来找我。我认为我给他的线索十分模糊，他应该等我完成任务之后，才能把整件事拼凑起来，没想到他竟然去维也纳追查盖布兰这条线索。我知道我必须争取至少四十八小时的时间，所以我把我编的一个关于尤尔的故事告诉他，这个故事正是用来应付这种情况的。我跟他说尤尔是个心灵受创的可怜人，丹尼尔就住在他心里。首先，这个故事会让尤尔看起来像是在幕后主导一切的人，包括枪杀辛娜在内；其次，这个故事会让我替尤尔计划的自杀情节看起来更为可信。

那警察离开以后，我立刻开始工作。今天尤尔开门看见站在台阶上的人是我，并没有太惊讶。我不知道他是已经把事情弄清楚了，还是已经失去了惊讶的能力。他看起来就跟死人没有两样。我把刀抵在他脖子上，说只要他敢乱来，我就能轻易地割断他的喉咙，就跟我割断他那只狗的喉咙一样。为了让他明白我的意思，我打开我带去的垃圾袋，让他看了看袋子里装的那只死狗。

我们上楼，走进他的卧室。我叫他站在椅子上，他就站在椅子上，他也乖乖地把遛狗绳绑在天花板的吊钩上。

"在整件事结束之前，我不希望警察得到更多线索，所以我们必须布置得像自杀。"我说。他没有反应。他看起来无所谓。谁知道，也许我帮了他一个忙。

事后我擦去我的指纹，把装了那只死狗的垃圾袋放进冷冻库，再把刀放进地下室。一切都布置妥当，可是当我最后一次检查卧室时，却听见碎石发出的咯吱声，进而看见路上有一辆警车。那辆警车停在路边，似乎正在等待着什么。我知道我陷入了困境。盖布兰当然惊慌失措，幸好丹尼尔反应敏捷。

我去另外两间卧室找来两把钥匙，其中一把可以用来开启尤尔上吊那个房间的门，我把这把钥匙放在门内地板上，拔出门锁上原本插着的钥匙，从外面把房门锁上，然后将那把不合适的钥匙插上门锁，最后再把原本插在门上的钥匙插在另一间卧室的门上。这一切在短短几秒之内完成。最后，我冷静地走到一楼，拨打哈利·霍勒的手机。

过了一会儿，他就走进门来。

虽然我心里在笑，但我还是装出惊讶的表情，也许是因为我真的有点惊讶吧。我见过他们当中的一个警察，那天晚上在皇家庭园曾经遇到过，但我想他应该没认出我。也许那天他看见的是丹尼尔。还有，是的，我没忘了擦去钥匙上的指纹。

"哈利！你在这里干吗？是不是出了什么事？"

"听好，用对讲机通知……"

"什么？"

柏德拉卡小学鼓乐队行进通过。

"我说通知……"哈利大喊。

"什么？"哈福森喊了回来。

哈利从哈福森手中抢过对讲机："全体警员仔细听好，请留意一个七十岁的男子，身高一米七五，蓝色眼睛，白色头发。他身上可能携带武器。重复一次：他身上可能携带武器。此人非常危险，可能计划进行暗杀行动，请查看每一扇开启的窗户和屋顶。我重复一次……"

哈利把这段话又说了一遍，哈福森只是目瞪口呆地看着他。哈利说完，把对讲机丢给哈福森。"哈福森，现在你必须负责取消独立纪念日庆祝游行。"

"你说什么？"

"你在执勤，而我看起来像……饮酒过量，他们不会听我的话。"

哈福森的目光移向哈利那未刮胡子的下巴、皱巴巴随意扣着的衬衫、穿了鞋却没穿袜子的双脚。"你说的他们是谁？"

"你还没听懂我在说什么吗？"哈利大吼，伸出颤抖的食指朝上方指去。

103

二〇〇〇年五月十七日。奥斯陆。

今天早上，四百米距离。我射击过这个距离。庭园将清新翠绿，充满生命力，丝毫不见死亡的踪迹。但我已经为子弹清出了通道。一棵没有树叶、枯死的树。子弹将从天而降，如同神的手指指向背叛者的后代，每个人都将看见神如何对付心地不纯净之人。背叛者说他爱他的国家，但他却离弃了他的国家，他离弃我们以避免国家落入东方侵略者之手，之后又将我们烙上叛国贼的污名。

哈福森朝皇宫入口奔去，哈利待在广场上，踱步绕圈，仿佛喝醉了似的。清空皇家露台只需要几分钟时间，但高层官员必须先做出清空露台的决定，而且必须为这个决定负责。他们不太可能因为一个乡下来的警察听了一个不靠谱的同事的片面之词，就取消独立纪念日庆祝游行。哈利的目光上上下下扫视民众，却不知道自己在寻找什么。

子弹将从天而降。

他抬头往上看，只看见翠绿的树木，丝毫不见死亡的踪迹。这些树这么高，树叶这么茂密，即使马克林步枪配备精良的瞄准器也不可能从附近建筑物瞄准射击。

哈利闭上眼睛，嘴唇微微开合。爱伦，请帮助我。

我已经为子弹清出通道。

昨天他经过皇家庭园时，那两个皇宫园丁为什么那么惊讶？是因为那棵树。因为那棵树没有树叶。他睁开眼睛，眺望树梢，立刻看见那棵枯死的褐色橡树。哈利感觉心脏猛烈跳动。他转过身，差点撞倒一个乐队指挥。他朝皇宫奔去，直奔到露台和那棵枯树这两点所连成的一条直线，才停下脚步。他的眼睛沿着这条线朝枯树望去，只见光秃秃的树枝后方矗立着一栋蓝色玻璃幕墙大楼。那是瑞迪森饭店。原来如此，就这么简单。只要击发一枚子弹。独立纪念日这天没有人会注意到一声枪响。然后，盖布兰就可以从容地穿过繁忙的饭店大厅，走上拥挤的街道，消失在人群中。然后呢？接下来会怎样？

现下无暇思索这个问题，必须行动。必须行动。但哈利十分疲惫。他并不亢奋，反而涌起一股冲动，只想离开这里，回家上床呼呼大睡，明天早上醒来又是崭新的一天，而这一切只是一场梦。一辆救护车经过德拉门路，鸣笛声大作，唤醒了他。鸣笛声穿过铜管乐声，直射而来。

"妈的！"他拔腿狂奔。

104

二〇〇〇年五月十七日。瑞迪森饭店。

老人倚在窗边，盘腿坐在地上，双手举枪，聆听救护车鸣笛声慢慢消失在远方。太迟了，他心想，每个人都会死。

他又吐了，吐得几乎都是血。剧痛差点让他失去意识。吐完后，他躬身躺在地上，等待药丸发挥作用。他吞了四颗药。剧痛平息，平息前又刺了他一下，提醒他剧痛很快会卷土重来。眼前的浴室恢复正常比例。这是两间浴室中的一间，里面有按摩浴缸，或者是蒸汽室？反正房里有电视。他已把电视打开。电视播放着爱国歌曲和国歌，每个频道都可以看见身穿节庆服装的记者播报儿童游行实况。

这时他坐在客厅，太阳挂在天际，有如一颗大火球，照亮万物。他知道不能望向那颗火球，这样会导致夜盲，看不见苏联狙击手在无人地带的雪地里潜行。

我看见他了，丹尼尔轻声说，一点钟方向，就在那棵枯树后方的露台上。

树？这片弹坑里没有树。

王储走上露台，尚未发表谈话。

"他要跑了！"一个像是盖布兰的声音吼道。

他跑不掉的，丹尼尔说，该死的布尔什维克分子一个也跑不掉。

"他知道我们看见他了，他会爬进那边的弹坑。"

他不会。

老人把枪靠在窗沿上。他已经用螺丝刀把固定的窗户缝隙开得大一些。当时那个女接待员是怎么跟他说的？固定的窗户缝隙是为了避免有房客"做傻事"。他从瞄准镜望出去，底下的人看起来真小。他设定距离。四百米。从上向下射击必须考虑地心引力对子弹的不同影响，向下射击和水平射击的弹道有所不同。但丹尼尔知道这一点，丹尼尔什么都知道。

老人看了看表：十点四十五分。是时候了。他把脸颊贴上冰冷沉重的步枪枪托，把左手放在枪管稍靠下的位置，眯起左眼。露台栏杆填满瞄准镜。黑色西装外套、黑色礼帽。他找到了他要找的面孔。那张脸变得不多，依然是一九四五年那张年轻的脸庞。

丹尼尔更安静了，开始瞄准。他的嘴不再吐出雾气。

露台前方，焦距之外，枯死的橡树伸出有如女巫黑手指般的树枝指向天际。不料竟有一只鸟站在树枝上，正好在子弹行进的路线上。老人紧张地移开准星。那只鸟刚刚不在那里。它很快就会飞走。老人放下步枪，将一口新鲜空气吸进疼痛的肺里。

咔嗒，咔嗒。

哈利拍了方向盘一掌，再次转动钥匙，发动引擎。

咔嗒，咔嗒。

"发动呀你这烂车！不然明天就把你送进废铁场。"

雅士吼了一声，发动起来，向前直冲而去，轮胎后面喷出绿草和泥土。到了湖畔，雅士猛然右转。毛毯上那四个年轻人举起啤酒杯向雅士敬酒。雅士歪歪扭扭地朝瑞迪森饭店疾驰而去。哈利换到一挡，狂按喇叭，在拥挤的碎石径上有效地清开道路，但来到碎石径尽头的幼儿园旁，一辆婴儿车突然从树木后方出现。哈利向左急打方向盘，往右回正时车轮朝右急速扭转，接着轮胎打滑，差点撞上温室前的栅栏。雅士侧向滑上韦格兰路，正好挡在一辆出租车前。那辆出租车插着挪威国旗，水箱罩前方饰有白桦细枝花彩。出租车司机吓得急踩刹车。哈利大脚踩下油门，穿过迎面而来的车流，朝霍勒伯街疾驰而去。

雅士在瑞迪森饭店旋转门前刹车，停了下来。哈利跳下车，冲进人来人往的大厅。大厅立刻安静下来，人人都朝哈利看去，心想会不会见到什么稀奇古怪的事，却发现那只不过是个在独立纪念日喝得烂醉的男人，不是什么新鲜事，因此大厅又恢复了喧闹。哈利朝一个荒谬的工作"岛"奔了过去。

"早安。"一个声音说。只见一头宛如假发的金色鬈发下，一双眉毛扬了起来，眉毛下的一双眼睛从头到脚把哈利打量了一番。哈利看见她胸前的名牌。

"贝蒂·安德森，现在我要告诉你一个很没品味的笑话，你仔细听好了：我是警察，你们饭店里有一个杀手。"

贝蒂打量眼前这个衣衫不整的高大男子，只见他一双眼睛充满血丝。根据她的判断，这个男人不是喝醉了就是疯了，或两者都是。她仔细查看男子举起的警察证，又将男子打量一番，打量得相当久。

"姓名。"她说。

"他叫辛德·樊科。"

她的手指在键盘上飞舞。

"抱歉，没有这个房客。"

"妈的！试试盖布兰·约翰森。"

"抱歉，也没有盖布兰·约翰森。霍勒警监，你会不会找错饭店了？"

"没找错！他在这里，就在这儿的房间里。"

"你跟他说过话了？"

"没有。没有，我……说来话长。"哈利伸手揉了揉脸，"等等，我得好好思考一下，他一定住得很高，你们这里一共有几层楼？"

"二十一楼。"

"有多少房客还没退房？"

"恐怕有不少人。"

哈利突然扬起双手，凝视贝蒂。"当然了，"他轻声说，"这是丹尼尔的任务。"

"请再说一遍？"

"请你查丹尼尔·盖德松。"

杀了他之后会怎样？老人并不知道。杀了他之后也不会怎样。至少目前为止看不出会怎样。他在窗台上放了四颗子弹，子弹的黄褐色磨砂金属外壳在阳光照射下闪着亮光。

他再度从瞄准镜望出去。那只鸟还在那里。他认得出那是什么鸟。他和它同样都叫知更鸟。他把瞄准镜指向民众，扫视路障旁的一排排人。突然之间，他看见一张熟悉的面孔。会不会是……他调整焦距。没错，那是萝凯。她在皇宫广场做什么？欧雷克也在那里。欧雷克似乎是从儿童游行队伍那里跑过来的，萝凯伸出手臂，把他抱了起来，越过路障。她很健壮，有一双健壮的手，就跟她母亲一样。现在他们往警卫室的方向走去。萝凯看了看表，似乎是在等人。欧雷克穿着老人在圣诞节送他的外套。萝凯说欧雷克给它取名为外公的夹克。那件夹克看起来已经有点小了。

老人咯咯轻笑，到了秋天，他得给欧雷克再买一件夹克。

这次剧痛来得毫无征兆。他无助地喘息。火球沉没。火球的影子向下坠落，伴随着战壕的土墙朝他席卷而来。

眼前陷入一片黑暗。就在他觉得自己即将坠入黑暗之际，剧痛再度放手。步枪滑落地面。他汗流浃背，湿透的衬衫贴在皮肤上。

他直起身子，再度把枪靠上窗台。那只鸟已然飞走。子弹行进的路线畅通无碍。

那张年轻的脸庞再度出现在瞄准镜中。王储出国深造。欧雷克也该出国深造。这是他跟萝凯说的最后一件事。这是他射杀布兰豪格之前对自己说的最后一件事。那天他回霍尔门科伦路的大宅拿几本书，萝凯不在家，于是他开门入内，恰巧看见桌上躺着一个信封，信头是俄罗斯大使的名字。他读完那封信后，把信放下，凝望窗外的院子，凝望雨后的雪片，那些雪片是冬季最后的挣扎。然后，他翻寻桌子抽屉，找到了其他信件，包括信头是挪威大使的信件，以及那些没有信头的信件，用的只是餐巾或笔记本撕下的纸张，署名为伯恩特·布兰豪格。他想起克里斯多夫·布洛海德。

今天晚上是我们站哨，没有一个苏联浑蛋开得了枪。

老人扳开保险栓。他感觉异常平静。他记起他那么容易就划开了布洛海德的喉咙，射杀布兰豪格也不费吹灰之力。外公的夹克，一件新的外公的夹克。他呼出肺里的空气，食指扣上扳机。

哈利手中拿着万用门卡，奔向电梯，使出一招足球滑铲，一只脚顿时被正要关起的电梯门夹在中间。电梯门向两侧打开。哈利站了起来，看见里面的乘客个个大惊失色。

"警察！"他大喊，"所有人都出去！"

乘客瞬间向外奔出，仿佛学校响起午休的铃声。只有一个五十多岁的男子依旧不动。男子留着黑色山羊胡，身穿蓝色条纹西装，胸部打一条颇厚的独立纪念日彩带，肩膀上可见薄薄一层头皮屑。"这位先生，我们是挪威公民，挪威可不是警察国家！"

哈利绕过男子，走进电梯，按下二十一楼的按键。但那山羊胡男子仍喋喋不休："给我一个好理由，为什么纳税人要忍受……"

哈利从肩上的枪套里拿出韦伯的史密斯威森左轮手枪。"这位纳税人，好理由我有六个。出去！"

时光匆匆，很快又是另一天。我们在晨光中更容易看清他是敌是友。

是敌，是友。无论是否判断太快，反正我要定了他的命。

外公的夹克。

可恶，杀了他也不会怎样。

瞄准镜中的那张脸看起来很严肃。好家伙，笑一个。

背叛，背叛，背叛。

他已经扣过不知道多少次扳机了，内心已无任何压力，杀人门槛早就在无人地带的某个地方被跨过。不用去考虑枪声和后坐力，扣下扳机就是了，该来的就让它来吧。

那声轰然巨响完全出乎他的意料，令他惊诧万分。一瞬间，世界完全静止。回声回荡不已，声波在城市上空停滞了一会儿。那一刻，几千种声音突然停止。

哈利听见那声巨响时，正奔走在二十一楼走廊上。"靠！"他喘气说。

两侧墙壁朝他逼近，随即又从他身旁滑过，让他感觉自己似乎是在漏斗里移动。房门、画像、蓝色方块图案，不停向后退去。他的脚步踏在厚地毯上近乎无声。太好了。高级饭店做了降噪处理。一个好警察则必须考虑该如何行动。他妈的，乳酸在脑内堆积。一台制冰机。二一五四号房，二一五六号房。又是砰的一声巨响。总统套房。

哈利的心跳宛如擂鼓般在肋骨内重重敲击。他站到房门旁，把门卡插入门锁辨识器。耳中听到吱的一声闷响，接着又听见滑顺的咔嗒声，门锁亮起绿灯。哈利极为谨慎地扳下门把手。

警方对这类行动有一套固定程序，哈利上过课，学过这些程序，但现在他一点也不想遵照那些程序行动。

他猛力推开房门，冲了进去，在客厅玄关迅速采取跪姿，双手举枪瞄准前方。房内溢满阳光，令他目眩，双眼刺痛。只见一扇窗户开着，玻璃窗外的太阳挂在一个白发男子头上，仿佛他头顶浮着光环。白发男子慢慢转过头来。

"警察！把枪放下！"哈利大吼。

哈利瞳孔收缩，在刺眼亮光中看见一把步枪的轮廓朝他指来。

"把枪放下，"他重复一次，"辛德，你来这里要做的事已经完成了。任务完成。一切都结束了。"

奇怪的是铜管乐队仍在外边演奏着，仿佛什么都没发生。老人举起步枪，把枪托贴上脸颊。哈利的眼睛已适应亮光，凝视着那把他只在照片上见过的马克林步枪的枪管。

辛德咕哝着说了一句话，但声音被一支新上场乐队的演奏声淹没，这支乐队的演奏声更尖锐、更清晰。

"呃，我……"哈利低声说。

哈利在辛德背后的窗外看见一团白烟飘浮在半空中，白烟是从阿克什胡斯堡垒防御墙上的大炮炮口冒出来的，宛如漫画中的白色对话框。那是独立纪念日礼炮。哈利听见的巨响是独立纪念日礼炮！欢呼声从窗外涌了进来。他用鼻子吸了一口气，房间内并未闻到硝烟味，他立刻明白辛德尚未开枪。哈利紧紧握住枪托，看着那张布满皱纹的脸毫无表情地透过瞄准镜望着他。这不仅关乎哈利自己和老人的性命。命令很清楚。

"我刚刚去过威博街，我读过你的日记了，"哈利说，"盖布兰·约翰森，或者丹尼尔。"哈利紧咬牙关，扣在扳机上的食指更加弯曲。

老人又咕哝了一句话。

"什么？"

"口令。"老人声音嘶哑，跟哈利过去听过的声音截然不同，让他完全认不出来。

"别这样，"哈利说，"不要逼我。"

哈利的额头滚下一颗汗珠，汗珠滑过鼻梁，最后悬垂在鼻尖，似乎犹疑不定。哈利变换握枪手势。

"口令。"老人重复一次。

哈利看见老人的手指紧紧扣在扳机上，同时感觉到内心渗出对死亡的恐惧。

"不，"哈利说，"现在还为时不晚。"

但他知道事实并非如此。现在为时已晚。现在已无法跟老人讲道理。老人已超脱这个世界，这个生命。

"口令。"

事情很快就会结束。只剩下一些缓慢流逝的时光，圣诞节前夕之前的时光……

"欧雷克。"哈利说。

马克林步枪瞄准哈利头部。远处传来一声汽车喇叭声。老人脸上的肌肉抽动了一下。

"口令是欧雷克。"哈利说。

扳机上的手指停顿下来。老人想要说什么。

哈利屏息以待。

"欧雷克。"老人的声音听起来宛如唇边吹出一缕清风。

哈利不太能解释接下来发生了什么，在这一刻，他只看见老人开始死去，布满皱纹的脸庞换上一张孩子的脸，望着哈利。马克林步枪不再指着哈利，哈利也放低手中的枪。然后，哈利伸出一只手，放在老人肩膀上。

"你能答应我吗？"老人的声音细若游丝，"他们不会……"

"我答应你，"哈利说，"我会亲自处理，不让姓名对外公布，欧雷克和萝凯不会受到伤害……"

老人的双眼望着哈利，许久许久。砰的一声，马克林步枪跌落地面，老人瘫倒在地。

哈利取出马克林步枪的弹匣，把步枪放在沙发上，然后打电话到前台，请贝蒂叫救护车。接着他拨打哈福森的手机，说危险已经解除。他把老人拉到沙发上，在一把椅子上坐下等待。

"最后我逮到他了，"老人轻声说，"他在泥泞里正要逃走。"

"你逮到了谁？"哈利用力吸了口烟。

"当然是丹尼尔。最后我逮到他了。海伦娜说得对，我总是比他强。"

哈利按熄香烟，站在窗边。

"我快死了。"老人低声说。

"我知道。"

"它在我的胸部，你有没有看见？"

"看见什么？"

"那只臭鼬。"

哈利并未看见臭鼬。他看见一朵白云飘过天空，宛如一朵疑惑之云。阳光之下，只见奥斯陆市区旗帜飘扬，一只灰色的鸟儿振翅飞过窗前，但不见臭鼬。

第十部　复活

哈利望着墙上妹妹的照片。那年夏天特别温暖，对不对？他们连下雨天都跑去游泳。他感觉到一种难以言喻的哀伤冲刷着他。

二〇〇〇年五月十九日。伍立弗医院。

犯罪特警队队长莫勒在肿瘤科等候室找到哈利，在他身旁坐下，对一个小女孩眨了眨眼。小女孩皱起眉头，扭过头去。

"听说他走了。"莫勒说。

哈利点点头："今天早上四点。萝凯一直守在这里，欧雷克正在里面。你怎么来了？"

"只是想来跟你聊一下。"

"我正好想抽根烟，"哈利说，"我们去外面。"

两人在树下找了一把长椅坐下。一缕缕白云在天上快速飘过。看来今天又是温暖的一天。

"萝凯还什么都不知道？"莫勒问。

"对。"

"现在知道的人有我、梅里克、警察总长、司法部长和首相，当然还有你。"

"谁知道些什么，你比我清楚多了，老大。"

"对，那当然，我只是把我脑子里想的说出来而已。"

"你来这里想跟我说什么？"

"你知道吗，哈利，有时候我希望我是在别的地方工作，在一个政治活动比较少、警察勤务比较多的地方工作。比方说卑尔根。不过也有些时候，就像今天，我起床以后站在卧室窗边，看着峡湾和峡湾里的小岛，听着鸟儿唱歌，然后……你明白吗……然后我就不想去别的地方了。"莫勒看着瓢虫爬上大腿，"我想跟你说的是，我们想让事情保持原来的样子，哈利。"

"你说的事情是指什么？"

"过去二十年来，你知道每个美国总统在任期内被暗杀的次数都超过十次吗？而且这些暗杀行动都被破获，所有的杀手都被逮捕，媒体却毫不知情。暗杀一国元首的计划要是让社会大众知道了，没有一个人会受益，哈利，尤其是理论上可能成功的计划。"

"理论上，老大？"

"这话不是我说的。反正结论是，我们决定不公开这件事。我们不希望散播动乱的种子，或是揭露安保系统的漏洞。这些话也不是我说的。暗杀行动会传染，就像……"

"我懂你的意思，"哈利说，从鼻孔喷出烟雾，"主要是为了那些当权者才不公开，对不对？那些当权者早就可以，也非常应该敲响警钟。"

"就像我说的，"莫勒答道，"有些时候我会觉得卑尔根是个很不错的选择。"

两人有好几分钟没再说话。一只小鸟在他们前方昂首阔步，摆动尾巴，轻啄草地，警觉地睁着眼睛。

"白鹡鸰，"哈利说，"学名 Motacilla alba，个性小心谨慎。"

"什么？"

"《我们的鸟儿》这本鸟类图鉴说的。盖布兰犯下的命案该怎么办？"

"之前发生的命案都已经厘清了，大家都很满意，不是吗？"

"什么意思？"

莫勒局促不安。"现在再来搅动这些事，只会给后代子孙揭开旧疮疤，而且有人可能会四处打探，挖出一系列案子来。那些命案都已经结案了。"

"对。尤尔和斯韦勒的案子已经结案了。那侯格林命案呢？"

"没有人会费功夫去挖他的命案，毕竟他是……呃……"

"他只是个老酒鬼，别人才懒得理他？"

"哈利，拜托你，不要再把事情搞得更麻烦，好不好？你知道我对这样的处理方式也不是很满意。"

哈利在长椅扶手上按熄香烟，把烟蒂放进口袋。"我得进去了，老大。"

"我们信任你能保守秘密。"

哈利简洁地笑了笑。"我听说有人想接手我在密勤局的职位，是真的吗？"

"当然是真的，"莫勒说，"汤姆说他会申请你那个职位。梅里克想把新纳粹党的部分归到这个职位的管理权内，所以这个职位会变成有点像是高阶职位的跳板。顺便跟你说，我会推荐汤姆。我想既然你要回犯罪特警队，应该很高兴他离开吧？这样一来，他的警监职位就空出来了。"

"这就是要我闭嘴的奖赏吗？"

"你怎么会想到那里去，哈利？因为你是最棒的。你又证明了一次，不是吗？我只是不知道我们到底可不可以依靠你。"

"你知道我想办哪件案子吗？"

莫勒耸耸肩。"爱伦的命案已经厘清了，哈利。"

"不尽然，"哈利说，"有几个细节我们还没搞清楚。除此之外，购买马克林步枪的二十万克朗也不知道流落何方，也许其中有好几个军火中间人。"

莫勒点点头。"好吧，给你和哈福森两个月时间。如果你们什么都没发现，这件案子就算结案。"

"很公平。"

莫勒站起来，准备离去。"有一件事我想不通，哈利。你怎么知道口令是'欧雷克'？"

"这个嘛，爱伦老是说，脑子里冒出来的第一个念头总是对的。"

"厉害，"莫勒点点头表示赞赏，"所以你脑子里冒出来的第一个念头是他外孙的名字？"

"不是。"

"不是？"

"我不是爱伦，我得思考一下。"

莫勒用锐利的眼神看着哈利。"你是在说笑吗，哈利？"

哈利微微一笑，指了指窗外那只白鹡鸰。

"就像那本鸟类图鉴里说的，没有人知道白鹡鸰站直时为什么会摆动尾巴，这是个谜，我们唯一知道的是，它们无法停下来……"

二〇〇〇年五月十九日。警察总署。

哈利把脚搁上办公桌，刚找到一个最舒服的坐姿，电话就响了起来。为了不让舒服坐姿改变，他向前弯腰，用背肌保持新办公椅的平衡。新办公椅的轮子上足了润滑油，十分容易滑动。他的手指正好能够到电话。"我是哈利。"

"哈利吗？我是约翰内斯堡的以塞亚·伯恩，你好吗？"

"以塞亚？真是意外。"

"是吗？我是打电话来谢谢你的，哈利。"

"谢我什么？"

"谢谢你没有做出任何动作。"

"什么动作？"

"你知道我的意思，哈利，你没有通过外交渠道要求缓刑什么的。"

哈利没有答话。他已经预料到这通电话会打来。舒服的坐姿已不再舒适。安德烈亚斯·霍赫纳那乞求的眼神突然浮现在他眼前，康斯坦丝·霍赫纳那哀求的声音在他耳畔响起：你能保证你会尽力吗，霍勒先生？

"哈利？"

"我还在。"

"法院昨天做出了判决。"

哈利望着墙上妹妹的照片。那年夏天特别温暖，对不对？他们连下雨天都跑去游泳。他感觉到一种难以言喻的哀伤冲刷着他。

"死刑？"他听见自己这样问。

"而且不能上诉。"

二〇〇〇年六月二日。施罗德酒吧。

"哈利，今年夏天你要干吗？"玛雅数着零钱。

"不知道。我们讨论过要去挪威哪个地方租一间农舍，教小朋友游泳什么的。"

"我不知道你有小孩。"

"我没有，反正说来话长。"

"真的？哪天说来给我听听。"

"再看看吧，玛雅。零钱不用找了。"

玛雅深深行了个屈膝礼，歪嘴笑了笑，转身离去。这是周五下午，酒吧里却异常冷清。可能因为天气炎热，大多数人都去了圣赫根区的露台餐厅。

"怎么样？"哈利说。

老人望着啤酒，并不答话。

"他死了，你不高兴吗，奥斯奈？"

莫西干人康拉德·奥斯奈抬头望着哈利。

"谁死了？"他说，"没有人死了。只有我。我是最后一个死人。"

哈利叹了口气，把报纸塞到腋下，走进微光闪烁的盛夏午后。

RØDSTRUPE (THE REDBREAST): Copyright © 2000 by Jo Nesbø
Published by agreement with Salomonsson Agency, through The Grayhawk Agency Ltd.
本书译文由台湾漫游者文化授权简体中文版出版发行

著作权合同登记号：图字18-2017-149

图书在版编目（CIP）数据

　　知更鸟 /（挪）尤·奈斯博著；林立仁译 . -- 长沙：湖南文艺出版社，2018.2（2024.9 重印）
　　书名原文：Rødstrupe
　　ISBN 978-7-5404-8396-8

　　Ⅰ.①知…　Ⅱ.①尤…②林…　Ⅲ.①推理小说—挪威—现代　Ⅳ.①I533.45

　　中国版本图书馆 CIP 数据核字（2017）第 275325 号

上架建议：畅销·悬疑小说

ZHIGENGNIAO
知更鸟

著　　　者：	[挪威] 尤·奈斯博
译　　　者：	林立仁
出 版 人：	陈新文
责任编辑：	薛　健　刘诗哲
监　　制：	吴文娟
策划编辑：	董　卉
特约编辑：	陈晓梦　顾笑奕
版权支持：	辛　艳　张雪珂
营销编辑：	傅　丽
封面设计：	利　锐
出　　版：	湖南文艺出版社 （长沙市雨花区东二环一段508号　邮编：410014）
网　　址：	www.hnwy.net
印　　刷：	北京天宇万达印刷有限公司
经　　销：	新华书店
开　　本：	880 mm × 1230 mm　1/32
字　　数：	415千字
印　　张：	15
版　　次：	2018 年 2 月第 1 版
印　　次：	2024 年 9 月第 7 次印刷
书　　号：	ISBN 978-7-5404-8396-8
定　　价：	59.00元

若有质量问题，请致电质量监督电话：010-59096394
团购电话：010-59320018